TEMPESTADES DE SANGUE

Kel Costa

Tempestades de Sangue

Série Fortaleza Negra – Livro Dois

Copyright © 2015 Kel Costa.

Texto de acordo com as novas regras ortográficas da língua portuguesa.

1ª edição 2015.

Todos os direitos reservados. Nenhuma parte desta obra pode ser reproduzida ou usada de qualquer forma ou por qualquer meio, eletrônico ou mecânico, inclusive fotocópias, gravações ou sistema de armazenamento em banco de dados, sem permissão por escrito, exceto nos casos de trechos curtos citados em resenhas críticas ou artigos de revistas.

A Editora Jangada não se responsabiliza por eventuais mudanças ocorridas nos endereços convencionais ou eletrônicos citados neste livro.

Esta é uma obra de ficção. Todos os personagens, organizações e acontecimentos retratados neste romance são produtos da imaginação do autor e usados de modo fictício.

Editor: Adilson Silva Ramachandra
Editora de texto: Denise de C. Rocha
Gerente editorial: Roseli de S. Ferraz
Produção editorial: Indiara Faria Kayo
Assistente de produção editorial: Brenda Narciso
Editoração eletrônica: Join Bureau
Revisão: Bárbara Cabral Parente

Dados Internacionais de Catalogação na Publicação (CIP)
(Câmara Brasileira do Livro, SP, Brasil)

Costa, Kel

    Tempestade de sangue / Kel Costa. – São Paulo : Jangada, 2015. – (Série Fortaleza Negra ; 2)

    ISBN 978-85-5539-021-0

    1. Ficção brasileira 2. Ficção fantástica I. Título. II. Série.

15-05017   CDD: 869.3

Índice para catálogo sistemático:
1. Ficção: Literatura brasileira   869.3

Jangada é um selo editorial da Pensamento-Cultrix Ltda.

Direitos reservados EDITORA PENSAMENTO-CULTRIX LTDA.
Rua Dr. Mário Vicente, 368 — 04270-000 — São Paulo, SP
Fone: (11) 2066-9000 — Fax: (11) 2066-9008
http://www.editorajangada.com.br
E-mail: atendimento@editorajangada.com.br
Foi feito o depósito legal.

"Coragem é a resistência ao medo, domínio do medo,
e não a ausência do medo."

— Mark Twain

AGRADECIMENTOS

Acho esta parte sempre complicada, pois sou, naturalmente, uma pessoa muito esquecida. Sempre fico com medo de esquecer de dizer algo importante ou de citar alguém especial. Ao colocar o ponto final neste livro, refleti sobre todo o processo que vivi para a sua criação. Foram dias, semanas e meses de muito trabalho árduo e nenhuma folga. Este foi, até o momento, o livro ao qual eu mais me dediquei, para entregar a vocês uma história tão boa quanto as que eu adoro ler.

Agradeço por toda a paciência que minha mãe, Fátima, teve comigo durante esse caminho. Sei que me tornei chata, ranzinza e difícil de se conviver, mas foi por uma boa causa! A ela e meu irmão Rodrigo pelo apoio, palavras e todas as inúmeras conversas que tivemos desde o começo e que ainda temos todo dia. E a toda a minha família, pelo carinho e torcida desde o primeiro livro!

Agradeço também a pessoas especiais, Glaucy Ramalho e Mayara Pongitori, que me ajudaram com a revisão enquanto eu escrevia. E também à minha querida Samantha Almeida, que precisou me dar uma aula rápida de biologia sobre coisas nas quais não prestei atenção no colégio.

Também deixo registrado meu carinho mais que especial pelas primeiras leitoras de *Tempestades de Sangue*. Pessoas queridas, que me acompanharam durante essa jornada: Aline, Francielle, Joara, Lhayenny, Priscila, Kese, Raissa, Josiane, Crislei, Gleici, Flavia, Monique, Luiza e Nayara. Meninas, o apoio e a opinião de vocês foram muito importantes para que o livro ficasse lindo! Obrigada por surtarem, rirem e chorarem com meus personagens! Foi muito divertido!

Não posso deixar de agradecer aos meus calos fofos (apelido carinhoso dos meus leitores), os antigos e os que estão chegando agora, espalhados por esse Brasil enorme (e alguns pelo mundo). Os calos tornam a minha vida muito mais feliz!

Aos blogueiros que receberam *Fortaleza Negra* com tanto carinho e fizeram o possível para espalhar a história por aí. Espero que amem *Tempestades de Sangue*!

A toda a equipe do Grupo Editorial Pensamento, por apostarem no meu sonho!

E obrigada, Deus, por nunca me abandonar.

PRÓLOGO

Foi DIFÍCIL ABRIR OS OLHOS. Precisei fazer um esforço extraordinário para mantê-los abertos, tamanha era a dor que eu sentia. A primeira coisa que percebi foi a penumbra. Apenas uma luz bruxuleante iluminava o teto acima, vinda da fogueira acesa a alguns metros.

Logo procurei me sentar. Levei as mãos amarradas à cabeça e fiz o possível para tatear o local dolorido. Eu sentia um latejar na nuca, mas o crânio parecia intacto. O único sangue, que por sinal já estava seco, tinha saído dos meus ouvidos quando Rurik me atacou e do meu nariz quando ele me deu um soco na cara. Eu também tinha alguns arranhões nos braços e nas pernas. Meu olho direito não abria totalmente e eu sentia dor ao piscar.

Eu me arrastei até conseguir apoiar as costas na parede fria e úmida. Então, com uma rápida olhada ao meu redor, descobri que estava dentro de uma caverna. À minha esquerda, um túnel parecia levar até a saída. O chão desnivelado estava coberto por um limo nojento e havia um pouco de neve acumulada em alguns locais. Minhas roupas estavam molhadas e meus dedos doíam quando eu os mexia, por causa do frio. Ia acabar morrendo de hipotermia se não saísse logo dali.

Gemi em protesto, sem querer acreditar que aquilo estava mesmo acontecendo comigo. Como eu tinha sido tão estúpida a ponto de me deixar ser pega daquele jeito? Se não morresse desta vez, com certeza morreria quando Mikhail pusesse as mãos em mim. O Mestre ficaria muito irritado ao descobrir que eu não estava mais na Fortaleza.

Encostei a cabeça na parede e fechei os olhos para aliviar a dor. Não queria olhar, por enquanto, para o corpo estendido ao meu lado. Ainda precisava tomar coragem e conferir se ele estava vivo ou morto.

CAPÍTULO UM

QUINZE DIAS ANTES

HAVIA QUEM PENSASSE QUE O ÚNICO MOTIVO que me levava a me arrastar para todos os lados como um zumbi era o fato de ainda estar de luto pela minha amiga. O que não era mentira, mas não explicava tudo. Podia até ser que Mikhail não tivesse me abandonado, que ele apenas precisara se ausentar por alguns dias. Só que eu não conseguia enxergar as coisas desse jeito. Tinha sido, sim, abandonada, justamente num momento extremamente delicado da minha vida. Minha mágoa era por ele nem sequer ter se despedido antes de partir. Como se uma carta escrita rapidamente e com poucas palavras pudesse ser suficiente para aplacar a tristeza que eu sentia.

Naquele dia fatídico da morte de Helena, minha melhor amiga, eu li a carta deixada por ele, me avisando de que se juntaria aos outros Mestres para caçar o grupo de minotauros que atacara a Fortaleza. No momento em que me vi sem ele para me apoiar, achei que fosse morrer de desgosto. Eu já estava abalada pelo que tinha acontecido a Helena e ainda fora surpreendida com a ausência abrupta do Mestre.

Nem fui ao enterro. Cheguei a vestir roupas pretas, mas meus pés travaram na hora de passar pela porta de casa. Um caixão lacrado não era a última imagem da minha amiga que eu queria ter gravada eternamente na minha memória. Por sorte, Lara e Kurt resolveram me fazer companhia enquanto minha família seguiu para o cemitério. Tanto Helena quanto seu pai foram devidamente enterrados como moradores da Fortaleza. Mesmo que nunca tivessem pisado do lado de dentro dos portões.

Durante dois dias inteiros, permaneci de luto e sem vontade de fazer nada. Meus pais, pelo menos, entenderam a situação. Eles me deixaram quieta em meu quarto, na companhia dos meus amigos que, de vez em quando, apareciam por lá. No terceiro dia após o enterro, porém, minha mãe me obrigou a voltar ao colégio.

Sendo assim, há mais de uma semana eu frequentava as aulas como se fosse um robô. Não prestava atenção nas matérias, não conversava direito com ninguém e só falava quando necessário. Então, quando entrei no ônibus escolar, ignorei mais uma vez os olhares curiosos sobre mim. Desde que voltara às aulas, passava por esse tipo de situação diariamente, como se eu fosse alguma aberração andando à solta pela Fortaleza.

— Sasha!

Olhei na direção de Lara e Kurt. Ele se levantou e se sentou no banco de trás para me deixar um lugar vago ao lado dela. Tirei os fones de ouvido, interrompendo *Summertime Sadness*, da Lana Del Rey. Eu me joguei de qualquer jeito no assento e resmunguei um bom dia para eles. Soltei a mochila aos meus pés e virei o rosto para olhar pela janela.

Lara me encarava daquele seu jeito complacente e sabia que eu não queria conversar. Pelo menos não ali dentro do ônibus, com todo mundo tomando conta da minha vida.

— Respire fundo, hoje será um ótimo dia. — Ela apertou meu ombro.

— É só mais um dia — respondi sem muita emoção, minha cabeça latejando.

— Não é só mais um dia! — Senti Kurt apoiar-se no encosto do nosso banco e colar a bochecha na minha. — É um dia lindo, com finos flocos de neve caindo do céu e um mundo de possibilidades!

Lara revirou os olhos e empurrou a cabeça para trás. Como eu não respondi, ele suspirou e se ajeitou no banco.

— Ah, tudo bem, você não está no clima. É só mais um dia, então — resmungou, tamborilando os dedos na janela.

O vazio dentro de mim era enorme e me passava uma sensação enervante de impotência. Eu não sentia nem vontade de respirar, só fazia isso porque não era do tipo suicida. E porque, quanto mais fugimos dos problemas, mais rápido eles nos encontram.

Eu havia descido do ônibus e caminhava de costas pela calçada, esperando Kurt amarrar os cadarços dos tênis. Estava tão distraída que acabei trombando com alguém. Virei rápido para tentar me equilibrar, mas acabei caindo com a outra pessoa. Era Erica, uma líder de torcida. Ela tinha feito parte da banca de jurados no dia do meu teste para entrar na equipe — aquele mesmo teste que eu desejava esquecer para sempre.

— Ô, esquisita! Não olha por onde anda? — Histérica, ela balançava as mãos na frente do corpo, com medo de tocar na própria roupa. — Olha só o que você fez!

Enquanto eu me levantava e arrumava minha mochila, olhei para a camiseta branca que ela vestia e que agora estava manchada de esmalte rosa. Erica tratou de se levantar também e me empurrou pelos ombros. Foi um empurrão tão forte que eu tropecei e quase caí em cima de Kurt, atrás de mim.

— Ei, qual é o seu problema? — perguntei, recuperando o equilíbrio. — Desculpa, ok? Trombei com você, mas foi sem querer.

— Você manchou a minha blusa!

— E que culpa eu tenho? Quem manda pintar as unhas e andar ao mesmo tempo? Isso é coisa de gente doida!

Lara e Kurt tentaram me puxar na direção do prédio do colégio, mas de repente eu me senti muito mais interessada em arranjar confusão. Aquela discussão infantil era revigorante e libertadora.

— Eu sou a doida? — Ela me fulminou com o olhar. — Pelo menos não vivo me envolvendo em ataques de mitológicos. O que você é? Algum tipo de ímã para problemas?

— Você não sabe o que está falando.

— Sasha, vamos embora. — Lara pegou minha mão e tentou me puxar. — Deixe essa garota falando sozinha.

A líder de torcida estava toda sorridente, limpando inutilmente a mancha rosa da camiseta branca. Resolvi ignorar a provocação e comecei a me afastar, mas só tinha dado três passos quando ouvi a mocreia chamando o nome de Lara.

— Cuidado! — falou para Lara. — Eu soube que as amigas dessa aí costumam virar petisco de mitológico.

Eu não era do tipo que me envolvia em brigas no colégio. Também nunca fui dessas pessoas que se exaltam por qualquer motivo e perdem a cabeça com facilidade. Isso até eu me mudar para a Fortaleza. Era impressionante como, desde o primeiro dia em que pisara ali, eu sempre me metia em confusão! As pessoas deviam achar que era eu quem procurava problemas, mas não era verdade. Os problemas é que me encontravam, sem que eu pedisse. E, quando isso acontecia, eu simplesmente os encarava.

Senti o sangue ferver e meu coração se apertou dentro do peito, diante daquela ofensa que eu tinha acabado de ouvir. Lara me soltou, tão chocada que ficou com as palavras de Erica. Kurt mostrou o dedo do meio a ela, mas nenhum gesto que meus amigos fizessem seria suficiente para eu me sentir vingada.

Meus pés deslizaram pelo chão quando avancei sobre a loira esnobe. Ela arregalou os olhos ao perceber minha intenção e tentou recuar, sem sucesso.

— Retire o que disse! — gritei e agarrei os cabelos platinados dela com tanta força, que ela gritou e se contorceu, tentando tirar os fios da minha mão. — Retire! Agora!

— Me solta, sua louca! — ela berrou, arranhando os meus braços, mas não senti dor alguma naquele momento.

Quando dei por mim, estávamos as duas no chão. Naquela posição, ficou ainda mais fácil agredi-la, e eu não pensei duas vezes antes de estapeá-la no rosto. Também levei alguns tapas e chutes, mas, cada vez que minha mão estalava de encontro à pele dela, eu me sentia mais aliviada. Infelizmente, não demorou muito para que apartassem a briga. Senti alguém me puxando e me tirando de cima da garota. Dei uma cotovelada no estômago da pessoa e ouvi um gemido.

— Calma, gatinha raivosa! — Era Kurt, que me colocou no chão, mas continuou segurando meu braço. — Sasha, acho melhor a gente sair daqui antes que o diretor apareça.

Olhei para o homem carrancudo parado bem atrás dele, de braços cruzados e uma expressão de cão raivoso. Tudo me levava a crer que eu não sairia dali impune. Não sabia se ele tinha visto a briga desde o início, mas com certeza presenciara o final.

O diretor consultou o relógio de pulso e, antes de se virar para entrar no prédio, apontou para mim e para a loira descabelada.

— Quero as duas na minha sala agora! Entenderam? — Então balançou a cabeça com desgosto e nos deu as costas.

— Eu tentei evitar que isso acontecesse. — Kurt suspirou. — Agora, você precisa torcer para não ser suspensa.

— Foi só uma briga de garotas, Kurt. Não é o fim do mundo. — Respirei fundo e saí apressada, sem esperar pelos meus amigos. Ajeitei a roupa e me encaminhei para a sala do diretor.

Ele estava sentado atrás da escrivaninha, impassível. Antes que eu tivesse chance de pedir licença, ele já tinha me mandado entrar e me sentar. A patricinha arrogante chegou logo em seguida, puxou a cadeira ao meu lado e cruzou as pernas, fazendo pose. Com exceção da mancha na camiseta, ninguém que olhasse para ela diria que tinha se envolvido numa briga alguns minutos antes. Ao passo que a minha aparência não devia ser das melhores. Ao contrário dela, eu não havia parado na frente do espelho para ajeitar os cabelos.

— Muito bem, eu não vou perguntar quem começou a briga, porque vocês, adolescentes, nunca dizem a verdade. Uma vai colocar a culpa na outra, e eu vou acabar perdendo meu tempo. As duas vão receber advertências, que deverão ser assinadas pelos pais. — Abri a boca para retrucar, mas ele levantou a mão. — Sem discussão, senhorita Baker.

Ouvi o resmungo da loira, que também não estava contente. Mas o diretor parecia tão insatisfeito com aquela conversa quanto nós.

— Estão dispensadas. Podem ir para as suas salas e, no final da primeira aula, voltem aqui. Suas advertências estarão esperando por vocês.

Assim que ele terminou de falar, Erica se levantou e saiu da sala, rápida como um raio. Eu me levantei devagar, sentindo uma fisgada no joelho direito. Ela continuava linda e ágil, eu estava descabelada e manca. Minha vida nunca era fácil.

— Quando sair do colégio, a senhorita deverá ir diretamente à Morada dos Mestres. Ordem do Mestre Klaus.

Girei nos calcanhares e olhei chocada para o diretor.

— O quê? Uma advertência não é suficiente?

— No seu caso, tudo indica que não.

— Ele também mandou que a Erica fosse até a Morada? — Apontei na direção da porta, mesmo sabendo que a garota já tinha sumido.

— A ordem foi única e exclusivamente para você, senhorita Baker. Não dificulte ainda mais as coisas. E sua aula já vai começar. O que ainda está fazendo aqui?

— Ah, mas que beleza...

Joguei a mochila de qualquer jeito sobre o ombro e saí da sala. Meu sangue fervia e a raiva que eu sentia daquela garota só tinha aumentado. De Klaus também, porque ele não tinha o direito de se meter na minha vida.

O Mestre estava levando muito a sério a promessa que fizera a Mikhail. Desde a morte de Helena, aquela seria a terceira vez que ele me faria pisar na Morada. As duas primeiras tinham sido para se certificar de que eu não estava me metendo em nenhum problema. Pois bem, agora, eu finalmente tinha arranjado um.

🙂 🙂 🙂

Quando entrei na Morada pela segunda vez naquela semana, a funcionária me olhou enviesado. Ela não ia com a minha cara desde o dia em que eu tinha me jogado no chão, chorando e implorando para falar com Mikhail, logo após a fatídica luta na qual ele perdera — e recuperara — um braço.

Sorri para ela, debruçando-me sobre a grande bancada de vidro.

— Mestre Klaus mandou me chamar.

— Ele já a está aguardando. Pode subir.

Ignorei a amargura na voz dela e fui adiante, entrando no elevador e esperando que ele me levasse ao destino incerto. Olhei meu reflexo no espelho e fiz uma careta para meu rosto pálido, sem um pingo de maquiagem. Meu cabelo também não ajudava, desgrenhado e preso num rabo de cavalo desleixado.

O elevador parou e a porta se abriu, revelando o salão de apresentações que eu já conhecia muito bem. Caminhei preguiçosamente pelo piso negro, até parar diante de Klaus. Ele estava sentado, todo relaxado, em sua cadeira e me olhava sem muito interesse.

— Queria me ver, Mestre? — perguntei, sem conseguir esconder a rispidez em minha voz.

O silêncio pairou entre nós. Incomodada, eu o encarei decidida. Ele me olhava fixamente, o rosto apoiado numa das mãos e uma expressão de quem avaliava qual seria o melhor castigo para mim. O manto entreaberto revelava uma camisa branca amarrotada. Um visual bem desleixado para quem andava sempre impecável. Klaus parecia ter interrompido alguma coisa muito interessante para falar comigo.

Dei de ombros, me controlando para permanecer calada. Quando ele finalmente se mexeu na cadeira, apoiou os cotovelos nos joelhos, pronto para iniciar o sermão.

— Estou tentando entender em que momento me degradei a tal ponto que agora me encontro aqui, repreendendo uma criança que brigou no colégio.

— Não sou criança. — Ignorei o sorriso dele. — E eu já recebi uma advertência, não era preciso me chamar.

Ele se levantou numa fração de segundo e parou diante de mim. O deslocamento de ar causado pelo movimento agitou os fios da minha franja. Suspirei, de olhos fechados, e os abri para encarar o vampiro. Meu coração acelerou de forma drástica, mas não deixei transparecer minha agitação.

— Não pense você que, por estar de luto, vou aceitar que fale o que quer, Aleksandra. Não se esqueça de que não sou Mikhail.

Os olhos azuis do Mestre refletiam sua ira e eu cheguei a recuar um passo quando ele sussurrou tão perto do meu rosto. Depois de alguns segundos, no entanto, me lembrei de que Klaus não era a pior criatura que eu já tinha enfrentado.

— Desculpe, Mestre. — Ajeitei a postura e pigarreei para recuperar a firmeza da voz. — Se pretendia me assustar, devo dizer que nada pode superar o terror que senti no dia em que um minotauro pulou em cima de mim.

Ele estreitou os olhos e exibiu as presas, mas, depois de alguns segundos me encarando, fechou a boca. Acabou sorrindo, daquele seu jeito horripilante de quem estripa filhotes de gatos sem pestanejar. Senti suas mãos pesadas em meus ombros, enquanto ele me virava devagar em direção à saída.

— Você é realmente uma criatura insuportável. Saia daqui e não me invente mais nenhum problema, senhorita Baker. Senão vou trancafiá-la por alguns dias no calabouço e, desta vez, não vou negociar sangue com seu pai.

Ele me acompanhou até o elevador, mas, antes que pudesse se livrar de mim, eu me virei para encará-lo pela última vez. Klaus provocou aquela pressão detestável na minha cabeça, deixando bem claro que nossa conversa amigável tinha acabado. Resisti ao ataque e mantive o olhar fixo nele.

— Pode, por favor, me dar notícias?

— Do quê?

— Dos mitológicos que nos atacaram. E dos Mestres que foram atrás deles. — Eu mordi o lábio com força quando senti meus pés saírem do chão. Meu corpo foi empurrado para trás com violência e eu sabia que aquilo ia doer. — Por favor, Mestre!

Minhas costas bateram nos fundos do elevador e meus pés voltaram a tocar o chão num baque. Então percebi que não estava sozinha. Dentro do elevador; estava o segurança do Buraco, o mesmo para quem eu tinha doado sangue duas vezes. Meu corpo todo gelou. Não sabia se a presença do homem, naquele momento, tinha alguma coisa a ver comigo. Porém, ele nem demonstrou ter me reconhecido. Saiu do elevador, fez uma reverência para o Mestre e esperou.

Klaus aproximou-se e segurou as portas metálicas com as mãos, enquanto o apito insistente avisava que o elevador queria fazer seu trabalho.

— Concentre-se apenas em não arranjar mais nenhum problema. Durante, pelo menos, uma semana. – Ele se afastou para que as portas se fechassem e eu suspirei aliviada, não vendo a hora de sair dali.

A ausência de Mikhail nem era o mais difícil, mas sim a falta de notícias. Isso me tirava o sono e me deixava cada dia mais estressada. Depois que tinha descoberto que Rurik estava por trás de todos os ataques, em conluio com os mitológicos, eu não conseguia mais ficar tranquila. Sempre acabava pensando no que viria a seguir.

Não muito depois de ter saído da Morada, tive que atender ao telefonema de Kurt. Ele sabia que eu me encontraria com Klaus e tinha ligado para que eu descrevesse detalhadamente o nosso encontro. Não que eu tivesse algo bom a dizer.

Depois de desligar, abracei meu corpo, arrepiado com uma ventania que parecia anunciar chuva para mais tarde. Eu já sabia, graças a Mikhail, que chuva na Fortaleza não era uma condição climática comum. Ela geralmente indicava um terrível mau humor do Mestre Klaus. Teria o seu estado de espírito algo a ver com a visita do segurança do Buraco? Eu queria ter o dom da invisibilidade para poder ficar na Morada e ouvir a conversa dos dois.

Distraída, atravessei a rua sem notar que o semáforo estava aberto. Parei ao som de uma buzina estridente e senti meu coração quase sair pela boca. Enquanto me apalpava para ver se faltava alguma parte do meu corpo, vi Blake sair de dentro do seu carro e correr na minha direção. Ele estava tão apavorado quanto eu.

— Minha nossa, Sasha! Você não viu o semáforo?

— Na verdade, não. — Olhei em volta, notando que alguns curiosos tinham parado para assistir à cena. Torci para que o incidente não chegasse aos ouvidos de Klaus. Ele acabaria pensando que eu fazia aquelas coisas de propósito.

Blake me segurou pelos ombros e me olhou nos olhos.

— Você está bem?

Era paranoia minha ou ele parecia feliz por quase ter me atropelado? Talvez porque assim teria motivo para falar comigo, já que não nos falávamos direito desde o Baile Branco. Com a mesma rapidez com que eu tinha me encantado com o garoto de sorriso lindo, também tinha me desencantado.

Agora, olhando Blake de perto, dava para perceber por que era fácil ficar caidinha pelo garoto de cabelos escuros e olhos carinhosos. Ninguém era capaz de perceber o que ele vinha tramando em segredo. Até mesmo eu havia cogitado a hipótese de ter imaginado toda aquela conversa sobre traição, que havíamos tido da primeira vez em que visitei a casa dele.

— Estou bem. Só me distraí um pouco e acabei não prestando atenção.

Vi que Blake tinha bloqueado uma faixa da rua ao parar para me socorrer. Agora os carros precisavam ultrapassar o veículo dele pela contramão, mas o garoto não parecia nem um pouco preocupado com isso.

— Se eu tivesse machucado você, não me perdoaria — ele disse, tirando a franja da testa. — Está indo para casa? Posso te dar uma carona.

— Não precisa. Não quero atrapalhar — respondi, sem graça.

— Eu faço questão, Sasha. — Como eu ainda estava meio desnorteada, deixei que ele segurasse a minha mão e me levasse até o carro. — É melhor não corrermos o risco. Se você está tão distraída, não é seguro ficar andando por aí na rua.

Quando Blake abriu a porta e eu entrei, senti o cheiro do seu perfume impregnado ali dentro. Coloquei a mochila aos meus pés e apoiei a cabeça no encosto do banco. Tinha de admitir que uma carona não era de todo uma má ideia. Ela poderia me poupar vários minutos de caminhada.

Blake, pelo jeito, era um cara bem metódico. O interior do sedã estava impecavelmente limpo e arrumado. A única coisa fora do lugar eram alguns papéis no assoalho do carro. Deviam estar empilhados no banco traseiro, mas, quando Blake freou, tinham se espalhado e agora estavam por todos os lados.

Peguei os que estavam ao meu alcance e os arrumei, mas, antes de colocá-los de volta na pilha, meus olhos foram atraídos para uma palavra que eu já conhecia bem. Blake já estava dando a volta no carro, então não tive muito tempo para bisbilhotar, mas notei algumas especificações técnicas da *Exterminator* e seu funcionamento. Coloquei os papéis no banco traseiro segundos antes de Blake abrir a porta.

— E então, como você está? — ele perguntou, finalmente dando partida no carro. — Não tivemos muita oportunidade para conversar ultimamente.

— Eu estou indo. Tentando lidar com o que aconteceu. — Dei de ombros.

— Sinto muito mesmo pelo que houve com sua amiga e o pai dela. Foi horrível! Espero que saiba que pode contar comigo para o que precisar. Eu sei que não agi da melhor forma com você antes, mas gostaria que ficasse tudo bem entre nós.

Eu não estava com vontade de conversar sobre a morte de Helena, nem sobre o que tinha acontecido entre mim e Blake. Eu tinha gostado dele por um tempo e ele de mim. Então ele me irritou ao se afastar, alegando que trabalhava com meu pai e não queria se indispor com o chefe. Eu fiquei com raiva, acabei me envolvendo com Mikhail, e Blake tornou-se passado na minha vida. Ponto final, sem nada mais a ser discutido. No entanto, a parte chata de ficar perto dele é que o garoto sempre batia na mesma tecla. Ele agora estava arrependido de ter me tratado daquele jeito e insistia no assunto, causando-me um desconforto instantâneo.

— Eu não devia ter me preocupado com o que o seu pai ia pensar, mas você tem que entender que eu tinha uma reputação a zelar.

— Blake.

— Você tem razão em ficar com raiva de mim. Aceito que tenha me ignorado nas últimas semanas e tudo mais...

Ele não parava mais de falar, embora sempre atento à direção. Se ao menos olhasse para mim, veria minha expressão de frustração e ficaria quieto. Respirei fundo, cogitando abrir a porta do carro. Podia me jogar na rua só para evitar todo aquele papo de sempre, mas me virei no assento e estalei os dedos perto do rosto dele.

— Blake! Não quero falar sobre isso, ok?

Ele passou a língua pelos lábios, uma cena que antigamente teria me deixado com corações desenhados nas pupilas.

— Eu sinceramente não entendo.

— Mas não há nada para entender. Eu já te superei, não sinto mais nada por você. Me desculpe, mas é a verdade.

— E eu posso saber o motivo?

Para minha felicidade, estávamos entrando na minha rua, mas notei que Blake desacelerava justamente para prolongar minha presença ali. Peguei minha mochila no assoalho do carro e a abracei com toda a força. Com as mãos ocupadas, eu não corria o risco de voar no pescoço dele e obrigá-lo a dirigir mais rápido.

— São vários motivos. Você me magoou e também aconteceram outras coisas na minha vida. Acabei perdendo o interesse.

— Que outras coisas? Você está falando dos ataques?

Eu estava falando da minha relação com Mikhail, mas não podia entrar em detalhes com Blake. Não que eu pudesse chamar meu envolvimento com o Mestre de "relação". Eu sabia que estava apaixonada por ele, que sentia coisas que nunca tinha sentido na vida. Não conseguia nem ter olhos para outra pessoa. Porém, in-felizmente, eu não sabia como Mikhail se sentia. Ainda não tinha aceitado aquela nossa discussão sobre namoro. Meu futuro com ele era incerto, pois eu sabia que a qualquer momento ele poderia enjoar de mim. Aonde aquela relação nos levaria, era um mistério.

— Sim, foram os ataques — afirmei, para despistar. — Desculpe, Blake, mas não sinto mais nada por você.

E, enfim, muito a contragosto, ele parou na porta da minha casa, desligou o carro e tirou o cinto. Eu esperava que não tentasse se inclinar sobre mim nem nada do tipo. Por via das dúvidas, levei a mão à maçaneta da porta o quanto antes.

— Uau, isso é o que eu chamo de um balde de água fria!

— Só não quero mais prolongar o assunto, ok? E obrigada pela carona.

Abri a porta e desci do carro, mas, antes de fechá-la, Blake apoiou o braço no banco do carona e me olhou com aqueles olhos de cachorro abandonado.

— Será que podemos pelo menos ser amigos?

— Claro! — menti, pois não tinha a menor intenção de ser amiga do futuro traidor da Fortaleza. Não precisava acrescentar aquele tipo de problema ao meu vasto histórico.

Quando entrei em casa, minha mãe me olhou com cara de poucos amigos. Eu não andava muito sociável, então ela tinha se acostumado a me ver em casa logo depois do colégio. Como dessa vez eu tinha demorado, estranhou.

Joguei a mochila no sofá e me sentei para relaxar um pouco. Estiquei as pernas sobre a mesinha de centro e liguei a televisão, consciente dos olhares da minha mãe. Ela estava em pé na porta da cozinha, de braços cruzados, esperando que eu começasse a falar.

Parei de mudar os canais da TV e soltei o controle, sem querer assistir a nada em especial.

— Levei uma advertência no colégio e fui chamada na Morada dos Mestres.

— De novo, Aleksandra? — A exasperada jogou o pano de prato em cima do ombro e se aproximou de mim com uma carranca. — Você sabe que não deve arranjar problemas com Mestre Klaus. E que advertência foi essa?

— Bem, ao que tudo indica, ele parece gostar da minha companhia, mãe. Não tenho culpa se fica me chamando toda hora. — Eu me joguei preguiçosamente na direção da mochila e abri o bolsinho externo, retirando o papel para ela assinar.

Mamãe suspirou quando entreguei a advertência e passei por ela para subir as escadas. Ela não devia reclamar, já que tinha passado os últimos dias pedindo para que eu saísse da inércia que andava tomando conta de mim.

— Foi apenas uma briga, nada demais. E, em minha defesa, foi impossível não reagir. A garota quis me provocar, falando de Helena.

— Deixasse ela falar. Imagina como seria se eu resolvesse brigar com todo mundo que fala algo que eu não gosto de ouvir. Não pense que isso vai passar em branco! Vamos conversar melhor no jantar, quando seu pai estiver em casa.

Fechei a porta do meu quarto enquanto ela ainda reclamava da advertência. Girei a chave para me trancar e respirei fundo. Ainda dava para sentir um pouquinho da fragrância da vela de lavanda que eu acendera na noite anterior.

Sem me incomodar em trocar de roupa, me joguei de bruços na cama e fiz aquilo que fazia quase todos os dias: chorei. Por mais que meus amigos fossem maravilhosos e sempre tentassem me animar, nada supria a falta que eu sentia de Mikhail. Mesmo que nunca tivesse se comportado como alguém muito romântico ou sensível, ele sempre se mostrara solidário à minha tentativa de trazer Helena para a Fortaleza.

CAPÍTULO DOIS

| MIKHAIL |

ESTÁVAMOS ABRIGADOS NUMA CAVERNA nas entranhas da Cordilheira da Crimeia. Há dois dias, Nadia e eu vínhamos percorrendo a Ucrânia sozinhos. Um pouco depois de cruzarmos a fronteira, Nikolai achou melhor que nos dividíssemos em dois grupos. Nós dois cobriríamos a região pelo Leste Europeu até chegarmos à Grécia, enquanto ele e Vladimir ficariam com o Oeste. Nosso ponto de encontro seria nos Montes Dícti, em Creta, uma ilha grega.

No entanto, parecia que estávamos sempre um passo atrás dos mitológicos. Avançávamos o mais rápido possível durante a noite, mas era inevitável que nos escondêssemos antes do nascer do sol. Além de possuírem força descomunal, os mitológicos não precisavam fugir da luz do dia. Eles ficavam, sim, mais fracos e debilitados durante esse período. Eram seres originários do mundo inferior e da escuridão, portanto a noite também os fortalecia. Mas, apesar dessa semelhança conosco, se fosse necessário, eles podiam se expor à luz do sol por poucas horas, sem sofrer nenhum dano mais grave. Isso lhes garantia uma certa vantagem, visto que assim podiam aumentar a distância entre nós.

— Acha que a Fortaleza ainda está inteira, com Klaus sozinho por lá?

Nadia estava deitada nos fundos da caverna, terminando de saborear o lince que caçáramos antes de nos recolher. Eu tinha feito o favor de me alimentar do lado de fora, mas minha irmã fizera questão de levar sua refeição para o lugar onde passaríamos o dia inteiro, só pelo prazer de me fazer sentir o cheiro de bicho morto durante horas. O pior é que eu odiava sangue animal, achava asqueroso, mas naquela situação não havia muitas opções.

— Acho que está tudo bem. — Eu estava sendo sincero. Klaus podia ter seus defeitos, mas ele zelava pela Fortaleza.

Tinha certeza de que, àquela altura, toda a segurança já devia ter sido redobrada com a nossa ausência. Eu só esperava que Sasha não estivesse causando muitos problemas, pois sabia até onde ia a paciência de Klaus. Ela se esgotava rapidamente.

Alinhei as costas à parede e tentei relaxar um pouco. Não estava sendo fácil passar as últimas quarenta e oito horas na companhia de Nadia. A única pessoa que eu tinha para conversar durante o tempo em que ficaria enfurnado ali dentro era minha estúpida e insuportável irmã.

Ela me lançou um olhar lânguido e atirou o animal morto na parede oposta. O corpo pesado do lince bateu contra as pedras e caiu no chão com um baque. Limpando os cantos da boca, sorriu para mim.

— E então, como vamos matar o tempo?

Suspirei e fechei os olhos. Se eu me concentrasse em esquecer a presença de Nadia e não prestasse atenção à sua voz, talvez as horas passassem mais rápido.

Eu ainda pretendia atravessar o Mar Negro naquela noite. Depois faríamos uma parada em Istambul e então atravessaríamos a Turquia em direção ao sul. De lá até Creta seria mais rápido. Não queria ficar muito tempo longe da Fortaleza.

CAPÍTULO TRÊS

SELECIONEI *SAY SOMETHING*, do A Great Big World, no meu iPod. Saí caminhando pelo meio da rua, sabendo que àquela hora quase não haveria tráfego. O relógio marcava meia-noite, era dia de semana e a maioria dos humanos já estava na cama, mas eu precisava respirar um pouco de ar puro. Queria me sentir viva e deixar o frio da noite congelar minhas bochechas.

Como chovera algumas horas antes, meus tênis de solado fino absorviam um pouco da umidade do asfalto, mas eu não me importava. Caminhava olhando para o céu, observando as estrelas que brilhavam intensamente naquela noite e tremi quando uma ventania açoitou meu corpo.

A minha intenção era andar sem destino certo. Quando me dei conta, já entrava no pequeno bosque da área residencial. Aquele lugar já tinha presenciado algumas cenas entre mim e Mikhail — e até mesmo Vladimir.

Escolhi o banco mais seco para me sentar e aumentei o volume da música. De olhos fechados, revivi os últimos meses ali na Fortaleza. Os mais intensos da minha vida, sem a menor sombra de dúvida.

Quando o fone foi puxado do meu ouvido esquerdo, uma voz grave me alcançou.

— Devo lembrá-la de que sua cabeça ainda está a prêmio entre os mitológicos?

Eu não precisava abrir os olhos para saber que era Klaus diante de mim. Já reconhecia aquela voz. Apenas balancei a cabeça e deixei-a pender para trás.

— Não seria meu primeiro encontro com eles. — Suspirei e por um instante aproveitei o silêncio que se seguiu. Depois, levantei o rosto e o encarei sem muita vontade. — Estou começando a achar que meu destino é morrer nas garras de um minotauro.

— É bem provável que seja, mas prefiro que isso aconteça quando eu não estiver por perto. — Ele me lançou um olhar duro, provocando aquela pressão desagradável em minha cabeça. — Vá para casa, Aleksandra. Ou eu mesmo a levarei e não serei educado.

— Sabe o que eu estava me perguntando?

— Não, nem faço questão de saber. — O manto preto se agitou aos seus pés com o vento que ele certamente provocara na tentativa de me assustar.

— Pois vou dizer do mesmo jeito. O que acontecerá quando os Mestres encontrarem o grupo de mitológicos que estão perseguindo?

Como ele notou que eu continuava sentada e não parecia disposta a acatar suas ordens, aproximou-se de mim com um suspiro e sentou-se na ponta do banco. De repente, pareceu que tudo à nossa volta tinha ficado pequeno demais. A hostilidade que Klaus exalava, mesmo quando não demonstrava, fazia os pelos dos meus braços se arrepiarem. Cheguei um pouco para o lado, afastando-me o máximo possível daquele predador que, segundo Mikhail, tentara me matar semanas antes.

— O engraçado é que o assunto não lhe diz respeito, mas mesmo assim você insiste em tocar nele.

— É verdade, eu sou insuportável. Mestre Mikhail nunca comentou isso? — Puxei as pernas para cima do banco e dobrei-as debaixo do corpo para me aconchegar melhor.

Klaus revirou os olhos, deixando claro que não tinha a menor paciência comigo. Mas, se meus olhos não estivessem me pregando uma peça, eu podia jurar que os cantos de sua boca curvaram-se brevemente para cima.

Então ele relaxou um pouco ao meu lado e apoiou um dos braços no encosto do banco. Depois, esticou as pernas e olhou para o céu.

— Ou você é muito burra ou muito corajosa. Em algum momento, serei obrigado a tirar a prova.

— Eu só queria saber. Fui bem afetada nessa história toda. Perdi minha melhor amiga, quase perdi meu irmão e quase morri também. Duas vezes. Sinceramente, gostaria muito de poder matar aqueles infelizes com minhas próprias mãos.

— É uma pena ter que desperdiçar seu talento para o suicídio, mas infelizmente não posso deixar que se jogue na frente de mais nenhum mitológico. Já tivemos perdas demais na Fortaleza nas últimas semanas.

Ele fez menção de se levantar, mas antes ajeitou o manto e inclinou-se na minha direção. Seus olhos azuis se destacavam ainda mais na escuridão do bosque, e o branco de seus caninos brilhou quando ele fez questão de mostrá-los. Não era um sorriso amigável.

— Não há nada para você aqui fora, Aleksandra. Volte para casa e fique em segurança lá.

— Eu não precisaria ficar trancada em casa se soubesse me defender. Vocês já pensaram em abrir uma escola de luta aqui na Fortaleza?

Ele se levantou e me deu as costas, como se tivesse decidido me ignorar a partir daquele instante. Precisei me levantar também e caminhar a passos apressados atrás do Mestre, que deixava um rastro de folhas ao vento por onde passava.

— Não me faça rir! — ele acabou por dizer, encerrando a discussão.

Para deixar bem claro que nossa conversa tinha terminado, Klaus lançou mão da sua supervelocidade vampírica e desapareceu num piscar de olhos. Relutante, fiz o caminho de volta para casa, mais frustrada do que no início do passeio.

Meus amigos acharam o máximo quando eu apareci no colégio com mais disposição. Não estava mais andando pelos corredores como um ser inanimado nem passava a aula inteira muda, com os olhos fixos na folha em branco do caderno. Por outro lado, eles me olhavam como se eu tivesse acordado no corpo de outra pessoa e aquela antiga Sasha nunca mais fosse voltar.

— De onde saem essas ideias bizarras que habitam sua mente? — perguntou Lara, incrédula, depois de eu contar a eles sobre minha ideia da noite anterior — aquela sobre ter aulas de luta, defesa pessoal ou qualquer outra coisa que me impedisse de ser um alvo fácil para os mitológicos.

A verdade é que, pela primeira vez em semanas, eu estava de fato animada com alguma coisa que não fosse meu travesseiro e meu edredom. Quando voltei para casa após meu rápido encontro com Klaus, fiquei martelando a ideia na cabeça durante horas. Só consegui dormir quando o sol estava prestes a nascer.

Lógico que um humano sempre estaria em desvantagem ao encarar um mitológico, fosse ele um centauro ou minotauro. Mas aprender algumas técnicas de combate poderia, sim, ser uma vantagem. Se a pessoa pelo menos tivesse a chance de se defender e fugir antes de ser esmagada, então as aulas de luta teriam sido valiosas.

— Vocês não acham uma boa ideia? — Olhei para Kurt. Ele já tinha desviado o olhar, deixando claro seu completo desinteresse pelo assunto.

— Sasha, você acha que eu tenho cara de quem leva jeito para dar chutes e socos? — Lara gesticulou em sua própria direção, arqueando as sobrancelhas. — Olhe bem para mim. Eu tenho medo de pisar numa barata e ela voar na minha cara!

— Sou obrigado a concordar com a loira.

— Isso é porque vocês não têm o mínimo bom senso. Não seria obrigatório, faria as aulas quem quisesse. Só acho que deve ser ótimo aprender a se defender. Vocês nunca estiveram cara a cara com um minotauro com o dobro do seu tamanho.

O professor terminou de anotar no quadro os últimos itens do que cairia na prova da semana seguinte e virou-se de frente para a turma. Precisei me ajeitar na cadeira e interromper a conversa.

Na fila para o almoço, no entanto, eles não se livraram de mim tão facilmente. Estávamos parados em frente à seção de saladas quando soltei minha bandeja no apoio e cruzei os braços. Kurt, distraído, trombou comigo e quase deixou sua bandeja cair.

— Sério, estou decepcionada com vocês dois. Não estou pedindo que marchem para uma guerra nem nada do tipo — expliquei, desanimada —, mas seria legal se pelo menos apoiassem minha ideia. Eu quero muito convencer Klaus.

— Eu ainda não desculpei você por ter socializado com meu Mestre e nem sequer ter me chamado. — Kurt mordiscou uma cenoura e largou o restante no prato.

— Já disse que não foi programado, Kurt. Não telefonei para ele e marquei um encontro no bosque, como você parece achar. Simplesmente aconteceu de a gente se encontrar.

— Tudo bem, podemos dar uma mãozinha com suas ideias malucas — Lara falou, enquanto acompanhava a fila na nossa frente. — É claro que não vamos te deixar nessa sozinha. Mas... o que você tem em mente? Sabe muito bem que Klaus não é o Mestre ideal para você procurar.

— Mas ele terá que servir, visto que é o único disponível no momento — respondi.

Nós nos sentamos numa das mesas de canto a que estávamos habituados e nos surpreendemos quando vimos Blake andando em nossa direção. Ele segurava uma bandeja vazia e parecia um tanto encabulado.

— Ele está mesmo vindo para cá? — sussurrou Kurt, estranhando.

Por ser cientista e trabalhar na grande descoberta que salvaria a humanidade, o garoto era uma celebridade no colégio. O prodígio sempre almoçava na mesa do time de basquete, mesmo sem ter nenhuma habilidade para os esportes. Eu e meus amigos fazíamos parte da ínfima parcela que não beijava o chão que Blake pisava. Tivéramos algumas decepções com ele e, além disso, as informações que eu tinha sobre sua possível traição acabaram deteriorando definitivamente nosso relacionamento.

A conversa precisou ser interrompida quando o garoto sentou-se ao lado de Lara e sorriu para todos nós.

— E aí? Tudo bem?

— Tudo tranquilo — respondi, já que sobrara para mim o papel de educada.

— Por acaso estou atrapalhando alguma coisa? — perguntou sem graça, ao ver que meus amigos continuavam em silêncio. Felizmente, Lara saiu do choque e começou a tagarelar coisas desconexas até mesmo para mim.

Ataquei meu suflê de legumes com o garfo, descontando nele a frustração por não ter conseguido terminar a conversa sobre as aulas de luta.

🍃 🍃 🍃

No dia seguinte, um inóspito sábado de um frio polar, não estava nem um pouco animada para sair, mas Lara e Kurt encheram tanto a minha paciência que não tive alternativa senão abrir mão do meu pijama e vestir meu vestido verde-musgo de mangas três quartos por baixo do agasalho, meia-calça preta e minhas *ankle boots* com *spikes* prateados nas pontas.

No momento, eu estava parada em frente à porta do meu quarto, decidindo se girava ou não a maçaneta e encarava a "singela" nevasca da noite lá fora. Respirando fundo, abri a porta e dei de cara com meu irmão caçula no corredor. Victor me olhou daquele jeito que fazia desde o episódio do ataque ao ônibus — quando eu, sem querer, salvara a vida dele e a minha. Agora parecia que ele sempre tentava me agradar ou conseguir minha aprovação para alguma coisa.

— Você vai sair?

— Não. Achei interessante me vestir dessa forma para ver televisão com nossos pais.

— Eu posso ir junto?

Revirei os olhos enquanto passava por ele e desci as escadas. Victor me seguiu, trotando atrás de mim na esperança de ouvir uma resposta afirmativa. Que não ia acontecer.

— O que você acha? — Dei um tapinha na cabeça do Adotado, para confortá-lo. — Você nem pode entrar no lugar aonde vou. Qualquer dia eu te chamo para fazer um outro programa.

Encontrei meus dois amigos na frente da casa de Kurt, que, de nós três, era quem morava mais perto da entrada da área residencial. Já estava acostumada com o estilo estranho do meu amigo, então não comentei nada sobre a roupa escolhida para aquela noite: um traje cor de vinho com estampa de florzinhas que mais parecia a cortina que a minha avó, se fosse viva, compraria para a sua sala de estar. Eu sinceramente não entendia onde ele conseguia arranjar tanta roupa bizarra.

— Já estão avisados que não ficarei até tarde. Antes das duas horas, quero estar na minha cama, dormindo um sono tranquilo — falei, olhando bem para cada um.

Equilibrando-se em cima dos saltos de dez centímetros, Lara me olhou horrorizada e apontou para a tela do celular — aquele que ela carregava sempre dentro do decote do vestido.

— Como assim?! Mas já é quase meia-noite.

— Exatamente. Então é melhor a gente se apressar.

Em minha última visita ao Buraco, eu tinha vivido um momento bastante intenso com Mikhail. Voltar ao local e saber que a ausência dele seria evidente tirava todo o meu entusiasmo pela boate. Ele tinha mesmo que bancar o caçador e sair atrás daquele bando de minotauros? Não podia ter deixado a tarefa para os outros Mestres e ficado no lugar de Klaus? Claro que não! Ele era um osso duro de roer, assim como eu.

Entramos na fila, que já dobrava o quarteirão, e esperamos ansiosos. Kurt e eu podíamos entrar normalmente, mas Lara precisaria passar pela doação de sangue clandestina.

Um grupinho do nosso colégio, composto basicamente de jogadores de basquete e líderes de torcida, entrou na fila e eu me controlei para não virar as costas e voltar para casa. Entre eles estava Erica, que me lançou um olhar superior assim que notou minha presença.

— Eu acho bom essa garota ficar longe de mim — avisei. — Não estamos no colégio e aqui não tem nenhum diretor para me impedir de deixar essa lambisgoia careca.

— Você já olhou para os meus saltos? — Lara mexeu os pés e sorriu. — Se ela chegar muito perto, eu posso usá-los como armas!

— Boa garota! — exclamei, batendo meu ombro no dela.

— De que adianta ter uma amiga que namora um Mestre se não conseguimos nem furar uma fila? — Meu amigo suspirou, com as mãos na cintura.

— Não namoro um Mestre, Kurt — sussurrei. — E fale mais baixo, por favor.

Na cabeça dos dois, Mikhail era meu namorado. Com toda a confusão que imperava na minha vida, acabei não contando sobre a briga que havia tido com o Mestre, em minha casa, no dia que ele tinha deixado bem claro que nunca havia namorado e, pelo visto, não pensava em mudar essa tradição comigo.

— Por falar nele, como será que está? — perguntou Lara.

— Não faço a menor ideia. Não consegui arrancar nenhuma informação de Klaus. Se eu soubesse pelo menos quanto tempo ele vai ficar fora...

Nós duas sentimos um solavanco quando Kurt debruçou-se sobre nós, passando os braços sobre nossos ombros, empolgadíssimo. Cheguei a arranhar o bico da botinha no chão e quis xingá-lo, mas ele me calou antes que eu conseguisse protestar.

— Minha noite acabou de melhorar infinitamente! Klaus está aqui!

Um vampiro que estava na nossa frente na fila nos olhou enviesado e revirou os olhos para Kurt antes de se virar para frente. Eu não conseguia sentir a mesma emoção do meu amigo. Tinha medo que o Mestre implicasse comigo e me proibisse de entrar na boate.

— Que ótimo! — disse Lara, com ironia. — Agora você vai poder passar a noite toda curtindo sua paixão platônica, enquanto ele ignora a sua existência.

— Quanta amargura, loira! — Kurt nos deu um empurrãozinho quando a fila andou, então passou entre nós duas e ficou na nossa frente. — Não tenho culpa se você não tem chance com nenhum Mestre poderoso. Não desconte em mim!

— Acorda, Kurt! Não é porque Sasha se envolveu com um que todos os Mestres estão a fim de ficar com meros humanos.

— Vocês podem parar com esse assunto de Mestres e relacionamentos? Não aqui, ok?

Os dois deram um tempo na discussão e passaram a se concentrar no andamento da fila. Era sempre uma incógnita se conseguiríamos entrar ou não, pois não sabíamos se aceitariam a doação de sangue. Havia sempre a possibilidade de não aceitarem, já que o Buraco não tinha espaço para todo mundo. Se a casa lotasse, menores de idade com certeza não seriam prioridade.

— E o Blake, hein? O que deu nele para se sentar com a gente ontem? — Kurt brincava com sua gravatinha-borboleta. Apenas mais um acessório estranho do seu conjunto. Depois me lançou um olhar inquisidor. — Vocês voltaram a sair ou algo do tipo?

— Lógico que não. Ele me deu carona no dia da advertência, quando eu estava voltando da Morada. Na verdade, ele quase me atropelou, aí ficou com peso na consciência e me ofereceu carona até em casa.

— E daí?

— E daí que eu deixei bem claro que não queria mais nada com ele. — Encolhi os ombros ao perceber como meu interesse por Blake tinha sido equivocado. — Nunca houve nada entre nós mesmo. Foi algo muito passageiro.

— Eu acho que ele é meio louco — disse Lara, rindo da própria constatação. E o pior é que ela não estava totalmente enganada.

Andamos mais um pouco na fila. Restavam somente umas quatro pessoas na nossa frente. Fiquei aliviada, pois agora que estava ali não via a hora de tomar uma daquelas bebidas alucinantes.

Passei os braços pelo pescoço dos dois, aproximando meu rosto do deles. Queria confidenciar uma coisa que eu já vinha me questionando se deveria ou não compartilhar.

— Preciso contar a vocês algo sobre Blake. Mas não aqui, nem agora. Me lembrem disso amanhã.

— O que é?

— Não posso falar agora com tanta gente por perto.

— Você sabe que isso é maldade, né? Tocar no assunto e deixar para falar depois.

— Não dá para falar disso aqui, é um assunto meio sério. Eu nem sei se deveria mesmo contar, mas acho que não consigo guardar só para mim.

Eles me olharam cheios de curiosidade. Estava quase me arrependendo de ter iniciado a conversa, mas chegou nossa vez de entrar e Blake acabou sendo esquecido. O segurança que aceitava a doação clandestina fez um sinal com a cabeça, muito discretamente, e nos deixou passar.

Acompanhei Lara na sua ida ao banheiro, enquanto Kurt ia até o bar pegar nossas bebidas. A coleta do sangue foi rápida. Dessa vez, o vampiro foi eficiente, sem deixar que nenhuma gota caísse no chão. Nunca cheguei a contar a meus amigos sobre o que tinha acontecido naquele dia em que ele me roubou mais uma dose e Mikhail quase descobriu tudo. Eu me pergunto qual seria a reação do segurança se soubesse que sua sede insaciável por sangue quase causara uma tragédia.

O Buraco estava lotado de vampiros, poucos eram os humanos que eu conseguia notar. Talvez a maioria ainda estivesse muito abalada com o ataque dos minotauros. Ao me lembrar de tudo que tinha acontecido, segurei com força o copo na mão e tomei um longo gole da bebida. Não queria me embebedar, mas gostaria de esquecer um pouquinho o meu luto e aproveitar a noite.

Com meus amigos, me joguei na pista de dança e deixei meu corpo seguir o ritmo da música. Lara se apoiou em mim e sussurrou em meu ouvido, fazendo-me olhar para uma determinada direção:

— Ele está olhando para mim, não está?

Um vampiro de aparência muito jovem olhava na nossa direção. Só que apenas um cego não perceberia que o olhar dele estava fixo em Lara.

— Hum, acho que sim. Ele é bonito. — Arregalei os olhos e me virei rápido para ela. — E está vindo para cá neste exato momento.

— O que eu falo? Me ajudem!

Kurt, perdido na conversa, olhou confuso para Lara. Ela tinha começado a ajeitar os cabelos e gargalhar como se estivesse rindo de uma piada. Encolhi os ombros ao olhar para ele. Não podia culpar minha amiga por estar tão nervosa. O vampiro era um gato e ela precisava mesmo desencalhar.

— Olá. — A voz grave nos surpreendeu. Viramos os três na direção do dono e encaramos os olhos vermelhos. — Como estão?

— Muito bem e você? — Kurt foi o primeiro a responder e estender a mão para cumprimentá-lo. O vampiro, porém, olhava fixamente para Lara.

— Acho que preciso dar uma volta. Que tal você vir comigo, Kurt? — Passei meu braço pelo dele e o puxei.

Pisquei para Lara, e ela sorriu em agradecimento. Vi quando se aproximou do rapaz e começou a conversar, jogando os cabelos de um lado para o outro. Típico sinal de paquera.

— Eu perdi alguma coisa? — perguntou Kurt. — Porque parece que você está por dentro de algo que está acontecendo entre aqueles dois.

— Você estava muito ocupado mexendo no celular e não viu que o cara estava secando a Lara com os olhos.

— Estava tirando umas *selfies*. Não é fácil capturar o melhor ângulo, sabia?

Encostei no balcão do bar e pedi mais uma Besta para o barman, que trouxe também uma dose de uísque para Kurt. Franzi o nariz ao ver o líquido que eu detestava. Meu amigo não parecia concordar comigo, pois deu um gole e sorriu.

— Desde quando você bebe isso?

— Estou tentando ser mais chique. Só isso.

— Eu me sinto bem chique degustando a minha Besta. — Ergui meu copo e brindei com ele. — Uísque é simplesmente horrível.

— Queria saber o que Klaus tanto faz lá fora. Ele está lá conversando desde que chegou.

No mesmo instante, ouvimos um burburinho e vimos que Klaus entrava na boate. Ele guardou o manto na recepção e olhou em volta. Estreitou os olhos ao perceber minha presença e veio na minha direção. Era só o que me faltava, levar sermão em público.

— Ele está vindo para cá? — Kurt quase engasgou com o uísque enquanto o Mestre se aproximava. Tratou de colocar o copo sobre o balcão e limpar os cantos da boca. — É sempre muito emocionante sair em sua companhia, Sasha!

Antes que eu pudesse mandá-lo fechar a boca, Klaus parou na nossa frente e aproximou o rosto do meu, com uma expressão séria.

— Posso saber o que faz aqui?

— Olá, Mestre! — Fiz uma pequena reverência com a cabeça e sorri para ele, provocando-o. — Estou tentando me divertir. Sou maior de idade. Posso frequentar o local e também ingerir bebidas alcoólicas. E estou pagando por isso!

— Se eu souber que você arranjou algum problema, por menor que seja, nunca mais pisará neste estabelecimento.

— Eu prometo que cuidarei para que isso não aconteça em hipótese alguma, Mestre. — Kurt sorriu, empinando o queixo. Fiz cara feia para ele, que de repente parecia enxergar apenas Klaus.

O Mestre então olhou para meu amigo pela primeira vez desde que chegara. Passou alguns segundos encarando Kurt, que não perdeu a pose nem por um instante. Quando pensei em quebrar o silêncio, o Mestre foi mais rápido.

— Quem é você mesmo?

— Kurt Holtz.

O melhor que eu podia fazer era permanecer calada. Àquela altura, algumas pessoas que estavam perto de nós já nos observavam curiosas.

O Mestre aproximou o rosto do pescoço de Kurt e virou a cabeça de lado. Parecia usar seu apurado olfato.

— Doou sangue para mim, não foi?

— Sim. — Kurt engoliu, o pomo de adão subindo e descendo.

Nunca tinha visto o garoto tão lacônico como naquele momento. Logo ele, que com certeza já tinha planejado várias artimanhas para lidar com Klaus. Kurt nunca deve ter imaginado que ficaria sem palavras quando a oportunidade realmente chegasse.

— Estou lembrado. Seu sangue tem um ótimo gosto. — E, num tom de voz baixo, que somente nós pudemos ouvir, ele continuou: — Procure direto por mim se resolver fazer uma nova doação.

Arregalei os olhos, querendo agarrar Kurt pelos ombros e mandá-lo reagir. Aquele era o momento de ele aproveitar a oportunidade. Klaus olhou para mim e se endireitou.

— Nada de causar problemas — mandou, apontando o dedo para o meu rosto. — Nao se esqueça.

Assim que ele se afastou e se dirigiu à área privativa, Lara juntou-se a nós. Kurt tinha saído do torpor e estava com as bochechas vermelhas. Abanava-se com um guardanapo enquanto olhava freneticamente para nós duas.

— Eu não acredito que você congelou na frente do Mestre! — Dei um tapinha no ombro dele. — Quem diria, não é?

— O que aconteceu? — Lara sentou-se numa banqueta livre ao meu lado e girou para ficar de frente para nós dois. — Quando vi que Klaus estava aqui, interrompi a conversa com Lorenzo. Não queria ficar de fora das novidades.

— Lorenzo? — perguntei.

— O vampiro com quem eu estava conversando. — Ela piscou para mim. — Um belo exemplar italiano. *Capicce?*

Como se estivesse ouvindo o que Lara nos contava, o italiano de nome Lorenzo olhou na nossa direção e sorriu com malícia.

— Vocês também viram, não é? Viram Klaus falar comigo? Não estou sonhando. Estou?

— Eu vi, Kurt. Uma pena que você não tenha dialogado muito com ele, não é mesmo? — Passei a mão no cabelo arrumadinho do meu amigo. — Nunca imaginei que um dia eu presenciaria essa cena. Você mudo e parado como uma múmia diante da oportunidade da sua vida.

— Meninas, coloquem-se no meu lugar. Não é todo dia que sou abordado por um Mestre. — Ele me encarou e revirou os olhos dramaticamente. — Não tenho culpa se para você isso já é rotina.

E o pior é que ele tinha razão. Minha relação conturbada com Mikhail acabou me deixando acostumada com a presença dos Mestres. Eles já não me pareciam mais tão intocáveis como no início.

Kurt passou boa parte da noite tentando acreditar que aquilo tinha mesmo acontecido. Também ficou tentando interpretar o aviso de Klaus, para que procurasse por ele quando quisesse doar novamente. Ele deveria ir direto até Klaus? Usar o Centro de Doação? Perguntas que ficaram sem respostas, visto que Lara e eu não sabíamos responder.

🦇 🦇 🦇

Já passava das duas da manhã quando algo estranho aconteceu e causou pânico na boate. Eu estava no meio da pista de dança com Kurt, Lara e Lorenzo, quando as luzes se apagaram.

Isso não era problema para os vampiros, mas os humanos que estavam perto de mim começaram a ficar inquietos. Eu não conseguia enxergar um palmo à minha frente. Por já ter passado por mais situações perigosas do que poderia desejar, minha primeira reação foi estender os braços para meus amigos e protegê-los do que pudesse aparecer ali.

— Sasha? Lara?

— Estou aqui, Kurt. — Apertei a mão dele. — Acho que o melhor é ficarmos no mesmo lugar.

Depois de alguns segundos, as pessoas começaram a ficar agitadas e a tentar, a qualquer custo, chegar à porta de saída. A maioria acendia a tela dos celulares, o que ajudava um pouco. Eu sentia meu corpo ser empurrado, puxado e espremido. Lorenzo, que até então estava calmo e permanecera no mesmo lugar, resolveu fazer alguma coisa. Acho que ele enfim percebera que os humanos não estavam satisfeitos com a escuridão.

— Não sabemos o que está acontecendo, então é melhor sairmos daqui — falou. — Vocês conseguem caminhar no escuro?

Dissemos que sim e começamos a seguir o fluxo de pessoas que se encaminhavam para a saída. Olhei em volta, tentando enxergar Klaus, mas foi em vão.

— Será que é outra invasão? Minha nossa, Sasha, você é mesmo um ímã para ataques!

— Cale a boca, Lara!

E então, no meio do caminho, como se tivesse sido apenas um problema de queda de energia, a luz voltou. Pisquei algumas vezes para me acostumar à claridade e olhei em volta. Meus amigos estavam tão surpresos quanto eu.

Klaus não estava em lugar nenhum, pelo que pude reparar, e o Buraco também já tinha esvaziado um pouco. De repente, gritos femininos vieram do lado de fora e todo mundo quis correr para lá ao mesmo tempo.

Lorenzo acabou nos deixando para trás e foi na frente ver o que estava acontecendo. Notei quando passou a mão pelos cabelos com uma expressão frustrada, antes de se voltar para nós.

— Não precisam ver isso. Não é... nada demais.

Quando alguém quer decidir por mim o que eu devo ou não devo fazer, aí é que eu vou e faço mesmo. Abri caminho entre as pessoas que se amontoavam em volta da atração principal e dei de cara com um vampiro morto. O corpo estava estendido na calçada, bem em frente à porta de entrada. Estava ressecado e tinha uma coloração cinza-escura. A cabeça não estava mais no lugar. Jazia no meio da rua, como se tivesse sido colocada ali de propósito.

— Impressão minha ou é o...

— Sim, é ele — respondi para Kurt por cima do ombro.

O vampiro em questão era o segurança que colhia clandestinamente o sangue dos menores de idade que queriam frequentar o lugar.

A pergunta que dava voltas na minha cabeça era: quem queria aquele vampiro morto? Teria alguma relação com o tráfico de sangue? Será que Klaus estava envolvido no assassinato?

Descartei logo a última pergunta. Klaus não precisava armar todo aquele circo para matar alguém. Se quisesse mesmo, bastaria dar uma ordem. Ou matar com as próprias mãos, em qualquer momento mais oportuno.

O Mestre logo reapareceu, aproximando-se pelo meio da rua e trazendo dois guardas com ele. Os guardas recolheram o corpo e a cabeça e colocaram tudo dentro de um saco preto. O Mestre observou todos os curiosos amontoados ali na calçada, como se procurasse pelo culpado. Não demorou muito para que ordenasse que voltássemos para dentro ou fôssemos embora de uma vez.

Lara quis que entrássemos e acabei concordando. Eu sabia que ela estava empolgada com Lorenzo e eu queria que minha amiga aproveitasse um pouco. No entanto, os últimos acontecimentos ainda estavam muito frescos na minha memória. Enquanto Kurt se afastava para pegar mais bebidas, dei um jeito de despistar Lara e saí do Buraco.

Consegui ver Klaus indo embora, quase dobrando a esquina da rua deserta. Corri atrás dele, chamando-o insistentemente, tomando o cuidado de usar a palavra "Mestre". Não queria deixá-lo mais irritado do que já deveria estar.

— Não tenho tempo para você, Aleksandra — ele rosnou de costas para mim, mas diminuiu a velocidade. — O que quer?

Praguejei contra todos os deuses do universo por terem inventado o salto alto e parei, com as mãos na cintura, retomando o fôlego. Estava agora de frente para ele, ignorando a pressão em minha testa.

— Quem matou o pobre coitado? E por que faltou luz? Uma coisa por acaso tem a ver com a outra?

— Você se dá conta do quanto consegue ser inconveniente?

— Eu sou uma moradora da Fortaleza. Acho que tenho o direito de saber o que acontece aqui dentro.

Klaus voltou a andar, e sorri internamente ao perceber que ele manteve um passo mais lento para que eu pudesse acompanhá-lo. Pelo menos era o que parecia. Se ele não quisesse mesmo minha companhia, teria me deixado comendo poeira.

Caminhei ao lado dele, tomando o cuidado de deixar um espaço entre nós. Apenas o suficiente para evitar que ele estendesse a mão e quebrasse meu pescoço por puro capricho. Quando por fim falou, parecia exausto.

— Eu gostaria de trocar de lugar com Nadia uma vez na vida. — Ele soltou um suspiro. — Só para saber como é a sensação de não se importar com nada.

Aquele desabafo tinha sido muito mais do que eu esperava. Dei de ombros e cruzei os braços para espantar o frio.

— Não posso dizer que concordo. Não gostaria de ver Mestre Nadia em seu lugar. Acho que não sobraria nenhum pedaço meu para contar história.

— Não sobraria nenhum prédio em pé.

Quis rir, mas não sabia se ele estava mesmo fazendo piada. Fiquei com medo de estragar o momento e, portanto, continuei séria. O fato de Klaus não gostar da irmã não significava que outra pessoa podia falar mal dela e sair impune.

Atravessamos a rua e ele parou. Recuperou a postura arrogante e me olhou da forma que geralmente fazia com todos, com um olhar assassino. O momento do desabafo havia passado.

— O que você quer, Aleksandra?

Era uma pergunta muito ampla. Eu queria tantas coisas que nem sabia por onde começar. O que eu queria de mais importante não poderia ter naquele momento: Mikhail de volta à Fortaleza. Helena também não retornaria dos mortos, então as opções que me restavam de repente não pareciam tão nobres.

— Eu não sei. Quero não me sentir mais tão impotente diante dessas situações.

— Que situações?

— O que acabou de acontecer lá no Buraco é um exemplo. Não sabia se era um ataque de minotauros ou se era só uma queda de energia. Às vezes fico pensando nisso e sabe de uma coisa? Acho que se tivéssemos sete vidas, como os gatos, eu já teria quase esgotado a minha cota.

— Finalmente concordo com você em alguma coisa, Aleksandra. Também acho que sua cota de vidas já deve estar no final.

— Eu gostaria de aprender a lutar.

O silêncio ficou pesado enquanto o Mestre me encarava muito sério. Aos poucos, um esboço de sorriso começou a se formar no rosto dele. Começou quase imperceptível até que se tornou uma gargalhada. Recuei alguns passos, surpresa com aquela reação exagerada.

— Lutar! Você quer lutar?

E como se a conversa tivesse chegado ao fim, ele me deu as costas e recomeçou a andar, agora um pouco mais rápido. Precisei correr para alcançá-lo novamente.

— É sério. Mestre, por favor, pode pelo menos me ouvir? — Xinguei baixinho quando virei o pé ao pisar com o salto numa pedrinha. Seria muita humilhação levar um tombo na frente de Klaus. Ele adoraria presenciar esse vexame.

Ele parou, cruzou os braços e me lançou um olhar sinistro.

— Estou ouvindo.

Talvez ele achasse que eu desistiria de falar, mas levantei o queixo e mantive a voz firme.

— Estou cansada de me sentir indefesa toda vez que acontece uma invasão. Acredito que muitos moradores da Fortaleza também gostariam de poder se defender. Vocês poderiam oferecer aulas de defesa pessoal. Ou qualquer outro curso que nos ensine a lutar.

— Não seja ridícula! — ele esbravejou e uma ventania se formou à minha volta.

Um cisco entrou no meu olho, me fazendo lacrimejar. Se eu esfregasse, correria o risco de borrar o delineador. Pisquei várias vezes para tentar expulsar o objeto estranho e Klaus se aproximou de mim. Prendi a respiração quando ficamos a centímetros um do outro, o rosto dele inclinado na direção do meu.

— Em que mundo você acha que vive? Teve sorte de sobreviver a ataques anteriores, mas foi apenas sorte. Você acredita mesmo nisso? Que algum humano é capaz de lutar de igual para igual com um mitológico?

Abri a boca para responder, mas ele me lançou um olhar que me fez calar.

— Volte para os seus amigos, Aleksandra.

Desisti de ir atrás dele novamente. Deixei que se afastasse de mim e, quando estava quase dobrando a esquina, me lembrei de algo muito importante.

— Eu tenho direito a ter um desejo realizado! — gritei. — Vocês me concederam um quando sobrevivi ao último ataque!

"*E você usou para trazer sua amiga à Fortaleza*", ele respondeu mentalmente.

— Nós dois sabemos muito bem que ela nunca chegou a pisar aqui dentro! — continuei gritando.

Ele havia sumido do meu campo de visão, mas eu sabia que tinha me escutado.

Dei um chute no ar, extravasando um pouco da raiva, e levei a mão ao peito. Ainda doía pensar em Helena. Arregalei os olhos para não chorar e comecei a fazer o caminho de volta até o Buraco.

Quando cheguei, não consegui entrar por causa de toda a confusão causada pelo assassinato do segurança. A porta da boate estava um caos, com guardas — que não costumavam ficar ali — interrogando algumas pessoas. Só me deixaram entrar até a recepção para pegar meu casaco e minha bolsa. Não consegui ver nem Lara nem Kurt pelos arredores e voltei para a rua.

Como não estava com meu celular e não queria voltar sozinha para casa, procurei uma parte mais limpa do meio-fio e me sentei para esperar meus amigos.

Ignorei quando um grupo de garotos do colégio passou por mim, assobiando e fazendo gracinhas que nem meu irmão faria. Até achei que fosse algo pessoal, mas alguns metros depois eles pararam para abordar outra garota, com as mesmas piadinhas ridículas. Como se nunca tivessem visto uma mulher na vida. Qual é o problema dos adolescentes?

— Sasha? — A voz veio de dentro de um carro que diminuiu a velocidade e parou perto de mim. Pelo vidro aberto vi um Blake confuso. — O que está fazendo aqui?

— Oi. — Dei de ombros, sem graça. — Vim ao Buraco. O que mais poderia ser?

— Você não devia estar do lado de dentro?

Ele tinha razão de estar espantado, admito. Precisei explicar, de forma resumida, a falta de luz, o assassinato e a minha saída atrás de Klaus. Blake riu de mim quando contei sobre minha conversa com o Mestre. E como recusei sua carona, alegando que precisava esperar pelos meus amigos, ele resolveu estacionar o carro e me fazer companhia.

— Não vejo vantagem em aprender qualquer técnica de combate, defesa pessoal ou seja lá o que for, se não temos a força necessária para enfrentar um mitológico — declarou ele, sentado ao meu lado com as pernas estendidas.

— Você já esteve diante de um mitológico? — perguntei. Ele negou com a cabeça. — Se isso tivesse acontecido, você não pensaria dessa forma. Qualquer coisa que possa ser usada a nosso favor é muito bem-vinda.

— A *Exterminator* foi criada para nos dar essa vantagem, Sasha.

— Eu sei — respondi. — Mas os civis não terão acesso a ela, não é?

Era uma pergunta que nem precisava de resposta. Claro que os Mestres não sairiam distribuindo *Exterminators* para os cidadãos comuns, como se fosse uma vacina contra gripe.

O assunto morreu, deixando nós dois sem muito o que dizer. Eu ainda queria descobrir o que Blake vinha tramando em relação aos Mestres, mas não conseguia pensar numa forma muito eficiente de tocar no assunto. Precisava arranjar um jeito de me aproximar dele sem que notasse minhas intenções.

Felizmente, naquele momento, eu vi Kurt saindo do Buraco de braços dados com uma Lara sorridente.

— O que você está fazendo sentada aí? — Meu amigo estendeu uma das mãos e eu aceitei, me levantando.

— Tenho uma pergunta melhor: por que você nos abandonou lá dentro? — Lara fez biquinho, exagerando na cara de decepção.

— Depois eu explico. Podemos ir embora?

— Posso dar uma carona, se quiserem. — Blake sorriu para os dois, tentando se entrosar.

Até me senti um pouco culpada. Lara e Kurt tinham passado a implicar com o rapaz por minha causa. Como eles não sabiam ser discretos, às vezes acabavam exagerando na hostilidade. Como naquele momento.

Lara franziu o nariz e olhou de mim para Blake. Antes que ela dissesse alguma coisa constrangedora, decidi tomar uma atitude. Peguei a mão dela e a de Kurt e puxei os dois na direção do carro de Blake.

— Queremos — aceitei.

Eu me sentei no banco da frente com Blake e vi Lara, sonolenta, apoiar a cabeça no ombro de Kurt. Como estavam sentados no banco de trás, precisava me virar para falar com eles.

— Vocês sentiram mesmo a minha falta ou estavam se divertindo? — perguntei. — Lara está com cara de quem se acabou de tanto dançar.

— E de beijar! Que fique bem claro! — Ela sorriu. — Lorenzo é tão sexy...

— Você vai se lembrar de perguntar sobre os amigos dele?

— Eu já falei que sim, Kurt. Três vezes.

— Só quero ter certeza de que não vai esquecer.

Quando os dois iniciaram uma discussão acalorada, eu me virei de novo para a frente. Flagrei Blake olhando para mim, mas não retribuí o olhar. Fingi estar procurando algo dentro da bolsa, mesmo sendo uma péssima desculpa. Ali dentro só tinha espaço para um pentinho, um batom, minha identidade e o dinheiro.

Deixamos Kurt, depois Lara e, por fim, a caminho de casa, caímos num silêncio sepulcral. Por sorte, o trajeto não era tão longo a ponto de o clima ficar desconcertante. Logo estávamos na porta da minha casa e Blake já parava o carro.

— A donzela está entregue. — Ele sorriu.

— Obrigada. Você foi gentil em nos oferecer carona. Não é nada agradável voltar a pé quando se está cansada e com os pés doendo.

Ele me olhou de um jeitinho malandro. Naquele momento, percebi que era hora de abrir a porta do carro e sair antes que Blake tentasse alguma coisa. Mas, como eu era uma idiota, acabei ficando para me despedir corretamente.

— Eu poderia sempre dar carona se vocês me chamassem quando saíssem. Acho que minha presença deixou de ser desejada.

— Não é isso, Blake. É que... — fui interrompida com a proximidade dele e um dedo sobre meus lábios.

— Deixa, não quero que explique nada. Já estou feliz por ter te encontrado sem querer, esperando para ser salva.

Como é? Salva? Fechei os olhos e respirei fundo. Eu queria retomar o contato com ele, mas Blake parecia não entender que eu só tinha interesse em sua amizade. E ele entendeu mais errado ainda os meus olhos fechados.

Precisei ser rápida quando senti seu hálito perto do meu rosto. Tateei procurando pela maçaneta da porta e a escancarei. Consegui descer do carro antes que ele me tascasse um beijo na boca. Meu coração até estava acelerado!

— Poxa, Blake! Sério? — resmunguei, batendo a porta na cara dele. — Obrigada pela carona. Boa noite.

Não esperei para ouvir o que ele tinha a dizer. Atravessei o jardim de casa sem olhar para trás, mantendo a postura. Só quando coloquei a chave na fechadura é que ouvi o barulho de um carro acelerando e cantando pneu.

CAPÍTULO QUATRO

KURT OLHANDO INSISTENTEMENTE PARA A MINHA CABEÇA estava me dando nos nervos. Aproveitávamos o horário do almoço para trocar números de telefones com algumas das meninas que tínhamos conhecido no Centro de Doação. Depois ficamos batendo papo no refeitório, mas ele não parava de me encarar. Ou melhor, encarar meus cabelos.

— Para com isso, Kurt!

— Com o quê?

— Você também percebeu? — Lara riu. — Ele está vidrado na sua cabeça!

Passei a mão pelos fios da franja que escapavam pelo gorro. Achei que pudesse estar com caspa ou algo pior. O doido do meu amigo sorriu, as bochechas vermelhas por causa do frio. Klaus estava exagerando. Ele vinha fazendo com que a temperatura caísse gradativamente e, naquele dia, amargávamos quinze graus negativos. Era quase possível escutar meus ossos estalando quando eu andava.

— Só estou tentando me acostumar de novo à cor laranja. Eu gostava tanto do seu cabelo rosa!

— Não é laranja. É vermelho alaranjado. E é bom mesmo se acostumar, porque aquele imprevisto não vai acontecer de novo.

Por um milagre divino, a dona da loja de cosméticos tinha feito uma nova encomenda de tintas. A numeração veio certa dessa vez e comprei logo várias caixas para ter estoque para alguns meses. Foi a melhor sensação do mundo me olhar no espelho depois de lavar os cabelos recém-tingidos. Meu humor melhorou consideravelmente.

— O rosa te deixava com feições mais delicadas. Dava até para pensar que você era meiga e fofinha.

— E eu não sou meiga? — Revirei os olhos quando vi a expressão debochada de Kurt. — Podemos mudar de assunto?

Blake passou perto da nossa mesa, acenando para mim, e eu retribuí antes que me desse conta. Lara me deu uma cutucada por baixo da mesa e me olhou com a sobrancelha arqueada.

— O que foi? — Olhei para ela, dando de ombros e voltando a seguir Blake com os olhos.

— O que está acontecendo, afinal? Uma hora você não quer nem mais ouvir o nome daquele lá e depois volta a ser amiga dele?

— Ainda não sei o que está acontecendo, mas pretendo descobrir — falou Kurt.

Os dois se levantaram ao mesmo tempo e me puxaram pelos braços. Fui arrastada até o banheiro feminino. Kurt não parecia se importar com a transgressão que cometia. Enquanto Lara verificava se havia alguém dentro dos reservados, ele se encostou na porta para impedir a entrada de outras pessoas.

Cruzei os braços diante daquela cena e esperei que me deixassem a par do que pretendiam. Meus amigos pareciam viver numa realidade paralela, então eu nunca sabia o que se passava na cabeça daqueles dois.

— Pode começar a falar — exigiu Lara, encostando-se na parede.

— Não entendi. O que vocês querem que eu fale, exatamente?

— Sobre o que está acontecendo entre você e Blake. — Kurt revirou os olhos quando olhei para ele com cara de espanto. — Não se faça de inocente, Sashita.

Pensei em reclamar de todo aquele showzinho que eles tinham feito ao me arrastar do refeitório. Mas sabia que só provocaria mais discussão e o assunto que importava acabaria ficando em segundo plano.

Apoiei-me na bancada da pia e dei impulso para me sentar sobre ela. Balancei os pés no ar, admirando as minhas novas galochas xadrez azul e vermelho.

— Estou suspeitando que Blake esteja tramando alguma coisa contra os Mestres. Ele já me disse que tem planos maiores para a *Exterminator*, do que apenas usar a arma contra os mitológicos. Estou retomando o contato com ele porque quero que confie em mim para contar esses segredos. Tenho medo de que ele envolva meu pai nessa história e algum Mestre descubra.

— Você acha que ele faria isso? Trairia os Mestres? — Lara sussurrou, temerosa. — Ele deve saber que acabariam com ele se descobrissem.

— Pois se ele pensa em fazer algum mal a Klaus, não vou ter pena se ele for jogado num calabouço.

— Estou preocupada com meu pai, não com Klaus — eu disse para Kurt. — Blake trabalha com meu pai, e ele pode acabar sendo acusado de ser cúmplice dessa ideia absurda.

Claro que eu não disse em voz alta que também me preocupava com a integridade física de Mikhail. Pela forma como Kurt me devolveu o olhar, estava claro que ele sabia o que eu pensava.

Desci de cima da bancada de granito quando bateram na porta do banheiro e tentaram forçar a entrada. Mas como Kurt era alto e forte, não teve dificuldade para impedir.

— Tudo bem. Digamos que Blake seja mesmo maluco e leve esse plano adiante. O que você pretende fazer? — perguntou Lara.

— Se eu descobrir exatamente o que ele está tramando, posso tentar fazê-lo mudar de ideia. Ou, pelo menos, evitar que meu pai seja envolvido.

A porta atrás de Kurt sacudia e as vozes do lado de fora deixavam claro que havia uma dezena de mulheres irritadas com o bloqueio. Tirei meu amigo da frente da porta para que elas entrassem antes de chamar o inspetor. Quase fui atropelada pelas garotas histéricas, que nos olhavam de cara feia.

— Isso é um banheiro feminino, Kurt! — uma delas gritou para ele. — O que você está fazendo aqui?

— Querida, com essas suas sobrancelhas horrorosas e esse seu bigode, eu arrisco dizer que tenho mais direito que você. Depois te passo o contato da minha depiladora.

Saí do banheiro, largando Kurt para trás, porque não aguentei segurar a risada por muito tempo e não queria gargalhar na frente da menina. Lara me acompanhou, enroscando o braço no meu e elogiando a coragem do meu amigo.

🖆 🖆 🖆

Naquele mesmo dia, logo que as aulas terminaram, vi surgir a oportunidade de iniciar meu plano. Estava sentada na escadaria da frente do colégio, esperando Kurt e Lara. Tinha a atenção voltada para a prova de Física aberta no meu colo e não vi quando Blake se aproximou.

— Uma trégua? — perguntou ele, sentando-se ao meu lado.

— Estamos brigados?

Já não tinha certeza de mais nada. Minha relação com o garoto prodígio era cheia de altos e baixos. Ele suspirou e inclinou a cabeça. Alguns fios de seu cabelo escuro caíram sobre os olhos e as covinhas ficaram em evidência quando sorriu.

— Eu não sei. — Ele encolheu os ombros. — Vivo errando quando estou perto de você. Acho que da última vez não terminamos muito bem, não foi?

— Eu já deixei bem claro que quero ser apenas sua amiga, Blake. O problema é que você não quer aceitar isso. Aí nos desentendemos.

— Tem razão. Mas eu quero a sua amizade. Juro que quero. — Ele se debruçou sobre meu braço para olhar a prova. Pensei em esconder minha nota vermelha, mas Blake foi mais rápido. — Problemas com Física? Posso estudar com você, ajudar no que for preciso. Quero me redimir, prometo.

O que ele não sabia era que eu não precisava de nenhuma ajuda naquela matéria. Era boa aluna, mas, por acaso, tinha mesmo tirado uma nota baixa na última avaliação. Não era fácil manter as notas altas enquanto se está de luto. E as coisas só pioram quando nosso namorado nos abandona. Risquei mentalmente a palavra "namorado" e olhei para Blake, que esperava uma resposta.

Em outra época, meu coração teria batido descompassado ao ver aquele sorriso encantador que ele adorava exibir. Confesso que era muito difícil não reparar na beleza do cientista. Mas, quando a imagem de Mikhail me vinha à mente, qualquer outra pessoa se tornava absolutamente comum.

— Sasha? — Pisquei, voltando a reparar em Blake e vendo o rosto do Mestre desaparecer dos meus devaneios.

Estudar com ele faria com que eu conseguisse me aproximar. Graças ao meu péssimo desempenho nessa última prova, seria fácil fingir que eu precisava de toda a ajuda possível.

— Você estudaria comigo? — perguntei.

— Claro que sim. Sou ótimo em Física, posso tirar todas as suas dúvidas.

— Isso seria ótimo! Quando podemos começar? — Abri um sorriso feliz e sincero.

— Tenho um tempinho sobrando esta tarde — ele conferiu o relógio e balançou a cabeça —, antes de ir trabalhar. Se quiser, podemos ir agora para a minha casa e eu te levo embora antes de escurecer.

Achei melhor ir embora antes que meus amigos aparecessem e eu precisasse explicar a situação para eles. Recolhi minhas coisas e acompanhei Blake até o carro. Levei só alguns segundos para mandar uma mensagem de texto para minha mãe, avisando para onde eu iria e desliguei o celular.

Durante o percurso, o silêncio foi incômodo. Blake batucava o tempo todo com os dedos no volante, apesar de não ter nenhuma música tocando. Pensei em alguma coisa para dizer, com a intenção de quebrar aquele clima estranho, mas fiquei calada. A maioria era piada e confesso que não sabia ser muito engraçada.

Quando chegamos, Blake estacionou e eu saí do carro assim que ele destravou as portas. Coloquei a mochila no ombro e o acompanhei, entrando na casa dele com um pouco de receio. Da primeira vez em que estivera ali, tinha feito coisas que não deixariam Mikhail muito feliz. Senti minhas bochechas esquentarem e sabia que estava vermelha.

— Podemos ir para o meu escritório ou ficar aqui mesmo na sala. O que prefere?

— Tanto faz — respondi. — Onde você achar melhor.

O escritório faria com que eu me lembrasse dos nossos beijos e ficasse desconfortável, mas, pelo visto, Blake não pensava assim.

— Pode subir então, você sabe o caminho. Vou preparar um chocolate quente para nós.

Fiz o caminho que já conhecia e larguei a mochila em cima da poltrona que tinha presenciado os nossos beijos em outra época. Aproveitei que estava sozinha para observar em volta. O ambiente estava exatamente igual ao que era antes e Blake como sempre parecia ser muito organizado. Não havia nada fora do lugar, nenhum documento que eu pudesse vasculhar e que me desse alguma pista sobre os planos dele.

Dei a volta na mesa e me sentei em sua cadeira moderna. Apertei algumas teclas do teclado, para ver se o computador estava ligado, mas nada aconteceu. Então eu me lembrei de algumas cenas de filmes em que a pessoa sempre encontra algo importante numa gaveta. Abri uma por uma, mas encontrei apenas artigos de escritório. A não ser que Blake pretendesse matar algum Mestre com um grampeador, não havia nada que provasse sua traição.

— Eu nem perguntei se você gosta de chocolate, não é?

Ele chegou rápido demais! Balancei a cadeira para frente e para trás e depois girei com ela.

— Estou testando para ver se é boa. Quero comprar uma desse tipo para o meu quarto. — Sorri para ele.

Como Blake não estava muito preocupado comigo em sua cadeira, respirei aliviada e me levantei. Sentei no sofá e cruzei as pernas.

— Você realmente não perguntou se eu gosto de chocolate, mas quem é que não gosta? — Sorri.

Ele se sentou ao meu lado e colocou alguns livros na mesa à nossa frente. Notei que nenhum deles era usado no colégio. Blake era tão nerd que tinha sua própria biblioteca de Física.

— Sempre tem alguém que não gosta, mas ainda bem que esse não é o seu caso. Enquanto o chocolate não fica pronto, acho que podemos separar as matérias que você precisa estudar.

Concordei, sem saber se aquele fingimento daria certo. Blake folheou um dos livros e escolheu um capítulo para darmos início aos estudos. Apesar de saber o suficiente de Física, estava bem claro para mim que aquele livro tinha um conteúdo mais avançado do que o usado em sala de aula.

— O que você sabe de Óptica Geométrica? — perguntou ele, me olhando com expectativa.

Dei de ombros e abri um sorrisinho sem graça, incorporando a aluna burra. Ele pareceu satisfeito com minha falta de resposta. Empurrou o livro na minha direção e começou a falar sobre espelhos esféricos.

Passei as duas horas seguintes fingindo interesse e anotando todas as explicações que Blake me dava sobre a matéria. Depois de umas três canecas de um delicioso chocolate quente e várias páginas do meu caderno repletas de anotações, decidimos parar.

Eu tinha que admitir que não fora uma experiência desagradável. Blake era muito inteligente e me fazia enxergar com outros olhos uma matéria que eu já sabia. Quando terminei de guardar meu material, conversamos durante alguns minutos sobre assuntos aleatórios. Ele não disse nenhuma gracinha nem tentou dar em cima de mim em nenhum momento. Ponto positivo para ele.

— Podemos repetir isso outras vezes, se você quiser. Só não sou muito bom em Geografia.

— Obrigada. Eu estava mesmo precisando de uma ajuda. Minha cabeça esteve ocupada demais com os últimos acontecimentos. — Engoli em seco ao terminar a frase, pois a lembrança de Helena me pegou em cheio.

Blake deve ter notado alguma mudança em meu semblante, pois apertou meu ombro num gesto reconfortante. Acho que não havia ninguém na Fortaleza que não soubesse da terrível morte da minha amiga. E todos tinham ficado chocados, como sempre acontecia em ataques de mitológicos.

— Sabe que pode contar comigo se precisar de alguma coisa. Qualquer coisa. Nem que seja apenas para desabafar. Eu quero que você me deixe pelo menos ser seu amigo.

— Eu sei. Obrigada. — Conferi as horas no relógio digital do celular e me levantei. Sabia que ele ainda precisava trabalhar. — É melhor eu ir embora. Não quero chegar em casa muito tarde.

— Não quer uma carona? Preciso tomar um banho antes, mas te levo quando for para o trabalho.

— Prefiro caminhar um pouco, Blake. É tão perto que seria absurdo te esperar para pegar carona.

— Tudo bem, só acho que está frio demais para caminhar. — Ele deu de ombros.

O clima estava mesmo desagradável, mas não queria ficar ali enquanto Blake tomava banho. Nossa intimidade não tinha chegado a esse nível e eu nem pretendia que chegasse.

Terminei de recolher minhas coisas e ele me levou até a porta. Ao nos despedirmos, ele se aproximou e deu um beijo rápido na minha bochecha. O gesto me surpreendeu, mas agradeci interiormente.

Puxei o meu gorro ainda mais para baixo, para cobrir as orelhas o máximo possível. Fosse qual fosse o problema com Klaus, eu esperava que se resolvesse logo. Não daria para aguentar um frio como aquele por muito mais tempo. O Mestre precisava melhorar seu humor.

Quando passei na frente do pequeno bosque, pensei em Mikhail. Sorri ao relembrar da nossa última vez ali, sentados no banquinho solitário. Ele tinha me livrado das garras de Vladimir, quando eu ainda estava sob o efeito da marcação do Mestre. Eu daria tudo para que Mikhail surgisse diante de mim, como num passe de mágica. Não seria nada mau.

Chutei a neve que se acumulava na calçada. A que ponto eu tinha chegado, sofrendo por saudade de um vampiro! Em que momento eu passara a gostar daqueles seres? Sempre zoava Victor por ele ser fã dos sugadores de sangue e agora era eu quem corria atrás de um.

🦇 🦇 🦇

— Que bicho te mordeu, Aleksandra? — dona Irina Baker resmungou.

Minha mãe parou de passar o aspirador de pó na sala e me encarou. Eu tinha chegado em casa e batido a porta com mais força do que o necessário.

— Um vampiro.

Pensar no meu Mestre ultimamente me causava um misto de sentimentos. Geralmente começava com tristeza e terminava com raiva. E eu descontava no que estivesse perto de mim. Neste caso, a porta de casa.

— Muito engraçada. — Mamãe me deu as costas e voltou à limpeza.

Segurei a vontade de rir e fui para meu quarto. Ela nem sequer imaginava que eu estava sendo sincera.

Passei o resto do dia falando no telefone com Lara e Kurt. Contei sobre minha ida à casa de Blake como forma de me aproximar dele. Kurt me atormentou, achando que eu tinha caído em tentação e ficado com o prodígio. Gastei muita saliva para convencê-lo de que não havia a menor chance de isso acontecer.

Tinha acabado de tomar banho e desembaraçava os cabelos com os dedos. Eu precisava secar os fios antes de me preparar para dormir, caso contrário acabaria com a roupa de cama, manchando tudo de tinta vermelha. Victor abriu a porta do meu quarto e colocou só a cabeça para dentro, me espiando.

— O que foi, Victor?

— Ainda está acordada? — perguntou se aproximando da minha cama.

— O que você acha? A não ser que eu seja sonâmbula, não é?

Ele riu, apesar de não ter sido minha intenção fazer graça. O pirralho estava cada dia mais estranho. Eu me levantei para pegar o secador de cabelo, e Victor aproveitou a oportunidade para se sentar.

— Você vai sair no final de semana? — A esquisitice da pergunta fez com que eu me virasse na direção dele.

— Não faço a menor ideia. Por que você quer saber?

— Queria ir com você. Papai e mamãe disseram que eu já posso sair com você e seus amigos, desde que não me deixem beber nem usar drogas.

Tirei o secador de dentro da gaveta, mas de repente eu já nem estava mais tão preocupada em secar os cabelos. Cheguei a cogitar a hipótese de ter entrado numa realidade paralela ou de estar sonhando.

— Como assim, eles deixaram você sair comigo? Desde quando eu quero ficar carregando você para cima e para baixo?

Meus pais não tinham a menor noção da vida! Eu já tinha muitos problemas para ter que ficar com Victor atrás de mim como uma sombra. Puxei meu irmão pela camiseta e o forcei a se levantar. Ignorei as reclamações e os palavrões.

— Eu vou dormir e fingir que não tivemos essa conversa, ok?

— Por que você está sendo tão chata? — Ele tentou resistir quando o empurrei pela porta. — E aquele papo todo de que me amava?

— Só serve para quando estamos correndo perigo de vida.

Dei um último empurrão e ele se deu por vencido. Saiu do meu quarto e bateu a porta com força. Ouvi a voz estridente da minha mãe em algum lugar da casa, reclamando do barulho. Ela dizia algo sobre bater a porta com a nossa cabeça da próxima vez.

CAPÍTULO CINCO

EU ESTAVA DO LADO DE FORA DA CASA DE LARA e sentia os pés congelando mais a cada segundo. Não só os pés, para ser sincera. Por baixo do casaco acolchoado até a canela, eu vestia um jeans e um suéter roxo. Meus coturnos pretos de cano longo davam um toque a mais no visual. A temperatura tinha aumentado um pouco, mas ainda estava abaixo de zero. Dava para sentir o vento entrando por todas as frestas da roupa.

Era uma sexta-feira, e Lara tinha me convencido a ir a uma festa. Era na casa do vampiro Lorenzo, o tal italiano que ela tinha conhecido na outra noite no Buraco. Kurt não poderia nos acompanhar porque era aniversário da mãe dele. Nosso amigo ficou horas reclamando nos nossos ouvidos por causa disso. Não queria perder a diversão, afinal, seria a primeira vez que entraríamos na casa de um vampiro.

— Desculpa, desculpa! Estou pronta! — Lara bateu a porta de casa e veio correndo na minha direção. Correndo o máximo que um salto agulha de quinze centímetros podia permitir.

— Sério, só você mesma para ter me convencido disso, sabia? Tudo o que eu mais queria hoje era ficar debaixo das cobertas. Comendo pipoca e vendo filmes.

— Você já faz isso quase todos os dias, Sasha. Não vai te matar fazer um programa diferente uma vez na vida.

Ela enroscou o braço no meu e começamos a andar na direção do centro. Com uma rápida olhada, avaliei o que ela vestia. Uma *legging* dourada de cintura alta e um top *cropped* de oncinha e rendas. Por cima, o enorme casaco preto de pele sintética, aberto na frente. Eu não sabia como ela não estava congelada.

— Que cara é essa, Aleksandra? — ela resmungou, notando meu olhar divertido para sua roupa.

— De que filme você saiu? — Não consegui segurar a risada. — Perto de você, estou me sentindo como se estivesse de pijama.

— Eu já disse que você precisa começar a fazer compras comigo e Kurt.

— Eu posso fazer compras com vocês. Só não significa que eu vá comprar o que vocês querem.

Era a mais pura verdade. Eu nunca mais aceitaria as dicas de moda dos meus amigos. Até porque a moda que eles seguiam não era deste planeta.

Caminhamos a passos apressados pelo cantinho da rua, já que as calçadas estavam cheias de neve acumulada. Não sabia para onde estávamos indo, pois Lara não tinha me dado o endereço. Por isso, quando paramos na frente de um prédio de cinco andares, imaginei que ali morasse o vampiro. E eu não estava completamente equivocada.

O prédio era residencial e parecia luxuoso. As varandas dos apartamentos eram fechadas com vidro fumê e a portaria era bem extravagante.

— Pelo visto, Lorenzo leva uma vida boa. Qual o número do apartamento dele?

— Hum, eu não tenho certeza... — Lara abriu a bolsa e tirou lá de dentro um pedacinho de papel. — Aqui diz terceiro subsolo, ala B.

— Hein? O que isso quer dizer?

Nós duas nos entreolhamos sem entender. Estávamos paradas na porta do prédio e agora eu tinha dúvida se deveria ter aceitado o convite para aquela festa. Lorenzo morava no subsolo?

Lara se aproximou da portaria envidraçada e tocou o interfone. Um vampiro ruivo apareceu e nos encarou durante alguns segundos, antes de falar conosco.

— Pois não? — Estreitou os olhos, como se visse algo muito ameaçador em duas garotas maquiadas e arrumadas.

— Viemos para a festa do Lorenzo. É aqui mesmo? Não estou bem certa, porque no endereço que ele me deu está escrito que é no subsolo.

Quando estávamos prestes a dar meia-volta e sair dali, o porteiro confirmou com um gesto de cabeça e apertou um botão para abrir o portão automático. O portão se abriu, mas nenhuma das duas entrou, pois ele barrou a passagem.

— É aqui mesmo. Mas humanos só podem entrar se souberem a senha.

De repente, eu fui transportada para dentro de um filme policial cheio de conspirações. Que droga era aquela de senha? Até parecia que Lara e eu tínhamos cara de quem assassinava vampiros.

Coloquei as mãos na cintura e endireitei os ombros, encarando o segurança com uma expressão confiante. Eu já tinha sobrevivido a ataques de mitológicos. Não seria um vampiro ruivo qualquer que me impediria de entrar na bendita festa.

— Escuta aqui, nós não temos senha nenhuma. Você sabe com quem está falando?

Ele cruzou os braços e deu dois passos à frente, aproximando-se de mim. O cara era mais alto do que parecia.

— Não tenho a menor ideia de quem você seja. Nem me importo em saber.

Pensei se deveria tocar no nome de Mikhail. Será que o Mestre ficaria com raiva se eu mencionasse nosso estranho relacionamento?

— Eu tenho a senha. Acho.

Olhei para Lara, surpresa. Ela tinha a senha e não me dizia nada?

Toda atrapalhada, minha amiga segurava a bolsa pequena com uma das mãos e com a outra vasculhava lá dentro. Acabou deixando cair um batom, que saiu rolando pela calçada, me fazendo correr atrás dele.

— Acho melhor você encontrar logo essa senha, porque estou congelando aqui fora — avisei, entregando o batom. Tive que controlar a minha vontade de tirar a bolsa das mãos dela e procurar eu mesma a porcaria da senha.

— Achei! — Lara sacudiu um cartão pequeno e prateado. — A senha é "absinto".

O porteiro nos deu passagem e fechou o portão depois que entramos. Seguimos o vampiro ruivo pelo hall do prédio e ele nos levou até o elevador. Enquanto esperávamos, passou um rádio para outro funcionário e avisou que duas humanas estavam descendo.

O elevador chegou em poucos segundos. Entramos no seu interior espelhado e o porteiro apertou para nós o botão S3, antes de se afastar e voltar para trás do balcão da recepção.

— Eu deveria estar mesmo aqui dentro com você? — perguntei para Lara, que se olhava no espelho e retocava o batom. — Subsolo, senha... Que raio de lugar é esse? Espero que a gente não seja os canapés da festa, Lara!

— Relaxa, Sasha! Eu não sabia que tinha senha, mas, quando o porteiro pediu, me lembrei desse cartão que Lorenzo me entregou ao me convidar para a festa.

— Mas por que eles precisariam colocar senha na entrada?

— Sei lá. Para evitar penetras?

Suspirei e resolvi deixar para lá. Já tinha me metido na enrascada, então seguiria em frente. Nada que viesse a acontecer poderia ser pior do que enfrentar a Realeza Mitológica. E eu tinha sobrevivido àquilo.

O elevador deu um solavanco ao parar. Eu me preparei para o que quer que aparecesse assim que a porta se abrisse, mas mesmo assim fui surpreendida com o que vi.

Eu estava de frente para um abismo! Do lado de fora do elevador, só havia um guarda-corpo de metal nos protegendo da queda. O local todo era um círculo, com o abismo no centro e passarelas estreitas em volta, escavadas na própria pedra. Era possível ver os andares superiores e inferiores, pois as passarelas serviam como rampas. Tanto à esquerda quanto à direita, havia entradas iluminadas e acima de cada uma delas, uma letra.

— Acho que agora sabemos onde os vampiros da Fortaleza moram — concluí.

Se lá em cima era tudo muito luxuoso, o subsolo tinha o mesmo estilo dos subterrâneos utilizados pelos Mestres. Não parecia haver conforto, nem luxo.

Avistei a ALA B e apontei naquela direção. Já dava para ouvir a música que vinha daquele lugar. Algumas pessoas passavam por nós, indo e vindo pela passarela. Não conseguia saber se eram vampiros ou não, estava escuro demais para notar a diferença.

Chegamos à entrada da ala e passamos por um longo corredor, iluminado por luzes neon que vinham lá de dentro.

— Eu definitivamente não esperava por nada disso — disse Lara, com os olhos se movendo para todos os lados. — Será que ele mora mesmo debaixo da terra?

— Ele está morto, bebe sangue e não pode pegar sol. Você está mesmo surpresa com o lugar onde ele mora?

Ela não retrucou, pois estava ocupada demais admirando o que havia à nossa volta. Um tipo de galeria com um teto alto que era todo pintado com tinta neon. O chão em que pisávamos era cheio de desenhos variados, pintados com a mesma tinta e iluminados por aparelhos de luz negra enfileirados no chão.

Antes que eu conseguisse me situar, Lorenzo apareceu diante de nós. Ele segurou a mão de Lara e a puxou para um beijo na boca. Eu estava muito curiosa para saber em que momento Lara confessaria que era menor de idade. Como faltavam poucos dias para o aniversário dela, não sabia se estava esperando para contar só depois que fizesse dezoito anos.

Minha amiga ainda estava tonta com o beijo quando ele veio me cumprimentar. O vampiro era cheio de surpresas. E muito bonito. Vestia um jeans impecável e uma camisa social preta com as mangas dobradas até os cotovelos. Com dois botões abertos, ele emanava sensualidade.

— Sejam bem-vindas! O que gostariam de beber?

— Nós somos as únicas humanas aqui? — Eu gostava de ser direta. Lara me olhou com desgosto e eu dei de ombros.

— É claro que não! Mas poucos são convidados para nossas festas e não gostamos de penetras. Essa é a razão da senha. — Ele sorriu. — Aproveitem!

Sem soltar a mão de Lara, o vampiro italiano nos guiou por entre os corpos que dançavam ou conversavam pelo ambiente excêntrico. Aquela mistura entre humanos e vampiros parecia tão normal quanto costumava ser no Buraco. Ninguém nos olhou de forma estranha ou sedenta. Nem notaram nossa presença. Éramos apenas mais duas pessoas curtindo a festa.

Chegamos a uma espécie de bar com poucas garrafas de bebida e Lorenzo explicou que elas eram consumidas, em grande parte, pelos humanos.

Antes que eu conseguisse perguntar o que os vampiros estavam bebendo, avistei um casal se beijando enquanto dançava. Com movimentos cadenciados, a mulher começou a beijar o pescoço do acompanhante. Arregalei os olhos quando vi os caninos dela roçando na pele do homem. Então ela o mordeu no pescoço, e ele continuou se esfregando no corpo curvilíneo da vampira. Ambos agindo como se aquilo tudo fosse muito normal.

— Isso não é proibido? — perguntei para o italiano. — Ele é humano, não é?

Uma coisa era Mikhail me morder entre quatro paredes. Outra completamente diferente seria ele me morder em público. Ele ou qualquer outro vampiro. Aos meus olhos, aquela cena parecia tão imprópria quanto andar pelada na rua. Pelo menos não era algo que eu estava acostumada a presenciar.

— Ele é adulto e está permitindo. Portanto, não. Não é.

Lorenzo sorriu e piscou para mim de um jeito atrevido. Em seguida, passou um braço em volta da cintura de Lara e a puxou para mais perto.

Minha amiga parecia se divertir. Ela estava aos beijos com o namorado vampiro, numa festa descolada, com boa música. Eu, no entanto, não tinha muito o que fazer. Fui até o bar e olhei para minhas opções em cima do balcão. Ou vodca ou uísque. E eu nunca tinha tomado nenhuma daquelas bebidas puras.

Resolvi colocar dois dedos de uísque no copo e dei um gole para provar. Resisti à vontade de cuspir o líquido que parecia ter gosto de água suja. Porque se eu já tivesse tomado água suja alguma vez na vida, provavelmente teria aquele gosto.

Observei as pessoas à minha volta, a forma como os vampiros interagiam. Casais de vampiros eram a maioria, sem dúvida. Eles eram os mais empolgados e exibicionistas; por pouco não faziam sexo na frente de todo mundo.

— Está sozinha?

Levei um susto e quase derrubei o copo! Tinha me distraído observando duas mulheres que discutiam no meio da pista de dança e não tinha visto o rapaz se aproximar. Ele era muito alto, muito magro e muito feio. Mas eu não podia esperar muita coisa. Minha cota de homens bonitos tinha se esgotado quando Mikhail entrou na minha vida. Eu acreditava que havia alguma lei no universo que regesse esse assunto. Como se cada mulher só tivesse direito a um homem bonito na vida. Dois já seria uma injustiça, pois tiraria a chance de outra pessoa.

— Estou com minha amiga. — Como era óbvio que não tinha nenhuma amiga do meu lado, apontei na direção de Lara. — Ela está um pouco ocupada.

O vampiro assobiou quando olhou para Lara. Ela rebolava e jogava os cabelos loiros de um lado para o outro.

— Lorenzo, hein!?

— O que tem ele? — indaguei, sem entender aquela reação.

O homem sorriu e deu de ombros. Chegou mais perto de mim e eu dei um passo para o lado.

— Eu só quero curtir a festa, ok? Tenho namorado. — Virei o rosto evitando lhe dar qualquer esperança.

Ele franziu a testa e olhou em volta. Devia estar procurando pelo tal namorado, é claro. Fingi não perceber e estava começando a traçar uma rota de fuga, quando Lara apareceu para me socorrer. Passou o braço pelos meus ombros e sorriu para o vampiro esquelético. Ele com certeza acabava com todas as lendas que diziam que todos os vampiros eram lindos de morrer. Isso podia ser verdade em filmes e livros, mas, na realidade, não era assim que a coisa funcionava. O vampiro seria lindo apenas se já fosse muito bonito quando humano. Seria feio se, infelizmente, fosse uma assombração enquanto ainda era vivo. E coitado! O vampiro que estava dando em cima de mim devia ter sofrido muito *bullying* quando ainda era humano.

— Vem ficar com a gente! — Lara me puxou para onde Lorenzo estava.

O namoradinho da minha amiga se mostrou muito simpático. Ele não deixava Lara sozinha um só minuto. Além disso, mantinha sempre nossas mãos ocupadas com algum copo de bebida e nos apresentou várias pessoas interessantes.

Num determinado momento, porém, ele pediu licença e se afastou. Lara já estava ficando bêbada e nem reparou, mas percebi que ele agia de modo estranho, meio furtivo. Eu tinha visto dois homens fortes e carrancudos chegando à festa. Vi quando olharam em volta e fizeram sinal para Lorenzo. Foi naquele momento que ele se afastou de nós. Podia ser paranoia minha, pois já tinha visto muito filme de espionagem, mas eles pareciam esconder alguma coisa.

Continuei dançando com Lara, que balançava os braços no alto ao ritmo da música eletrônica. Ao mesmo tempo, eu observava Lorenzo com os dois brutamontes, enquanto bebericava a água suja. Quando Lorenzo pareceu ficar nervoso e esfregou as mãos na calça, isso chamou ainda mais a minha atenção.

— Lara, me espera aqui que eu já volto — pedi, segurando-a pelos ombros. Ela me olhou como se nem se importasse para onde eu ia e voltou a dançar.

Dei um último gole na bebida e joguei o copo de plástico na lixeira. Lorenzo estava conduzindo os dois homens para a saída e eu resolvi segui-los. Estava passando por um grupinho que conversava animado, quando senti segurarem meu pulso. Olhei para ver quem me segurava e vi um vampiro muito bonito, mas com um sorriso cafajeste estampado no rosto. Só por isso ele já merecia um chute nas bolas.

— Algo me diz que seu sangue deve ter um gosto fantástico! — ele exclamou, mostrando as presas.

— Não tenha tanta certeza. Comi brócolis e jiló no almoço hoje. — Abri um sorriso enorme. — E tenho hepatite!

O vampiro ficou sério enquanto processava as minhas palavras. Acho que ninguém nunca tinha fornecido tanta informação a ele. Não que eu tivesse hepatite, mas a parte do almoço era verdade.

Aproveitei a confusão dele e me desvencilhei de suas garras. Saí por onde suspeitava que Lorenzo tivesse passado, pois, por causa do vampiro galanteador, acabei não vendo a direção que ele tomou.

Passei por um túnel estreito e de teto baixo. Parei quando escutei vozes mais à frente e procurei ouvir atentamente. Ao notar que eram vozes femininas, continuei seguindo em frente, até chegar ao final do túnel e me ver numa caverna com dezenas de pequenas câmaras. Pelo que eu já tinha visto em alguns filmes, algo me dizia que cada buraco daquele era a residência de um vampiro. Eu achava, mas não tinha vontade de descobrir.

Quando pensei em desistir e voltar para a festa, ouvi a voz de Lorenzo numa das câmaras do lado esquerdo. Eu me esgueirei com cuidado pela caverna, até me aproximar um pouco mais. Aproveitando a escuridão, parei a alguns metros da câmara de onde vinham as vozes.

— Eu preciso de um prazo maior! — Não demorei a reconhecer a voz de Lorenzo.

— Você tem uma semana e nada mais.

— Uma semana é muito pouco para o que vocês estão me pedindo. Eu já disse que não vai dar.

Eles começaram a falar mais baixo e eu não consegui mais acompanhar o que diziam. Ouvi um barulho abafado que parecia uma briga e tentei imaginar se Lorenzo estava apanhando ou batendo. Tive medo de ser descoberta e não me atrevi a fazer barulho nem para respirar.

— Ok, me solte! — Lorenzo pediu. — Tudo bem, uma semana.

— Lorenzo, não enrola a gente. O chefe vai fazer sua cabeça rolar.

— Tá — ele disse —, eu sei. Assim como fez com Anthony.

— A gente não queria chamar tanta atenção lá no Buraco, mas não teve outro jeito.

— Idiotas! Klaus estava lá naquele dia.

Levei a mão à boca para abafar minha exclamação de espanto. Ou eu estava entendendo tudo errado ou aqueles caras eram os assassinos do segurança do Buraco. E eu poderia entrar numa grande enrascada se me vissem ali. Olhei em volta, me certificando de que não tinha sido vista por ninguém, e comecei a me afastar. Mas antes de dar o primeiro passo, ouvi algo que me paralisou:

— Como o chefe quer que eu consiga tanto sangue e em tão pouco tempo se vocês mataram Anthony?

Droga! Comecei a ouvir passos vindo na minha direção e precisei pensar rápido. Antes que eles me flagrassem, me joguei dentro da câmara ao lado. Apesar da completa ausência de iluminação na pequena alcova, ela felizmente estava vazia. Ou pelo menos eu achei que estava, já que ninguém me atacou pela invasão. Fiquei escondida por mais alguns minutos antes de voltar para a festa, com medo de encontrar Lorenzo do lado de fora.

Quando finalmente voltei, ele e Lara estavam abraçados. Ele falava algo ao pé do ouvido dela e minha amiga sorria. Apressei o passo e parei ao lado deles.

— Sasha, onde você estava? — ele perguntou, com um olhar de suspeita. — Pensamos que tivesse ido embora.

— Fui procurar um banheiro.

— E achou? Porque fica na direção oposta de onde você veio. — O sorriso que Lorenzo exibiu não era dos mais sinceros.

Mordi a língua, me amaldiçoando por não ter pensado numa resposta melhor. Ele parecia me testar, como se soubesse o que eu tinha feito. Será que sabia?

Lara olhou de mim para ele, sem entender o meu silêncio repentino. Eu, por fim, soltei uma risada.

— Lógico que não achei. E me desculpe se eu tiver feito xixi no lugar errado — pedi, bancando a arrependida —, mas precisei usar um cantinho qualquer. O bom é que é tudo escurinho e ninguém vê!

Como ele e Lara me olharam horrorizados, acabei relaxando. Minha mentira devia ter colado. No máximo, Lorenzo pensaria que eu era louca.

Alguns minutos depois, Lara e eu deixamos aquele lugar estranho e claustrofóbico. Ela queria ficar mais um pouco, mas dei a desculpa de estar com dor de cabeça. Enquanto nos arrastávamos até em casa, precisei ouvir as reclamações dela. Eu tinha, pelo visto, atrapalhado os planos dela para a noite.

— Deixa de ser dramática! Não é como se vocês dois nunca mais fossem se ver — respondi e ela me olhou enviesado.

— Se fosse você no meu lugar e eu te separasse de Mikhail, você estaria reclamando tanto ou até mais do que eu, Sasha!

Revirei os olhos.

— Mas é claro que não. Eu sou coerente.

Soltei um grito ao sentir um puxão no cabelo e corri atrás de Lara. Pelo menos agora eu sabia que tonta ela não estava. Quando a alcancei, ela dobrou o corpo, com a mão na barriga, rindo sem parar. Essa era a parte chata de não acompanhar os amigos na bebedeira: ficar sóbrio e não conseguir achar graça de suas brincadeiras.

— Certo. Tudo bem, melhor te levar logo para casa. Não sei do que você está rindo.

— De você! — Lara apontou o dedo na minha cara, quase furando meu olho. — A parte mais engraçada é você se achando coerente!

Ela caiu novamente na gargalhada e eu desisti de continuar a discussão. Deixei Lara em casa e fui caminhando para a minha. Até tinha pensado em passar a noite na casa dela, mas sabia que ela dormiria assim que se deitasse. Eu, no entanto, queria pensar no que tinha acontecido aquela noite. Nas conversas que tinha escutado e no que poderia fazer com as informações que havia descoberto.

Se eu estivesse certa, Lorenzo era um dos traficantes de sangue da Fortaleza. E, para piorar, havia um tal chefe que parecia comandar todo o esquema. O vampiro com quem Lara se envolvera tinha um prazo para entregar uma grande quantidade de sangue ao chefe. Ou isso ou sofreria o mesmo destino que o segurança — que eu descobri se chamar Anthony.

Parei na esquina da minha rua ao sentir uma sensação estranha. Olhei em volta, pois parecia que havia alguém me observando. Como não vi nada, continuei meu caminho. Devia estar começando a ficar paranoica.

Quando finalmente entrei em casa e tranquei a porta, respirei aliviada. Talvez fosse meu destino nunca viver uma vida pacata. Quando não estava fugindo de mitológicos, estava metida em conspirações da máfia. Presumindo que fosse uma máfia. De vampiros, o que era muito pior! Mas, apesar dos pesares, era revigorante ter algo de diferente com o que ocupar minha mente. Parar um pouco de me lamentar pela ausência de Mikhail me faria muito bem.

Como passei quase o resto da madrugada em claro, acordei mais tarde do que eu esperava. Abri os olhos quando senti meu corpo gelar e dei um pulo da cama. Dona Irina Baker, conhecida como "minha mãe", tinha tirado as minhas cobertas sem a menor cerimônia e me olhava com raiva.

— Onde já se viu, Aleksandra, eu precisar vir te arrastar para fora dessa cama? Não me ouviu te chamar mais de dez vezes? — Ela soltou minhas cobertas e colocou as mãos na cintura. Do jeito que me olhava, parecia um soldado de um pelotão de fuzilamento.

— Você me chamou? Sério? — Bocejei. — Juro que não escutei, mãe.

E para eu não ter ouvido os gritos de minha mãe, eu devia estar mesmo muito apagada. Respirei fundo e calcei minhas pantufas de sapos.

— Quero a senhorita lá embaixo em dois minutos. Não me importa se chega tarde em casa. Vai ter que tomar café junto com toda a família!

Ela saiu resmungando e eu fui atrás, sem nem conseguir raciocinar direito. Dei bom-dia para meu pai e para o Adotado antes de me sentar à mesa. Meu apetite abriu quando senti o cheiro gostoso do bacon e, ao começar a comer, recuperei alguns fragmentos das ideias que tinham passado pela minha cabeça na noite anterior.

Eu tinha ficado deitada, olhando para o teto e pensando no que fazer com as informações que tinha. Temia que Lorenzo colocasse Lara em perigo, então o ideal seria acabar logo com todo aquele esquema de tráfico. Eu sabia que não era a pessoa mais indicada para enfrentar uma gangue, mas conhecia alguém a quem minhas descobertas seriam muito valiosas.

— Mãe, pai, vou dar uma saída depois do café, ok? Preciso falar com meus amigos.

A matriarca da família me olhou de esguelha, contrariada. Eu sabia no que ela estava pensando e já me preparava para retrucar.

— Aleksandra, você sabe muito bem que marcamos de fazer algum programa em família hoje! Johnathan, me ajude aqui!

— Na verdade, querida — começou papai, com um ar culpado —, nós vamos ter que adiar nosso dia em família. Vou precisar ir ao laboratório hoje.

Arregalei os olhos, surpresa. O homem era muito corajoso mesmo, cancelando os planos de minha enfezada mãe. Se ela fosse um desenho animado, tenho certeza de que soltaria aquela fumacinha pelo nariz, tamanha sua fúria.

— Você só pode estar brincando comigo, Johnathan!

— Estamos com alguns problemas, querida. Precisam de mim por lá.

— Que tipo de problemas, pai? — Victor perguntou, de repente se interessando pela conversa.

Achei melhor aproveitar aquele momento de distração e me levantar da mesa discretamente. Enquanto minha mãe estivesse concentrada em tirar satisfações com meu pai, não me notaria saindo de casa.

Ainda ouvi meu pai responder a Victor e dizer que Klaus queria cinco *Exterminators* prontas o quanto antes. O tempo corria, os mitológicos continuavam vivos e uma única arma não ajudaria em muita coisa.

Troquei de roupa depressa, para sair de casa antes que meus pais terminassem a discussão. Vesti um agasalho mais fino, porque o clima tinha melhorado um pouco e fiquei feliz com isso, pois significava que Klaus estava de bom humor.

Consegui passar pela porta sem ser notada e saí para a claridade da manhã cinzenta. Apesar de a temperatura ter subido um pouco, a umidade foi logo sentida pelos meus cabelos. Prendi os fios num rabo de cavalo frouxo e segui rumo à Morada dos Mestres. Liguei meu iPod, coloquei o aparelho dentro do bolso e me deixei viajar ao som de *Give Me Love*, do Ed Sheeran.

Eu precisava deletar todas as músicas que eu tinha naquele estilo. Me deixavam com mais saudade ainda de Mikhail e eu acabava ficando sentimental demais. Naquele momento, queria me concentrar em outras coisas. Como o que eu estava indo fazer na Morada.

Ao passar na frente das casas dos meus amigos, resisti à vontade de parar para falar com eles. Acabaria perdendo tempo e queria logo fazer o que eu tinha em mente. Caminhei devagar e aproveitei para revisar meu plano. Torcia para que desse certo e para que Klaus continuasse de bom humor.

Quando entrei no prédio que servia de residência para os Mestres, uma recepcionista humana me olhou com má vontade estampada no rosto.

— Bom dia, tudo bem? Gostaria de falar com Mestre Klaus — pedi, apoiando-me no balcão de vidro.

— Mestre Klaus não está aguardando ninguém no momento — respondeu a funcionária que, pelo crachá, se chamava Gleici.

Ela então decidiu me ignorar completamente e voltou a digitar no teclado do computador. Bati os dedos no vidro e fiquei encarando a pessoa, até que ela voltou a prestar atenção em mim.

— Mestre Klaus não está...

— Aguardando ninguém. É, eu sei. Você já disse isso. — Com muita delicadeza, segurei o monitor de LCD com as duas mãos e o girei na minha direção, impedindo que ela olhasse para a tela. — Mas você pode ver se ele por acaso está disponível?

A funcionária deu a volta pelo balcão, furiosa, apontando uma caneta para mim. O que ela esperava com aquilo? Me furar com a ponta da esferográfica? Levantei as mãos em sinal de paz e recuei dois passos.

— Calma, ok? Só quero falar com o Mestre.

— Agradeça se eu te matar rapidamente. Porque neste momento estou com impulsos homicidas.

— Aleksandra!

Nós duas viramos a cabeça para olhar na direção em que vinha a voz. O corredor que dava para o elevador estava vazio, mas a voz vinha de algum lugar por ali. Gleici, na mesma hora, se empertigou e levou as mãos para trás das costas.

Sem saber muito bem o que fazer, segui pelo corredor antes que a funcionária agarrasse meus tornozelos e me impedisse de ir até Klaus. No final, eu me virei para o elevador e vi o Mestre parado ali dentro, protegendo-se da luz do dia. Ele estava de braços cruzados e capuz cobrindo o rosto. Algo me dizia que o seu humor tinha piorado.

— Bom dia, Mestre! — Meu corpo foi puxado para dentro. — Ops! — Precisei me equilibrar quando minhas costas grudaram na parede fria e metálica.

— Entre logo e não me faça perder tempo.

— Sim, senhor. Hum. Mestre.

Ele soltou um suspiro longo e pesado. Eu não sabia se estava assim por minha causa. Mas não era possível, era? Porque eu mal tinha aberto a boca. Até pensei se deveria ou não começar a falar, e achei melhor esperar até chegarmos ao nosso destino.

— Você veio só para passear? Ou pretende explicar sua presença aqui a essa hora?

Encostei um pé na parede do elevador, tentando parecer descontraída. Estava procurando a melhor forma de iniciar a conversa, mas comecei a me sentir um pouco claustrofóbica. A presença de Klaus ali dentro fazia parecer que o ambiente tinha diminuído.

— Não vamos nos sentar primeiro? — perguntei.

Klaus, que até então estava de costas para mim, se virou para me encarar. Num piscar de olhos, ele se aproximou até quase não deixar ar para que eu respirasse e estreitou os olhos. Tudo muito teatral. Exceto pela pressão na minha testa. Isso era bem real e tão doloroso que eu precisei fechar os olhos.

— Por acaso, Aleksandra, eu dou a impressão de ser alguém que se senta para conversar com humanos?

— Tudo bem, confesso que não temos muita intimidade... — Baixei a cabeça quando ele apoiou as duas mãos na parede, bem ao lado do meu rosto. — Ou melhor, nenhuma intimidade.

O capuz do manto negro deslizou para trás e o rosto de Klaus ficou exposto bem diante do meu nariz. Ele mostrou os caninos e emitiu um rosnado, mas eu não estava com medo. Não muito.

— Tenho informações que podem interessar... — Pigarreei e corrigi a frase. — Mestre.

— Eu duvido muito.

Klaus envolveu meu pescoço com os dedos e apertou devagar. Senti dificuldade para respirar e a sensação de asfixia piorou quando meus pés saíram do chão.

— Você já cometeu tantas infrações desde que chegou que, se eu te prendesse por uns dias, nem seria uma pena tão severa. Mas, pensando bem, eu posso apenas quebrar esse frágil pescoço — anunciou ele, deslizando um dedo da mão livre pelo meu maxilar — e me livrar da sua voz de uma vez por todas.

Minha posição acima do chão, combinada com o reflexo do meu corpo, fez com que eu tomasse uma atitude drástica. Desesperada para voltar a respirar normalmente, fiz a única coisa que me veio à mente. Meti o pé no meio das pernas de Klaus e chutei com força aquele material que ele devia prezar muito. O Mestre não sentiu dor, mas ficou furioso por ter sido tocado.

A mão que estava na minha garganta se abriu e meu corpo desabou. Antes que eu tocasse o chão, senti meus cabelos sendo agarrados. Klaus suspendeu meu corpo novamente e inclinou minha cabeça de lado, expondo meu pescoço. Quando previ o que ia acontecer, tentei me desvencilhar dele, mas a sua outra mão me pressionou contra a parede e me manteve no lugar. Ele não bloqueou meus movimentos, provavelmente achando mais prazeroso ver a presa tentar fugir enquanto era abatida.

— Klaus, não! — gritei.

As presas furaram meu pescoço com força. Não era em nada parecido com o jeito que Mikhail costumava me morder. Senti que elas se alongavam mais e mais para dentro da minha pele e dos meus músculos. Gritei com a dor e o medo do desconhecido, sem saber como aquilo acabaria.

Em determinado momento, parei de me debater. Ele não me deixaria ir a lugar algum, e eu também começava a me sentir enfraquecida.

— Tráfico... — tentei falar, mas minha voz saiu estranha, fraca. Fechei os olhos e passei a língua pelos lábios, para tentar de novo. — ... sangue...

E tudo ficou escuro.

CAPÍTULO SEIS

| MIKHAIL |

EU ESTAVA EM PÉ, no terraço de um prédio abandonado no centro de Istambul. Aproveitava os últimos minutos da noite antes de ser obrigado a me recolher por causa dos raios solares. Aquela parte da cidade há muito estava quase toda desabitada. Fora destruída pelos mitológicos e agora a população preferia morar em locais mais afastados do grande centro.

As construções abandonadas começavam a se misturar com a vegetação, que crescia desordenada. Paisagem comum à maioria dos grandes centros urbanos. As ruas tinham uma aparência caótica, com carros velhos largados a esmo e um animal ou outro passando aqui e ali. Quando se tratava de causar destruição, os mitológicos eram mestres. Além da matança, eles acabavam destruindo tudo por onde passavam. Era comum ver prédios em ruínas ou carbonizados. Essa era a Istambul que outrora havia sido encantadora.

Fazia séculos que eu não pisava naquela região. Minha última visita tinha sido em 1453, quando Istambul era conhecida como Constantinopla. Eu fiz a viagem na companhia de Klaus e Nikolai. Vladimir estava desaparecido havia uma década e, nos baseando nos boatos que chegavam até nós, fizemos a viagem para procurá-lo.

Na época, a cidade estava sendo cercada pelo exército otomano. Algo em torno de cem mil homens contra os sete mil bizantinos. Mas, por incrível que pareça, Vladimir não estava envolvido nessa guerra. Seu interesse era outro. Havia se engraçado com Caterina Gattilusio, esposa de Constantino XI, o imperador bizantino. É claro que ele não podia se contentar com uma mulher qualquer. Tinha que ser a mulher do imperador.

Caterina foi dada como morta em 1442, mas descobrimos que sua morte tinha sido causada por Vladimir, que resolvera transformá-la em vampira. Não satisfeito, ele havia criado uma espécie de harém e se regozijava com a vida que levava, ficando cada vez mais descuidado.

Quando chegamos e vimos tudo com nossos próprios olhos, Klaus surtou. Meu irmão mais velho sempre tivera uma implicância gratuita com o caçula da família. Então, quando descobriu o que acontecia ali, foi intransigente e fez questão de exterminar as crias de Vladimir. A viagem, que tinha tudo para ser breve, acabou se estendendo além do planejado. Não podíamos deixar passar a oportunidade do momento. Uma guerra muito longa é sempre uma fonte ilimitada de sangue.

Os dois exércitos eram resistentes e se enfrentavam dia após dia. Com isso, nós fomos ficando, sem sentir o tempo passar. No entanto, a extensa guerra parecia estar se aproximando do seu ápice e não tardaria para termos um lado vencedor. Um final que acabaria por ter proporções históricas muito significativas.

— A cidade está agitada esta noite. Creio que mais tarde teremos um belo banquete — disse Nikolai, deitado sobre almofadas de cetim.

Uma humana se esfregava nele, achando graça de tudo que meu irmão dizia. Eu estava distraído, mas vi quando Nikolai pediu que ela saísse e nos deixasse a sós. Quando a mulher se retirou, ele se levantou e vestiu a camisa.

— O que foi? — perguntou para Klaus.

— Devemos ficar preparados para uma saída rápida. O cerco lá fora está se fechando. Algo me diz que a situação por aqui vai mudar.

— Também senti o mesmo com a movimentação de hoje — avisei. — Acham que os turcos terão êxito desta vez? — Eu estava mesmo interessado. Não via a hora de ir embora de Constantinopla.

Klaus não precisou me responder. O som retumbante que veio do outro lado das muralhas foi a resposta.

Nós tínhamos sido beneficiados durante meses, morando naquela cidade e tirando proveito das tragédias de uma guerra infindável. Até que naquela noite, no final do mês de maio, o sultão Maomé II ordenou que suas tropas se concentrassem no Vale do Lico. Ele atacou Constantinopla em plena madrugada e a batalha se estendeu por horas a fio. A noite foi tomada pelo som dos canhões que disparavam contra as muralhas. Do lado de dentro, os gritos dos soldados que tentavam encorajar os mais aterrorizados também ecoavam pela noite.

Assistimos a tudo do alto de uma torre, inebriados com o cheiro acre do sangue derramado. Em determinado momento, o exército da cidade deixou de guardar o portão noroeste para defender a região do Vale do Lico. Essa distração foi suficiente para que os inimigos vencessem.

— Devemos fazer alguma coisa? — perguntei, observando os soldados derrubarem as últimas defesas do portão com suas lanças.

De repente, ouvi o zunido de uma lança voando na minha direção. Um soldado na torre ao lado da nossa devia ter pensado que éramos inimigos e atirado a lança. Vi a ponta afiada girando rapidamente enquanto cortava o ar. Ao se aproximar do meu rosto, agarrei o cabo com facilidade e o parti ao meio. O soldado, com os olhos arregalados, achou melhor sair correndo e procurar um oponente à sua altura. Coisa que eu também achava bem mais sensata.

Milhares de soldados corriam em disparada na direção do exército da cidade, desviando-se de alguns focos de incêndio pelo caminho. Quando se aproximavam dos inimigos, perfuravam os corpos deles com as pontas afiadas das armas.

— Não — Klaus respondeu. — Nada disso nos diz respeito.

A pequena resistência bizantina começou a ser dizimada. Do alto da torre, cheguei a ver o imperador Constantino XI marchando de encontro à morte, na direção do exército inimigo. Em alguns minutos, ele tinha desaparecido em meio a milhares de soldados.

Pouco antes de o sol despontar no horizonte, retornamos ao nosso navio, que há muito estava atracado no Corno de Ouro. Assim, deixamos a cidade para trás. Com a queda de Constantinopla, o Império Romano Oriental se extinguiu de uma vez por todas.

— Em que será que você pensa quando fica assim tão concentrado?

Não precisei me virar para saber que Nadia se aproximava por trás de mim a passos lentos. O sarcasmo em suas palavras não me incomodava, mas me perturbava o fato de que há uma semana eu não sabia o que era privacidade. Ela não me deixava sozinho por mais de dez minutos.

Quando saímos da Crimeia, ela havia nos feito desviar do caminho que eu tinha em mente. Cismou que sentira uma sensação estranha e que aquilo devia dizer respeito aos mitológicos. Que seu sexto sentido não costumava falhar. Com isso, entramos novamente em território russo pelo sul do país e seguimos até a Georgia.

Logicamente, a pista era falsa. Eu não sabia se Nadia tinha feito de propósito com o intuito de nos atrasar, mas não duvidava. Perdemos dias valiosos vasculhando também a Armênia e o Azerbaijão — este último, há anos completamente desabitado — e não havia nem rastro de mitológicos por lá.

Pode parecer fácil empreender uma busca num local desabitado, mas não é. Mitológicos conseguem se esconder nos lugares mais remotos e improváveis. É preciso fazer uma varredura em cada território antes de partir para outro.

Quando enfim chegamos à Turquia, eu já não aguentava mais Nadia. E ela tinha plena consciência do quanto sua presença constante me irritava.

— Estou relembrando momentos vividos aqui — respondi, observando as águas do Mar Negro brilharem ao longe.

— Aqui, em Istambul? Em que época?

— Em meados do século quinze, quando ainda era Constantinopla. Viemos procurar Vladimir.

Eu me afastei da beira do terraço e dei as costas para Nadia, pronto para entrar no prédio. Ouvi o barulho dos saltos dos seus sapatos atrás de mim, me seguindo pela escada estreita que levava ao porão.

— Sim, acho que eu me lembro. Vocês me deixaram sozinha com Rurik e ficaram se divertindo pelo mundo.

— Pelo que eu sei, no que diz respeito a você e Rurik, sempre há diversão. — Parei e me virei para encará-la. — Estou mentindo?

— Tem certeza de que quer falar sobre relacionamentos, Mikhail? Que tal então falarmos um pouco sobre a sua ruivinha? — Ela sorriu ao perceber que me afetara ao mencionar Sasha.

Era melhor não dar muita atenção às provocações de Nadia. A não ser que eu quisesse entrar numa discussão sem fim. Precisei manter o controle e encerrar o assunto de uma vez. A manhã estava para chegar e ainda não tínhamos arrumado um local para nos protegermos. Aquele prédio não era uma Morada dos Mestres. Não tinha blindagem nas janelas e, assim que o sol despontasse no horizonte, seus raios atravessariam aquelas vidraças.

Continuei descendo as escadas, com Nadia atrás de mim, falando sem parar. Entrei por um corredor e comecei a abrir uma porta de cada vez.

— Por mais quanto tempo você acha que vai conseguir esconder esse romance ridículo? — ela perguntou, buzinando no meu ouvido.

— Nadia! — gritei e me virei. Segurei seus ombros com força, deixando que minhas unhas se cravassem em sua pele. — Cale essa boca maldita! Me ajude a encontrar um lugar para ficarmos ou eu juro que te amarro naquela janela ali.

Empurrei-a com força para o final do longo corredor e chutei a porta mais próxima. Todos os apartamentos eram praticamente iguais. Pela mobília, tudo me levava a crer que se tratava de um prédio de famílias humildes.

Encostei a cabeça na parede da cozinha, tentando pensar, até que vi a geladeira. Não era daquelas enormes e cheias de botões, mas podia servir. Escancarei a porta e arranquei as prateleiras enferrujadas.

— Nadia!

Deitei a geladeira no chão e observei se ela não tinha nenhum buraco. Quando Nadia chegou, arqueou as sobrancelhas me enfrentando.

— Você não acha mesmo que eu vou entrar nisso.

— Se vai entrar eu não sei, mas não ficarei para ver. Vou procurar uma para mim.

Não seria tão fácil. Eu era bem mais alto e maior que minha irmã. Ela própria já ficaria apertada dentro de uma geladeira simples. Eu não caberia em nada daquele tamanho.

Por sorte, depois de percorrer uns quatro andares, consegui encontrar um freezer horizontal com espaço suficiente para me deitar ali dentro encolhido. Depois de entrar e puxar a tampa para fechá-lo, relaxei um pouco no escuro e saboreei aquele silêncio tão bem-vindo. Não ter Nadia a menos de cinquenta metros de mim era o paraíso.

Fechei os olhos e imaginei o que uma certa ruiva estaria fazendo naquele momento. Eu esperava que pelo menos ainda estivesse viva.

CAPÍTULO SETE

ABRI OS OLHOS E SENTI UMA VERTIGEM. A iluminação discreta não me ajudou a reconhecer o lugar onde eu estava. Decidi me sentar e acabei gemendo de dor. Meus músculos doíam e eu me sentia fraca.

— Achei que fosse dormir o dia todo.

Olhei de relance para o lado e vi Klaus de costas para mim, debruçado sobre uma mesa alta de madeira. Não havia cadeiras em volta e sobre a mesa havia vários papéis espalhados.

De repente, eu me lembrei de tudo. Do ataque, da mordida, da mão de Klaus me sufocando. Foi um ataque selvagem. Ele era o predador e eu, a presa indefesa.

— Onde estou? — Olhei em volta e a ficha logo caiu. As paredes cobertas de estantes e livros, os candelabros do século XVIII, o vitral que agora estava novamente no lugar. — Ah... Não tenho boas recordações desse lugar.

Klaus tinha me levado para a bendita biblioteca que eu tanto procurara semanas antes. Não que agora fizesse alguma diferença, pois Mikhail já tinha me esclarecido algumas coisas que eu precisava saber. De qualquer forma, imaginei que seria ótimo ler alguns daqueles livros.

— Aleksandra. — Klaus se virou e me encarou, cruzando os braços. — Tenha em mente que você só continua viva porque, pela primeira vez, algo que saiu da sua boca me deixou interessado.

— Você me mordeu! — Levei a mão ao pescoço dolorido e agradeci por ele estar no lugar. — E aquela lei de não tomar sangue à força? Não vale quando é com você?

— Eu não estava apenas tomando seu sangue. — Num piscar de olhos, ele estava agachado na minha frente. — Eu estava te matando, querida. Agora, que tal cooperar comigo? O que você sabe sobre o tráfico de sangue?

Eu percebi que Klaus não esboçava nenhum sorriso ou expressão que me fizesse duvidar das suas palavras. Se ele falava sério mesmo, então eu realmente corria perigo em suas mãos. Pela segunda vez.

Para não demonstrar que ele me intimidava, ajeitei a postura, estufei o peito e o olhei dentro dos olhos. A pressão na testa me incomodou, mas estava decidida a suportar por alguns minutos.

— Se eu não tivesse sido atacada, já teria falado sobre isso. Eu vim barganhar com você. — Cruzei os braços. — Não vou dar a informação de graça.

— Barganhar? — Ele arqueou uma sobrancelha e estreitou os olhos.

— Garanto que é uma informação valiosa. Você perderia muito se me matasse agora.

Klaus riu tão alto que eu não duvidava que as pessoas na rua tivessem escutado. Ele se levantou e uma poltrona deslizou pelo piso de madeira. O móvel parou diante de mim e Klaus se sentou devagar. Ele dobrou uma perna, apoiou o tornozelo no outro joelho e esticou os braços para os lados. Depois de acomodado, voltou a prestar atenção em mim e abriu um sorriso arrepiante.

— Você quer barganhar comigo? — O Mestre mexeu os dedos na minha direção e notei que tinha sangue seco debaixo de uma unha. O meu sangue, provavelmente. — Tudo bem, divirta-me um pouco, Aleksandra.

Confesso que, quando planejei tudo, deitada confortavelmente na minha cama, achei que seria mais fácil. Mas depois da recepção calorosa que recebi, estava com medo de piorar ainda mais as coisas entre nós.

Klaus me encarava com um sorrisinho debochado à espera do meu discurso. Respirei fundo e organizei minhas palavras mentalmente. Por fim, falei:

— Eu não sei se já chegou ao conhecimento de vocês, mas há um esquema de tráfico de sangue acontecendo aqui dentro. No Buraco, principalmente.

— Isso não é nenhuma novidade para mim.

— Mas você sabe quem são os responsáveis? — perguntei.

Klaus passou a língua pelo canto da boca, como se aquela minha pergunta tivesse um gostinho especial. Ele se desencostou da poltrona e se inclinou na minha direção. Os cotovelos apoiados nos joelhos e o queixo, nas mãos. Parecia interessado.

— Você sabe? — perguntou ele.

— Mais ou menos. Tenho algumas pistas. — Tentei imitar seu sorriso presunçoso.

— Pois bem, conte o que sabe.

— É agora que entra a parte da barganha. Eu conto tudo o que sei, mas quero algo em troca.

Meu corpo descolou do confortável sofá em que eu estava sentada e, num piscar de olhos, voei pela biblioteca. Minhas costas e minha cabeça se chocaram contra o teto duro. O ar fugiu dos meus pulmões com o choque, mas logo descobri que aquela não era a pior parte. Klaus me desceu alguns centímetros e depois deixou meu corpo desabar em queda livre, a uma altura de aproximadamente dois metros do chão.

Eu caí de bruços, estatelada ao lado da poltrona dele. Se não tivesse visado o rosto segundos antes, podia ter quebrado o nariz.

— Está pronta para falar?

Continuei na mesma posição. Não tinha coragem de me mover e descobrir alguma parte do corpo quebrada. Tossi e senti um gosto acre na boca, que me fez cuspir no tapete caro da biblioteca. Provavelmente tinha algumas centenas de anos, mas fiz questão de sujá-lo com meu sangue.

Klaus fez com que meu corpo saísse do chão e retornasse ao sofá. Ele me observou como se estivesse satisfeito com seu trabalho e sorriu. Eu sorri de volta.

— Quero... treinar — falei de uma vez por todas, limpando minha boca ensanguentada com as costas da mão.

— Isso não é uma opção.

— Mestre, por favor. — Eu queria encerrar logo aquela conversa, pois sentia dor a cada palavra que dizia. — Eu... não vou causar problemas.

Ele me observou em silêncio. Parecia ponderar meu pedido, por isso continuei quieta. A realidade, no entanto, era outra. Minha vontade era desmaiar naquele sofá, de tão tonta que eu me sentia. Engoli mais saliva com gosto ruim, pois não queria cuspir novamente e irritar o vampiro.

— Você só desistirá se eu realmente matá-la, não é? — Eu abri a boca para responder, mas ele levantou a mão. — Duas aulas de defesa pessoal em troca de todas as informações que você tiver. E Aleksandra, para o seu bem, é melhor mesmo que seja algo muito valioso.

Encostei a cabeça no sofá e fechei os olhos, sentindo a sala rodar ao meu redor. Eu definitivamente não conseguia ser feliz dentro daquela biblioteca. Era uma espécie de karma. Fiquei uns cinco minutos em silêncio, descansando. Ao abrir novamente os olhos, dei de cara com um vampiro que eu não conhecia. Ele carregava agulhas e outros instrumentos que só me deixaram tensa. Eu tinha perdido alguma parte da conversa? Klaus tinha descoberto que eu tinha mais medo de agulhas do que de caninos afiados?

— Faça uma transfusão rápida — ordenou ele ao vampiro.

O homem se ajoelhou ao lado do Mestre, que tirou o manto negro. Depois dobrou a manga da camisa e estendeu o braço. Como eu já estava tonta, ver a cena que se desenrolava diante de mim não ajudou muito. A agulha penetrava o braço de Klaus com muita dificuldade. O objeto metálico estava rígido e em pé, tamanha era a resistência que encontrava ali.

Ele doou o suficiente para encher uma bolsa de sangue, e eu suei frio quando foi minha vez de ser espetada.

— Comece a falar, Aleksandra.

Gemi quando o vampiro enfiou a agulha no meu braço e procurei não olhar para não sofrer ainda mais. Enquanto ele apoiava a bolsa de sangue no encosto do sofá, eu torcia para que Klaus ficasse satisfeito com minhas revelações.

Quando o vampiro terminou de preparar minha transfusão, saiu da biblioteca e nos deixou a sós. O sangue de Klaus entrava lentamente em minhas veias.

— Ontem fui a uma festa com minha amiga Lara — comecei a contar e molhei os lábios que estavam ressecados — e descobri que o cara com quem ela está saindo...

— Aleksandra, comece do início. Como você descobriu sobre o tráfico?

Bem, essa era uma informação que eu não pretendia compartilhar com Klaus. Se ele ainda não havia me matado, faria isso ao descobrir que eu já incentivara o tráfico. Tentei pensar em alguma desculpa, mas ele continuava me olhando fixamente.

— Eu já... — pigarreei — ouvi falar sobre isso.

— Você já doou sangue para entrar no Buraco. Não sou idiota, Aleksandra. — Foi impossível impedir que meus olhos se arregalassem. — Fiz essa descoberta há pouco tempo.

— O que importa é que não faço mais isso. — Levantei as mãos, com as palmas viradas para ele. — Nem sou mais a favor desse esquema depois do que aconteceu.

A bolsa de sangue esvaziava lentamente e, aos poucos, eu me sentia melhor. Receber sangue de Mestre devia ser o equivalente a ingerir dois litros de energético em alguns minutos.

— Enfim, eu fui numa festa ontem e acabei ouvindo uma conversa muito suspeita. Esse vampiro de quem a minha amiga gosta está envolvido. E parece que ele era parceiro do segurança do Buraco. O tal do Anthony.

Eu não tinha certeza se fizera bem em falar o nome do segurança, mas acabou saindo sem querer. Fiquei calada, aguardando que Klaus dissesse algo. Ele estava concentrado, mexendo os dedos e olhando fixamente para eles.

— Anthony está morto. — O Mestre quebrou o silêncio. — Mas creio que você já saiba disso, pois sempre se mete onde não é chamada.

— Eu sei porque estava no Buraco naquela noite. Não tenho nada a ver com a morte dele, que fique bem claro.

— Qual o nome desse parceiro do Anthony?

Klaus ficaria irritado, pois eu não pretendia dedurar Lorenzo. Mesmo que ficasse provado que ele não valesse nada, antes de entregá-lo de bandeja para Klaus, precisava descobrir o que Lara sentia por ele.

— Prefiro manter esse detalhe em segredo por enquanto. Pode me jogar de novo no teto.

Ele olhou para a bolsa cheia do seu sangue. Devia estar decidindo se arrancava ou não a agulha do meu braço.

— Com quem ele conversava? E o que você ouviu? Até agora não me deu nada útil, Aleksandra.

— Não sei os nomes dos outros dois caras. Mas sei que com certeza são vampiros e têm um chefe. Eles o chamam assim mesmo, de chefe, não disseram nome nenhum.

— Acha que os reconheceria se os visse novamente?

— Acredito que sim — afirmei. — Estava escuro, mas quando eles chegaram à festa, consegui olhar um pouco para os dois.

— Isso foi ontem? — Ele massageou as têmporas e suspirou. Parecia estressado. — Eu espero que o seu queridinho e os meus outros irmãos retornem logo. Por mais que eu seja bom, sou apenas um só. Não tenho poderes que me façam estar em dois lugares ao mesmo tempo.

Eu ainda estava processando o "queridinho". Fiz um esforço tremendo para não abrir um sorriso apaixonado bem ali na frente de Klaus.

O sangue da bolsa já estava chegando ao fim e eu tratei de me apressar. Já tinha passado tempo demais na presença dele num único dia. Queria ir embora enquanto estava com todos os ossos no lugar.

— Eles estavam ameaçando o vampiro que é amigo de Lara. Parece que ele tem que entregar alguma quantidade exorbitante de sangue dentro de um determinado prazo. E ele não parecia muito feliz com isso. Se você quiser, posso mostrar no mapa onde fica o lugar onde aconteceu a festa.

Ele gargalhou daquele jeito que me dava calafrios e se levantou. Sem nenhuma delicadeza, arrancou a agulha do meu braço e jogou no chão a bolsa, com um pouco de sangue ainda no fundo. Abafei um grito e apertei o braço no ponto onde tinha sido furado.

— Eu não acredito que demorei tantos anos para te encontrar. A garota perfeita, que vai me ensinar a andar no lugar que foi construído por mim! — Seus olhos se estreitaram e suas narinas inflaram. — Suma da minha frente, Baker!

Graças ao sangue poderoso que tinha recebido, consegui ficar de pé com facilidade. Não me sentia mais tonta, nem fraca. As dores pelo corpo também tinham sumido, o que era ótimo.

Levantei a cabeça para encarar o Mestre e, por incrível que pareça, a pressão na minha testa era quase inexistente. Eu a sentia, mas não me incomodava. Receber seu sangue tinha mesmo muitas vantagens.

— Preciso saber se vou receber o treinamento prometido.

— Ah, isso. — Klaus me deu as costas e voltou para a mesa cheia de papéis. Fiquei curiosa para saber do que se tratava, mas não ousei me aproximar. — Dois dias. Venha amanhã depois da meia-noite.

— Não tem um horário melhor?

— Você pode escolher não vir.

— Estarei aqui meia-noite em ponto. — Sorri e fiz uma reverência, mesmo que ele não tenha visto.

Vi quando enrolou os papéis e os colocou dentro de canudos largos. Pareciam mapas. Ele guardou tudo na prateleira mais alta de uma das estantes, depois foi me empurrando para fora da biblioteca e trancou a porta com a chave ao sairmos.

Segurando meu braço sem nenhuma delicadeza, Klaus me levou até o elevador mais próximo e me fez entrar sozinha.

— Ele a levará ao térreo.

Respirei aliviada ao sair viva da Morada dos Mestres. Se eu parasse para pensar friamente, poderia dizer que o resultado final daquela reunião tinha sido positivo. Apesar dos pequenos "contratempos", acabei conseguindo o que queria.

🌿 🌿 🌿

Era quase fim de tarde quando cheguei em casa. Não sabia que tinha ficado tanto tempo fora. Pelo visto, tinham se passado algumas horas entre o ataque de Klaus no elevador e o meu despertar na biblioteca.

Quando abri a porta de casa, dei de cara com meu pai e Blake. Os dois estavam sentados nas poltronas da sala e conversavam tranquilamente. Bebiam uísque e pareciam animados, enquanto trocavam ideias.

— Aí está a minha princesa! — Meu pai estendeu o braço para mim. — Venha cá, Sasha. — Eu me aproximei deles e sorri para Blake. Meu pai me lançou um olhar desconfiado. — Eu estava me perguntando se você voltaria para casa ainda hoje.

— Só estava com meus amigos. — Antes que ele pudesse perguntar algo sobre isso, mudei de assunto. — Vocês conseguiram adiantar o trabalho?

— As coisas estão se acertando, filha. Mas não vamos mais falar de trabalho hoje. Sua mãe me mata se me ouvir pronunciar essa palavra mais uma vez.

O que, cá entre nós, era ótimo. Só assim eu tinha uma desculpa para subir ao meu quarto sem precisar puxar assunto com eles. Queria ligar para Lara e Kurt e contar sobre meu dia. Meu amigo com certeza surtaria quando soubesse que eu tinha convencido Klaus a me treinar.

Meu pai voltou ao papo que estava tendo com Blake antes da minha chegada. Algo sobre livros que ele achava que Blake deveria ler. Tentei me retirar discretamente, em silêncio, mas não consegui.

— Sasha! — Blake me chamou quando comecei a me afastar. — Vai fazer alguma coisa hoje à noite?

— Não vou, não — neguei —, estou sem planos. Como saí ontem, hoje pretendo descansar.

Eu queria mesmo ficar em casa e poupar minhas energias para o dia seguinte. Queria estar cheia de disposição quando fosse para a Morada, iniciar meu treinamento com o Mestre.

— Que ótimo! — Blake sorriu satisfeito com a minha resposta. — Eu estava pensando em te chamar para assistirmos a um filme lá em casa. Não requer esforço algum.

Meu queixo caiu com a surpresa. Eu ouvi direito? O menino prodígio estava marcando um encontro na frente do meu pai? Logo ele que, quando eu estava interessada, tinha me ignorado justamente por causa do chefe?

Minha mente funcionou rápido. Eu não estava ansiosa para passar uma noite ao lado de Blake, mas era uma oportunidade para ouvir mais sobre seus planos insanos.

Os dois me olharam cheios de expectativa. Talvez meu pai achasse que um encontro com Blake fosse a melhor coisa que ele podia desejar à filha. Abri um sorriso para parecer animada e papai também sorriu.

— Eu adoraria assistir a um filme hoje. Que tal mais tarde, por volta das oito?

O garoto fez o convite, mas pelo visto não acreditava que eu aceitaria. Ficou me olhando com cara de cachorro abandonado que acaba de receber um afago. Por fim, concordou e balançou a cabeça algumas dezenas de vezes.

Fui para meu quarto depois de combinar tudo com ele. Eu mal consegui fechar minha porta antes de mamãe entrar toda animada.

— Querida, você tem um encontro! — Ela bateu palmas, exaltada. — Nunca achei que esse dia fosse chegar!

Girei sob os calcanhares para olhar para ela e levei as mãos à cintura. Como assim?

— Mãe, isso não é um encontro. E obrigada por ser tão otimista em relação ao meu futuro.

— Ora, Aleksandra. É claro que isso é um encontro! — Ela me puxou pela mão e me fez sentar na cama. — Você já sabe o que vai vestir?

Quem era aquela pessoa e o que tinha feito com a minha mãe?! Observei dona Irina Baker abrir as portas do meu armário e mexer nas roupas penduradas. Ela passava cabide por cabide, focada na sua missão de me desencalhar. E eu estava chocada demais para intervir.

Ela pegou um vestido de chifon azul-claro com estampa de flores bem delicadas e pequeninas. Estava impecável, porque eu nunca tinha usado. Não podia ser mais diferente do meu estilo. Mamãe havia me dado a peça de roupa no Natal do ano retrasado, e eu sempre torcia para que ela nunca se lembrasse da existência dela. O que não aconteceu.

— Use este, querida. É a ocasião perfeita!

— Mãe, você está mesmo tentando me empurrar para cima do Blake?

Ela me fez levantar da cama e colocou o vestido na frente do meu corpo. Inspirei, expirei. Alguém ali estava empolgada demais para o meu gosto. Eu duvidava até de que ela estivesse ouvindo o que eu dizia.

— Finalmente vou te ver usar este vestido. — Ela o largou em cima da cama.

Peguei a roupa pelo cabide e levei de volta para o armário. Mamãe me olhou de cara feia, pronta para me dar um sermão, mas levantei as mãos em sinal de paz.

— Mãe, não é um encontro, não vou usar o vestido e não gosto de Blake. Não como você deseja. — Suspirei ao ver que ela arregalou os olhos.

— Qual o problema com o vestido, Aleksandra?

— Nenhum, mãe. Ele é lindo, mas não faz muito o meu estilo. — Passei um braço por dentro do dela e discretamente andei até a porta do quarto. — A senhora por acaso me vê usar coisinhas floridas? Não, né?

— E qual o problema com o rapaz? Um garoto inteligente, bonito e educado. — Ela parecia prestes a chorar de desgosto. — Vocês formariam um belo casal!

— Nós somos apenas amigos, mãe. Nada além disso.

Larguei aquela pessoa desesperada do lado de fora do meu quarto e esperei que ela entendesse o recado. Mamãe fechou a cara, com raiva de mim. Então desceu as escadas pisando duro e resmungando alguma coisa que não consegui ouvir. Melhor assim.

Antes de tomar banho e me arrumar, coloquei música para tocar. Eu me sentia cheia de energia e essa sensação só podia ter a ver com o sangue do Mestre. Tinha vontade de correr uma maratona, mas extravasei a energia dançando. *I Knew You Were Trouble*, da Taylor Swift, começou a tocar e eu cantei o mais alto que pude. Victor bateu na minha porta e pediu para que eu parasse de ouvir música ruim, mas ignorei o Adotado. Eu adorava a Taylor Swift! Ainda ouvi mais algumas faixas do álbum *Red* antes de pular para o próximo artista. Justin "tesudo" Timberlake — como eu gostava de me referir a ele — invadiu meu quarto cantando *Sexyback*. De olhos fechados, movi meu corpo no ritmo da música, desejando ter Mikhail ali na minha frente. Acho que ele ia gostar de uma dancinha particular.

Com a adrenalina ainda nas alturas, me forcei a finalmente ir tomar banho. Depois me joguei de costas na cama e tentei relaxar. Sentia meu coração bater acelerado. Me lembrava de passar por algo semelhante quando fui obrigada a tomar o sangue de Mikhail para tirar a marca colocada por Vladimir. Mas, naquela ocasião, associei tudo que estava sentindo com o nervosismo e a emoção de estar prestes a perder a virgindade. Agora eu sabia e entendia que se tratava exclusivamente da potência do sangue de um Mestre.

Quando consegui me acalmar um pouco, falei ao telefone com cada um dos meus amigos, que me fizeram contar todos os detalhes do meu dia com Klaus.

Kurt ficou choroso e se arrependeu por não ter pensado ele mesmo na ideia dos treinamentos. Expliquei que não tinha sido uma conversa nada agradável. Que eu parecia estar dentro de um ringue de luta livre, mas ele não me deu ouvidos. Ainda achava o máximo que Klaus tivesse aceitado meu pedido.

Com Lara, aproveitei para tocar no nome do Lorenzo. Queria saber como estava a situação entre os dois. Não pretendia delatar o vampiro italiano para Klaus, mas, se eu desconfiasse que ele pudesse colocar minha amiga em perigo, não pensaria duas vezes. Ela me contou que eles iam se encontrar naquela noite e eu insisti para que tomasse cuidado.

Mais à noite, fui caminhando devagar até a casa de Blake, apreciando o clima agradável. Se é que posso chamar de agradável os quase oito graus que fazia. Qualquer coisa, no entanto, era melhor que os graus negativos provocados pelo mau humor de Klaus. O Mestre gostava de brincar com o clima. Acho que devia se sentir muito poderoso toda vez que fazia a temperatura mudar drasticamente. Seria essa uma forma de torturar os humanos sem sujar as próprias mãos? Eu tinha minhas desconfianças.

Olhei para cima e vi o céu encoberto. Onde será que estava Mikhail? Eu não tinha a menor ideia. Talvez em algum lugar da Europa? Será que já tinha encontrado algum mitológico pelo caminho?

— Saco! — Levei as mãos à cabeça e a sacudi para afastar aqueles pensamentos.

Eu sempre ficava meio enlouquecida quando começava a fazer aquele monte de perguntas sem respostas. A primeira coisa que eu faria quando visse Mikhail seria dar um tapa bem dado nele. Eu podia ser desobediente, arranjar problemas, ser encrenqueira... mas não merecia que ele tivesse me largado daquele jeito. O Mestre podia muito bem ter escrito algo a mais no bilhete que me deixou. Uma pista, qualquer coisa. Meu coração ficaria mais calmo se soubesse em que ponto do globo terrestre ele se encontrava.

Avistei a casa de Blake e, antes de me aproximar, enxuguei as lágrimas que se acumulavam nos meus olhos. Eu vivia um carrossel de emoções ultimamente. Pensar em Mikhail me deixava com os nervos à flor da pele. A gente mal tinha começado o nosso relacionamento. Eu ainda precisava sentir mais vezes a mão dele segurando minha nuca com força. Os lábios tocando minha pele e deixando uma trilha de fogo por onde passavam. Caramba! Tudo o que eu mais queria naquele exato momento era que ele aparecesse e me abraçasse. Que me levasse para algum lugar onde pudéssemos ficar a sós e me tomasse com sua luxúria.

Para deixar bem claro que eu não tinha a menor chance de ter meu desejo realizado, o universo me respondeu. Quem apareceu diante de mim foi Blake Campbell. Ele abriu a porta assim que pisei em sua varanda. Eu nem mesmo tinha tocado a campainha. Talvez estivesse me vigiando pela janela, contando os minutos no relógio. Credo, pensar nisso me deixou arrepiada.

— Seja bem-vinda mais uma vez, Sasha! — Ele sorriu e me deu passagem.

Aceitei o convite e entrei na casa dele. Só que antes de entregar meu casaco em suas mãos, segurei firme o ombro dele e fiz com que me olhasse nos olhos.

— Blake, para não termos problemas, quero deixar bem claro que estou aqui como amiga. Apenas *amiga*. — Fiz questão de frisar a última palavra.

Ele deu aquele sorriso de bom menino, que com certeza convencia qualquer garota. Mas não me convencia mais.

— Não vou mentir. Adoraria fazê-la mudar de ideia, mas sei que faz questão disso e vou respeitar sua decisão. — Ele me estendeu a mão. — Podemos ser amigos agora?

— Amigos. — Apertei a mão dele e sorri de volta. — Que filme vamos assistir?

Para quebrar o clima, entrei sala adentro sem esperar por ele. A disposição dos móveis de Blake era igual à da minha casa, então eu me senti confortável. Liguei a televisão e me sentei no sofá de couro marrom, que eu achava meio brega.

Passei pelos canais até chegar àquele onde comprávamos filmes. Havia uma lista de dez títulos, dos quais eu já assistira mais da metade.

Com o passar do tempo, as grandes produções cinematográficas ficavam cada vez mais escassas por causa dos ataques dos mitológicos. Era difícil apostar em filmagens ao ar livre. Mesmo durante o dia, era algo arriscado. Então os estúdios tinham passado a investir em filmes em que podiam gravar apenas em ambiente fechado. E mesmo com várias precauções, nem sempre uma filmagem terminava bem. Estúdios que não eram tão ricos e não tinham um forte esquema de segurança acabavam falindo.

Quando eu tinha uns catorze anos, adorava uma determinada franquia de filmes de terror. Todo ano era lançado um novo título, mas, quando estavam produzindo o quinto filme, houve um ataque ao estúdio e metade do elenco morreu.

— Você pode escolher o que quer assistir enquanto faço a pipoca. Mas, por favor, só não escolha aqueles romances açucarados.

Não mesmo! Nem tinha passado pela minha cabeça assistir a qualquer coisa muito romântica ao lado de Blake. Escolhi um filme de ação, com perseguição, tiroteio e muitas lutas. Demoraria alguns minutos para começar, então fui até a cozinha ver se ele precisava de ajuda.

Blake estava tirando o saco de pipoca de dentro do micro-ondas. Reclamou de ter queimado o dedo e largou a pipoca sobre o balcão. Enquanto colocava a mão debaixo da água da torneira, peguei o balde de pipoca e abri o saco com cuidado.

— Então, vocês vão conseguir atender ao pedido dos Mestres? Meu pai me contou que eles querem cinco *Exterminators*. — Sacudi a pipoca dentro do pote de plástico e olhei de relance para Blake. — Quantas já estão prontas?

— Estamos correndo contra o tempo, mas vamos conseguir entregar as cinco armas. Por causa dos últimos ataques, os Mestres têm receio de que os mitológicos voltem nos próximos dias. — Pela forma como ele me olhou e falou, percebi que, assim como meu pai, Blake devia estar fazendo muitas horas extras. — Mestre Klaus está nos pressionando para que as armas sejam entregues ainda esta semana.

— E a *Exterminator* está funcionando perfeitamente?

Ele abriu a geladeira, tirou duas cervejas lá de dentro e me estendeu uma latinha. Eu recusei e preferi um refrigerante, pois não era aconselhável me embebedar com Blake por perto.

— Vamos para a sala. — Aceitei o convite e fiz o caminho de volta atrás dele, levando o balde da pipoca que exalava um cheiro delicioso. — Eu não sei se seu pai chegou a te contar a história da *Exterminator*.

— Ele não toca muito em assunto de trabalho, porque a minha mãe não gosta muito. Todos os detalhes que sei sobre essa arma, você que me contou.

Nós dois nos sentamos no sofá e colocamos a pipoca e as bebidas entre nós. Ponto para Blake, que não tentou se sentar grudado em mim.

Puxei os pés para cima e dobrei as pernas sobre o sofá para me acomodar melhor. Enquanto o filme não começasse, eu tentaria arrancar o máximo de informações de Blake.

— Bem, quando tive a ideia de criar uma arma que pudesse combater os mitológicos, eu estava trabalhando sozinho. Só alguns meses depois fui procurado pelos Mestres. Ou melhor, por mensageiros dos Mestres. Quando vim para a Fortaleza, já tinha finalizado o projeto da *Exterminator*. Mas só na teoria.

"Foi quando fui apresentado ao seu pai e descobri sobre a pesquisa dele. E aí tudo deu errado. Projetei a *Exterminator* para ser uma arma de laser de elétrons livres. Mas o meu projeto acabou se tornando inútil, porque seu pai desenvolveu uma substância para ser usada como munição. Uma coisa não combinava com a outra.

Nas primeiras semanas, tivemos que fazer inúmeros testes para refazer meu protótipo. É claro que não deu muito certo. E então, um dia, apareceu uma luz no fim do túnel.

Antes de vir para cá, antes de ser descoberto pelos Mestres, eu participava de muitos fóruns de engenharia. Estava sempre em contato com outros pesquisadores, trocando ideias que pudessem ser úteis ao meu projeto. Ou seja, eu era relativamente conhecido dentro da comunidade de engenheiros e cientistas. Deve ter sido assim que encontraram uma forma de entrar em contato comigo.

Um dia, uma pessoa me procurou por e-mail e me contou sobre o projeto de uma arma fantástica. Percebi que, se fosse construída da forma certa, ela poderia acabar com os mitológicos. No início, fiquei um pouco desconfiado. Não sabia quem era a pessoa, nem como tinha me encontrado. Mas alguns dias depois ela me contou que era um vampiro do alto escalão do governo americano e tinha amigos infiltrados aqui na Fortaleza, por isso tinha sido fácil conseguir informações a meu respeito. Disse que estava cansado dos mitológicos, assim como dos Mestres, e que havia passado muito tempo procurando alguém em quem pudesse confiar."

— Como essa pessoa se chama? Você sabe? — perguntei e engoli em seco.

Minhas mãos já estavam suando e nem era de calor. O filme estava para começar, faltavam três minutos, mas de repente eu perdi completamente o interesse em assistir.

Blake balançou a cabeça e seus lábios se curvaram para baixo.

— Ele usa um nome fictício, Phoenix. — Ele encolheu os ombros. — E é tudo o que eu sei sobre o cara.

— E você confia numa pessoa que não revela o verdadeiro nome? Não acha muito suspeito?

— Talvez eu não devesse confiar, mas graças a ele hoje estamos com a *Exterminator* pronta.

Ouvi a música dos créditos iniciais do filme. Minha vontade foi pegar o controle e desligar a televisão, mas não podia demonstrar que estava tão desesperada. Me contive. O assunto precisaria ficar suspenso por quase duas horas, mas eu com certeza retornaria a ele assim que o filme terminasse.

— Espero que você tenha bom gosto para escolher filmes — disse ele, caçoando de mim.

— Os atores são bons e o diretor é conhecido.

Foi o que eu respondi, quando na verdade queria gritar algo do tipo: "Quem se importa com essa porcaria de filme neste exato momento?".

Devoramos a pipoca nos primeiros vinte minutos e depois Blake correu até a cozinha e voltou com um pacote grande de amendoim doce com casca de chocolate. Eu adorava aquele amendoim! Tinha certeza de que era uma grande coincidência, mas fiquei muito contente.

O filme foi uma total decepção. Tinha pouco enredo e muito tiroteio para o meu gosto. Se passava quase todo dentro de um prédio abandonado, sem a menor coerência. Um desperdício de elenco!

Quando terminou, nós dois ficamos em silêncio, olhando para a televisão. Eu estava prendendo a risada, mas, quando Blake suspirou e esfregou a cabeça, não aguentei. Soltei uma gargalhada que estava presa na garganta e ele me olhou assustado.

— Minha nossa, o pior filme que já vi na minha vida! — eu disse, com lágrimas nos olhos de tanto rir. — E olha que já vi muitos!

— E você está rindo? — Ele tentou ficar sério, mas não conseguiu. — Eu acabei de gastar dinheiro comprando essa porcaria. Que, por sinal, foi a senhorita que escolheu.

— Você é um dos humanos mais importantes da Fortaleza, Blake. Tenho certeza de que ganha bem o suficiente para poder esbanjar com filmes. Mesmo que seja um filme ruim.

— Não ganho tão bem quanto o seu pai. — Suspirou. — Infelizmente.

Joguei uma almofada na cara dele.

— Ainda bem, porque meu pai tem muito mais bocas para alimentar do que você.

Estávamos os dois mais descontraídos, relaxados e receptivos. Por isso, achei que podia voltar à conversa que rolava antes do filme começar. Filme que, diga-se de passagem, não tinha acrescentado nada à minha vida. Teria sido muito mais vantajoso se Blake tivesse terminado de contar sobre o informante misterioso.

Ele foi à cozinha e voltou com mais refrigerante para mim. Abri a latinha e tomei um gole da Coca gelada. Aquela marca era um artigo de luxo nos tempos atuais.

— Termine de me contar sobre a *Exterminator* e o tal do vampiro — pedi, dando a ele meu melhor sorriso.

Blake consultou o relógio de pulso e fiquei com medo de que estivesse prestes a me dispensar. Por via das dúvidas, achei melhor aumentar ainda mais o sorriso.

— Já são quase onze horas. Não tem problema para você?

— Claro que não! Meus pais sabem muito bem onde eu estou. Por algum motivo desconhecido, eles confiam em você — eu brinquei e ele riu.

— Eu sou totalmente confiável!

— Claro!

Claro que não, pensei.

Blake pareceu muito satisfeito em me ver confortável em sua casa, sem querer ir embora. Notei um brilho em seus olhos quando ele se ajeitou no sofá para ficar de frente para mim. Qualquer pessoa gostava de falar sobre seu trabalho, principalmente um tão importante quanto o dele. Papai também ficava feliz em explicar as coisas para mim, mas ele evitava porque minha mãe costumava se estressar com o assunto dentro de casa.

— Bem, quando Phoenix me enviou o projeto, eu voltei a me animar. Era bem interessante e executável. A revelação que ele fez depois, sobre querer combater a própria raça, foi justamente o que eu precisava ouvir para embarcar no plano dele.

— Combater a própria raça? — Prendi a respiração. O medo de haver uma câmera escondida naquela casa era enorme. — Você está se referindo àquela ideia maluca de usar a arma contra os Mestres?

— Claro! Phoenix não é a favor da forma de governo dos Mestres. Se conseguirmos afetar tanto os mitológicos quanto os vampiros com a *Exterminator*... — Ele respirou fundo e soltou o ar como se saboreasse a sensação. — Sasha, podemos mudar o mundo novamente!

Fiquei calada, pois nem inventar uma desculpa qualquer eu conseguia. Ele era completamente louco só de pensar em desafiar os Mestres. Eu não queria estar por perto quando isso acontecesse.

— Sasha, o que estou contando a você ninguém mais pode saber — disse ele, me olhando com uma expressão preocupada.

Bem, tarde demais, não é? Guardar toda aquela informação é que eu não podia. Claro que eu não contaria a Klaus. Tinha medo que ele arrancasse a cabeça de Blake na primeira oportunidade. De qualquer forma, assim que Mikhail retornasse, eu daria um jeito de compartilhar com ele todos os planos de Blake. Não queria que ele fosse morto ou torturado. Queria apenas que fosse impedido de dar o pontapé inicial naquela bomba que estava prestes a explodir.

— Você acha mesmo que vou sair por aí contando essa história? Só se eu quiser ser jogada nos calabouços da Fortaleza.

Ele deu um sorrisinho satisfeito e bebeu um gole da sua terceira cerveja. O álcool deixa a pessoa mais solta e, naquele momento, isso me ajudava a desvendar os planos dele.

— Phoenix me enviou, através de um mensageiro infiltrado, o projeto que estava aos seus cuidados. Você já ouviu falar da KGB?

— Sim, nas aulas de História, mas já faz tempo. Era um órgão do governo russo, não era? — Pensei por alguns instantes naquela sigla. Não tinha muito conhecimento, mas tinha quase certeza de que não era algo muito bom.

— A KGB era o serviço secreto da União Soviética. Foi criada nos anos cinquenta e permaneceu ativa até mais ou menos o início da década de noventa.

E, ao contrário dos dias atuais, naquela época as grandes potências mundiais disputavam para ver quem criava a arma mais destrutiva. Mas alguns projetos acabavam arquivados e esquecidos, porque precisavam de uma tecnologia muito avançada para a época.

"Quando os Mestres deram um fim à Guerra Fria, tomaram o poder e reestruturaram toda a forma de governo mundial. Logo depois houve o desarmamento pelo mundo afora e a indústria bélica foi à falência.

No entanto, algumas organizações mantiveram seus projetos guardados a sete chaves. A KGB era uma delas e, no início, os Mestres até chegaram a manter a organização funcionando. Com isso, todas as decisões começaram a passar primeiro por eles. Foi assim que alguns desses projetos chegaram às mãos deles.

Na época, não era do interesse dos Mestres dar continuidade a nada daquilo. Só que um desses projetos foi interceptado por Phoenix, que o guardou. Quando ele soube sobre o que eu e seu pai estávamos fazendo, achou que aqueles documentos antigos poderiam ser úteis.

Phoenix mandou me entregar os primeiros esboços e, quando estudei o projeto com cuidado, vi que era possível construir aquela arma com tudo que eu tinha à disposição."

— Mas espere aí! O cara roubou o projeto da KGB? E os Mestres não quiseram saber onde foi que você encontrou isso?

— Eu te disse, os caras da KGB não se importavam com projeto algum. Não chegaram a estudar a preciosidade que tinham em mãos. Provavelmente nem devem ter notado o sumiço desse projeto. — Blake sorriu, maquiavélico. — É claro que eu apresentei a ideia como sendo minha. Afinal, não podia chegar e dizer que fui procurado por um traidor.

A história ficava cada vez mais absurda. Blake não tinha a menor noção do que os Mestres fariam com ele quando descobrissem sua traição. E o pior era não saber se meu pai estava ou não envolvido na teia de conspirações. Precisei perguntar.

— E o meu pai, Blake? O que ele diz disso tudo?

— Johnathan? — Ele deu de ombros. — Ele sabe o mesmo que os Mestres sabem, é claro. Respeito seu pai, mas não posso confiar essas informações a alguém tão certinho como ele.

Ainda bem! Fiquei tão feliz que poderia sair dançando no meio da rua. Por sorte, eu não tinha chegado a tocar naquele assunto com meu pai. Se eu tivesse falado alguma coisa, ele com certeza iria tirar satisfações com Blake. E o garoto nunca mais me confidenciaria nada.

— O que a arma faz, afinal? E qual era o nome original? — perguntei.

— O nome era o mesmo. Mantivemos porque ele já tinha sido divulgado. Ela parece um lançador de granadas, mas é muito mais complexa do que isso.

"A nova *Exterminator* foi criada para disparar balas capazes de perfurar qualquer blindagem. O projétil é revestido de ósmio, um metal de transição do grupo da platina e muito raro. — Os olhos de Blake brilhavam conforme ele falava da sua criação. — Felizmente, a Rússia é um dos lugares com a maior concentração de ósmio na crosta terrestre e isso possibilitou que fabricássemos uma munição com um enorme potencial destrutivo.

A *Exterminator* tem um computador interno, assim como o projétil também tem. Por isso, o atirador pode determinar a distância aproximada do alvo e programar o momento exato da explosão da bala. O objetivo é que ela exploda dentro do mitológico e libere milhares de pequenos estilhaços junto com o VS1 criado pelo seu pai."

— E essa bala será mesmo capaz de perfurar um mitológico? — perguntei, desconfiada.

— É claro que sim! Aliado à supervelocidade do disparo da *Exterminator*, o ósmio é capaz de fazer um belo estrago no corpo de qualquer mitológico. É um armamento caríssimo, mas vai valer cada centavo empregado no projeto. Inicialmente serão fabricadas somente algumas dezenas da *Exterminator*. Os soldados vão precisar de um treinamento adequado para manejá-la e serão escolhidos a dedo pelos Mestres. Porém, com o tempo, a intenção é aumentar a produção para que erradiquemos de vez os mitológicos.

— Então o que vai matar o alvo não é a força do disparo, nem a bala em si. É isso?

— Exato. O projétil é apenas o transporte. Ele é feito para explodir e eliminar o VS1 na corrente sanguínea do alvo. Mas sobre o veneno, é melhor você conversar com o seu pai. Ele pode explicar melhor do que eu.

Sorri, temerosa de que Blake visse que eu estava tremendo. Cruzei os braços e escondi as mãos. Já era tarde e eu sabia que precisava ir embora, mas ainda queria ouvir mais. Por algum motivo, ele confiava em mim para contar aquelas coisas absurdas.

Blake levantou do sofá e imaginei que aquela fosse minha deixa para ir embora. Só que, ao contrário, ele me perguntou se eu queria comer alguma coisa. Achei melhor encerrar o dia.

— Eu preciso ir para casa. Senão, quando chegar, vou ter que aguentar minha mãe no meu ouvido.

Ele fez uma careta e levou a mão ao coração.

— Isso é uma despedida? — perguntou. — Eu sempre esqueço que não sou como você, que tem pais a quem dar satisfações.

— Não consigo nem imaginar como seja viver com tanta liberdade. — Dei de ombros e também me levantei do sofá. — Minha mãe fica no meu pé o tempo todo.

Minhas mãos estavam suadas, mas pelo menos tinham parado de tremer. Como recusei sua oferta de me levar para casa, Blake me acompanhou até a porta e me entregou o casaco. Antes que ele alcançasse a maçaneta, eu mesma fiz isso.

— Obrigada pela noite divertida. Foi bem mais legal do que eu imaginei. — Pensei em estender a mão para ele, mas desisti por causa do suor. — Só não demos sorte com o filme, infelizmente.

— Na próxima a gente acerta. — Ele sorriu e se aproximou. Achei que fosse tentar me beijar na boca, mas se contentou com a bochecha. — Que tal marcarmos outra sessão no próximo final de semana?

— Claro! — concordei na mesma hora. Seria mais uma oportunidade para bombardeá-lo de perguntas.

Blake ficou satisfeito e eu, feliz por aquela noite terminar da melhor forma possível. Antes de abrir a porta, decidi lançar uma última cartada, aproveitando que Blake parecia empolgado por ter com quem dividir suas ideias.

— Obrigada por me contar sobre seu trabalho. Meu pai não dá muita informação lá em casa. — Apertei o braço dele e sorri. — Gostei de saber mais sobre a *Exterminator*. Não imaginava que fosse tudo tão complexo. Promete me avisar quando tiver novidades?

— Se houver algo de interessante para contar, eu conto.

Eu me despedi e saí para o vento frio. Voltei para casa satisfeita por ter colhido informações importantes sobre a traição de Blake. Ao mesmo tempo, tinha uma sensação desconfortável me consumindo. Era difícil medir o tamanho da tragédia que seria, caso ele levasse a sério os seus planos e os de Phoenix.

CAPÍTULO OITO

Só PORQUE EU ESTAVA ANSIOSA, o domingo passou se arrastando. Ainda por cima precisei ir com minha mãe e Victor ao mercado. Segundo ela, não teríamos mais o que comer se não fôssemos.

Dentro do mercado, encontramos a mãe de Kurt e acabei apresentando minha família a ela. As nossas mães trocaram algumas palavras e até combinaram de tomar um café qualquer dia. Imaginei como seria legal se elas virassem amigas também. Tanto a de Kurt quanto a de Lara pareciam ser ótimas pessoas.

— Acho que podemos fazer nossa sessão família hoje. O que acham? — mamãe perguntou enquanto guardávamos as compras no porta-malas do carro.

Eu e Victor nos entreolhamos e suspiramos. Quando Irina Baker colocava uma ideia na cabeça, não tirava mais. A minha sorte é que meu treinamento só começava à meia-noite, senão eu teria dificuldade para chegar pontualmente.

Papai concordou em dedicar o domingo à família e passamos o resto do dia juntos. Ele escolheu seu filme favorito para assistirmos pela milésima vez: *O Poderoso Chefão*. Eu já tinha até decorado algumas falas do personagem principal, Don Corleone. Marlon Brando era um ótimo ator, mas eu já não aguentava mais olhar para ele.

— Vocês querem aproveitar que estamos aqui e assistir logo o segundo? — meu iludido pai perguntou, nos olhando cheio de expectativa.

— Não! — eu e Victor respondemos ao mesmo tempo, finalmente concordando em alguma coisa.

Enrolei um pouco mais ali com eles e até aceitei jogar uma partida de truco. Quando você cresce sem poder sair de casa à noite, vira rotina fazer programas caretas com os pais. Eu cresci jogando cartas com minha família e confesso que até gostava desses momentos cada vez mais raros.

Quando já tinha escurecido, inventei que precisava estudar e subi para meu quarto. Deviam ser umas oito horas e eu ainda precisava escolher a roupa que usaria. Não que precisasse usar algo especial, mas eu não podia ir de jeans.

Tomei um banho quente e demorado, vesti meu pijama com estampa de sapos e me enfiei embaixo das cobertas. Liguei meu notebook e me conectei à internet, para logo em seguida começar a chorar. A saudade de trocar e-mails com Helena me atingiu em cheio. Reli algumas das suas últimas mensagens e olhei nossas fotos mais antigas. Até o dia em que eu viera morar na Rússia, era muito difícil eu tirar uma foto sem Helena. Fiquei repassando foto por foto, relembrando nossos melhores momentos, até sentir os olhos pesarem.

Acordei sobressaltada, sem me lembrar de ter pegado no sono. Acendi a tela do celular ao mesmo tempo que chutava o edredom e pulava da cama. Eram onze e meia, eu ainda precisava trocar de roupa e correr para a Morada. Não podia chegar atrasada justo no primeiro dia. Klaus já me detestava o suficiente.

Vesti uma *legging* preta e um moletom vermelho sobre uma camiseta de malha. Joguei uma água no rosto para acordar, pois ainda estava sonolenta. Abri a porta do quarto com cuidado e, antes de sair, apurei os ouvidos. Caso ouvisse a televisão da sala ligada, precisaria bolar outro plano.

Por sorte, meus pais não tinham o costume de dormir muito tarde. A casa estava em silêncio e pude descer tranquilamente. Só quando me vi no meio da rua deserta, é que respirei fundo e relaxei. Tive que andar um pouco depressa, mas deixei para correr só quando saí da área residencial. Senti que o sangue de Klaus ainda fazia efeito em meu organismo. Eu me sentia transbordando de energia.

Claro que cheguei atrasada. Era quase meia-noite e quinze e eu estava suada por causa da corrida. A mulher na recepção não era a mesma da véspera, felizmente. Dessa vez, era uma vampira que eu já tinha visto no Buraco. Ela não parecia simpática, mas não me tratou com o desdém da outra, invejosa.

Li o nome no crachá que ela usava e tentei ser o mais simpática possível.

— Oi, Flávia, boa noite! — Sorri, muito animada. — Tenho um treino marcado com o Mestre Klaus!

— Sim, eu sei. Pode subir.

Ela me olhou com um ar divertido, como se eu tivesse contado alguma piada. Não entendi, mas não perderia tempo pedindo explicações. Klaus já devia estar irritado com meu atraso.

Entrei no elevador que me aguardava de portas abertas e respirei fundo. Eu me sentia muito bem, pronta para o combate. Enquanto não chegava ao meu destino, aproveitei para me alongar um pouco. Estalei os ossinhos dos dedos e levei os braços para trás o máximo possível. Levantei a perna direita e a apoiei na parede do elevador, esticando o braço até tocar com os dedos na ponta do tênis. E, como a vida conspirava contra mim, a porta do elevador se abriu neste exato momento, justo quando eu estava toda torta.

Klaus era dramático também. Ele me encarou sério, com a cabeça um pouco inclinada para o lado, como se nunca tivesse visto uma pessoa se alongar. Eu arrumei a postura rápido e pigarreei para limpar a garganta. Estiquei a mão para ele, mas puxei de volta ao lembrar que não podia tocá-lo.

— Boa noite, Mestre!

— Me siga, Aleksandra — disse ele, curto e grosso, virando as costas para mim.

Coloquei os pés para fora do elevador e olhei em volta. Aquele era um andar que eu ainda não conhecia. Atravessamos a primeira porta, que dava para uma antessala simples, sem mobília. Em cada extremidade da sala havia uma porta. A da direita estava entreaberta. Klaus entrou e eu parei na entrada, observando o ambiente imponente. As paredes eram escuras e cobertas de mapas, e uma grande mesa redonda reinava no centro, parecendo tão antiga quanto os Mestres.

Entrei, sentindo a tensão me dominar. À minha esquerda, um grande arco dividia a sala em dois ambientes. Além dele, um salão amplo exibia paredes com vários tipos de espadas presas a elas. Eu esperava que Klaus não pretendesse usá-las.

— É aqui que vamos treinar? — perguntei, tentando descontrair um pouco.

— Nós, não. Vocês. — O Mestre apontou para algo atrás de mim. — Tenho coisas mais importantes a fazer.

Opa. Como assim? Eu me virei e vi o pobre coitado do vampiro que uma vez Mikhail tinha ordenado que me acompanhasse até em casa. O mesmo do episódio da piscina, quando eu ainda estava sob o efeito da marcação de Vladimir e falei o nome dele por engano, num momento íntimo com Mikhail. O Mestre quase me afogou e me abandonou ali mesmo, deixando-me apenas na companhia do vampiro que me levou de volta para casa. O homem sempre ficava desconfortável na minha presença. Estava mais branco do que devia ser possível e agia como se preferisse estar em qualquer lugar que não fosse ali.

— Eu achei que você fosse me treinar, Mestre. Não foi isso que combinamos?

— Com certeza não. Prometi um treinamento, não minha presença. — Ele colocou a mão sobre o ombro do vampiro. — Pablo é um ótimo guarda. Ele faz parte da segurança da Morada há anos.

Encarei Klaus, cruzei os braços e deixei transparecer toda a minha insatisfação. Eu estava perdendo valiosas horas de sono, iria para o colégio parecendo um zumbi e tudo isso para ter aulas com um vampiro que nem soldado era. Como se um segurança da Morada tivesse uma vida muito agitada. O que eles faziam? Passeavam pelos corredores o dia inteiro?

— Uma hora de treino é o suficiente, Pablo. Depois faça o favor de expulsá-la daqui.

Ainda estava chocada com a falta de educação de Klaus, quando Pablo se aproximou de mim e sorriu meio sem jeito.

— Olá, novamente.

— Oi, tudo bem? — Estendi minha mão para cumprimentar Pablo. — Você se lembra de mim, certo? Nós já nos encontramos duas vezes e em nenhuma das ocasiões os eventos foram muito agradáveis. Enfim, meu nome é Aleksandra, mas pode me chamar de Sasha. Apesar de que você já deve saber meu nome.

— Desculpe. — Ele juntou as mãos, pesaroso. — Mestre Klaus está ordenando que eu a faça se calar. Por bem ou por mal.

— Ah. — Puxei a mão que ele não apertou e fechei a cara. — Ok.

— O Mestre disse que devo mostrar como se defender de um ataque. Você já lutou alguma vez na vida? Karatê, judô... — Ele caminhou até o centro da sala e eu fui atrás. — Tem algum conhecimento de alguma técnica de defesa pessoal?

— A única vez em que eu lutei foi no dia em que os mitológicos atacaram o ônibus escolar. E, na verdade, não foi bem uma luta. Eu apenas me joguei em cima de um centauro.

— Ah, sim, todos conhecemos essa história. — Ele sorriu. — Foi um belo feito, por sinal.

— Obrigada!

— Mas devo acrescentar que foi apenas um lance de muita sorte.

Eu estava simpatizando com ele até o momento em que me puxou o tapete. Podia pelo menos ter fingido que mandei bem na briga, só para ser simpático comigo.

Tirei o moletom, aproveitando que a temperatura dentro da Morada estava ótima. Pablo segurou meus braços e os balançou como se eu fosse uma marionete. Depois pareceu avaliar minha postura e fez uma expressão contrariada.

— Primeiro você precisa aprender a se colocar em posição de guarda. O mais importante é se proteger, mas também estar preparada para uma ofensiva. Separe as pernas e flexione levemente os joelhos.

Eu não era tão burra assim. Já tinha visto esse tipo de coisa várias vezes em filmes de ação. Havia um bem antigo que meu pai adorava, *Rocky – um lutador*. Fiz o que ele pediu, me sentindo dentro de um ringue. Aproveitei também para flexionar os braços, como se me preparasse para lutar boxe.

Pablo puxou meu braço um pouco para baixo e ajeitou minhas pernas.

— Você é destra ou canhota? — perguntou.

— Destra.

Ele então fez com que eu colocasse a perna esquerda à frente da direita. Posicionou meu punho direito na lateral do meu rosto, mais ou menos na altura dos olhos.

— Agora, tente me acertar. Estique o braço direito para me dar um soco. Gire o lado direito do quadril — disse ele, tocando em mim para me mostrar o movimento — desta forma. Você deve sentir a perna direita esticar por completo.

Ele se posicionou diante de mim, parecendo muito tranquilo. Talvez duvidasse que eu conseguisse desferir o mais simples dos golpes. Eu, no entanto, estava bem empolgada e queria mostrar que tinha talento para aquilo.

Tirei forças não sei de onde e apliquei o soco com muita vontade. O sangue de Klaus ainda fazia efeito no meu corpo e aumentou minha força. Atingi em cheio a lateral do rosto de Pablo e ele mal se mexeu, como se não sentisse absolutamente nada. Eu, no entanto, urrei de dor como se tivesse quebrado todos os dedos da mão. Pelo visto, o sangue do Mestre não amenizava as dores.

Dobrei o corpo para frente, tentando ao máximo não gritar. Não queria que Klaus se divertisse às minhas custas. Acabei me jogando no chão, de barriga para cima, enquanto sentia as lágrimas escorrerem pelos cantos dos olhos.

— Ahhhh! Minha nossa! — Agarrei os dedos e os apertei para tentar amenizar a dor. — O que você tem debaixo da pele? Aço?

Pablo me olhou desesperado e tentou me levantar, mas recusei a ajuda. Então ele olhou em volta, como se procurasse uma solução para minha mão quebrada.

— Me desculpe, senhorita! — O pobre homem não sabia o que fazer. — Não queria machucá-la!

— Tudo... tudo bem... — respondi, ofegante. — Você não me machucou. Eu fiz isso sozinha.

Mexi os dedos para descobrir quais estavam quebrados. Fiquei surpresa ao perceber que todos pareciam inteiros, apesar da dor terrível. Menos mal.

Decidi me levantar e encarar logo o resto da aula. Eu sentia dor em cada ossinho da mão, com certeza não conseguiria mais acertar com ela nada nem alguém. Não fazia ideia do que ele me ensinaria agora, já que o item "soco" seria riscado da lista.

— Pablo, você está dispensado. — Nós dois olhamos na direção da porta, onde Klaus estava parado. — Deixe que eu assumo de agora em diante.

O pobre Pablo ficou sem saber direito o que fazer. Acho que ele não confiava totalmente em Klaus, pois parecia resistente à ideia de nos deixar a sós. Por fim, ainda contrariado, ele acenou para mim com a cabeça e saiu do salão.

O Mestre entrou, vestindo calça e camiseta preta. Eu não estava acostumada a ver Klaus sem o manto, salvo as vezes em que ele ia ao Buraco. Era um traje descontraído demais para ele.

— Você se machucou.

— Sim... — respondi, surpresa por ele se importar. — Mas não foi culpa de Pablo.

Parei de falar ao perceber que minha desgraça o divertia. Klaus exibia um sorriso muito discreto, mas perceptível. Inacreditável! Como ele conseguia ser tão cruel?

— Eu não imaginei que treiná-la pudesse ser tão divertido. Se soubesse, não te deixaria com Pablo, é claro.

— Pois agora, com você me olhando desse jeito, já não sei se quero aceitar sua oferta. — Seu olhar era maquiavélico demais. Cogitei a hipótese de sair correndo.

Klaus me ignorou e deu uma volta pela sala, observando as paredes. Será que ele pensava em usar alguma arma comigo? O Mestre pegou um bastão de metal preso a um suporte e girou com destreza o objeto na mão. Depois, jogou o bastão com força na minha direção e é lógico que eu não peguei. Nem tentei, para falar a verdade. Não sabia o quanto aquilo pesava e ainda sentia meus ossinhos doerem. Dei só um salto para o lado e deixei que o bastão caísse com estardalhaço no chão. Klaus estava querendo arrancar meu braço pelo visto.

— Você usou força demais. Talvez ainda seja efeito do meu sangue — concluiu, aproximando-se lentamente. — Mas, evidentemente, não sabe dar um soco.

Ele estalou a língua, mostrando desagrado, e me encarou como um professor encara um aluno que não entendeu a lição. Então se aproximou, pegou o objeto do chão e o estendeu para mim. Eu o segurei com cuidado, sentindo o peso do metal. Cheguei a levantar um pouco o bastão na tentativa de fazê-lo girar também, mas era muito pesado.

Quando eu menos esperava, Klaus arrancou o bastão da minha mão e me deu uma rasteira com ele, me jogando de bunda no chão. Respirei fundo para não xingar o Mestre e olhei para cima.

— Você veio aqui aprender alguma coisa ou reclamar da sua fraqueza? — perguntou ele, apoiando a ponta do objeto no chão.

— Eu nem tive chance de me defender!

— E você acha que durante um ataque o agressor vai esperar você se preparar?

Fiquei de pé e levantei os punhos do jeito que Pablo me ensinara. Klaus revirou os olhos ao observar minha posição e, enquanto eu prestava atenção em sua expressão, agiu. Jogou o bastão para o alto, agarrou-o pela ponta e, com a outra, me bateu na altura das costelas. Foi tudo tão rápido que só me dei conta quando já estava caída no chão.

— Se eu fosse um mitológico, mesmo um dos mais fracos e lentos, você já estaria destroçada. Na verdade, nem preciso ir tão longe. Se eu fosse Nadia, você já estaria morta.

Respirei fundo algumas vezes e fiz uma massagem no local dolorido. Eu com certeza sairia da Morada com hematomas no corpo todo. De repente, a ideia de treinar não me pareceu mais tão atraente.

— Levante-se! — mandou o Mestre, batendo com o bastão no chão ao lado do meu rosto.

— Acho que por hoje chega — respondi, sem a menor vontade de me mexer.

Mas meu corpo se mexeu contra a minha vontade. Klaus me fez levitar pelo salão e me colocou em pé. Levei alguns segundos para me equilibrar e, ao notar a expressão dele, tratei logo de me posicionar. Eu não queria de forma alguma que ele me pegasse desprevenida novamente. Aquele treino estava sendo muito pior do que eu imaginava.

Klaus parecia irritado. Os caninos estavam à mostra e o azul dos olhos brilhava ainda mais. Dei dois passos para trás.

— Você há dias me importuna por causa disso. Agora quer parar?

— Eu não quero parar, só que também não quero ser espancada por você!

— Eu nem usei a minha força, Aleksandra. Você agora entende que é fraca demais para enfrentar um mitológico?

Olhei para Klaus com minha melhor cara de tédio. Eu era fraca demais para um mitológico? Jura? Qual era a novidade? É lógico que eu tinha consciência disso ou não estaria pedindo para ser treinada.

— Eu sei que sou fraca. Mas para isso estou aqui, para aprender a usar alguma vantagem ao meu favor. Qualquer uma!

— Eu não tenho tempo para você, Aleksandra. — O Mestre se curvou, apoiando as mãos nos joelhos e me olhando bem de perto. — Caso não tenha percebido ainda.

Olhei bem para aquele rosto diante de mim e pensei em fazer algo. Ele estava tão perto... Só alguns centímetros e eu tocaria no rosto perfeito do Mestre. Sabia que corria um grande perigo se colocasse em prática o que eu tinha em mente. Pensei bem e decidi arriscar. Eu poderia acabar impressionando Klaus com minha agilidade.

Com rapidez, impulsionei o punho para frente. Dessa vez, calculei o movimento para acertá-lo em cheio. Depois, se fosse o caso, aceitaria as consequências. O que importava naquele momento era conseguir, pelo menos uma vez, acertar um soco em alguém. Tinha cansado de apanhar!

Minha mão passou diante dos meus olhos e manteve a trajetória em direção ao rosto do Mestre. Mas ela parou no ar, somente a alguns milímetros do rosto dele. Klaus usava seu poder para bloquear meus movimentos. Senti o coração acelerar, seria impossível eu me defender.

Ele me olhou de um jeito assassino e com um sorriso maquiavélico. No segundo seguinte, meu corpo foi arremessado para trás e bateu com tudo contra a parede.

— Sua hora acabou. Vá embora antes que eu me arrependa de deixar que saia viva daqui — ordenou.

Sabendo que podia ter facilmente quebrado uma ou duas costelas, eu me levantei com o fiapo de dignidade que ainda me restava. Estava com falta de ar e com o orgulho ferido, mas não me deixaria abater. Passei pelo Mestre e atravessei a sala meio encolhida, sem ver a hora de chegar à segurança do elevador.

— Ganhou um ponto pela coragem, mas também perdeu um, porque me bater seria muita estupidez.

Assim que entrei no elevador, as portas se fecharam e ele desceu, me levando para bem longe daquele lugar. Respirei aliviada e deixei alguns gemidos escaparem. Eu sentia cada osso do meu corpo como se estivesse destroçado. Não conseguia entender como estava conseguindo andar em vez de estar rastejando no chão e cuspindo sangue.

Passei pelo saguão andando curvada como um corcunda e me encostei na parede do lado de fora. Eu tinha mesmo que fazer o caminho de volta a pé? No dia seguinte ia comprar uma bicicleta. Não dava mais para ficar daquele jeito!

Entrei em casa em silêncio, bebi quase um litro de água na cozinha e subi as escadas como um zumbi, para encontrar minha cama à minha espera. Me joguei com vontade naquele colchão e nem me lembro do momento em que fechei os olhos. O cansaço tinha me consumido.

☙ ☙ ☙

Tapei os ouvidos quando o sinal estridente anunciou o final da aula. A dor de cabeça que eu sentia era tanta que eu tinha passado a aula inteira sem prestar atenção em nada.

— Você está com uma cara péssima! — comentou Kurt, fazendo um carinho na minha cabeça. — Se Mikhail estivesse na Fortaleza, eu diria que você passou a noite toda acordada fazendo safadezas.

— Eu passei mesmo uma boa parte da noite acordada. — Gemi, sentindo como se alguém martelasse minha testa. — Mas não estava fazendo safadeza nenhuma. Antes fosse.

Eu percebi vagamente meus dois amigos recolhendo e guardando meu material dentro da mochila, mas não tinha forças para me mexer. Depois me puxaram pelos braços e me forçaram a levantar da cadeira.

— Vai nos contar o que aconteceu? — Lara perguntou, me arrastando para fora de sala.

— Ou vai ficar aí, com essa cara de defunto? — completou Kurt.

Os dois riram e eu não achei nenhuma graça.

Nós passamos pelo corredor cheio de alunos barulhentos, conversas cruzadas, risos e gritos. Minha vontade era ter uma *Exterminator* para testar em cada uma daquelas pessoas. Talvez estivesse passando tempo demais com Klaus, pois meu humor estava cada vez mais negro.

— Por favor, podemos sair deste barulho?

— Você não quer ir à enfermaria e pedir um remédio, Sasha? — Lara perguntou baixinho no meu ouvido. — Sua cara não está mesmo das melhores.

— Meu final de semana foi barra pesada. Só preciso de silêncio e muitas horas de sono.

Meu desejo não seria atendido tão rápido. Ainda nos restava uma última aula naquele dia e, para meu azar, com uma professora que tinha uma voz insuportável. Nós nos sentamos no fundo da sala, eu no meio dos dois. Aproveitei que a professora ainda não havia chegado e deitei a cabeça na carteira. Foi um alívio fechar um pouco os olhos.

— Então... apanhei bastante nesse final de semana. O treinamento com o Klaus não foi muito bem o que eu esperava.

— Ah, querida. Você achou que ele fosse pegar leve contigo? — Kurt riu. — Acho que você confundiu os Mestres.

— Eu não esperava que ele fosse bater com um ferro nas minhas pernas e me tacar no chão. Muito menos me jogar contra a parede. Com força!

Kurt me olhou com um brilho de luxúria nos olhos. Eu fiz uma careta para ele, mas algo do que eu tinha dito parecia ter agradado meu amigo. Com um sorriso malicioso, ele se abanou e desenrolou o cachecol do pescoço.

— Te jogar contra a parede, te tacar no chão... Ouvindo isso eu chego até a imaginar Klaus com um chicote na mão.

— Kurt, por favor. Cale a boca.

Ele riu e relaxou na cadeira, esticando as pernas e cruzando os braços fortes a um palmo do meu nariz. Aquele filho da mãe tinha uma pele muito melhor que a minha e cílios mais fartos que os meus. A vida era injusta demais!

Eu precisei me recompor quando a professora entrou em sala de aula. Ela já chegou usando e abusando daquela voz esganiçada, como se quisesse fazer meu cérebro explodir. Achei melhor respirar fundo e ficar imaginando minha cama, que em breve me receberia de braços abertos. Isso se minha mãe não me obrigasse a fazer alguma coisa quando eu chegasse em casa.

Durante a aula, tive que contar a eles os detalhes mais mórbidos do meu treino. Mas tínhamos que falar baixo, quase sussurrando, para não atrapalharmos a aula. Kurt achou o máximo o fato de eu ter apanhado de Klaus. Lara ficou chocada com a minha coragem quando soube que eu voltaria aquela noite para mais um treino.

Aproveitei e contei rapidinho sobre minha conversa com Blake. Precisei escrever algumas coisas numa folha de papel, porque era perigoso demais falar em voz alta. O problema era que eu tinha amigos que eram tudo menos discretos.

— Esse cara é louco! — Lara falou alto demais e fez com que todos olhassem para nós três.

A professora cruzou os braços e nos encarou com sua cara de *poodle* raivoso. Ela tinha cabelos curtos e cheios na altura das orelhas. Para piorar, usava uma franjinha meio torta. Era impossível olhar para ela e não ver um *poodle*.

— Estou atrapalhando a conversa de vocês, senhor Holtz?

— Claro que não. — Kurt sorriu. — A conversa é entre elas duas.

Ele deve ter sentido a orelha queimar, porque Lara e eu lançamos olhares fulminantes em sua direção. Como resposta, fiquei calada durante o resto da aula. Kurt ainda tentou me convencer a continuar o papo, mas o ignorei.

Quando o sinal tocou e saímos da sala, ele me abraçou por trás. Kurt era bem mais alto do que eu, então não foi difícil que ele me tirasse do chão e rodopiasse comigo. O movimento só acrescentou um terrível enjoo à minha dor de cabeça.

— Jura que você ficou irritadinha? — Ele continuou me rodando.

— Me solta, seu doido! Vou vomitar em cima de você! — Esperneei, tentando acertá-lo com os cotovelos. — Lara, quer parar de rir e me ajudar?

Quando Kurt por fim me soltou, precisei usá-lo como apoio para recuperar o equilíbrio. Levantei o rosto e olhei para ele com irritação, mas o sorriso pateta que ele me devolveu acabou esfriando a minha raiva. Suspirei e dei um tapa nele antes de me afastar. Peguei Lara pelo braço e andamos rápido para longe dele.

Nós duas corríamos de Kurt, loucas para sairmos do colégio, quando Blake apareceu na nossa frente. Ouvi Kurt nos alcançar e resmungar um palavrão nada bonito para o prodígio. Eu torci para que ele não tivesse escutado.

— Oi, gente! Tudo bem? — cumprimentou, enfiando as mãos nos bolsos do jeans.

Parecia tímido e a cara de animação dos meus amigos não ajudou muito. Eu tinha acabado de contar para Lara e Kurt sobre os planos de Blake. Era lógico que eles dois não estavam muito animados em vê-lo.

— Posso te dar uma carona, Sasha? Preciso falar com você. A sós.

— Nossa, isso que é jeito de dispensar as pessoas! — Lara respondeu, me soltando e pegando o braço de Kurt. — Melhor deixarmos os dois, Kurt. A sós.

Eu ainda fiquei olhando enquanto meus amigos se afastavam e faziam caretas pelas costas de Blake. Às vezes, eles demonstravam mais imaturidade que meu irmão.

— Pelo visto eu realmente não sou muito bem-vindo. — Blake sorriu, sem graça. — Me desculpe atrapalhar vocês, mas acho que vai gostar do que tenho a dizer.

Ele balançou o chaveiro do carro e tirou minha mochila do meu ombro.

— Vamos? — perguntou.

Segui Blake até o estacionamento e o impedi de abrir a porta do carro para mim. Era cavalheirismo em excesso, e eu não queria tanta intimidade assim com ele. Já bastava ficar carregando minha mochila por aí. Não queria dar motivo para que falassem de nós dois pelos corredores do colégio.

— Me desculpe pela forma como Lara e Kurt reagiram. Eles são bem ciumentos.

— Eu já percebi, mas deixa isso para lá. — Sorriu. — Tenho uma coisa interessante para contar.

Coloquei o cinto de segurança e ajeitei minha mochila aos meus pés. Blake quase quicava no banco, de tão empolgado que estava para dividir a informação comigo.

— O que é, então? — perguntei, curiosa.

Quando saímos do estacionamento, passamos pelo ônibus que eu pegava para ir embora. Kurt e Lara estavam na porta, prestes a entrar, quando me viram. Joguei um beijo para eles, que me responderam com as mãos em formato de coração. Pelo menos não estavam chateados comigo. A ira deles era toda direcionada a Blake.

— Hoje, antes de vir para o colégio, recebi um e-mail de Phoenix. — Ele fez uma pausa cheia de suspense e depois me olhou. — Chegou a hora de nós dois nos encontrarmos.

— Jura? — Fiquei apreensiva com aquela notícia. — Quando ele vem?

O grande traidor viria à Fortaleza? Droga, o tipo de coisa que não podia terminar bem. Com sorte, Mikhail já teria voltado. Isso facilitaria muito as coisas. Eu simplesmente não tinha coragem de contar para Klaus. Do jeito que ele era, acabaria me matando por tabela.

— Ele vai me avisar o dia exato, mas a previsão é que chegue em dois dias.

— Eu só não entendi uma coisa, Blake. O que ele quer com você?

— Uma das condições para que me enviasse o projeto da *Exterminator* era que ele pudesse vê-la pessoalmente quando ficasse pronta.

O cara queria ver a *Exterminator*? Ali dentro da Fortaleza, um lugar lotado de vampiros? Isso não estava cheirando nada bem. Senti um frio na barriga só de imaginar o maluco atirando na direção de Klaus. Eu sabia que os Mestres diziam-se imortais e tudo mais. Mas para Blake estar tão confiante, algo muito ruim devia ter sido planejado.

Apertei o botão para descer meu vidro e deixei o vento gelado açoitar minha pele. Respirei fundo, digerindo aquela informação.

Entramos na área residencial e eu observei as pessoas andando tranquilamente pelas ruas. Ali dentro da Fortaleza, as cores mais chamativas não eram proibidas. No mundo exterior, os humanos não podiam usar determinadas cores porque elas atraíam a atenção dos mitológicos.

Pensei na fila que se formava na porta do Buraco nos finais de semana. Nas pessoas animadas e descontraídas. Não existia mais nada disso lá fora. Então, bem ou mal, a Fortaleza ainda era o melhor lugar para se viver. E eu não ia deixar que isso fosse estragado.

— Você não tem medo que ele use a arma aqui dentro? Eu sei que é exatamente essa a intenção de vocês, mas pense nos inocentes, Blake.

— Quem disse que é aqui dentro? — Ele franziu a testa e balançou a cabeça. — Não, eu vou lá fora me encontrar com ele. Phoenix não pode entrar. Ele nem quer, aliás.

— Ah. Que bom!

Não era a melhor coisa para se dizer, mas eu nem sabia mais o que falar. Se Phoenix não entrasse, ele não tentaria matar Klaus. Pelo menos um Mestre estava protegido.

Blake parou em frente à minha casa e desligou o carro. Não me mexi, percebi que ele ainda tinha mais coisa para contar. Tirei o cinto e virei de frente para ele, resistindo à vontade de fazer dezenas de perguntas.

— Phoenix nem teria como usar a *Exterminator* por enquanto. Nós só temos o VS1, que funciona com mitológicos. A substância não faria efeito nenhum em um vampiro.

— E como ele pretende matar os Mestres?

— Isso é coisa dele. Phoenix diz que produziu uma munição que promete acabar com qualquer vampiro. E isso inclui os queridos Mestres.

— Uma munição? Você acredita mesmo nisso?

Tudo bem que Blake nunca tivesse visto os Mestres em ação, como eu. Mas era preciso ser muito ingênuo para acreditar que uma bala qualquer mataria alguém como Klaus.

Ele sorriu de forma diabólica e eu até fiquei arrepiada.

— Ah, ele tem algo que vai fazer efeito, sim. Phoenix não tem um Johnathan Baker trabalhando para ele, mas há muitos outros cientistas envolvidos nessa causa. — Ele estendeu a mão e tocou a minha franja. — Sasha, você acha que somos os únicos que querem a extinção dessa raça?

— Há mais humanos trabalhando nisso? — Eu estava cada vez mais chocada.

— É claro que sim! Phoenix tem contatos. E eles desenvolveram uma substância letal. A bala vai conter ácido nítrico e mercúrio, que combinados e expostos à alta temperatura do disparo, vão produzir radiação ultravioleta. É claro que a quantidade dessas substâncias dentro de cada projétil é mínima. Se um humano for atingido, o efeito que o tiro causará nele será o mesmo de uma bala comum. No entanto, poderá causar graves danos a uma pessoa que tenha, por exemplo, alguma doença fotossensível ou hipersensibilidade aos raios ultravioletas. Agora, vá mais além. Imagine isso dentro do organismo de um vampiro. Será o mesmo que expô-lo ao sol.

Enquanto Blake falava, fiquei visualizando a cena. Consegui enxergar uma bala dessas voando na direção de Mikhail e perfurando seu tórax. Eu não sabia como seria o efeito, mas o que imaginei foi o corpo poderoso dele se abrindo em várias fissuras fluorescentes. Fechei os olhos na hora em que ele parecia prestes a explodir em mil pedaços.

Meu coração estava tão acelerado que olhei para Blake com medo que ele pudesse ouvir os batimentos cardíacos que me denunciavam.

— Eu não te assustei, não é? Porque eu prometo que os humanos não serão prejudicados. Principalmente sua família.

Engoli o asco quando ele se aproximou e me beijou na bochecha. Minha vontade era enfiar dois dedos nos olhos dele.

Segundos antes de eu sair do carro, vi minha mãe abrir a porta de casa para colocar o lixo para fora. Ela notou o carro de Blake parado ali na frente e ficou nos observando. Ótimo. Era tudo que eu não precisava. Mamãe com certeza ia fazer um interrogatório e ainda acharia que estávamos juntos.

— Eu não me assustei, Blake. Mas fico preocupada com você.

— Não fique preocupada. — Eu já estava abrindo a porta do carro e pegando minha mochila do chão, quando ele segurou meu braço. — Você gostaria de conhecê-lo?

Olhei para ele. Eu estava surpresa. Blake queria me apresentar ao traidor? Como se eu já não me metesse o suficiente em problemas.

— Eu adoraria! — Sorri. — Me avise quando vocês forem se encontrar.

Bati a porta do carro e acenei para minha mãe. É claro que ela não se mexeu. Ficou esperando que eu me aproximasse para me encher de perguntas.

Suspirei e resolvi encarar o desafio. Eu sentia um misto de emoções depois da conversa com Blake. Por um lado, temia me encontrar com Phoenix e acabar sendo apontada como cúmplice do homem. Mas, por outro lado, se eu estivesse presente, poderia ficar por dentro de tudo que os dois estavam tramando. E ainda poderia descrevê-lo fisicamente para os Mestres. Valia a pena arriscar.

— Por que Blake te trouxe em casa? — mamãe perguntou assim que me aproximei.

— Ele me deu carona porque precisávamos conversar sobre um trabalho de Química.

— Esse rapaz é tão bonzinho! Você deveria tê-lo convidado para entrar, Aleksandra. Eu sinto que ele gosta de você e é um ótimo menino. Não pense que o príncipe encantado vai cair do céu.

Bem, eu não estava aguardando pelo príncipe encantado. Eu já tinha encontrado o meu... rei das sombras. E eu daria tudo para ver a reação dos meus pais se um dia apresentasse Mikhail como meu namorado. Mamãe me colocaria de castigo até eu completar cinquenta anos. Papai iria ele mesmo usar a *Exterminator* contra o Mestre.

— Aleksandra? — Voltei minha atenção para dona Irina Baker com as mãos na cintura. — Pelo visto eu estava falando sozinha, não é? Como sempre!

— Estou com a cabeça cheia de coisas do colégio, mãe. Depois eu escuto os sermões sobre minha vida amorosa.

Dei um beijo em sua bochecha e fugi para meu quarto antes que ela começasse a sonhar com o meu noivado.

CAPÍTULO NOVE

TINHA SAÍDO DE CASA com quase quarenta minutos de antecedência. Não queria chegar atrasada para o segundo dia de treino com Klaus. Quando passava pela rua de Kurt, levei um susto quando um vulto correu na minha direção. Ao se aproximar de mim, no entanto, relaxei ao ver que era o meu amigo. Ele estava vestido como um ninja: camisa e calça preta — bem justa —, botas e, pasmem, luvas!

— Sashita! Ainda bem que consegui te alcançar! — disse ele, ajeitando os cabelos.

— O que você pensa que está fazendo, Kurt?

— Como assim? — Ele tentou se fazer de desentendido, mas depois sorriu. — Ah, isso? Vou treinar com você. Acha que minha roupa está adequada? Se não estiver, posso correr rapidinho até em casa e me trocar.

Aquilo tudo era tão absurdo que, por alguns segundos, eu apenas o encarei. Kurt me acompanhando até a Morada não era algo que eu tinha em mente. Isso não poderia acontecer.

— Kurt, eu não posso te levar. Não foi isso que combinei com Klaus e, pode acreditar, o humor dele não anda muito bom.

— Qual o problema? Se ele não quiser me ensinar umas lições, eu ficarei quietinho, só observando. — Ele me deu um tapa no braço. — Vamos lá, Sashita. Não me diga não! Eu demorei uma hora para montar o figurino!

— Ok...

Decidi que não ia discutir com ele. Estávamos no meio da rua e no frio. Se Kurt queria colocar o próprio pescoço em risco me acompanhando, então eu deixaria. Klaus que lidasse com ele depois, se quisesse.

Caminhamos com tranquilidade pelas ruas quase desertas. Durante a semana, o fluxo de pessoas que circulavam à noite era em sua maioria de vampiros, e a área residencial da Fortaleza era habitada exclusivamente por humanos.

Eu sempre tive curiosidade de saber onde os vampiros moravam e acabei descobrindo isso no dia da festa de Lorenzo. O reduto das criaturas da noite ficava bem no centro da cidade. Confesso que achava a localização muito melhor, principalmente para quem precisava andar a pé. A vida não é mesmo justa.

— Eu tenho certeza de que Klaus vai colocar a gente para fora da Morada no instante em que pisarmos lá — reclamei. — Você não devia me seguir, Kurt.

— Te seguir? Eu estou te acompanhando! Você me chamou!

— Não, eu aceitei que você me acompanhasse. E não foi de livre e espontânea vontade.

Ele reclamou e se fez de vítima, daquele seu jeito exagerado de sempre. Disse que era egoísmo da minha parte, mas eu só estava sendo racional! Se eu bem conhecia Klaus, ele ficaria irritadíssimo quando visse que eu tinha levado companhia. Já era difícil o bastante ele me tolerar.

Depois de brigarmos durante metade do caminho, chegamos à Morada dos Mestres e Kurt ainda não tinha desistido da ideia.

No saguão, tentei ser muito simpática com a vampira atrás do balcão da recepção.

— Quem é este aí? — perguntou a mulher de roupa muito justa.

— Meu amigo, Kurt Holtz.

Ele fez uma reverência muito exagerada. A vampira encarou nós dois com cara de tédio e se aproximou.

— Mestre Klaus só está aguardando você.

— Eu sei! — Virei para Kurt e usei meu olhar para implorar que fosse embora. — Está vendo, Kurt? Não vai dar para você me acompanhar.

— Mas que bobagem! Claro que dá. Seus pais deixaram bem claro que você não pode voltar sozinha no meio da madrugada. — Ele sorriu para a vampira. — Eu vim para tomar conta dela.

A mulher olhou para ele, observando cada detalhe de sua vestimenta. Por fim, deu de ombros e voltou para trás do balcão da recepção. Parecia que a conversa tinha terminado, pois a vampira voltou a digitar no teclado do computador. Eu nem duvidava de que estivesse no Facebook.

— Acho que estou liberado, não é? — Kurt sussurrou para mim.

— Ela pode te ouvir, Kurt — respondi sem me preocupar em sussurrar. — Vamos logo.

Puxei meu amigo pelo braço e o arrastei até o elevador. Já que ele queria tanto ser maltratado pelo Mestre, que fosse logo então. Seria muito bem feito por não me escutar.

— Como eu estou? — Ele puxou a barra da camisa mais para baixo. — Devia ter trocado de camisa. Essa não ficou legal.

O elevador nos levava para cima em silêncio, enquanto Kurt se olhava no espelho.

— Você está sempre gato. Mesmo quando usa as roupas mais estranhas.

Ele me agarrou pelos ombros e me beijou na testa.

— É por isso que te amo, garota!

Quando paramos e a porta do elevador se abriu, vi que estava no mesmo andar do dia anterior. Kurt me seguiu, agora de boca fechada, parecendo nervoso. Percebi que ele olhava para todos os lados, tentando assimilar o máximo possível de informação. Aquela parte da Morada era novidade para ele, que só frequentava o prédio em dias de festas ou reuniões.

A porta da antessala estava entreaberta, só precisei dar um leve empurrão para entrar. Klaus estava sentado numa cadeira no meio da outra sala. Ele olhava na nossa direção e não se levantou quando entramos.

— Boa noite, Mestre — Kurt cumprimentou com reverência seu ídolo.

— Por que você não está sozinha, Aleksandra?

Eu sabia que aquela história acabaria sobrando para mim. Respirei fundo.

— Kurt é meu amigo e quis me fazer companhia. Eu imaginei que a presença dele não fosse causar problema.

— Na verdade, eu também gostaria de receber treinamento.

Eu olhei para Kurt com a minha melhor cara de "eu vou te matar se você não ficar quieto". A culpa seria toda dele se Klaus o atirasse pela janela.

O Mestre o encarou muito rapidamente e se levantou. Parou na nossa frente, mais perto do que eu gostaria, e se curvou até ficar da altura de Kurt. Meu amigo nem ousava respirar, mas eu tinha certeza de que ele não estava com medo. Kurt devia estar gritando mentalmente de tanta emoção e ansiedade.

— Fique satisfeito só pelo fato de eu não te expulsar daqui. — A voz do Mestre saiu tão sombria que eu me arrepiei. — Sente-se e não me incomode.

Quase pude ouvir Kurt engolir a saliva. Ele empurrou a cadeira para um canto da sala e se sentou com as bochechas vermelhas. Quase entrou em combustão quando o Mestre entregou seu manto para que ele segurasse. Depois, Klaus me rodeou e parou de frente para mim. Ele já tinha nos recebido de mau humor. Eu sentia que o treinamento daquele dia seria novamente de muita dor de cabeça.

— Hoje eu deixarei que você tente me acertar. Vamos ver se consegue.

Desconfiei daquela bondade toda. Não sabia se era alguma armadilha, mas já que estava ali resolvi encarar. Antes que ele me mandasse começar, levantei a perna e tentei acertá-lo com um chute de lado, mas o Mestre segurou meu pé com força e me encarou por alguns segundos. Quando me soltou, eu recuperei o equilíbrio rapidamente e o ataquei com o braço esquerdo.

Meu punho fechado bateu de encontro à palma da sua mão aberta. Senti um pouco de dor com o impacto, mas puxei rápido o braço e o lancei novamente para a frente.

Mais uma vez, Klaus me bloqueou. E enquanto ele se preocupava em segurar minha mão esquerda, eu o ataquei com a direita. Senti a pele dele roçar em meus dedos antes que seu controle mental detivesse meus movimentos.

Engoli em seco e me preparei para o castigo. Ele, no entanto, endireitou a postura e me olhou de um jeito cômico. Como se não acreditasse que eu finalmente o acertara. O sorriso irônico queria brotar dos seus lábios, mas ele conseguiu manter a pose.

— Foi uma boa tentativa, Aleksandra. Até arrisco dizer que a única coisa decente que você fez nesses dois longos e tediosos dias.

— Isso é um elogio?

Ele franziu a testa e arqueou a sobrancelha, para depois se afastar de mim.

— Não é para tanto. — Klaus se aproximou de Kurt, que ficou pálido ao perceber. — E você... Qual é mesmo o seu nome?

— Kurt! — Meu amigo se levantou e bateu continência para Klaus. Continência! Kurt achava que estava na frente de quem? Um general do exército?

— Kurt...

A forma como Klaus pronunciou o nome dele fez com que até eu o achasse sensual. Coisa que eu nunca imaginei ser possível. Eu tinha certeza de que meu amigo devia estar prestes a sofrer um ataque cardíaco.

Klaus rodeou Kurt bem de perto, como se cheirasse o pescoço do meu amigo ou algo assim.

"Estou morrendo!", foi mais ou menos o que Kurt pronunciou mexendo os lábios sem emitir nenhum som, quando Klaus não estava vendo. As mãos do meu amigo estavam soltas ao lado do corpo e os punhos, cerrados e contraídos. Os nós dos dedos estavam muito brancos. Kurt parecia se controlar bravamente para não agarrar Klaus. Sorri, me divertindo com a cena.

— Por sua presença não solicitada, seria muito justo que retribuísse meu gesto bondoso. Com seu sangue.

— Hum, será que podemos terminar meu treino primeiro? — perguntei.

Com a fúria que ele me olhou, entendi que minha opinião não era bem-vinda.

— Meu sangue está à sua disposição, Mestre — Kurt finalmente se pronunciou. O danado se iluminou todo com o maior sorriso que já tinha dado na vida.

— Perfeito. — Klaus apertou o ombro dele. — Deixe que eu termine com ela antes.

Aquilo era quase um insulto à minha pessoa. Como se eu fosse um aborrecimento do qual ele precisasse se livrar. Olhei para o Mestre, mostrando toda a minha insatisfação, mas ele não pareceu se importar.

— Nós dois sabemos que você não sairia viva de um embate com um mitológico. Mesmo que seja com o mais fraco e idiota de todos. Portanto, esqueça esses movimentos inúteis, Aleksandra. Um minotauro não vai lutar boxe com você.

— Mas...

— Cale-se. — Ele levantou a mão. — Estamos perdendo tempo. E o meu, ao contrário do seu, é precioso.

Abri a boca para tentar expor meu ponto de vista. Afinal de contas, ele tinha feito um trato comigo e minha hora de treinamento ainda não tinha terminado.

Só que Klaus estava com pressa. Tudo porque ele não via a hora de colocar os caninos no pescoço de Kurt.

Tentei falar, mas não consegui pronunciar palavra alguma. Ele tinha feito aquela coisa irritante de travar minha língua e eu me sentia uma idiota.

— Para o seu próprio bem, aconselho que tome umas vitaminas. Talvez algumas flexões também possam ajudar. Não irá fazer muita diferença quando você cruzar o caminho de um minotauro, já que eles pesam facilmente mais de uma tonelada. Mas quem sabe, não é? Pode ser que isso evite que seja destroçada.

Quando ele terminou de falar, liberou minha língua e eu aproveitei para usá-la no mesmo instante.

— É só isso? Acabou? Eu ainda posso arranjar mais informações sobre aquele assunto.

— Arranje e me traga. Em troca, não tentarei te matar sempre que me der vontade. — Ele me deu as costas e me dispensou com um aceno de mão. — Agora, se me der licença, irei me alimentar. Você já conhece o caminho, Baker.

Sério que ele achava que eu iria embora? Eu não queria que Kurt fosse atrás de mim, mas não iria abandoná-lo na Morada. Nem mesmo se Klaus me ameaçasse.

— Eu não me incomodo de esperar. Kurt e eu viemos juntos, então vamos embora juntos.

Eu pisquei para Kurt, que sorriu e se levantou da cadeira. Ele entregou o manto de Klaus com um cuidado exagerado e correu até mim. Suas bochechas estavam vermelhas e os olhos brilhavam como nunca.

— Sashita, minha diva, você pode ir embora! — Meu amigo, meu próprio amigo, me dispensando. Eu não esperava aquilo. — Eu vou ficar bem!

— Você tem certeza de que quer ficar aqui sozinho? — perguntei, temendo pela integridade física de Kurt.

Ele me segurou pelos ombros e me guiou até a saída da sala. Eu estava chocada com aquela reviravolta.

— Tenho mais certeza disso do que da minha sexualidade, querida. E olha que eu sou cem por cento gay. — Ele me beijou no rosto. — Não se preocupe comigo, Sashita. Estou em boas mãos.

— Eu não sei se concordo... — falei em alto e bom som, fazendo questão que Klaus escutasse.

Como eu já tinha perdido a batalha, resolvi ir embora de uma vez por todas. Kurt não queria ajuda e não mudaria de ideia de jeito nenhum. Eu o conhecia bem para saber que aquela era a chance da vida dele.

Abracei meu amigo e me despedi. O elevador me levou até o térreo e nem me dei ao trabalho de cumprimentar a vampira da recepção. Fui para casa me sentindo frustrada.

CAPÍTULO DEZ

| KURT |

EU. AINDA. NÃO. ESTAVA. ACREDITANDO. Quando Sasha foi embora e voltei para a sala nada aconchegante e cheia de armas horríveis, Klaus me encarou. O belo exemplar masculino já tinha vestido seu manto e me aguardava. Bendita a hora em que eu tive a ideia de acompanhar Sashita em seu treinamento!

Sorri para a criatura elegante diante de mim e já ia fazendo uma breve reverência, quando ele me interrompeu.

— Chega de reverências. Você vai me entediar. Siga-me.

A capa adejou no ar com o movimento rápido que ele fez ao passar por mim. Precisei apressar o passo para acompanhá-lo, mas não me incomodaria se tivesse que correr uma maratona atrás dele. Afinal, eu estava com Klaus!

O Mestre ia na frente, os passos largos e firmes. Eu observava sua retaguarda, infelizmente escondida pelo longo manto. De todo jeito, era sempre um prazer observar aquele andar tão viril e ao mesmo tempo elegante.

Dentro do elevador, o silêncio se tornou incômodo. Eu gostaria que ele tivesse puxado uma conversa para descontrair, mas não abriu a boca. Klaus era sempre um vampiro de poucas palavras. Pensei se eu mesmo deveria dizer alguma coisa, mas achei que era melhor continuar quieto. Se alguém tinha que tomar a iniciativa, esse alguém era ele!

— Venha. — Foi só o que ouvi.

Nós saímos do elevador para um corredor ricamente decorado. Um luxo total, com papel de parede chique e quadros que ilustravam os próprios Mestres em épocas diversas. Até o cheiro daquele lugar era bom demais.

De longe, Klaus fez com que a porta do final do corredor se abrisse de supetão. Eu entrei atrás dele e me deparei com uma cama imensa. Foi preciso assimilar, em questão de segundos, que eu estava muito provavelmente no quarto dele. Pelo visto, aquela noite ia entrar para a história!

— Sente-se — ordenou ele.

A porta foi fechada com tanta violência que cheguei a me sobressaltar. Acabei me sentando na beira da cama, porque não havia nenhum outro lugar no mundo que eu desejasse conhecer mais do que aquela cama.

Klaus jogou o manto negro sobre a colcha e alongou o pescoço, estalando os ossos do pescoço perfeito. Fiz questão de acompanhar e memorizar cada movimento para guardar de recordação.

Quando ele encurtou a distância entre nós, cheguei a levar minha mão ao peito. Parecia que meu coração saltaria pela boca. O Mestre com certeza ouvia perfeitamente a bateria de banda de rock que tocava dentro de mim.

— Nervoso? — perguntou ele, inclinando a cabeça para o lado.

— Óbvio que não! — Revirei os olhos e me esforcei para demonstrar naturalidade. — Só tenho um problema sério de taquicardia.

Em resposta, ele expôs os belos caninos afiados. Klaus apoiou apenas um joelho na cama e manteve o outro pé no chão. Então se curvou na minha direção e empurrou minha cabeça, expondo ao máximo meu pescoço. Eu senti sua mão direita segurar a minha nuca e a esquerda puxar a gola do meu suéter.

Com muito malabarismo, consegui olhar para os olhos dele segundos antes que me mordesse. O azul tinha dado lugar ao preto e apenas a pupila continuava com aquela cor brilhante.

Fechei os olhos ao sentir os caninos pontiagudos me furarem. O aperto na nuca aumentou.

— Isso é bom... — balbuciei, me sentindo nas nuvens.

De repente, fui arrancado do torpor. Meu corpo foi içado e eu balancei no ar. Klaus estava em pé, ainda me segurando pela nuca. Sem querer, apoiei minha mão em seu ombro para me equilibrar e a recolhi no mesmo instante em que me dei conta do que fiz. Klaus, no entanto, não esboçou nenhuma reação. Ele não se importou! Oh, meu Klaus! Meu Senhor Protetor dos Gays Apaixonados, obrigado!

Devagar, coloquei minha mão de volta no ombro dele e saboreei aquela vitória. Apesar de eu já começar a me sentir tonto, valia a pena resistir mais um pouco. Nossos corpos estavam colados e Klaus me segurava com tanta força pela nuca que a eletricidade corria por cada centímetro do meu corpo.

Quando ele afastou os caninos da minha pele e levantou a cabeça, nós nos encaramos. Naquele momento, meu coração quase parou de bater. Se isso acontecesse mesmo, eu torcia para que Klaus tivesse a decência de me transformar.

Eu mal pisquei e já estava sendo esmagado contra a parede. Bati com a lateral do rosto e senti uma pressão na base da minha coluna. Klaus me encurralava ali, me prendendo de costas para ele e respirando no meu pescoço.

— Satisfeito? — perguntou.

Precisei me contorcer todo para virar o rosto e olhar para o Mestre. Ele me encarava de forma desafiadora. A mão pressionando minhas costas me fazia perder o raciocínio. Só depois de muita concentração eu consegui falar alguma coisa coerente.

— Hum... — Pisquei algumas vezes. Minha pele queimava e meu coração batia acelerado. — Essa pergunta não deveria ser feita por mim, Mestre?

— Deveria? — Ele estreitou os olhos que aos poucos voltavam à cor original. — Quem se satisfez mais aqui?

Como é? Fiquei calado, sem conseguir responder. Será que meu desejo por ele era tão visível assim? Será que ele sabia que aquela não era apenas uma questão de sangue? Porque, com certeza, não era! Eu queria muito mais do que ser um mero doador.

Fiz o possível para me soltar e me virei de frente para ele. Claro, só consegui porque ele deixou. Estufei o peito e me recompus.

— Não foi o suficiente para me satisfazer, mas eu sou paciente. — Dei a ele meu sorriso mais sedutor sem deixar de encará-lo.

Foram longos segundos com Klaus me avaliando. Precisei trabalhar muito meu autocontrole naquele momento. Tudo que eu mais desejava era agarrar aquele pedaço inteiro de vampiro milenar. Meus olhos não conseguiam desgrudar dos seus lábios finos e tão sérios.

Quase babei e provavelmente fiquei vesgo quando ele alisou a ponta afiada de um dos caninos com a ponta da língua. E depois, como se uma vez não bastasse, ele fez o mesmo no outro canino.

Quando recuou alguns passos e liberou meu caminho, fiquei desolado. Ainda não seria daquela vez que ele me agarraria.

— O elevador o aguarda. — Klaus avisou, curto e grosso como sempre.

O homem era duro na queda, mas eu não desistiria! Sabia que uma hora eu conseguiria amaciar seu coração de pedra.

Então resolvi aceitar que ainda não era a hora certa. Eu era paciente, conseguiria esperar. Por fim, recuperei o controle da voz e pisquei para ele.

— Quando sentir vontade de consumir novamente um sangue puro como o meu, estarei à sua disposição, Mestre.

Saí de cabeça erguida do quarto e cambaleei por aquele corredor, andando nas nuvens. Eu ainda não conseguia acreditar em tudo que tinha acontecido. Não teve beijo, não teve amasso, não teve sexo nem nada. Mas teve uma pegada fenomenal! Oh, meu Klaus!

CAPÍTULO ONZE

| MIKHAIL |

NÓS TODOS NOS REENCONTRAMOS NA ACRÓPOLE DE ATENAS numa madrugada de céu estrelado. Era uma paisagem que nunca me enjoava. Tanto a do céu quanto a da cidade. Apesar de ser o berço dos mitológicos, eu sempre gostei da Grécia. Era um país bonito, imponente, com muita história para contar. Atenas, principalmente.

Enquanto Nikolai e Nadia discutiam, eu me sentei encostado numa pilastra do Parthenon. Daquele ponto era possível ter uma visão completa da cidade e a vista ainda era bela, mesmo com a destruição causada pelos mitológicos.

Atenas ainda não estava completamente desabitada. Alguns poucos humanos resistentes permaneciam em distritos mais próximos do bunker, que ficava em Psirri. Contudo, olhando para a cidade e saboreando aquele silêncio, talvez eu preferisse dessa forma. A capital da Grécia tinha crescido demais nas últimas décadas e perdera a beleza de outrora. Com a superpopulação, a poluição aumentou, os grandes centros comercias se expandiram e a cidade se transformou.

Observei a discussão que acontecia há alguns metros de onde eu estava. Nikolai e Nadia gritavam um com o outro, até o momento em que ele perdeu a paciência. Niko pegou nossa irmã pelo pescoço e a lançou no ar. Nadia caiu sobre os escombros do propileu da Acrópole, gritando as mais originais ofensas a ele.

— Eu estou num nível de irritabilidade tão grande com Nadia que sou capaz de dar essa criatura de presente a Zênite. — Ele se juntou a mim, sentando-se e limpando a poeira da calça.

— Sinceramente — falei —, não sei por que você está reclamando. Quem passou dias torturantes com ela fui eu.

— Ainda bem que foi você. Porque, se tivesse sido eu, Nadia a essa hora seria apenas um monte de cinzas.

Nós dois nos entreolhamos e sorrimos. Niko era o único dos meus irmãos com quem eu conseguia ter uma conversa decente. Era tão racional quanto eu, sem dúvida alguma.

— Você também sente essa vontade louca? — perguntei sem conseguir evitar sorrir.

— De livrar o planeta das mazelas de Nadia? — Ele olhou na direção dela. Nadia agora discutia com Vladimir. E ele era o único que tinha paciência com ela. — Com certeza!

Ela deve ter ouvido nosso deboche, pois largou o caçula e se aproximou. A expressão de raiva em seu rosto já era sua marca registrada. Os cabelos longos e brancos voavam ao vento e as pontas batiam em sua cintura fina. Tão bonita e tão insuportável.

— Vocês não vão mesmo fazer nada? — Ela já chegou com as mãos na cintura.

— Pela última vez, Nadia. Nós não vamos voltar para o norte.

— Você é teimoso, Nikolai! Eu estou dizendo que tenho essa sensação...

— Ah, Nadia. Cale a boca! — interrompi. Já não aguentava mais ouvir aquela voz estridente. — Eu ainda não engoli a volta que você nos fez dar por causa de seus palpites.

— Claro! Vocês dizem que não temos tempo a perder e, no entanto, estão aqui descansando em cima desse monte de pedras.

Fechei os olhos na esperança de acordar daquele pesadelo, mas desisti da ideia ao ouvir o som forte de uma ventania. Olhando ao meu redor, vi a poeira que começava a levantar do chão. Aos poucos, um tornado de pequenas proporções formou-se diante de mim.

Eu olhei para Nikolai, que movimentava os olhos para guiar a sua criação. Sorri quando entendi o que ele pretendia. Mas Nadia estava mais preocupada do que eu. Ela sabia que era o alvo de Niko.

— Pare com isso, Nikolai! — gritou para ser ouvida acima da ventania. — Quanta infantilidade!

Ela ainda tentou domar o tornado com seus parcos poderes, mas não podia enfrentar nosso irmão mais velho. Foi tragada para dentro dele e não conseguiu sair.

— Por favor, leve isso para longe — pedi. — O Parthenon não precisa ser mais destruído do que já foi.

Fiquei mais relaxado quando Nikolai tirou o tornado de perto de nós e o afastou o máximo possível. De vez em quando, devido à nossa superaudição, ainda era possível ouvir um grito ou outro de nossa irmã. Lá de cima da Acrópole, apreciávamos o tornado se distanciando e o silêncio agradável que nos cercou.

— Isso não tem a menor graça! — Vladimir nos olhava de cara feia. — Bastava vocês dizerem que não aceitavam a opinião dela. Totalmente desnecessário, Nikolai.

— Se quiser posso invocar um tornado só para você, Vlad. Não vai ficar tão bonito quanto o de Niko, mas tenho certeza de que cumprirá seu propósito. — Sorri. — Quer fazer companhia à sua irmã?

Ele na mesma hora se calou e nos deixou a sós. Resolveu descer para a cidade e resgatar Nadia.

Nikolai manteve o castigo por apenas uns quinze minutos. Afinal, era do nosso interesse que ela se recuperasse rápido para continuarmos a viagem. Ficou bem claro para Nadia que a opinião dela não era mais bem-vinda. Nossa irmã não voltou a nos perturbar com aquele assunto. Sinal de que, de vez em quando, uma medida drástica sempre caía bem.

Deixamos o Parthenon para trás mais uma vez. Eu gostava daquele templo. Ele tinha sido construído muito antes do meu nascimento, para substituir outra importante construção. Havia ali outro templo que fora destruído por mitológicos em 480 a.C. A causa da destruição acabou se perdendo no tempo, e a História atualmente conta outra coisa, como se os culpados tivessem sido os persas. Somente nós e as próprias bestas sabemos a verdade. Muito antes do Império Romano, do Bizantino e do Otomano, Atenas quase fora destruída pela praga dos mitológicos.

🖎 🖎 🖎

Nosso destino estava mais perto do que nunca. Creta era a maior ilha da Grécia e o local de origem dos mitológicos. Não era um lugar que nos agradasse e eu mesmo só estivera na ilha duas vezes em toda a minha vida.

Era uma região montanhosa, cheia de cordilheiras. Enquanto havia civilização, era um lugar lindo e paradisíaco. Humanos gostavam de passar férias e nadar em suas belíssimas praias. Coisa que não acontecia mais.

Quando os mitológicos decidiram nos enfrentar e se revelar para o mundo inteiro nos anos noventa, acabaram com Creta. Foi o primeiro lugar onde os ataques em massa ocorreram, dizimando a população humana em questão de dias. Agora, nenhuma pessoa em sã consciência se arriscaria a entrar naquele território hostil. Era terra de mitológicos, reduto da Rainha Zênite.

Como era uma ilha, primeiro tivemos que atravessar a Ponte Charilaos Trikoupis para chegarmos ao Peloponeso. Ali pegaríamos uma embarcação em direção à Creta.

Vampiros do bunker do Peloponeso já nos aguardavam quando chegamos ao porto. Fomos recebidos com bolsas de sangue do estoque da cidade e nos alimentamos bem antes de embarcar.

Estava perto de amanhecer, mas, com capitão e tripulação humana, podíamos viajar durante o dia. A embarcação possuía compartimentos isolados da luz do sol, próprios para vampiros.

— Sejam bem-vindos, Mestres! — O capitão nos recebeu com uma reverência desajeitada.

O homem baixo e atarracado segurava o quepe encardido contra o peito, como se usasse toda a força que possuía para apertar o objeto nas mãos. A temperatura daquela noite estava amena, em torno dos dezoito graus, mas ele suava.

Eu me aproximei e coloquei a mão em seu ombro. O homem empalideceu no mesmo instante. A reação não era exagerada, já estávamos acostumados. Era a primeira vez que ele via um Mestre. Aliás, era a primeira vez de toda aquela gente. Nós sempre tomávamos o cuidado de apagar a nossa imagem da mente dos humanos que nos encontravam pelo mundo. Quando eles acessavam suas memórias, sabiam que tinham nos conhecido, mas não se lembravam da nossa aparência.

— Se está nervoso com nossa presença, por favor, relaxe. Eu não gostaria que sofrêssemos nenhum acidente no caminho. — Sorri para acalmar o homem.

Não funcionou muito. Ele gaguejou promessas e correu para dentro da cabine.

— Bem, se batermos em alguma coisa, que seja durante a noite! — Vladimir falou, descendo as escadas que levavam aos compartimentos privativos.

— Não se preocupem, Mestres. Ele é bom no que faz — disse um dos vampiros do bunker, que recebeu um olhar enviesado de Niko.

— Para o seu bem, é bom mesmo que ele seja.

🦇 🦇 🦇

Fomos acordados na noite seguinte pelos tripulantes humanos. O capitão do navio, mais tranquilo, nos recebeu todo sorridente e com marujos dispostos a nos alimentar.

Depois de satisfeitos, desembarcamos num bote salva-vidas e entramos na ilha por uma praia de águas calmas. Ali antigamente funcionava um hotel de luxo e ainda era possível encontrar uma ou outra cadeira de plástico empoeirada em volta de uma piscina vazia e cheia de lodo.

Seguimos rumo ao leste, na direção das cordilheiras, e evitamos parar para não perder tempo. Uma vez que estávamos tão perto do nosso objetivo, era difícil pensar em qualquer outra coisa. Queríamos atacar ainda naquela noite e termos tempo de procurar um abrigo antes do nascer do dia.

O Planalto de Lasíti estendeu-se à nossa frente em poucas horas, apresentando os Montes Dícti imponentes. A única pista de que ali já houvera uma civilização ficava por conta dos moinhos de vento abandonados e caindo aos pedaços. À distância, era possível ver vestígios de uma área urbana que já não era habitada há séculos.

Alguns minutos depois, alcançamos a cadeia montanhosa de Dícti. Havia anos que estivéramos naquele local, então não nos lembrávamos muito bem da sua localização. Sabíamos que os mitológicos de Creta viviam com sua rainha e se abrigavam numa droga de uma caverna que se assemelhava a um reino. O problema é que todas as cavernas eram parecidas.

— Acham que devemos nos separar novamente? — Vladimir perguntou e eu já estava a ponto de negar quando o cheiro invadiu minhas narinas.

Com o vento soprando na nossa direção, fomos presenteados com o fedor que aqueles bichos exalavam. Olhei para Nikolai, que devia estar pensando o mesmo que eu. Não era preciso procurar por eles. Tínhamos acabado de receber uma bela pista.

Corremos na direção do cheiro. Antes de chegarmos à entrada de uma grande caverna na base de uma montanha, avistamos alguns vultos. Mitológicos não têm visão de longo alcance como os vampiros, portanto, não podiam nos ver. Por causa da nossa velocidade, se olhassem à distância só conseguiriam enxergar a poeira que se levantava ao nosso redor.

— Divirtam-se, meus irmãos! — Nikolai anunciou. — Só não se esqueçam de que Rurik é meu.

Ele disparou na frente e alcançou a caverna segundos antes de nós. Os poucos minotauros que estavam do lado de fora tentaram nos deter, mas foram destroçados em segundos. Só eu me ocupei de dois deles, enfiando as mãos em cada pescoço e rasgando suas gargantas.

Penetrei no interior da caverna ao mesmo tempo em que me livrava dos peda-ços de carne grudados em minha roupa. Meus olhos não demoraram a se ajustar à escuridão do local e logo me situei. A caverna tinha vários túneis que levavam em direções diferentes. Era inevitável que nos separássemos ali dentro.

— O que acha? — Nadia apareceu ao meu lado, limpando as mãos no manto. — Estamos ou não no lugar certo?

— Lógico que estamos. — Olhei para ela, franzindo a testa. — Se você conse-gue ignorar esse cheiro é porque está com algum problema.

Nikolai e Vladimir chegaram e também pararam do nosso lado. Niko perma-neceu em silêncio durante um tempo e estalou a língua.

— Acho estranho. Foi fácil demais. — Ele se adiantou na direção de um dos túneis. — Espalhem-se.

Eu peguei o que ficava mais ao sul e avancei com cautela. O lugar era cheio de pequenas fendas e parecia traiçoeiro. Depois de analisar melhor, percebi que nenhu-ma das fendas tinha tamanho suficiente para abrigar um mitológico.

De repente, cheguei à beira de um penhasco e olhei para baixo. Ainda era exatamente como eu me lembrava. Um lugar como nenhum outro, absurdamente esplêndido. Aquela câmara era imensa. Tão grande que havia todo um ecossistema dentro dela, com os mais variados pássaros e insetos.

Do alto podia-se contemplar a vasta vegetação com as mais diversas árvores. Havia até riachos que faziam parecer que estávamos no interior de uma floresta. Os paredões rochosos cobertos de plantas se estendiam para cima, a perder de vista, onde o ar se condensava e dava a impressão de formar delicadas nuvens.

De onde eu estava, podia ver onde desembocavam os outros túneis. Todos convergiam para esse mesmo lugar e, em alguns, eu podia ver meus irmãos. Juntos, nos preparamos para saltar.

Antes mesmo de chegarmos lá embaixo, reparamos que o lugar estava deser-to. Com exceção de um ou outro mitológico que já se preparava para o ataque, a caverna não estava como esperávamos. Onde estava todo o exército com centenas de mitológicos?

Estendi o braço para o lado, aguardando o contato com o centauro que corria ao meu encontro. Os cabelos negros esvoaçavam com os seus galopes, e as patas dianteiras esmagavam a vegetação rasteira.

Quando ele se aproximou o suficiente, eu me esquivei e segurei sua cabeça pelos cabelos. As mãos tentaram me agarrar, mas antes que conseguissem, puxei o seu pescoço para trás até ouvir o estalo. Quando o soltei, o corpo sem vida caiu aos meus pés.

Num reflexo rápido, eu me agachei no momento em que outro minotauro lançou suas garras na direção da lateral do meu corpo. Aproveitando o movimento, cravei os dedos em suas panturrilhas e dilacerei sua carne. O animal gritou, atraindo mais mitológicos. O que era ótimo. Enfim um pouco de ação. Tinha passado dias entediado na companhia de Nadia.

O minotauro com a panturrilha dilacerada se levantou e avançou para cima de mim. O impacto fez com que eu me desequilibrasse, mas usei a situação a meu favor. Nem sempre usávamos armas, mas de vez em quando era preciso. E prazeroso.

Caí de costas sobre o musgo malcheiroso. Como estávamos numa descida íngreme, aproveitei para deslizar por baixo do minotauro. Saquei as duas adagas que eu guardava na cintura e passei as lâminas na parte de trás dos joelhos da besta, cortando seus tendões. Ele caiu no chão, me dando tempo para levantar e cortar também a sua garganta.

Guardei as adagas, depois de limpar o sangue no pelo da besta, e olhei em volta. Nikolai se ocupava de cinco mitológicos. Eles formavam um círculo em volta dele, mas Niko sempre encontrava uma saída para qualquer situação. Empunhando seu punhal, ele começou a se mover em círculo, esfaqueando um mitológico por vez. Já o vira realizar aquela manobra. Ele começava girando em pé, cortando gargantas e tórax. Depois ia se agachando e retalhando quadris, até que terminava deitado, acabando com as pernas das vítimas. Com aquela velocidade, os oponentes nem tinham chance de chegar perto dele. Era apenas um borrão causando uma ventania no meio de um círculo de otários.

Claro que seria muito mais fácil para todos nós se pudéssemos congelar os movimentos desses animais, assim como fazíamos com todos os outros, inclusive os humanos. Mas mitológicos não eram seres deste mundo. Nossos poderes simplesmente não funcionavam com a matéria da qual eles eram formados. Também não podíamos lançar mão dos elementos naturais. A água não os afogava, o fogo não os consumia, o vento não os tocava e a terra não os sufocava.

Aproximei-me de Nadia e Vladimir, que estavam tendo mais trabalho com um grupo de aproximadamente dez mitológicos.

Pulei de pé no dorso do maior centauro e puxei uma adaga, cravando a lâmina no centro da cabeça dele. O sangue nojento acabou respingando no meu rosto e precisei limpar com a ponta do manto. Ele precisaria de uma boa lavagem quando eu retornasse à Fortaleza.

— Nadia, atrás de você! — gritei, mas não a tempo.

Ela se virou na hora em que um minotauro a golpeou com as duas mãos, batendo uma de cada lado da sua cabeça. O sangue jorrou do nariz dela e vi que Nadia cambaleou. Ela piscou, parecendo tonta, e corri para ajudá-la.

Empurrei-a para trás e me joguei contra o animal. Senti a adaga deslizando para dentro do corpo dele e abrindo seu estômago. O minotauro conseguiu me atacar também, cravando as garras nas minhas costas.

Consegui me desvencilhar e dei alguns passos para trás. Quando ele correu de novo na minha direção, levitei rapidamente e enfiei a lâmina no meio de sua testa, puxando a adaga para baixo e abrindo seu rosto ao meio.

— Que droga, Mikhail! — Nadia reapareceu, rosnando de raiva. — Você me empurrou e eu caí bem em cima de um monte de excremento!

O minotauro que eu acabara de matar estrebuchou no chão quando retirei a adaga. Ao olhar para Nadia, precisei me controlar para não rir, mesmo em meio àquele cenário caótico. A donzela estava suja de bosta da cabeça aos pés. Nikolai, no entanto, não teve o mesmo autocontrole. Ao ouvir a risada dele, Nadia gritou e correu na direção da água para se limpar.

— São só esses? — perguntei, observando a carnificina à nossa volta.

— Parece que sim. Deviam estar de guarda. Onde estarão os outros?

A maior dúvida era: onde estaria Zênite? Vistoriamos o lugar inteiro e os únicos mitológicos que achamos eram os que já estavam mortos. Depois de esquadrinharmos tudo, acabamos nos sentando na margem do riacho para nos limpar um pouco.

Nadia ainda estava irritada comigo — mais que o normal — e fazia questão de frisar a todo instante que eu fizera aquilo de propósito.

— E, para piorar, viemos até este fim de mundo à toa! — resmungou ela. — Não poderíamos ter vindo em pior momento, não é?

Não dava para imaginar que a Realeza sairia para um passeio, Nadia.

— É claro que dava. É para isso que eles vivem: para destruir. Com certeza estão por aí matando alguém. — Ela se curvou para trás, apoiou os cotovelos na terra e balançou os pés dentro d'água. — Pensem, é bem lógico. Eles podiam imaginar que depois do último ataque, iríamos revidar. Zênite supôs que viríamos para cá, pois ela é inteligente. Ela, então, aproveitou para assombrar outro lugar.

Eu estava apenas cansado de ouvir Nadia falar sem parar. Puxei minhas adagas e lavei as lâminas sujas de sangue. Meu reflexo não refletia nelas, portanto não foi o meu rosto que vi, mas o de Sasha. Ela devia estar com ódio de mim por ter ido embora sem avisar.

— Por que está sorrindo? — Nikolai me perguntou, com a sobrancelha erguida.

— Por nada.

Estava me lembrando do desespero dela ao me contar que perdera minha adaga para o príncipe dos mitológicos. Precisei acalmá-la, dizendo que eu provavelmente pegaria a adaga de volta, já que haveria retaliação.

Um calafrio me percorreu com a revelação que tive. De repente, encarei Niko, que ainda me observava sem entender.

— Eu sei onde eles estão. Nós fizemos exatamente o que Zênite queria.

Fiquei imediatamente em pé e guardei as adagas. A sensação de impotência me consumiu. O sol já devia estar para nascer e precisaríamos esperar longas horas.

— Mikhail! — Nikolai me segurou. — Do que você está falando?

— Há momento melhor para Zênite atacar do que este? Com quatro Mestres fora da Fortaleza?

— Zênite não estava presente no último ataque.

— É claro que não! Aquele bando pode ter sido só uma distração, uma maneira de nos despistar pela Europa e dar tempo a Zênite para reunir seu exército. Pense, Niko... é possível que esse seja o plano.

— Bem, se você tiver razão, sinto dizer que Klaus se fodeu. — A declaração veio de uma Nadia de sorriso debochado. — O que foi? Não me olhem assim! Ele é insuportável!

Fomos até a entrada da caverna para avaliarmos nossas opções. Se saíssemos naquele instante, teríamos menos de meia hora para chegar à praia onde nosso navio estava ancorado.

Decidimos que a melhor coisa a fazer era esperar ali mesmo, protegidos nas galerias do interior da caverna. O lugar fedia e era úmido demais, mas era melhor do que virar cinzas.

Só nos restava esperar que os mitológicos ainda não tivessem alcançado o seu objetivo.

CAPÍTULO DOZE

POF.

POF.

Abri os olhos pesados de sono enquanto o barulho ressoava pelo meu quarto.

POF.

Virei de lado na cama e olhei para a janela. Naquele instante, uma coisa branca se chocou contra a vidraça e caiu. Franzi a testa, sem entender. Outra coisa branca bateu no vidro.

Depois de me sentar e esfregar os olhos, descobri que eram bolas de neve. Alguém as jogava com insistência na minha janela. E esse alguém estava roubando o meu sono.

Calcei as pantufas e, com muito mau humor, me arrastei até a janela. Para minha surpresa, era Blake que estava parado lá embaixo, moldando uma nova bola de neve nas mãos.

Levantei a vidraça e coloquei a cabeça para fora bem na hora em que ele arremessou a bola. Lógico que ela bateu em cheio na minha cara. Até neve engoli.

— Caramba! — Ele levou as mãos à cabeça. — Sasha, me desculpe!

Eu me limpei, sentindo o rosto arder. A vontade era pular por ali mesmo e esganar Blake com minhas próprias mãos. Só não gritei um palavrão porque não queria acordar os meus pais.

— O que você pensa que está fazendo, Blake? — perguntei, ainda cuspindo um pouco de neve.

— Vou àquele encontro de que falei. Quer vir?

No meio da madrugada? Olhei para o despertador em cima da cômoda e ele marcava uma e meia da manhã. Se eu fosse com Blake, precisaria sair em silêncio e torcer para que ninguém em casa me procurasse no meio da noite.

— Espere três minutos! — sussurrei para Blake e fechei a janela.

Eu não podia perder a chance de ver a cara do tal do Phoenix e descobrir o que ele estava planejando fazer com a *Exterminator*.

Troquei de roupa, optando por algo básico: jeans, camiseta, casaco de nylon e minhas novas botas de pele de carneiro falsa que eu ainda não tinha usado. Saí de casa na ponta dos pés, fechando a porta bem devagar. Assim que me aproximei, Blake pediu desculpas novamente, dizendo que não tinha me visto na janela.

Esfreguei as mãos na frente do aquecedor do carro dele, tentando espantar o frio. Blake parecia ansioso. Ele dirigia e olhava pelo retrovisor do carro o tempo todo, como se quisesse se certificar de que não estava sendo seguido.

— Posso saber como faremos para encontrar com ele?

— Nós só temos uma chance. Nosso informante avisou que a troca da guarda do muro acontecerá às duas e quinze da manhã. Nesse momento, um outro aliado fará algo lá no alto para que se distraiam e nós vamos poder sair. O informante estará nos aguardando no lado oeste da muralha.

Aquilo era ótimo! Significava que eu também conheceria o informante e poderia passar a informação depois para Mikhail. Fiquei satisfeita por ter tomado a decisão de acompanhar o prodígio. Não via a hora de poder contar tudo para Mikhail e finalmente mostrar que podia ser útil.

— Vou deixar o carro aqui e faremos o restante do caminho a pé, para não chamarmos atenção — disse ele, estacionando na rua que dava para os fundos do Centro de Doação.

Saí do carro e olhei em volta para ter certeza de que não havia ninguém nos observando. Enquanto isso, Blake deu a volta e abriu o porta-malas. Meu queixo caiu quando ele retirou uma valise preta imensa lá de dentro e passou a alça pelos ombros.

— Isso é o que estou pensando? Porque é muito maior do que eu imaginava.

— É a própria. Depois eu te mostro, agora temos que nos apressar.

Notei que ele andava curvado devido ao peso da *Exterminator*. Se o peso fosse proporcional ao tamanho — a valise batia na altura do joelho dele —, então eu duvidava de que conseguisse carregar uma arma daquela sozinha.

Quando dobramos a esquina, vimos a imensidão da muralha bem à nossa frente. Os postes que iluminavam o local denunciariam nossa posição caso alguém olhasse lá do alto. Então Blake deu alguns passos para trás e me puxou com ele.

— Estamos muito visíveis. É melhor esperarmos o horário certo. — Ele colocou a valise no chão e se alongou. — Nada pode dar errado hoje.

Eu tirei o celular do bolso do jeans e olhei as horas: duas e cinco da manhã. Se nada podia dar errado, então eu esperava que o tal do informante fosse uma pessoa pontual. Blake me encarou e sorriu. Parecia animado como se estivesse prestes a conhecer Papai Noel. Ele era realmente louco.

— Isso tudo é emocionante, não é? Estamos prestes a conhecer o cara que pode nos ajudar a exterminar esses... demônios.

— Emocionante! — Sorri, tentando demonstrar entusiasmo. — Nunca imaginei que fosse conhecer alguém com essa coragem.

Eu me sentia triste, isso sim. No fundo, ainda tinha esperanças de que Blake não se revelasse um traidor. Ele não era má pessoa, só tinha ideais bem diferentes dos meus. E, talvez, se os humanos soubessem o que ele tinha em mente, aposto que muitos o apoiariam. Pensando racionalmente, eu teria sido capaz de apoiá-lo no passado, antes de vir para a Fortaleza e conhecer Mikhail.

Meu nervosismo aumentava conforme os minutos passavam. Minhas mãos começaram a suar e meu coração batia freneticamente dentro do peito. Olhei o celular mais uma vez: duas e doze. Eu me estiquei para olhar a outra rua e vi um guarda andando perto do muro.

— Blake! Será que é o nosso cara?

Blake deu uma olhada na hora em que o vampiro nos viu. Ele correu na nossa direção e se surpreendeu com a minha presença, fazendo cara feia.

— Não me avisaram que haveria uma mulher. Era somente você.

— Ela é uma amiga, só isso. Eu me responsabilizo por ela.

O vampiro estava agitado e nem parecia ter escutado direito o que Blake dissera. Pegou a valise com muita facilidade e mandou que o seguíssemos.

— Se apressem, vamos! Não temos muito tempo.

Quis responder que o "se apressar" de um vampiro não era o mesmo que o nosso, mas fiquei quieta. Ele já não estava satisfeito com a minha presença, então eu não o incomodaria.

Meu coração estava disparado quando chegamos ao muro. A última vez que eu estivera tão perto dele, minha melhor amiga tinha sido morta por mitológicos. Não eram boas recordações. Olhei para o alto e suspirei antes de entrar por uma das aberturas retangulares, com o formato de uma porta, que havia em toda a extensão da muralha. Do lado de dentro, uma escadaria em espiral, talhada na própria pedra e iluminada por tochas presas às paredes. Bem medieval.

O vampiro começou a subir a enorme escadaria, que desaparecia nas trevas.

— Você está brincando, não é? Quantos degraus tem isso? — perguntei.

Blake me olhou como quem diz que eu não estava sendo razoável e subiu atrás do vampiro sem pestanejar. Fiquei com duas opções bem óbvias e resolvi aceitar o sacrifício. Tomei fôlego e comecei a subir. Aproveitaria para contar os degraus, poderia ser uma informação útil e interessante que nenhum outro humano na Fortaleza deveria ter.

🙶 🙶 🙶

Eu me joguei de qualquer jeito no chão. Minhas panturrilhas queimavam depois de passar um bom tempo tentando seguir o ritmo dos dois sem conseguir. Tinha parado de contar os degraus depois de chegar ao ducentésimo. Como estava difícil contar, respirar e procurar forças ao mesmo tempo, deixei de lado a parte da contagem.

Agora eu estava sentada num degrau sujo, com a cabeça encostada na parede e olhos fechados. Que Phoenix, Blake e a *Exterminator* fossem todos para o inferno.

Eu não estava nem na metade do caminho e parecia impossível continuar. Para descer, pelo menos, havia a opção de ir rolando. Nem podia pedir ajuda. Blake me abandonara há muito tempo, subindo aos trancos e barrancos, mas subindo.

— Levante! — Ouvi uma voz ordenar.

Abri os olhos ao sentir um cutucão nas costas e vi o informante me olhando de mau humor. Eu me levantei e ajeitei a postura para manter meu orgulho intacto. Ou quase.

O homem passou o braço pelas minhas pernas e costas, e me ergueu do chão. Não era um colo confortável como o de Mikhail, mas eu não estava em condições de reclamar.

— Obrigada por vir me buscar. Você é um anjo!

— Não estou te fazendo nenhum favor — disse ele com arrogância. — Só não posso deixar você aqui, pois, se te descobrirem, vai estragar todo o plano.

— Puxa, que atencioso de sua parte!

Ele subiu comigo aos solavancos. Acho que me sacudia de propósito, pois eu me sentia dentro de um multiprocessador. Depois de mais algumas centenas de degraus que passaram por nós como um borrão, chegamos ao topo.

Fui colocada no chão sem nenhuma delicadeza. Blake estava sentado com as pernas dobradas, respirando com dificuldade. Ele se escorava na parede da guarita de pedra, que nos protegia de sermos vistos de outros pontos da muralha.

— Que bom que ele foi te buscar — disse ao se levantar. — Também só consegui chegar aqui com um pouco de ajuda.

— Trabalhar aqui em cima deve fazer um bem danado para os músculos — comentei, me aproximando dele aos tropeços. Ainda estava tonta pela corridinha básica no colo do vampiro.

Então me virei para olhar para o lado de fora. Queria aproveitar para saber como era a vista daquele ângulo.

— Uau! — Fiquei boquiaberta diante da visão. Era simplesmente esplêndida.

Dali do alto podia-se admirar a vasta planície que cercava a Fortaleza. A neve que cobria o chão se igualava a um oceano todo branco, com pontos em alto relevo onde havia vegetação. Era a paisagem mais bonita que eu já tinha visto em toda a minha vida.

— Blake, você já deu uma olhada nisso? — perguntei, mas ele não estava muito interessado. Já estava ajeitando a alça da valise no ombro.

O informante, que tinha nos deixado a sós e ido conferir alguma coisa na área central da muralha, voltou correndo.

— Chegou a hora, vamos! Meu amigo já está distraindo os guardas! — Ele pegou Blake no colo.

— Para onde vamos? — perguntei, confusa. — Acabamos de chegar!

— Para o lado de fora. Eu volto para te buscar.

E saltou.

Senti toda a cor se esvair do meu rosto e as forças me deixarem. Eu teria que pular daquela altura? Não tinham me contado essa parte do plano! Como Blake podia se esquecer de me informar aquele pequeno detalhe?

Eu me aproximei da borda da muralha e olhei para baixo. Fui atingida por uma vertigem e senti vontade de vomitar. Tirei as mãos das pedras e me afastei. Até então, não imaginava que pudesse ter medo de altura.

— Preparada? — O informante tinha voltado rápido demais. Lógico que eu não estava preparada! Nunca estaria!

— Acho que vou abortar a missão — recuei. — Blake não precisa da minha ajuda, eu só ia fazer companhia.

Dizem que vampiros possuem uma ótima audição, mas esse pelo visto era surdo! Ele não me deu ouvidos e me pegou no colo contra a minha vontade. Ainda tapou minha boca quando eu tentei gritar.

Fechei os olhos assim que ele saltou. Se eu caísse e morresse, não queria presenciar a cena. A queda livre era desesperadora. Parecia que eu ia sufocar com a pressão e o vento que me golpeava. Usei toda a minha força para abraçar o pescoço do vampiro.

Quando meus pés finalmente tocaram o chão e ele se afastou de mim, pisquei várias vezes. Eu não me sentia presente em meu próprio corpo. Minha cabeça girava e meu estômago estava embrulhado. Devia ser aquela a sensação ao pular de paraquedas.

— Sasha, você está pálida! — Blake me segurou pelos ombros e me olhou preocupado. — Como se sente?

— Péssima. Mas vou melhorar, só preciso de alguns segundos.

O informante já tinha voltado para seu posto de guarda lá no alto da muralha. Eu não podia nem sequer me sentar um pouco, senão molharia minha roupa toda na neve. Mas, aos poucos, minha respiração foi voltando ao normal, assim como meus batimentos cardíacos. Pelo menos eu sabia que meu coração era saudável. Já tinha passado por tantas situações desesperadoras, que, se ele fosse fraco, já teria entrado em pane.

— Blake... cadê o Phoenix? — perguntei.

— Deve estar chegando. — Ele olhou no celular e o guardou novamente no bolso. — Ele está uns quatro minutos atrasado.

— Eu posso ver a *Exterminator*?

Ele se agachou e destravou a valise, deixando a tampa cair para trás. A arma me foi revelada em toda a sua glória. Ela havia sido acondicionada de forma segura, cheia de proteções, como uma joia. E talvez fosse isso mesmo. Era fosca como aço escovado e da cor do chumbo. Robusta e grande demais para ser manuseada por alguém como eu. Uma pena.

— É bem chamativa — falei. — Espero que cumpra o prometido.

— Ele chegou — Blake anunciou.

Eu me levantei para observar o traidor e, mesmo de longe, fiquei arrepiada. A figura que se movia com tranquilidade na nossa direção vestia uma roupa básica, de homem comum. O que me aterrorizou foi um detalhe físico. Ele se aproximava de cabeça baixa com o rosto virado para o chão. Seu cabelo era muito curto, quase raspado, só restando uma penugem sobre o couro cabeludo. A cor era de um branco com um brilho prateado contra a luz da lua.

— Blake! O que você fez? — gritei, desesperada.

O prodígio me olhou como se não tivesse entendido minha pergunta. Seu semblante ficou tenso e ele se pôs na minha frente, de costas para o visitante que chegava. Eu já tentava imaginar as consequências daquele encontro.

— Phoenix, na verdade, se chama Rurik! — Apertei o braço dele. — Você sabia disso?

— Quem é Rurik?

— Seu idiota! — Olhei para o alto, choramingando. Sem poder correr e escalar o imenso muro, não tínhamos para onde fugir. — Rurik é um Mestre!

E ele pelo visto me ouviu, pois levantou o rosto e nos encarou com seus olhos de um azul brilhante. Blake recuou alguns passos. Deve ter acreditado em mim ao notar aquela cor, pois só os Mestres tinham olhos naquele tom de azul.

Ele se abaixou rápido e fechou a valise, tirando-a do chão e passando a alça pelo ombro. Eu não entendi muito bem o que pretendia. Será que Blake achava que podia fugir de um Mestre?

— Como você o conhece? — perguntou, me segurando pelos ombros.

— É uma longa história — eu disse, me desvencilhando dele —, mas Rurik foi o culpado pelo ataque que aconteceu naquela madrugada do Baile Branco.

O Mestre nos alcançou, sorrindo traiçoeiramente. Olhar para aquele vampiro de perto, sabendo da traição que ele tinha cometido, até me fazia gostar de Klaus. Com um simples gesto de mão, ele fez com que a valise flutuasse na direção dele.

Senti minhas têmporas latejarem quando ele me encarou. Naquele momento, percebi que os Mestres da Fortaleza não usavam plenamente os seus poderes sobre nós. Eu sentia dor quando algum deles resolvia pressionar a minha mente. Mas nada se comparava à dor que Rurik provocava em mim. Acabei gritando e caindo de joelhos.

— É tão reconfortante saber que já sou reconhecido pelos humanos! Mas devo confessar que também a conheço. — Ele sorriu. — Ou melhor, já ouvi falar de você. Zênite tem assuntos a acertar com a senhorita, Cabelos de Fogo.

Chorei de dor e raiva por não conseguir me defender. Senti algo quente escorrendo pelos meus ouvidos e, quando levei minhas mãos até eles, descobri que era o meu próprio sangue.

— Sasha, você está bem? — Blake tentou me levantar, mas também caiu ao meu lado.

Ouvi a risada rouca e medonha de Rurik. Algo que ele tinha em comum com Klaus. Quando consegui olhar para cima, vi que ele observava os arredores, como se esperasse alguém. E assim que percebi isso, o medo me atingiu em cheio. Devia haver mitológicos por perto, já que ele estava em conluio com eles.

Dei uma rápida olhada para o alto do muro. Aquela parte por onde tínhamos saído não era tão movimentada. Se por acaso fosse o informante que estivesse lá em cima, ele seria capaz de acobertar aquela situação.

— Ah! Pare com isso! — Blake implorou, ajoelhado junto comigo. — Somos parceiros!

— Você acredita mesmo nessa história de parceria? Blake, você já não me serve para mais nada. Mas, como além da arma, você me trouxe um presente valioso, pouparei sua vida, por enquanto.

Rurik agachou-se na minha frente e segurou meu queixo, me forçando a olhar para ele. Alguns traços eram parecidos com os de Klaus, como a testa e o nariz, só que o rosto dele era mais arredondado. Enquanto Klaus tinha o semblante de um homem maduro, Rurik parecia um adolescente fofo. Não combinava com ele, mas esse Mestre tinha olhos bondosos.

— Não é uma sorte incrível ter você aqui? — Trinquei os dentes quando ele deslizou a mão pelos meus cabelos. — Zênite vai ficar tão feliz ao vê-la! Você ficou famosa entre os mitológicos... — Ele abriu um sorriso radiante. — Sabia que o príncipe morreu?

— Uma boa notícia, pelo menos — respondi e cuspi com vontade no rosto dele.

Até me preparei para o golpe que imaginei que fosse receber, mas nada aconteceu. Quando voltei a olhar o Mestre, ele continuava com o sorriso medonho no rosto. Meu cuspe escorria pela sua bochecha.

— O que foi? Achou que eu fosse bater em você? — Ele balançou o dedo indicador diante do meu rosto. — Claro que não. Um presente quebrado não é um bom presente.

Rurik se levantou, e a pressão em minha testa diminuiu consideravelmente. Ele andou até Blake, que ainda estava curvado ao meu lado, e deu um chute no peito dele. Blake nem esboçou som algum, apenas caiu de costas e ficou imóvel. Tentei socorrê-lo, mas meus movimentos foram controlados por Rurik.

— Blake, no entanto, não precisa permanecer intacto. Então toda vez que você se comportar mal, quem sofrerá as consequências será ele. Estamos combinados?

Engoli o choro porque não queria parecer fraca e assustada. Blake continuava sem se mexer e isso me preocupava, pois o chute tinha sido muito forte. Não sabia se ele estava vivo.

Ao sentir que conseguia me mexer novamente, tentei acudir meu amigo. Levantei sua cabeça e vi que seus olhos estavam entreabertos. Ele estava vivo, tentando falar alguma coisa, mas não tive tempo de descobrir o que era, pois um rugido me tirou a concentração. Um bando de mitológicos se aproximava pelo oeste.

Lembrei que estava com o celular no bolso traseiro do jeans, então tentei usá-lo sem chamar atenção. Com a mão atrás das costas, apertei o botão para destravar a tela e mirei onde eu imaginava que o ícone de ligação estivesse. Mas, infelizmente, o teclado numérico do meu telefone sempre emitia um som quando uma tecla era pressionada. O volume era baixo e quase imperceptível, mas não para um vampiro. Rurik olhou no exato instante em que o primeiro número foi acionado.

— Hum, você gosta de tecnologia, não é? — Ele se aproximou e arrancou o aparelho da minha mão. Como Mikhail tinha feito logo que cheguei à Fortaleza, Rurik também quebrou o meu celular no meio. — No lugar para onde vamos, você não vai precisar disso.

Os primeiros mitológicos chegaram e nos rodearam, sem se incomodar com a presença de Rurik. O que confirmava a relação dele com aquelas bestas.

O Mestre gesticulou ordens para dois centauros, que se aproximaram e nos agarraram. Gritei o mais alto que consegui, ainda esperando que Klaus ou algum guarda aparecesse. Mas eu não tinha ângulo para ver a movimentação no alto do muro. Tampouco tinha tempo para esperar. E, para piorar, por causa do meu grito, Blake apanhou mais uma vez. Rurik acertou o rosto dele e o sangue chegou a espirrar de seu nariz. Eu me culpei por ele ter sofrido a agressão e murmurei um pedido de desculpas.

Fui jogada sobre o dorso de um dos centauros e tive as mãos e os pés amarrados com um tipo de cipó. Meu corpo sacudiu quando ele começou a galopar e precisei girar o pescoço para enxergar o que acontecia à minha volta. Rurik ia na frente, comandando o grupo de aproximadamente trinta ou quarenta mitológicos. Com um gosto amargo na boca, vi que a Fortaleza ia ficando para trás.

A única coisa que eu podia fazer era gritar. Blake que me perdoasse, mas ele também era culpado por estarmos naquela situação. Eu tinha que tentar, então gritei o máximo que pude com alguma esperança de que os ouvidos apurados dos vampiros da muralha me ouvissem. Quando meu fôlego terminava, eu inspirava e voltava a gritar, mas a cada segundo nós nos afastávamos mais da Fortaleza. Fiz isso umas quatro vezes, até que o centauro que carregava Blake se aproximou. Como meu amigo já tinha desmaiado, eu fui a única que restou. Só vi o punho dele vindo com velocidade de encontro ao meu rosto.

☙ ☙ ☙

Tive dificuldade para abrir os olhos. O direito estava dolorido demais e eu não duvidada de que estivesse inchado. O soco me acertara em cheio e eu acabei desmaiando na mesma hora. Ter consciência disso fazia com que eu me sentisse péssima, pois agora eu não sabia qual caminho tomáramos durante o tempo em que fiquei apagada. Se eu conseguisse fugir, não saberia para que direção correr.

Tentei relaxar um pouco o corpo, já que não conseguia me levantar nem mudar de posição. Meus braços doíam depois de ficar tanto tempo pendurados e meu pescoço também reclamava. De repente, precisei fechar os olhos e a boca. O grupo atravessava um lago e a movimentação fez a água espirrar em meu rosto. Depois de um tempo, acabei bebendo um pouco de bom grado. Era melhor isso do que depender da bondade dos mitológicos. Acho que cuidar bem de mim não estava nos planos deles.

Quando deixamos o lago para trás, pegamos uma estrada que nos levou a uma cidade com um aspecto de abandonada. Os mitológicos se locomoviam por ali com muita precisão, então imaginei que, se o lugar fazia parte do trajeto deles, já devia ter sido destruído há muito tempo. E eu não estava errada.

Assim que os cascos das patas do centauro tocaram o paralelepípedo da rua, eu me contorci no lombo dele, na tentativa de ver o cenário à minha volta. Apesar do cansaço, me esforcei para observar tudo por onde passávamos. Bancos, restaurantes e lojas com vidros quebrados e móveis jogados para todos os lados. Pessoalmente, nunca tinha presenciado aquilo. Mesmo quando morava nos Estados Unidos, minha cidade ainda estava intacta. Eu costumava ver as imagens do caos e da destruição pela televisão. Testemunhar ao vivo era bem diferente. Fazia eu me sentir dentro de um filme de apocalipse zumbi que devastava o mundo, como o antigo *Resident Evil*.

Os minotauros se comportavam como rastreadores, esquadrinhando com os olhos todos os lugares. Se descobrissem algum sobrevivente, não sobraria mais nem sombra da pobre criatura. Torci para que não aparecesse ninguém. Já estava cansada de ver corpos serem destroçados.

Por muito tempo, eles se mantiveram na mesma direção, não importando se precisávamos atravessar becos estreitos ou transpor grandes pilhas de escombros. Logo percebi que mitológicos não gostavam de perder tempo contornando obstáculos. Num determinado momento, quase caí. Havia alguns carros abandonados no meio da rua e o centauro achou mais fácil simplesmente passar por cima deles. Meu corpo deslizou pelo dorso do animal e senti meus cabelos sendo puxados com força. Como se eu fosse uma boneca de pano, ele me levantou no ar, me sacudiu e me colocou de volta no lugar. Nunca se preocupando em ser delicado.

🌿 🌿 🌿

Pisquei, sem entender o que tinha acontecido. Ainda estava no lombo do centauro e o céu clareava aos poucos, o sol preparando-se para nascer. Rurik não estava por perto. Com o sol quase despontando no horizonte, sabia que ele devia estar protegido em algum lugar.

Não lembrava em que momento eu tinha desmaiado e estava me sentindo muito mal. O meu pescoço estava dolorido e minha cabeça parecia que ia explodir, com todo o sangue acumulado ali. Se eles não pretendiam me matar, eu acabaria morrendo durante a viagem mesmo.

Então, diminuímos o ritmo e passamos a caminhar por uma área de estepe. Pelo visto, já tínhamos deixado a cidade para trás há algumas horas. O sol que se aproximava incomodava os mitológicos. Eu tinha notado que eles estavam mais lentos e menos barulhentos. Mas eles, com certeza, estavam muito melhores do que eu, que sentia sede, fome e vontade de ir ao banheiro. Isso tudo fora a dor no corpo inteiro.

E eu não tinha a menor ideia de onde estava. Pelos meus cálculos, devia ter sido sequestrada há seis ou sete horas. Se tivéssemos tomado a direção do continente, podíamos estar indo para a Bielorrússia ou Ucrânia. Eu tinha aprendido no colégio que o guepardo é o mamífero mais veloz do planeta e alcança até cento e vinte quilômetros por hora. Se eu pegasse o guepardo como exemplo, poderia supor que os mitológicos corriam, no máximo, uns noventa quilômetros por hora. Não mais que isso. Eles eram fortes, mas também muito pesados. Principalmente os minotauros. O que significava que eu devia estar prestes a deixar a Rússia para trás. E com isso, minha situação se agravava a cada minuto.

No lugar onde estávamos não havia nada que eu pudesse usar como referência. Se eu arranjasse um jeito de libertar meus pés e tentasse fugir, nem teria onde me esconder. Estávamos em campo aberto, muito longe de qualquer vestígio de civilização.

Eu gritei para o centauro que me carregava ou acho que gritei. A voz não saiu com muita força, pois minha garganta estava seca demais. Tentei chamar a atenção dele, precisava sair daquela posição. Ninguém me ouviu ou se incomodou comigo. Por fim, acabei vomitando.

O centauro parou e outro apareceu na minha frente. A primeira coisa que vi foram suas patas. Depois ele me agarrou pelos cabelos e levantou minha cabeça. A segunda coisa que vi foi seu rosto. A terceira foi o punho fechado vindo na minha direção. O soco que levei pegou em cheio o meu maxilar e me fez bater os dentes. Feri meu lábio inferior e senti uma dor pungente na ponta do queixo. Parecia estar vendo estrelas diante dos olhos. E então, depois de vomitar pela segunda vez, perdi novamente as forças e mergulhei na inconsciência.

CAPÍTULO TREZE

ALGUMAS CENAS DE FILMES SÃO COMPLETAMENTE SURREAIS. Principalmente aquelas em que o personagem leva um soco na cara e reage como se estivesse tudo bem. É claro, os homens são mais resistentes à dor, mas eu já tinha visto filmes com mulheres apanhando bastante e encarando tudo muito bem. Só na ficção mesmo. Depois de tudo o que eu havia passado nas últimas horas, tinha certeza absoluta de que nenhuma mulher humana poderia se sentir bem depois de receber um soco. Eu pelo menos não me sentia assim.

Foi difícil abrir os olhos. Precisei fazer um esforço extraordinário para mantê-los abertos, tamanha era a dor que eu sentia. A primeira coisa que percebi foi a penumbra. Apenas uma luz bruxuleante iluminava o teto acima, vinda da fogueira acesa a alguns metros.

Logo procurei me sentar. Levei as mãos amarradas à cabeça e fiz o possível para tatear o local dolorido. Eu sentia um latejar na nuca, mas o crânio parecia intacto. O único sangue, que por sinal já estava seco, tinha saído dos meus ouvidos quando Rurik me atacou e do meu nariz quando ele me deu um soco na cara. Eu também tinha alguns arranhões nos braços e nas pernas. Meu olho direito não abria totalmente e eu sentia dor ao piscar.

Eu me arrastei até conseguir apoiar as costas na parede fria e úmida. Então, com uma rápida olhada ao meu redor, descobri que estava dentro de uma caverna. À minha esquerda, um túnel parecia levar até a saída. O chão desnivelado estava coberto por um limo nojento e havia um pouco de neve acumulada em alguns locais. Minhas roupas estavam molhadas e meus dedos doíam quando eu os mexia, por causa do frio. Ia acabar morrendo de hipotermia se não saísse logo dali.

Gemi em protesto, sem querer acreditar que aquilo estava mesmo acontecendo comigo. Como eu tinha sido tão estúpida a ponto de me deixar ser pega daquele jeito? Se não morresse desta vez, com certeza morreria quando Mikhail pusesse as mãos em mim. O Mestre ficaria muito irritado ao descobrir que eu não estava mais na Fortaleza.

Encostei a cabeça na parede e fechei os olhos para aliviar a dor. Não queria olhar, por enquanto, para o corpo estendido ao meu lado. Ainda precisava tomar coragem e conferir se ele estava vivo ou morto.

— Onde você foi se meter, Sasha? — resmunguei, sentindo um calafrio percorrer meu corpo.

Eu tentava recuperar o controle. Estava assustada, com sede, com fome e nem imaginava que lugar era aquele. Não sabia qual direção tomar se escapasse, pois eu devia estar inconsciente ao chegar. Um soluço alto escapou da minha boca e comecei a chorar descontroladamente. Tentei tapar a boca com as mãos, mas o choro ficou cada vez mais intenso.

Os tremores e os soluços foram, aos poucos, diminuindo. Eu me obriguei a respirar fundo e me acalmar. Meu objetivo era sair daquele lugar, então eu precisava colocar a cabeça para funcionar. O descontrole emocional só atrapalharia. Além disso, eu tinha que ser forte por Blake também, já que ele não estava em condições de se defender.

Enxuguei as lágrimas e engatinhei até ele com um pouco de dificuldade. Meus tornozelos tinham sido amarrados, limitando meus movimentos. Blake estava deitado de costas, com os braços abertos. Estava numa posição tão desajeitada que parecia ter sido jogado ali de qualquer jeito, e não se mexera desde então.

— Blake? — chamei, com medo de descobrir a verdade.

Ele não respondeu, não esboçou som algum. Cheguei bem perto e olhei o rosto dele. Quando Rurik nos atacara na Fortaleza, ele tinha dado um chute muito forte em Blake, mas não o acertara no rosto. E agora eu o olhava de perto e via muitos cortes e hematomas espalhados ali. Havia um corte profundo em seu supercílio, machucados na boca e nas bochechas. Os dois olhos estavam inchados e havia sangue seco em vários lugares. Eles tinham feito um belo estrago no garoto. Eu devia estar desmaiada quando isso aconteceu.

— Blake, por favor... — Toquei no braço dele e o sacudi. — Acorde!

Como não recebi resposta, fiz o que eu sempre via as pessoas fazerem nos filmes. Não sabia se estava fazendo da forma correta, mas tateei toda a área do pescoço dele até encontrar algo pulsando sob meus dedos. Quando achei a pulsação, caí para trás, aliviada.

🍃 🍃 🍃

Eu oscilava entre os estados de consciência e inconsciência. Meu olho inchado doía tanto que eu precisava fazer um esforço enorme para mantê-lo aberto. Contudo, sempre que a dor se tornava maior que a minha força de vontade, eu fechava os olhos. Quando isso acontecia, não demorava nem um minuto e eu já caía no sono. Fiz isso pelo menos umas três vezes e, no final, já tinha perdido completamente a noção do tempo. Eu sabia que devia tomar mais precaução e evitar cochilar a todo instante. Do contrário, nunca fugiria.

Com calma, observei bem a amarra em volta dos meus pulsos e tentei entender como os nós tinham sido feitos. Era uma corda muito rudimentar, feita com algum tipo de cipó. No entanto, como eu não era forte nem tinha poderes especiais, ela estava dando conta do recado muito bem. Forcei as mãos para testar sua resistência e vi que não conseguiria arrebentá-la.

Olhei em volta, procurando algum objeto que pudesse me ajudar a cortar a corda. Só que, evidentemente, eu não estava dentro de um filme e uma faca não cairia no meu colo.

Encarei a fogueira e me pus a pensar um pouco em outras soluções. As chamas agitavam-se com a corrente de ar que entrava pelo túnel, chamando minha atenção. Talvez a fogueira fosse a minha chance de me soltar. Se eu conseguisse queimar a corda, então... Fechei os olhos. Eu estava mesmo disposta a me queimar? O meu olho inchado latejou me dando a resposta — e a coragem que me faltava.

Comecei a me arrastar na direção da fogueira, que estava há uns cinco metros de distância. Ouvi passos se aproximando pelo túnel e parei no meio do caminho; não podia deixar que me flagrassem tentando fugir. Voltei rápido para o lugar e me encostei na parede bem na hora em que Rurik apareceu.

Ele surgiu na boca do túnel que devia levar para o exterior da caverna. Logo deduzi que já havia anoitecido. No entanto, poderia ser o contrário. O túnel podia desembocar em algum outro lugar dentro da caverna. Se eu resolvesse usá-lo para fugir, correria o risco de me dar mal.

— Boa noite, Bela Adormecida!

Não pude deixar de sorrir. O próprio Rurik confirmara minhas suspeitas e me esclarecera a dúvida ao me dar boa-noite. Permaneci quieta, sem encará-lo, e olhei de esguelha quando o vampiro se aproximou de Blake. Ele cutucou as pernas do garoto com a ponta do sapato e sorriu quando Blake não esboçou reação. Depois se aproximou de mim. Suas botas pararam dentro do meu ângulo de visão e como eu não o olhei, ele me cutucou do mesmo jeito.

— O gato comeu a sua língua?

Permaneci em silêncio, mas ele riu e agarrou meus cabelos, me levantando do chão. Mordi a língua para evitar gritar e o encarei com ódio. O choro queria sair descontrolado por causa das dores que sentia, mas eu não podia chorar e dar esse gostinho a Rurik.

— O que foi? Está chateada por causa dos machucados do namoradinho? — sorriu ele. — É uma pena que eu tenha atrapalhado o relacionamento entre vocês.

Rurik não fazia ideia do quanto estava errado acerca dos meus relacionamentos. E eu encarava isso como uma grande vantagem. Se ele cogitasse meu envolvimento com Mikhail, com certeza arranjaria uma forma de me maltratar ainda mais. Eu seria esfolada viva.

Ouvi um barulho e olhei na direção do túnel, assim como ele. Era um centauro que chegava com um olhar sombrio, sem deixar de me encarar. Parecia o mesmo que tinha me carregado, mas, como eles eram todos muito parecidos, não dava para ter certeza.

O mitológico se aproximou e Rurik me soltou no ar. Bati com o joelho no chão ao cair e tive que engolir o grito que estava preso na garganta. Eu me encolhi, puxando as pernas contra o peito, tentando me proteger inutilmente. Não queria encarar de perto aquele centauro que se aproximava de mim, meus nervos já estavam à flor da pele.

— Ela é toda sua, meu amigo. — Levantei o rosto para ver Rurik dar um tapinha no ombro do mitológico e se afastar.

— Achei... — falei e ele se virou para me olhar. — Achei que você tivesse dito que não me machucaria antes de me entregar à rainha.

— E eu realmente não vou machucá-la. — Sorriu. — Quem vai é ele.

Rurik piscou para mim e fez seu caminho de volta, sumindo pelo túnel cavernoso. Olhei para o centauro, tentando adivinhar o que ele faria. Os calafrios subiam pela minha espinha à medida que os segundos se passavam e ele continuava me encarando.

Nesse momento, Blake gemeu ao meu lado e balbuciou algo incompreensível. Evitei olhar para ele, pois minhas emoções já estavam conturbadas demais. Por um lado, sentia raiva de Blake por me colocar naquela situação. Por outro, tinha medo que ele fosse mais maltratado do que já fora. Não achava que ele aguentaria muito mais do que já tinha recebido.

Enquanto eu me preocupava com Blake, meu couro cabeludo quase foi arrancado da cabeça.

— Ai! Ai! Ai! — gritei, tentando alcançar a mão que me causava a dor. — Me solta!

O centauro me ergueu do chão pelos cabelos e sorriu. Reparei no pelo marrom-claro e brilhante que cobria seu dorso e ia até um pouco abaixo do umbigo. Daquela região para cima, o animal possuía o tronco de um humano como outro qualquer. A pele era amarelada e seu abdômen, musculoso como o de um homem que pratica muitos exercícios físicos. Os longos cabelos ondulados caíam desalinhados e escondiam as orelhas. As sobrancelhas grossas e muito próximas não lhe conferiam uma expressão amigável. E ele não devia ser mesmo.

O centauro emitiu um som gutural e envolveu meu pescoço com sua mão pesada. Fiquei imediatamente sem ar, sufocada com a força dos seus dedos. Meus pés descolaram do chão quando me levantou e me puxou para mais perto. Ele abriu a boca e eu fechei os olhos sem coragem de assistir o que viria a seguir. Então, para meu espanto, algo quente e áspero roçou em minha bochecha. Arregalei os olhos para descobrir que o centauro estava me lambendo, como se conferisse se o almoço estava pronto.

— Que nojo! — murmurei e torci o nariz.

Minha vontade era arrancar aquela língua, mas não me mexi para não piorar a situação. De repente, ele me sacudiu e me deu um tapa que quase fez minha cabeça girar como no filme *O Exorcista*. Minha pele ardeu como se estivesse em carne viva e meus olhos se encheram de lágrimas.

O centauro me soltou bruscamente e consegui me equilibrar, evitando cair no chão na frente dele.

— Maldito! — gritei, procurando uma rota de fuga. Se eu ia apanhar, então não ficaria quieta. Daria um pouco de trabalho para o infeliz. — Você acha que tenho medo de você? Eu matei o seu príncipe!

Ele me empurrou contra a parede e minhas costas sentiram o impacto contra a rocha úmida e escorregadia. O infeliz fechou o punho e tentou me socar, mas consegui me esquivar no momento certo, aproveitando a nossa diferença de tamanho. Ajoelhada no chão, ouvi o barulho dos ossos de sua mão se chocando contra a parede. Mitológicos não eram tão rápidos quanto vampiros. Se fosse um Mestre, eu duvido que teria escapado do soco.

O centauro urrou de dor e empinou as patas dianteiras. Ainda ajoelhada, engatinhei por debaixo dele e me levantei do outro lado. O túnel estava a uns vinte metros de mim e escolhi correr naquela direção. Racionalmente, eu sabia que seria difícil conseguir fugir, mas não havia tempo para pensar. Eu só queria tentar.

Quando eu estava prestes a alcançar o início do túnel, senti as garras fortes fecharem-se em volta dos meus tornozelos. O centauro puxou minhas pernas para trás e eu caí de cara no chão. Ele me arrastou sem a menor cerimônia, esfolando minha pele nas pedras ásperas. Tentei me segurar em alguma coisa pelo caminho, cravando as unhas no chão, mas não consegui. Ele me levantou pelos pés e jogou meu corpo para o alto. Achei que fosse me quebrar toda ao bater no teto ou em alguma estalactite, mas o centauro me segurou novamente pelo pescoço. Com a mão que estava livre, ele puxou meu casaco pela gola e rasgou o tecido para expor minha pele. Então, enfiou uma de suas enormes unhas na minha clavícula e pressionou.

Por mais que eu o arranhasse e chutasse, ele não me soltou nem interrompeu o ataque. Meu sangue escorreu para dentro da minha roupa e minha resistência foi toda por água abaixo. Meu grito saiu misturado com o choro, enquanto ele girava aquela enorme unha preta dentro da ferida.

Fui largada bruscamente e me deixei cair de qualquer jeito. Rastejei até sentir minhas costas grudarem na parede. Desajeitada, pressionei as mãos sobre a ferida que sangrava e o vi se afastar, até sumir dentro do túnel.

Olhei para meus dedos ensanguentados e tentei avaliar a gravidade da ferida na minha clavícula. O sangramento não era abundante, mas sabia que precisava arrumar um jeito de estancar o sangue. Ignorando o frio, tentei tirar o casaco e a blusa, mas não consegui. Não poderia fazer o que queria se continuasse com as mãos amarradas.

Eu me arrastei até a fogueira, sentindo uma dor lancinante a cada movimento. Depois de muito esforço e lágrimas, consegui alcançar o fogo. Não havia outro jeito, eu precisaria me queimar para me livrar da corda. Levantei os braços e aproximei as mãos das chamas amareladas. Só que o reflexo me fez recuar no instante em que senti o fogo tocando minha pele. Eu não teria coragem de me queimar, não por enquanto. Respirei fundo, com raiva de mim mesma por ser tão medrosa e voltei para meu lugar. Fiquei pressionando a ferida do jeito que era possível e me concentrei, controlando a respiração e tentando ignorar a dor.

Devo ter ficado um bom tempo fora de órbita, pois acordei ouvindo alguém me chamar. Abri os olhos devagar, sentindo a pálpebra do olho inchado cada vez mais pesada e olhei para o lado. Blake estava sentado perto de mim e não parava de chamar meu nome.

— Você está vivo? — perguntei, me aproximando dele.

— Por enquanto... — Ele fez uma cara de dor ao esticar a mão para me tocar e depois franziu a testa. — Por que você está de mãos amarradas e eu não?

— Do jeito que você estava quando acordei aqui pela primeira vez, eles não precisavam se preocupar com suas mãos. Eu mesma achei que você estivesse morrendo.

Blake tossiu e levou uma mão ao peito. Todo o corpo dele tremeu com o esforço e sua cabeça tombou para frente, tornando-se um membro flácido sobre o pescoço. Ele tossiu mais umas duas vezes até cuspir sangue quase em cima de mim.

— Bem, eu devo estar mesmo — falou e encostou a cabeça na parede. Os braços pendiam frouxos ao lado do corpo. — No mínimo, devo estar com alguma hemorragia interna.

Desejei que ele estivesse equivocado. Para fugirmos, precisávamos estar bem. Uma hemorragia interna não o deixaria ir muito longe.

— Blake, você consegue me soltar? — Mostrei minhas mãos para o caso de ele ter se esquecido das amarras. — Por favor, antes que eles voltem.

Com a lentidão e a forma como segurou meus pulsos, imaginei que aquilo ia durar uma eternidade. Suas mãos tremiam e ele parecia com dificuldade para se concentrar.

— Para que gastar energia com isso, Sasha? No final das contas, vamos morrer aqui.

— Eu não vou morrer — respondi, com mais agressividade do que gostaria. — Blake, nós temos que tentar. Você pretende ficar jogado aqui até eles decidirem nosso destino?

Ele riu. Pelo visto, para isso ele tinha força. Riu e tapou o rosto com as mãos, rindo ainda mais e fazendo a raiva ferver dentro de mim. Se ele já não estivesse com o rosto cheio de hematomas, eu mesma faria questão de lhe dar um de presente.

— Posso saber o que é tão engraçado?

— Você. Você achando que vai conseguir sair viva daqui.

— Eu sobrevivi ao ataque no ônibus, esqueceu? Posso muito bem sobreviver a essa desgraça! Que foi causada por você, inclusive!

— Por mim? — Ele me olhou com escárnio. — Eu te obriguei a me seguir? Não. Eu te convidei.

— Idiota! Se eu sequer imaginasse que seu contato era Rurik, nunca teria aceitado aquele convite imbecil! Sua sede de vingança contra os Mestres cegou você.

Decidi me afastar dele antes que o matasse com minhas próprias mãos. Avaliei minha ferida, que ainda sangrava um pouco, e resisti à vontade de chorar. Eu estava morrendo de medo e sonhando com a segurança da minha casa, mas aquela não era a primeira situação crítica pela qual eu passava. Já tinha dado sorte algumas vezes, poderia continuar com ela.

— O que é isso no seu ombro?

— O quê?

— Esse sangue todo — Blake perguntou e se aproximou de mim. — Eles te machucaram?

Dessa vez, quem riu fui eu. A inocência dele chegou a me surpreender de verdade.

— O que você acha? Que eu recebia tratamento VIP enquanto você dormia?

Blake resmungou alguma coisa que eu não entendi. Imaginei que fosse algum xingamento escocês e não fiz questão de pedir explicações. Eu me encolhi quando ele me puxou para olhar a ferida de perto. Também tocou meu rosto, observando meus machucados. Depois, pegou minhas mãos e retomou a tentativa de me soltar.

— O que você tem em mente para nos tirar daqui? — Seus dedos agora trabalhavam com pressa naqueles nós minúsculos. — Quero dizer, você já pensou em alguma coisa?

— Precisamos criar uma distração para eles. Eu estava desmaiada quando chegamos, então não sei onde estamos. Só sei que eles entram e saem por aquele túnel.

— É a única saída?

— Não sei e talvez a gente não tenha tempo de descobrir. Vou aproveitar a primeira oportunidade, escolher uma direção e correr.

Uma pontada de felicidade cresceu em meu peito ao sentir a corda afrouxar um pouco em volta dos meus pulsos. Blake estava conseguindo. Ele sorriu satisfeito e eu sorri de volta, ansiosa por me ver livre daquelas amarras.

— Há quanto tempo estamos aqui, Sasha? E, principalmente, por quê?

— Bem, eu já dormi e acordei algumas vezes, mas não acho que já tenham se passado mais de vinte e quatro horas. E não faço ideia de por que estamos parados há tanto tempo. Primeiro achei que pudesse ser por causa do sol. Os mitológicos realmente ficam incomodados durante o dia, mas agora com certeza já escureceu.

— O Mestre caminhou sob a luz do sol? — ele arregalou os olhos.

— Não. Rurik sumiu logo depois que nos capturou. Eu só voltei a vê-lo quando já estava aqui na caverna. Provavelmente ele veio antes e esperou pelo grupo.

— E como você sabe o nome dele?

Prendi a respiração quando Blake conseguiu desfazer o primeiro nó. Faltavam mais dois e eu estaria com as mãos livres.

Pensei em sua última pergunta e ponderei um pouco. Não sabia se devia contar tudo o que sabia sobre Rurik. Antes, eu queria que Blake confiasse em mim, mas isso já não fazia mais sentido. Estávamos ambos muito encrencados.

— Rurik é irmão gêmeo de Klaus. Eu soube disso depois que sobrevivi ao ataque do ônibus. Como fui tratada na Morada dos Mestres, acabei ouvindo conversas sem querer.

Blake assentiu e continuou com a atenção voltada para minhas mãos. Nós dois soltamos suspiros aliviados quando o segundo nó se desfez. Era bom vê-lo novamente com energia. Eu sentia que ele se esforçava para não se entregar às dores. Ele me olhou com aquela cara de cachorro abandonado e os cantos de sua boca curvaram-se para baixo.

— Desculpe por te colocar nessa situação. Se eu achasse que havia algum perigo, nunca teria te chamado.

— Eu sei, Blake — respondi. — Mas estou tão furiosa com você!

Como se fosse um sinal para que eu o desculpasse, o último nó se desfez entre os dedos vermelhos de Blake e eu agitei as mãos para me soltar o quanto antes. Meus pulsos estavam marcados e doloridos e, quando os girei em direções diferentes, senti um enorme alívio.

— Obrigada! — exclamei, colocando a mão no ombro do garoto e sorrindo para ele. — Se não fosse você, eu não teria conseguido. Minha opção era enfiar as mãos no fogo.

Blake fez uma careta ao olhar a fogueira que diminuía aos poucos. As chamas dançavam mais baixas agora e o movimento delas quase me hipnotizava. Pisquei, me sentindo tonta. Achei melhor aproveitar o momento para cuidar da minha ferida antes que algum mitológico voltasse à caverna.

Tirei o casaco e depois a blusa, para o espanto de Blake. Quando nossa vida está em jogo, não há lugar para timidez. Não me importava nem um pouco de ficar de sutiã na frente dele. Não naquelas condições.

Eu já tinha visto aquilo em vários filmes, não devia ser tão difícil imitar. Segurei a barra da minha camisa de algodão e puxei com força para tentar rasgar o tecido, mas nada aconteceu. Procurei algum outro pedaço que pudesse estar descosturado ou que fosse fácil de descosturar. No entanto, aquela peça de roupa parecia ter sido muito bem produzida.

Fechei os olhos por alguns segundos e procurei me acalmar. Enxuguei as lágrimas que insistiam em atrapalhar minha visão e olhei novamente para a camisa.

— Você quer ajuda? — Blake perguntou, olhando fixamente para minha ferida.

— Acho que entendi o que quer fazer.

— Eu consigo — respondi, fazendo tanta força que, apesar do frio absurdo, já começava a sentir calor.

Comecei a puxar a costura com os dentes, arrancando toda a linha que havia na bainha da camisa. Mas, por mais que eu tentasse furar ou rasgar o tecido, eu simplesmente não conseguia. Não queria entregar para Blake, queria eu mesma conseguir fazer alguma coisa em meu benefício. Então, olhei para a gola e vi que a costura ali era mais delicada. Puxei um lado para cada direção e senti o tecido começar a rasgar. Empreguei mais força até que a camisa foi se dividindo em dois grandes pedaços. Fiz isso do outro lado também, para criar uma espécie de faixa, mas descobri que era impossível destruir a própria gola, que era muito grossa. Sem mais opções, passei o braço por dentro da gola e amarrei com força as duas pontas embaixo da axila.

— Você é boa em improvisar — o cientista declarou. — Eu não teria pensado nisso.

Cansada, encostei-me à parede e respirei fundo. Minha testa estava molhada de suor, e enxuguei-a com o braço bom. Pedi a ajuda de Blake para vestir o casaco novamente e depois fechei os olhos para descansar. Meu estômago reclamava de fome e minha garganta, de sede. Meu olho inchado não me deixava esquecer o soco nem um minuto sequer, latejando toda vez que eu piscava. Mas várias partes do meu rosto estavam doloridas. Acho que sentiria dor de cabeça por um mês inteiro, caso sobrevivesse.

Antes de pegar no sono, no entanto, me lembrei de continuar fingindo estar amarrada. Se Rurik ou algum mitológico descobrisse que eu estava com as mãos livres, fariam a gentileza de me amarrar novamente. Portanto, enrolei a corda improvisada ao redor dos pulsos, sem dar nenhum nó, apenas prendendo as pontas de um jeito que elas não caíssem.

— Estou um pouco tonta, Blake. Vou deitar um pouco e depois a gente pensa em fugir. Se eu fosse você — falei para um Blake silencioso —, continuaria me fingindo de morto.

Fechei os olhos mais uma vez e a primeira imagem que me veio à mente foi a de Mikhail vindo na minha direção no Baile Branco. Aquele momento em que ele me tirou para dançar e me levou às nuvens. Parecia ter sido numa época tão distante...

CAPÍTULO QUATORZE

| MIKHAIL |

TODOS SABÍAMOS QUE, SE ZÊNITE NÃO QUISESSE correr o risco de nos encontrar pelo caminho, ela usaria uma rota diferente da nossa. Não havia a menor necessidade de pararmos nos mesmos lugares que havíamos percorrido antes.

Então, ao deixarmos Creta para trás, chegamos a um consenso. Decidimos fazer o caminho de volta, cobrindo agora o terreno dos Cárpatos. Aquela região montanhosa era um bom lugar para esconder um exército, se necessário.

Nosso retorno pelo menos foi mais rápido. Se na ida nos demoramos para vasculhar com cuidado possíveis esconderijos de mitológicos, na volta pudemos poupar tempo. Resolvemos usar todas as horas que tínhamos para chegar o quanto antes ao nosso destino.

Decidimos iniciar as buscas pelos Montes Apuseni, uma região da Transilvânia que pertence aos Cárpatos e é muita rica em cavernas. Se os mitológicos realmente tivessem optado por cruzar aquela região montanhosa, era bem provável que em algum momento passassem por ali.

Usamos a noite toda para nos aproximar ao máximo das montanhas da Romênia, mas o trajeto de navio havia tomado muito tempo. Já podíamos ver ao longe os grandes picos dos Montes Bihor, mas, ao olhar para o leste, também sentíamos que a aurora se aproximava. Nós tínhamos aprendido, com o passar dos anos, que nunca poderíamos ganhar uma batalha contra o sol e que nem era vantajoso testar nossos limites. Seria estupidez tentar travar uma batalha a poucos minutos do nascer do sol.

Contornamos, então, os limites de Brasov, uma cidade muito tranquila e que ainda resistia aos ataques dos mitológicos. Via-se facilmente que a força avassaladora dos mitológicos já se mostrara por ali, mas a cidade ainda se mantinha de pé. Não era nossa intenção fazer alarde entre a população, então achamos melhor não nos abrigarmos naquela região.

Nosso destino foi o Castelo de Bran, que ficava um pouco mais afastado. O lugar atualmente era propriedade nossa e em suas dependências funcionava o bunker da região. No entanto, o castelo era mundialmente conhecido como a residência de Vlad III, mais conhecido como o temido Vlad, o Empalador. Ou o vampiro Conde Drácula. Quase tudo mentira. Aquele nunca tinha sido o castelo dele; Vlad estivera no local algumas vezes, mas não era o proprietário. Assim como ele nunca, em hipótese alguma, foi um vampiro. A única verdade nessa história toda é que Vlad realmente era um sádico que empalava seus inimigos. Porém, era um humano como qualquer outro e tinha morrido durante uma batalha.

Fomos recebidos por nossos soldados e levados até os aposentos especiais. Em cada bunker construído ao redor do mundo, havia cinco câmaras subterrâneas para que pudéssemos aguardar confortavelmente pela chegada do crepúsculo.

Após tomar um banho e tirar aquela roupa suja que já começava a me incomodar, sentei-me numa poltrona para pensar em nossos próximos passos. Esperava dar a sorte de encontrar logo com Zênite de uma vez por todas e dar um fim à sua existência patética.

CAPÍTULO QUINZE

ACORDEI COM UM GRITO AGUDO MUITO PERTO DO MEU OUVIDO. Assustada, eu me sentei e pisquei algumas vezes para poder entender a imagem turva diante de mim. Rurik estava se alimentando de Blake, com os caninos enterrados no pescoço dele. Ele se debatia, sem a menor chance de conseguir se soltar. Se Rurik quisesse matá-lo, faria isso num piscar de olhos.

Felizmente não foi o que aconteceu. O Mestre traidor acabou largando o garoto e se afastou bruscamente, exibindo uma expressão satisfeita por ter feito um lanchinho.

— Como é mesmo o seu nome? — perguntou para mim. — Preciso saber para poder enviar minhas condolências aos seus pais.

Ele me encarava, encostado na parede oposta da caverna, de frente para nós dois.

— Sou Aleksandra Baker. E vou te dar trabalho. — Sorri. Eu oscilava entre a esperança de fugir e a certeza de morrer, mas ao menos pretendia manter a minha dignidade.

Ele não pareceu achar a menor graça. Esticou as pernas e se ajeitou para ficar mais confortável. Com Rurik ali dentro, eu tinha que tomar o maior cuidado para não deixar a corda cair das minhas mãos.

— Vai ficar aí, olhando para nós dois?

Se ele ficasse conosco, Blake e eu não teríamos oportunidade de fugir. Eu tinha acabado de despertar e me sentia bastante disposta. Mas o vampiro, pelo visto, não fazia questão de ir embora.

— Ah, Aleksandra! Não estou aqui para admirar seus belos olhos, e sim para fugir do sol.

Parei um pouco para pensar, apavorada com aquela revelação. Isso significava que já estava começando um novo dia? Meus pais a essa altura já deviam estar desesperados e Klaus... O que Klaus estaria pensando, afinal?

Suspirei, resignada, ao perceber que ficaria presa por mais algumas horas, pois não dava para fugir com Rurik nos observando. Além disso, Blake não estava em condições de correr. Ele tinha ficado prostrado depois do lanche que o Mestre fizera em seu pescoço. Ao menos Rurik tinha se dado o trabalho de fechar os furos.

— Por que estamos acampando aqui? Vocês não têm nada melhor para fazer? — perguntei, tentando entender a situação. Eu precisava do máximo de informações que pudesse colher.

— Estamos aguardando.

O que de tão importante eles estavam aguardando? Quando fui capturada, eu jurava que seria levada até a rainha, já que Rurik falara em me dar de presente para ela. No entanto, duvidava muito de que aquele lugar fosse a casa da Realeza Mitológica. A não ser que...

Olhei para o Mestre, que mantinha os olhos cravados em mim.

— Estamos esperando por ela, não estamos?

Ele continuou sério, mas fez um movimento com a cabeça que respondia à minha pergunta e confirmava minha suspeita. Zênite estava a caminho e eu não tinha a menor pressa de ficar cara a cara novamente com ela. Se o príncipe tinha morrido mesmo, ela devia estar bem irritada comigo.

Então a minha ficha finalmente caiu e eu entendi tudo. Rurik nunca tivera a menor intenção de me usar como isca ou pedir algum resgate. Eu estava ali apenas para ser assassinada — e muito torturada — pela mãe do centauro que matei.

— O que você fez com a *Exterminator*? — perguntei, tentando me concentrar em outra coisa que não fosse minha morte iminente.

Ele veio para cima de mim tão rápido que fechei os olhos por reflexo. Senti o hálito de Rurik tocar meu rosto, mas não ousei abrir os olhos.

— Em que momento eu dei a entender que você podia me fazer perguntas?

Sua mão apertou meu pescoço e ele me bateu brutalmente contra a parede. Um gemido acabou escapando da minha boca quando a dor se espalhou pelas minhas costas.

Depois que ele me largou e voltou ao seu lugar, resolvi ficar quieta. Bastava esperar algumas horas para que a noite chegasse. Seria bem mais difícil achar o caminho de casa na escuridão, mas era a única opção que tínhamos.

🗩 🗩 🗩

Blake estava me sacudindo quando abri os olhos. Eu não sei o que doía mais: meu olho, minha cabeça, minhas costas, minha clavícula, meus ossos congelados ou meu estômago vazio. Estava com tanta fome que comeria até capim.

— Como você está? — ele perguntou, esfregando minhas mãos. — Minha nossa, você está gelada!

— Não me arrumei... — tentei encontrar forças para falar — para acampar nesse frio.

— Ok, Sasha. Escute, já anoiteceu. Estamos sozinhos novamente e acho que, se pretendemos fugir, temos que pensar logo nisso.

Blake falava, falava, mas eu não conseguia me concentrar direito nas palavras. Parecia que a cada minuto que passava eu me sentia mais entorpecida. Também pudera, meus lábios já estavam cortados pelo frio, eu não conseguia mexer direito os dedos das mãos e sentia que algumas partes do meu corpo começavam a adormecer.

Engoli e me arrependi logo que percebi minha garganta toda ressecada.

— Sasha! — Blake me sacudiu. — Temos que fazer isso juntos. Você consegue?

— Eu não sei... — Fechei os olhos. — Podemos esperar... um pouco?

Meu rosto virou para o lado com o tapa que recebi. Olhei furiosa para ele, que encolheu os ombros e me soltou. Minha bochecha ardia por causa da agressão.

— Desculpe, eu precisei fazer isso para você despertar.

— Eu estou desperta, idiota! — Arranquei a corda das mãos e joguei em cima dele. — Estou com dor, mas muito bem acordada. O suficiente para te dar um chute!

— Viu? Essa é a Sasha que conheço!

O garoto me ofereceu a mão e eu aceitei para poder ficar de pé. Tentei limpar a parte de trás da calça, inutilmente. A umidade do lugar estava impregnada em cada centímetro do tecido e passar as mãos não adiantaria nada. O que era mais preocupante era o meu casaco. O centauro tinha feito um rasgo grande o suficiente para que meu ombro ficasse exposto. Se eu já estava com frio dentro da caverna e perto da fogueira, sabia que sofreria ainda mais do lado de fora, no meio da neve.

Blake parece ter notado minha preocupação, pois tirou o próprio agasalho e me entregou. Ele ainda vestia um pulôver por baixo do casaco de nylon, mas eu sabia que não era o bastante para protegê-lo do frio.

— Não posso aceitar, senão é você quem vai congelar.

— Eu tenho mais músculos que você, portanto, meu corpo tem mais facilidade para gerar calor. Sinto menos frio do que você, acredite.

Se ele insistia, então eu iria aproveitar. Caso notasse, durante nossa fuga, que o garoto estava congelando aos poucos, devolveria o casaco. Não queria ser a culpada pela morte dele. Passei o agasalho pela cabeça sem nem me dar o trabalho de tirar o meu. Fiquei parecendo um bolo, mas pelo menos me senti mais aquecida e pronta para encarar a aventura.

— Enquanto você dormia, aproveitei para dar uma olhada na caverna. Esse túnel realmente nos leva até a saída, mas, se seguirmos por ele, daremos de cara com os mitológicos. No entanto — Ele me segurou pelos ombros e me guiou na direção oposta ao túnel —, essa passagem aqui também parece nos levar para fora da caverna. Só que teremos que subir um pouco para depois descer.

— Você já foi lá fora? — Eu não esperava que Blake tivesse pensado em tudo sozinho. Era uma reviravolta incrível para quem parecia quase morto quando chegamos.

— Não saí da caverna, mas encontrei, sim, uma outra saída.

Estava prestes a perguntar se ele sabia qual direção deveríamos tomar para voltar à Fortaleza, quando ouvimos uma gritaria do lado de fora.

— O que será que está acontecendo? — Blake perguntou.

Eu não sabia se quem gritava eram os centauros, os minotauros ou até mesmo humanos. Não apostava muito na última alternativa. Não achava que ainda havia gente maluca no mundo a ponto de andar à noite numa região cheia de mitológicos, mas tudo era possível.

— Blake, acho melhor aproveitarmos a oportunidade. Seja lá o que estiver acontecendo, vai desviar a atenção deles.

Eu nem esperei que ele concordasse comigo. Saí na frente, entrando pelo túnel que ele mesmo descobrira e desejando mentalmente que Blake estivesse certo. Não gostaria de ficar perdida num labirinto de rochas.

Ele logo me alcançou, usando um pedaço de madeira da fogueira como tocha. O chão à nossa frente foi iluminado precariamente, assim como as paredes, mas pelo menos dava para enxergar onde estávamos pisando.

Precisei tomar cuidado com os buracos e as pedras maiores. Não podia me dar ao luxo de torcer ou quebrar um pé naquele momento. Já não me sentia muito disposta e várias partes do meu corpo doíam de forma alucinante. Segui Blake, usando a mão para me escorar na parede sempre que necessário.

Alguns metros à frente, encontramos uma espécie de bifurcação vertical. Podíamos continuar seguindo pelo mesmo caminho, mas o túnel se estreitava cada vez mais. Ou podíamos escalar algumas pedras e seguir pela passagem no alto, igualmente apertada. Blake parecia já ter tomado a decisão, pois subiu na primeira pedra com um pouco de dificuldade, se equilibrou e estendeu a mão livre para mim.

Ele me puxou, mas quase me deixou cair quando minhas botas escorregaram no limo nojento. Seus dedos apertaram meu pulso com força e eu respirei aliviada quando consegui ficar de pé. Blake passou o braço pela minha cintura e me empurrou contra a parede. Depois, me passou a tocha para poder apoiar as duas mãos na próxima pedra. Ela era um pouco mais alta e estava a quase um metro de distância. Ouvi o gemido dele ao fazer força para se segurar e fiquei imediatamente tensa. Se Blake estava com dificuldade para subir, eu talvez não fosse conseguir.

— Me dê a sua mão! — ele pediu, se esticando todo na minha direção. — Anda, Sasha!

— É bem provável que eu caia.

— Eu não vou deixar, fique tranquila.

Olhei para a mão que ele me oferecia e pensei nas minhas opções. Se eu quisesse ir para casa, precisaria subir naquela pedra. Segurei a mão de Blake e apoiei o pé direito na pedra, procurando encaixá-lo em alguma reentrância que encontrasse ali. Só quando senti o pé firme, sem correr o risco de escorregar, é que dei um impulso para cima. Blake forçou os músculos, me puxando na direção dele. Eu me encostei na parede o máximo que pude, com medo de cair lá embaixo.

— Dessa vez você vai primeiro — ele avisou e passou os braços pelas minhas pernas, me levantando.

Olhei para cima, para a última etapa. A passagem estava bem diante de nós, mas eu não sabia se teria forças para escalar aquela parede.

Estiquei os braços até alcançar a borda e ergui o corpo usando toda minha força. O meu ombro parecia prestes a sair do lugar a qualquer momento. A ferida causada pelo centauro latejava como se estivesse sendo rasgada. Precisei ignorar a dor, mas as lágrimas se acumularam em meus olhos. Por fim, consegui rastejar pela pedra até entrar no túnel e, quando senti que estava segura, virei para ajudar Blake. Como ele era mais alto e mais forte, então, mesmo machucado, já tinha se pendurado e estava subindo sem muita dificuldade.

Deixei que ele passasse na minha frente e o segui pelo túnel apertado. Na metade do caminho, foi preciso que andássemos curvados, pois o teto ficava cada vez mais baixo.

— Blake, você chegou a vir aqui em cima? Eu espero que sim — sussurrei. — Não quero morrer entalada numa caverna. Ouviu bem?

— É claro que vim! Foi isso que fiquei fazendo enquanto você dormia. Explorei a caverna.

— Tudo bem, então. É que eu estou gastando todas as minhas energias nisso. Se a gente tiver que voltar o caminho todo para procurar outra saída, acho que não vou aguentar.

E não era mentira. Não sabia como ainda estava de pé. A fome e a sede eram umas das principais causas do meu estado letárgico.

— Eu vou tirar a gente daqui, Sasha. Prometo. — Ele estendeu a mão para mim e eu decidi aceitar a oferta.

Passamos cerca de dez minutos nos espremendo naquele túnel desconfortável. Estava começando a me sentir claustrofóbica, porque não havia espaço nem para abrir os braços direito. Blake andava na minha frente e a tocha estava com ele. Logo, a única coisa que ela iluminava era o caminho à nossa frente. Atrás de mim era tudo escuridão. Eu estava trabalhando meu autocontrole e o medo por bichos rastejantes.

Finalmente, meu nervosismo diminuiu um pouco quando conseguimos ver a paisagem do lado de fora. Uma estrela ou outra enfeitava o céu, e a vegetação coberta de neve fez meu coração bater mais forte. Nunca fiquei tão feliz em ver o céu!

— Se estou certo, e eu provavelmente estou, pois andamos em linha reta o tempo todo, estamos do lado oposto ao dos mitológicos. Nossa fuga pode passar despercebida se não fizermos nenhum barulho.

Chegamos à saída e paramos para olhar em volta. Estávamos bem distantes do pico da montanha, que nem sequer conseguíamos ver ao olhar para cima. No entanto, tínhamos uma descida íngreme pela frente.

De onde estávamos não era possível ver nenhum mitológico, mas podíamos ouvir o tumulto que se iniciara ao mesmo tempo que a nossa fuga. Independentemente do que fosse, eu esperava que os mantivesse ocupados por tempo suficiente para ganharmos distância.

— Blake, você sabe onde está a *Exterminator?* — perguntei, aceitando a ajuda dele para descer.

— Quem se importa com a *Exterminator?* Quero é sair daqui.

— Você nem imagina como os Mestres ficarão com raiva ao descobrirem que a *Exterminator* já era.

A descida não seria fácil. A neve estava bem alta e fofa na região. Meus pés afundavam e sumiam dentro dela, exigindo cuidado redobrado, porque não dava para saber onde estávamos pisando.

— Aquela não era a única *Exterminator*. Tinham sido fabricadas cinco armas, uma para cada Mestre testar. E outras mais seriam fabricadas.

Era uma boa notícia, pelo menos. Não que aquela *Exterminator* não fosse fazer falta. Eu tinha certeza de que Rurik arranjaria coisas muito perigosas para fazer com ela. Algo como usá-la contra os próprios irmãos.

O próximo passo que dei foi em falso. Meu pé escorregou junto com a neve traiçoeira e caí de costas, procurando algo onde pudesse me segurar. Deslizei alguns metros e só consegui parar quando apoiei um pé numa grande pedra que encontrei no caminho. Sacudi as mãos esfoladas pelo atrito com a neve e observei a roupa ensopada.

— Sasha! Você está bem?

Blake me alcançou rápido, espalhando neve para todos os lados com seus pés velozes. Aceitei a ajuda dele para me levantar e me curvei para tirar o excesso de neve da roupa. Foi nesse exato momento que aconteceu. E foi muito rápido, numa fração de segundos. Quando olhei para minhas pernas e bati as mãos no jeans, um jato de líquido quente espirrou no meu nariz. Antes mesmo de levantar o rosto, vi o casaco cinza que eu vestia ficar vermelho.

Ao olhar para cima, senti as pernas ficarem bambas. A cabeça de Blake pendia para trás e sua garganta estava dilacerada. Sangue e... outras coisas que eu não conseguia processar, era tudo o que eu via, além do minotauro atrás dele.

— Não! — gritei, mas minha voz não saiu.

Não, não, não! Segurei Blake nos braços, sem me dar conta de que, ao ficar ali, corria o mesmo perigo que ele. Caí de joelhos, sem conseguir suportar seu peso. Ainda tentei estancar a hemorragia no pescoço dele com a mão, mas o corte era tão grande e profundo que não adiantou nada.

Ele virou os olhos bem devagar até me encarar e eu não consegui conter as lágrimas, que desciam descontroladas.

— Sinto muito, sinto muito, sinto muito...

Eu me lembrei de onde estava ao ouvir um som gutural bem acima da minha cabeça. Cheguei a me encolher ao olhar para o minotauro que se curvava sobre nós. Então, como num passe de mágica, ele olhou para trás e saiu em disparada na mesma direção.

Olhei para Blake, imóvel em meus braços. Eu imaginava que ele estivesse se colocando em perigo desde que começara a pensar em traição, mas não gostaria que algo assim acontecesse com ele. Muito menos daquela forma.

Com cuidado, deitei o corpo sem vida dele na neve, que começava a se tingir de vermelho. Deslizei suas pálpebras para baixo, fechando seus olhos, antes de me levantar. Ele tinha me tirado de dentro da caverna e nem tive chance de agradecer.

Eu me curvei para vomitar, sentindo as pernas tremerem. Depois deixei o choro vir forte, porque, quanto antes eu extravasasse a tristeza, mais rápido conseguiria continuar meu caminho. Então enxuguei o rosto com a manga do casaco dele. O nó se formou novamente na minha garganta, mas precisei me afastar.

— Desculpe, Blake — disse, sentindo mais uma lágrima solitária deslizar pela minha bochecha.

Foi inevitável pensar na forma como nos conhecemos, nos poucos beijos que trocamos e nas nossas discussões idiotas. Eu me arrependia de ter passado mais tempo implicando com ele do que absorvendo um pouco da sua inteligência. Bem ou mal, ele havia deixado uma grande contribuição para a guerra contra os mitológicos.

Respirei fundo e levantei a cabeça. Com Blake ao meu lado, eu simplesmente esperaria que ele me conduzisse. Não que ele soubesse o caminho, mas era mais fácil deixar a liderança nas mãos de outra pessoa. Agora eu estava sozinha. E perdida.

CAPÍTULO DEZESSEIS

| MIKHAIL |

PARTIMOS ASSIM QUE O SOL SE PÔS, sem perder mais tempo do que o necessário. Caso nossa teoria estivesse correta, esperávamos interceptar o exército de mitológicos antes que ele chegasse à Fortaleza.

Alguns minutos antes de chegarmos aos pés dos Montes Apuseni, pudemos avistar uma movimentação no local. Mas logo percebemos que não se tratava do exército de Zênite. Era apenas um bando de centauros e minotauros, um grupo bem pequeno para nós quatro. Como não dispensávamos uma boa luta, é claro que iríamos ao encontro deles.

— Se Zênite não está com eles, onde estará? — perguntou Nadia, com a mesma dúvida que eu.

Meu medo era justamente esse. Se ela não estava por perto, seria porque estava mais próxima da Fortaleza do que nós? Klaus não daria conta sozinho, por mais poderoso que fosse. Creta estava vazia, ou seja, havia centenas de mitológicos seguindo Zênite para onde quer que ela estivesse se dirigindo.

— Vamos resolver esse problema primeiro. Depois pensamos em Zênite — respondi.

Cobrimos o restante da distância a toda velocidade para pegarmos os mitológicos de surpresa. Eram em torno de trinta, amontoados ao redor de três fogueiras espalhadas pela montanha. Assim que nos viram, soltaram seu urro característico e espalharam-se pelo território, preparando-se para a luta.

Segundos antes de me chocar com um centauro, vislumbrei o vulto de uma pessoa contornando a montanha e sumindo do meu ângulo de visão. Não consegui ver quem era a tempo, mas algo me dizia que se tratava de Rurik.

"Vocês viram Rurik por aqui?", perguntei mentalmente para meus irmãos.

A resposta de todos foi negativa, mas, ainda assim, fiquei cismado com aquela visão. Estava decidido a averiguar quando um centauro empinou-se sobre as patas dianteiras e deu um coice no meu peito. Pego de surpresa, cambaleei para trás, mas recuperei o equilíbrio e a concentração em segundos. Ele me encarou, relinchando. Antes que pudesse piscar, enfiei a mão em seu peito e esmaguei seu coração.

No mesmo instante, alguém me imobilizou por trás, tentando quebrar meu pescoço. Puxei uma adaga e virei o braço para trás, cravando a lâmina no meu agressor. Ao sentir a rigidez da carne, nem precisei olhar para saber que era um minotauro. Na minha posição, a melhor estratégia era usar o tamanho dele a meu favor. Puxei a outra adaga e cortei os dedos que apertavam meu pescoço. Com a dor, ele me soltou e pude terminar o trabalho.

Dois minotauros desciam a encosta, correndo na minha direção. Tive tempo apenas de embainhar as adagas e saltar sobre uma grande pedra para pular sobre os dois. Um deles eu chutei para longe, adiando nosso encontro. O outro segurei com minhas próprias mãos e rasguei sua garganta. Aterrissei no chão e me virei para esperar a nova investida do que levara o chute. Lancei-me contra ele e agarrei os dois chifres, coisa que os deixava enlouquecidos. Aproveitei para arrancar aquelas duas coisas grotescas, abrindo duas feridas profundas na cabeça do mitológico. Senti suas unhas rasgarem minhas costas e continuei agarrado a ele.

— Eu realmente vou ter que jogar esse manto no lixo!

Sem entender o que eu dizia, o animal me olhou com fúria, afiando as garras na minha pele. Deixei a conversa de lado e puxei rápido uma adaga, cravando-a bem no meio dos seus olhos. Como ele não caiu nem me soltou, puxei a adaga de volta, deixando o sangue jorrar pela ferida, e abri sua garganta com ela.

Quando me vi livre do minotauro, olhei em volta para procurar o próximo alvo. E, então, algo estranho aconteceu. O cheiro de Sasha invadiu minhas narinas de forma tão abrupta que me deixou atordoado. Não era algo que eu esperasse. Seu cheiro tão intenso, tão vívido, não fazia o menor sentido naquele lugar.

Um centauro se aproximou de mim, segurando uma pedra enorme nas mãos. Tentou me acertar, mas obviamente me desviei a tempo. Quando ele se lançou sobre mim e ficamos a centímetros de distância, o cheiro de Sasha tornou-se ainda mais forte. Eu fiquei tão atônito que o centauro conseguiu me derrubar. Olhei para cima, observando o animal arremeter e se preparar para pisar na minha cabeça. Assim que ele levantou a pata, eu a segurei e a quebrei. Ele urrou de dor e sua desatenção foi suficiente para que eu quebrasse a outra.

— Por que você está com esse cheiro? — perguntei, agarrando sua cabeleira.

Ele caiu sobre as patas quebradas e eu poderia matá-lo naquele mesmo instante, mas não conseguia entender por que aquele centauro estava impregnado com o cheiro da Sasha. Será que pertencia ao bando que atacara o ônibus? E se fosse esse o caso, como o cheiro ainda poderia ser tão forte no pelo dele?

Eu sabia que não conseguiria aquelas respostas com ele nem com nenhum outro mitológico, então quebrei seu pescoço de uma vez por todas.

Ocupei-me de mais três e depois fui ajudar Vladimir, que estava cercado por quatro minotauros. Um deles conseguiu chifrar meu irmão no peito e o levantou no ar. Antes que eu chegasse, porém, Nikolai já tinha ido ao socorro dele. Resolvi subir a montanha para procurar por mais algum mitológico perdido do grupo. Eles não costumavam recusar uma boa briga, mas achei melhor conferir dentro da caverna que havia ali perto. No entanto, quanto mais eu me aproximava da entrada, mais assombrado ficava com o cheiro de Sasha se intensificando.

Quando entrei e respirei fundo, era como se ela estivesse ao meu lado. Percorri um túnel escuro até alcançar uma grande câmara vazia, com exceção de uma fogueira onde ainda restavam algumas brasas. Andei pelo lugar e parei ao notar um pouco de sangue no chão.

Mikhail! Onde você está?

Na caverna.

Algo interessante? Senão, volte para cá. Precisamos prosseguir viagem.

Ignorei o apelo de Nikolai e me abaixei para analisar o sangue que encontrara. Já estava bem seco e, portanto, eu não podia ter certeza absoluta de que era dela. Com sangue fresco, seria impossível errar, mas esse já tinha sido derramado há algum tempo. De qualquer forma, eu sabia que era o sangue da Sasha. Localizei outros locais com respingos de sangue, mas que não tinham o mesmo cheiro. Aquilo significava que ela não estava sozinha.

Será que você vai sair daí ainda hoje? O que está fazendo, afinal?

Ao sair da caverna, eu me deparei com o olhar reprovador de Nikolai. Ele tinha se afastado dos outros e vindo atrás de mim. Meu semblante devia demonstrar meu transtorno, pois ele se aproximou com cautela.

— O que você encontrou?

— Eu não encontrei — inspirei com força, tentando captar qualquer vestígio dela. — Mas sei que Sasha esteve nesta caverna.

— Sasha?

— Aleksandra Baker. A filha de Johnathan.

— Eu sei quem é Sasha. — Ele franziu a testa, surpreso. — Você está falando da *sua* Sasha?

Evitei sorrir diante do uso do pronome possessivo. Era a mais pura verdade, mas não significava que eu iria admitir isso a Nikolai. Pela postura descontraída, percebi que ele não estava levando aquilo tão a sério quanto eu.

— Encontrei sangue seco lá dentro. O cheiro da Sasha está por todo o lugar. E havia sangue de outro humano, só não consigo reconhecer quem.

— E o que essa garota estaria fazendo aqui, Mikhail?

Eu podia pensar numa dezena de respostas àquela pergunta. Sasha sempre acabava se metendo em algum problema e todos nós sabíamos que ela tinha se tornado um alvo para os mitológicos.

— Você pode estar errado. Talvez seja o sangue de outra pessoa, com um cheiro muito parecido com o dela. — Meu irmão mais velho passou por mim e parou na entrada da caverna, olhando para dentro.

— Acredita mesmo no que acabou de dizer? Você sabe que nós não erramos.

Vi, por cima do ombro dele, que Nadia e Vladimir se aproximavam. Estava desesperado para sair à procura de Sasha, mas Nikolai colocou as duas mãos em meus ombros e me puxou para mais perto. Ele me encarou, daquele jeito que irmãos mais velhos costumam fazer, querendo deixar claro de quem era a última palavra.

— Temos a nossa própria batalha para travar. Perder tempo com uma garota maluca não está nos nossos planos, Mikhail.

Digeri aquelas palavras e parecia que elas estavam me transportando para outro lugar, numa outra época. As mesmas palavras, numa situação diferente, tinham saído da boca de outra garota maluca.

Era início do ano de 1431 e morávamos na região da Normandia, noroeste da França. Nossa casa, um galpão fortificado para nos proteger da luz do sol, ficava às margens do Rio Sena, na cidade de Ruão.

Meses antes, Rurik chegara contando com entusiasmo que um dos ícones da Guerra dos Cem Anos tinha sido capturado e levado para Ruão. Tal pessoa era uma mulher, conhecida há algum tempo. Seus feitos durante a guerra tinham se espalhado como rastilho de pólvora; a jovem que liderava o exército do Delfim da França e vencia suas batalhas. Seu nome era Joana d'Arc.

A tal jovem acabou sendo acusada de heresia e assassinato, mas parecia resistir bravamente às torturas que lhe eram impingidas. Com o passar do tempo, Klaus foi ficando cada vez mais intrigado com a postura de Joana. Não tardou para que ele quisesse conhecê-la pessoalmente e, quando ele colocava uma ideia na cabeça, ninguém tirava. Nós então resolvemos que era hora de visitar a garota.

— Não achei que fosse encontrar tantos soldados guardando o local — Klaus grunhiu ao soltar os pescoços de dois guardas, deixando-os sem vida aos seus pés. — Será que pensam que algum anjo aparecerá para libertá-la?

Olhei para trás. Tínhamos deixado às nossas costas um rastro de corpos de soldados estraçalhados. Klaus queria mesmo falar com a prisioneira, mas eu nem imaginava no que ela poderia nos ser útil.

Ao fazermos uma curva no corredor estreito da prisão, demos de cara com um pelotão de guardas bem armados. Havia em torno de vinte homens nos encarando assustados. Com espadas em punho, começaram a avançar sobre nós. Estávamos em quatro, pois Nadia e Vladimir não tinham nos acompanhado na visita; mesmo assim, aqueles homens não teriam a menor chance.

Senti meus caninos coçarem com a expectativa, mas não podia morder ninguém. Sempre pesávamos muito bem o local e ocasião de uma mordida. Era a melhor forma de não levantarmos suspeitas. Como precisávamos ser rápidos, um único corte na garganta já produziria o efeito desejado. Segundos depois, filetes de sangue escorriam pelas depressões do chão de pedra.

Um último soldado ficou encurralado, com as costas coladas na parede do fim do corredor sem saída. Com os dedos, ele fez o sinal da cruz.

— Em nome de Deus, o que vocês são? — perguntou, com um olhar aterrorizado.

Caminhamos na direção do homem e Rurik se adiantou. Pegou o rosto do soldado entre as mãos e se curvou um pouco para ficar da altura dele.

— Deus não pode ajudar você. Ninguém pode — respondeu num sussurro sombrio.

Rurik enfiou a mão dentro do peito do guarda, que olhou para o alto uma última vez, enquanto seu sangue escorria pelo canto da boca. Depois que o corpo caiu no chão e o silêncio voltou a reinar, demos atenção ao som baixinho que vinha da cela ao nosso lado.

Viramos a cabeça quase ao mesmo tempo e nos aproximamos. Grossas barras de metal nos separavam daquele quadrado pequeno e escuro de onde emanava um cheiro pútrido. O tratamento dispensado à prisioneira, pelo visto, não era dos melhores.

— Aproxime-se, jovem — Klaus pediu, baixando o capuz do manto para revelar seu rosto.

Do meio da cela nos encarava uma figura magra e vestida com farrapos. Os cabelos escuros cortados acima dos ombros contrastavam com a pele branca, porém suja e machucada.

Depois de testemunhar a forma como Rurik matara o soldado, era de se imaginar que a garota estivesse amedrontada. No entanto, Joana parecia tranquila. Ela nos observou em silêncio e não saiu do lugar apesar do pedido de Klaus.

— Vocês não terão o que vieram buscar — falou a jovem, com uma voz cansada.

— E você sabe o que queremos? — Nikolai perguntou, tocando as grades e arranhando o metal com a ponta da unha.

— Sei quem vocês são. Todos vocês.

Suas palavras, no entanto, só fizeram aumentar o nosso interesse. Eu sabia que Klaus estava ansioso para colocar as mãos na jovem e não podia culpá-lo. Joana d'Arc era intrigante. Eu mesmo não resisti e me adiantei antes dos outros.

— É mesmo? Por que não nos esclarece?

Ela deu alguns passos à frente e se aproximou, mas ainda manteve distância suficiente para ficar fora do alcance de nossas mãos. Não que aquilo adiantasse, visto que aquelas barras não resistiriam à nossa força.

— São Miguel me contou que vocês estavam a caminho. Ele me alertou de que são criaturas amaldiçoadas.

A risada de Klaus me surpreendeu e eu olhei de soslaio para ele.

— São Miguel! Que adorável! Você fala mesmo com os anjos. — Ele balançou a cabeça e estalou a língua. — Então creio que você saiba o que temos para lhe oferecer.

Joana cuspiu no chão, a fúria brilhando em seus olhos. Ela então se aproximou ainda mais.

— Eu dispenso sua oferta.

— Prefere ser executada como herege? — perguntei.

— Se esse for o meu destino, então, sim — falou com convicção, sem medo. Ela apoiou a mão na perna, com dificuldade para se manter em pé. — Por que querem a mim?

— Você tem um dom como nenhum outro. — O primogênito sorriu e agora havia uma nota de paciência em sua voz. — Além disso, parece que nasceu para liderar. Suas visões aliadas à sua determinação representam um poderio incrível que me seria muito útil.

Exibindo a mesma calma que mantivera desde o início do encontro, Joana recuou para o interior da cela e se sentou no chão. Com as costas apoiadas na parede, ouvi um suspiro profundo deixar sua boca.

— Sei que não tenho como impedir nenhum de vocês se realmente quiserem me levar. Mas saibam que nunca serei de serventia alguma. Nunca irei cooperar. Prefiro a morte.

— Isso é lamentável. Tão nova e talentosa... — Klaus debochou. — Será que seus anjos queridos não mostraram como será o seu final, caso não aceite a nossa oferta?

— Estou preparada para enfrentar o que vier. E acho que vocês deveriam fazer o mesmo. Soube que terão sua própria batalha para lutar. Perder tempo com uma garota maluca não vai ajudá-los. Considerem o aviso como uma cortesia e me deixem morrer em paz.

Naquela noite, deixamos a prisão com um sentimento de frustração. Ficou claro que de nada adiantaria transformar Joana, a não ser para ganharmos uma bela dor de cabeça. A jovem era irredutível. Mostrara maturidade e coragem para enfrentar o destino que lhe coubera.

Aquele havia sido nosso único contato com o prodígio de dezenove anos que os fanáticos religiosos assassinaram gratuitamente. Séculos depois, Joana se tornou padroeira da França e ainda foi canonizada pela Igreja Católica. Quanta ironia!

Nikolai ainda me encarava, com as mãos em meus ombros, na entrada da caverna. Agora, Nadia e Vladimir também estavam ao lado dele, esperando minha decisão.

Afastei meu irmão mais velho e olhei em volta, procurando identificar de onde vinha o rastro de Sasha. Seu cheiro parecia estar mais forte na direção oeste.

— Já acabamos aqui. Se quiserem, podem continuar sem mim. Eu vou atrás das duas pessoas que sangraram nesta caverna.

Não esperei resposta. Segui para dentro da caverna, na direção de onde o cheiro vinha com mais intensidade, até chegar a uma bifurcação. Uma passagem seguia à minha frente e a outra, mais no alto, era acessível somente por um caminho tortuoso entre as pedras. Custei a acreditar que Sasha tivesse escalado aquilo, mas, se ela tivesse a ajuda de alguém, não seria tão difícil.

Saltei, alcançando a passagem superior, e caminhei com precaução pelo túnel estreito. Preferi não usar minha velocidade ali, para não causar nenhum desmoronamento. Segui por aquele caminho concentrado no aroma do sangue de Sasha. O túnel foi se afunilando cada vez mais, até finalmente desembocar no lado de fora da caverna. Quando comecei a descer a encosta, avistei a outra pessoa que não tinha conseguido identificar antes. Então eu tinha mesmo razão. Sasha estivera na caverna.

Niko, é melhor que vocês venham até aqui.

Agachei-me ao lado do corpo do cientista. A garganta dilacerada deixava bem claro o que e quem tinha causado a morte do garoto.

Onde você está?, Nikolai perguntou.

Deem a volta na montanha, estou ao norte.

Esperei que os outros chegassem, pois não sabia o que fazer. Nunca tinha pensado em encontrar Blake Campbell morto naquele lugar. Eu nem sequer conseguia calcular as consequências daquilo.

Ao chegar, meus irmãos demonstraram a mesma surpresa que eu. Nikolai se aproximou e se abaixou para tocar o corpo do rapaz. Depois levantou o rosto e me encarou.

— Está gelado por causa do clima, mas o *rigor mortis* ainda não se iniciou.

— Só eu não consigo entender o que Blake Campbell estava fazendo aqui? — Vladimir perguntou, inspecionando o perímetro. — O que andou acontecendo na Fortaleza em nossa ausência?

Olhei adiante, procurando algum vestígio de Sasha. Preocupava-me ver Blake naquele estado e não saber por onde ela andava ou o que teria lhe acontecido. Temi que estivesse machucada ou coisa pior. Se Sasha estivesse por perto, eu precisava encontrá-la o quanto antes.

— Vou dar uma olhada na região. Vocês não precisam esperar por mim.

Deixei os outros Mestres para trás e parti em busca da pessoa mais azarada que eu já conhecera.

CAPÍTULO DEZESSETE

EU CORRIA NO ESCURO, SEM SABER PARA ONDE ESTAVA INDO. Mas isso tampouco me importava no momento. Tudo o que eu queria era me distanciar ao máximo daquele lugar. Sabia que, em questão de minutos, dezenas de mitológicos estariam seguindo meu rastro e eu teria o mesmo destino de Blake.

Olhando para trás ao mesmo tempo em que corria, não vi o declive, muito menos as depressões que havia no solo. Pisei de mau jeito e soltei um grito quando meu pé virou de lado. A gravidade entrou em ação, fazendo com que eu levasse um tombo. Enfiei as unhas na terra, para tentar não bater o rosto e me machucar ainda mais. Fiquei parada na mesma posição, recuperando o controle da respiração. Nos filmes, logo que a vítima caía, o assassino dava as caras. Olhei ao redor e fiquei aliviada por não ver ninguém se aproximando.

Fiz menção de limpar as mãos, mas, quando olhei para elas, meu desespero aumentou. Eu tinha deixado Blake para trás há alguns minutos, mas era como se ele ainda estivesse comigo. O sangue, pelo menos, estava. Debaixo das minhas unhas, marcando as linhas das palmas das minhas mãos. E, se eu fechasse os olhos, ainda podia sentir o sangue quente espirrando em cima de mim. Esfreguei as mãos na roupa, tentando me livrar daquela lembrança macabra, mas ela estava impressa na minha mente.

Resolvi me abrigar sob uma grande rocha que havia ali perto. Me agachei atrás dela para evitar ficar muito exposta enquanto pensava em que direção seguir. Depois de avaliar as minhas opções, decidi ir para o leste. Até observei o céu para ver se me lembrava de alguma lição importante sobre constelações ou qualquer outra coisa que pudesse me guiar. Pura perda de tempo, é claro. Eu estava totalmente perdida.

Como não podia ficar ali para sempre, respirei fundo, criei coragem e me levantei. Não conseguia correr, meu pé tinha começado a doer depois do tombo. Precisei manter um ritmo muito lento para quem queria fugir de um mitológico. Me esqueci do frio, da fome, da sede. Tentei não ficar pensando em nada que me desanimasse, pois meu objetivo maior era encontrar um lugar seguro para me esconder. Tinha esperanças de chegar à última cidade pela qual tínhamos passado no caminho. Isso, claro, se eu tivesse tomado a direção correta.

Sasha!

Aquela voz, aquele timbre, me fez achar que eu estava sonhando. Engoli o choro ao pensar em Mikhail. Definitivamente não me faria bem.

Sasha! Pare!

E eu parei, assustada. Cheguei a me virar para trás e procurar por ele, mas naquela escuridão eu não conseguia enxergar muita coisa.

Estou aqui, querida. Olhe à sua direita.

Eu me virei, completamente chocada. Não enxergava nenhum Mikhail vindo até mim. Meu olho inchado e dolorido também não ajudava muito. Mas ouvir a voz de Mikhail? Ou eu estava começando a ter alucinações ou ele estava me pregando uma peça. Então, em questão de segundos, distingui a única coisa que se sobressaía em meio à escuridão da noite: seus cabelos brancos brilhando à luz da lua.

Minhas pernas fraquejaram, mas resisti à vontade de desabar no chão. Mikhail se aproximava rapidamente e eu me mantive parada no mesmo lugar. Ele devia ter me visto de muito longe ou me sentido, talvez. Qualquer que fosse o motivo, eu estava muito agradecida.

— É você mesmo? — perguntei num fio de voz. Não tinha certeza se não era só uma miragem. — Misha?

O Mestre enfim me alcançou. Seu braço forte envolveu meu corpo e ele me puxou para junto de si com seu vigor sobrenatural. Assim que me colei a ele, senti aquela familiar sensação de segurança que ele sempre me transmitia.

Ele vestia o seu manto de sempre, agora rasgado. Estava sujo, com a roupa ensanguentada e me olhava como se eu fosse uma assombração.

Eu tinha tentado ser forte e corajosa durante todo aquele tempo dentro da caverna e depois durante a fuga, mas no fundo sentia que não tinha a menor chance de voltar para a Fortaleza. Com Mikhail ali era diferente. Eu sabia que não corria mais perigo. Podia deixar que alguém cuidasse de mim. Meu corpo relaxou e todo o estresse pelo qual passei combinado com a saudade que eu sentia dele se converteu em lágrimas e soluços.

Senti suas mãos fortes nas minhas costas me amparando e o abracei com mais força.

— Estou aqui. — Senti seu beijo na minha cabeça. Ele falava com tanta tranquilidade que eu me perguntei o quanto sabia sobre o que tinha acontecido. — Acalme-se...

Ficamos parados e em silêncio por um tempo. Eu sabia que ele estava esperando que eu recuperasse o equilíbrio e que estava ansioso para me encher de perguntas. Agradeci quando ele tirou o manto e o colocou sobre meus ombros.

Quando Mikhail me afastou um pouco, segurando meus ombros para olhar nos meus olhos, tinha um esboço de sorriso no rosto. E, diante daquela visão encantadora, toda a raiva que eu estava guardando para despejar sobre ele quando voltasse para a Fortaleza simplesmente virou fumaça.

— Não acreditei quando senti seu cheiro naquela caverna. — Fechei os olhos ao sentir os dedos dele percorrerem meu rosto. — Não conseguia entender sua presença naquele lugar. — Ele segurou meu queixo e me fez olhar para ele. — Você está bem?

Abri a boca para responder, mas fechei quando ouvi o rosnado que emanava de seu peito. Ele tinha visto meus machucados e me olhava agora com uma expressão assassina, avaliando cada centímetro do meu rosto.

— É claro que não. Está toda machucada... — Deixei escapar um gemido quando ele tocou meu olho, apesar de toda a delicadeza. — Quem fez isso?

— Mitológicos... e Rurik. — Notei que me encolhi instintivamente ao pronunciar aquele nome. O culpado de tudo.

Mikhail passou um braço pelas minhas pernas e o outro pelas costas. Comigo no colo, fez o que eu considerava o caminho de volta para o inferno. Eu esperava não ter que ver novamente o corpo de Blake. Ele era uma boa pessoa, só tinha opiniões contrárias às minhas, e não merecia morrer.

Aproveitei o trajeto para fechar um pouco os olhos e saborear o conforto dos braços do Mestre. Se dependesse de mim, eu tão cedo não me afastaria dele.

— O que aconteceu, Sasha? Por que você está aqui? E Blake...

— Ele está morto — sussurrei, o rosto espremido contra o peito de Mikhail. — Blake morreu na minha frente.

Para o meu desgosto, a maldita montanha e a caverna encravada bem no meio dela apareceram diante de mim. Para piorar ainda mais, a primeira figura vestida de preto que eu vi foi Nadia. Ela nos olhava com aquela sua típica expressão de superioridade, mas pelo menos permaneceu calada. Algo me dizia que sua súbita mudez tinha a ver com o olhar que ela e Nikolai tinham trocado.

O irmão mais velho de Mikhail foi o segundo que eu vi. Ele vinha em nossa direção com um ar tranquilo. Nikolai sempre me pareceu um Mestre muito mais sensato do que todos os outros — até mesmo Mikhail.

— Você estava certo. — Ele tocou o ombro de Misha. — Eu lhe devo desculpas, meu irmão. — Depois ele se voltou para mim. — Você está bem, Aleksandra?

Bem, não tão sensato. Considerando que eu devia estar com uma aparência terrível, quase como um zumbi, a pergunta de Nikolai não tinha cabimento. Eu nem tinha forças ou ânimo para responder. Apenas balancei a cabeça dizendo que sim. É claro que "bem" era muito relativo. Mas se eu fosse comparar minha situação com a de Blake, então eu estava ótima, maravilhosa!

🦋 🦋 🦋

Apesar de ansiosos para me encherem de perguntas, os Mestres decidiram que era melhor continuarmos viagem para não perdermos mais tempo. Deixaríamos a conversa para quando parássemos ao nascer do sol. A noite foi silenciosa e calma, muito melhor do que eu podia esperar. Protegida e aquecida nos braços de Mikhail, dormi a maior parte do percurso. Era a primeira vez que conseguia relaxar de verdade desde a morte de Helena.

Acordei quando o céu já estava prestes a clarear. As estrelas, antes bem visíveis, já não estavam tão brilhantes. Os Mestres tinham escolhido as profundezas de uma caverna, no caminho, para passar o dia.

Depois que nos acomodamos, eles precisaram me deixar sozinha para sair em busca de alimento. Só não conseguia imaginar onde eles arranjariam doadores dispostos a entregar seus pescoços, afinal, estávamos no meio do nada. Mas, quando voltaram e vi Mikhail carregando um urso, compreendi que eles tinham que recorrer a sangue animal em situações como aquela. Só não entendi a necessidade de trazer o bicho morto para dentro da caverna.

— Imagino que esteja com fome — falou ele, como se tivesse lido meus pensamentos.

— Isso é... para mim? — perguntei, com um certo nojo.

Mikhail não deve ter percebido minha careta, pois sorriu como se não conseguisse esconder o orgulho por alimentar sua protegida. Talvez ele só tivesse se esquecido de que eu era humana e não cairia de boca num urso. Inteiro. Com pelo e tudo.

Contrariando todos os meus princípios, meu estômago roncou muito alto para que os quatro Mestres ouvissem.

— Eu vou preparar para você. Pode ficar tranquila e tirar essa expressão de nojo da cara. — Ele jogou o bicho para bem longe de onde eu estava e se aproximou. — Mas antes, precisamos ter uma conversa.

A tal "conversa" parecia mais um interrogatório. Depois de acenderem uma fogueira para me manterem aquecida — posso excluir Nadia da equação, pois ela não fez nada para ajudar —, os quatro se sentaram diante de mim e começaram a me bombardear de perguntas.

O que eu estava fazendo ali? Como eu tinha sido capturada? O que Rurik tinha dito que pudesse ser importante? Há quanto tempo estávamos na caverna? Foi uma enxurrada de perguntas que, para responder, precisava relembrar os momentos de terror pelos quais havia passado.

E depois quiseram saber mais sobre Blake. Nikolai tinha ficado surpreso com a traição. Eu contei tudo o que tinha descoberto através de Blake: o contato dele com o homem chamado Phoenix, a revelação por trás da história da *Exterminator*, a minha descoberta tardia de que Phoenix era Rurik e a informação de que Rurik pretendia usar a arma contra os Mestres.

— Por que o minotauro matou o cientista e poupou a sua vida? — Nadia perguntou e eu sabia que ela escondia a tristeza por não me ver morta.

— Acredito que a urgência da batalha entre vocês tenha desviado a atenção dele.

— Você viu Rurik fugir? — Foi Nikolai quem fez a pergunta, atento a tudo o que eu dizia.

Tive que balançar a cabeça de forma negativa, infelizmente. Queria mesmo que Rurik fosse encontrado, acorrentado e esquartejado, se possível. Que tivesse uma morte lenta e dolorosa.

— Não sabia que ele tinha fugido. A única coisa que eu sei sobre os planos dele é que estava aguardando a chegada de Zênite. Ah, por falar nisso... o príncipe morreu.

Os quatro permaneceram calados, mas vi Mikhail passar a mão pela testa, aparentando preocupação. Estranhei, porque achava que um mitológico da Realeza morto seria uma boa notícia para eles.

— Ela deve estar mesmo muito irritada. — Ele me olhou. — Você não estaria viva se Zênite tivesse chegado antes de nós.

— Isso é reconfortante — respondi, azeda. Era outra para quem eu desejava uma morte excruciante.

Depois que o interrogatório terminou, os Mestres se afastaram e cada um foi procurar o seu canto. Mikhail também me deixou sozinha e foi preparar minha suculenta refeição. Não ousei me aproximar. Eu tinha certeza de que, apesar da fome opressora, se eu visse o animal sendo cortado e tudo mais, acabaria perdendo a vontade de comer.

🍂 🍂 🍂

Apesar de ser dia do lado de fora, estávamos imersos na escuridão. Foi preciso que nos embrenhássemos nas entranhas daquela caverna para que os Mestres se protegessem da luz do sol. Agora, eu só conseguia enxergar alguma coisa devido à luz bruxuleante das chamas da fogueira.

A luz amarelada iluminava alguns daqueles rostos sérios e de traços bem marcados. Eles não estavam dormindo, mas pareciam confortáveis em suas posturas relaxadas, bem diferentes do ar empertigado que eu estava acostumada a ver.

Nikolai tinha se encostado a uma parede, com as pernas esticadas e os pés cruzados à frente. Apesar dos olhos fechados, eu sabia que ele estava acordado, pois já tinha falado duas vezes comigo em pensamento. Uma delas para mandar que eu comesse o máximo possível, pois não pararíamos para comer quando a noite caísse. O problema é que eu estava morrendo de sede. Desde minha fuga, só tinha bebido um golinho d'água desde que Mikhail encontrara um cantil abandonado por algum centauro.

Limpei a boca com as costas da mão depois de comer o último pedaço de carne que Mikhail preparara para mim. Ele tinha sido um cavalheiro e me servido pedaços pequenos, imaginando que eu não fosse comer uma coxa inteira de urso. No entanto, apesar de estar com o estômago cheio, me sentia enjoada. Eu não era tão carnívora a ponto de me ver um dia devorando um urso. E esse simples pensamento fazia com que a comida em meu estômago revirasse o tempo todo.

— Quer mais? — Mikhail se aproximou e se sentou na minha frente. — Posso preparar mais uma porção.

— Não aguento nem pensar em comer mais carne de urso. — Franzi o nariz. — Mas obrigada de qualquer forma.

Ele sorriu, coisa rara de acontecer. Olhei curiosa para o modo como ele esfregava o polegar contra a pele do pulso.

— Suas feridas já são antigas demais para que eu consiga curá-las. Nós conversamos e chegamos à conclusão de que o ideal seria você ingerir um pouco do nosso sangue.

— O quê?

Eu devo ter feito uma cara muito patética, porque nem Mikhail e toda a sua seriedade resistiram à minha expressão. Ele soltou uma risada e o som fez com que Vladimir olhasse na nossa direção. Ele piscou para mim e eu virei a cara na mesma hora. Ainda não suportava aquele Mestre.

— Só precisa beber um pouco, Aleksandra. — A voz serena de Nikolai ecoou pela caverna, mas ele não saiu da posição em que estava. — Além disso, todos sabemos que você já tomou mais que algumas gotas do sangue de Mikhail. Isso, é claro, se você quiser ser curada. Não vamos obrigá-la a beber sangue.

Eu posso obrigá-la se você não obedecer.

Olhei Mikhail, que tinha uma sobrancelha arqueada e um olhar divertido, apesar de ter acabado de me ameaçar.

Eu mal tinha iniciado a digestão da carne de urso e eles queriam que eu bebesse sangue? No que eu estava me transformando? Numa vampira carnívora? Isso existia?

— Esse "pouco" seria quanto exatamente? — perguntei. — Porque, por menos que seja, não acho que o sangue vai cair muito bem com aquela carne que acabei de comer.

— Ah, por favor! Você acabou de devorar um urso nojento e agora está fazendo pouco caso do sangue de um Mestre?

— Nadia, não se meta. — Nikolai mais mandou do que pediu.

Em minha defesa, eu não havia comido um urso inteiro, mas achei que não precisava explicar isso a ela. E, bem, os padrões deles eram mesmo completamente diferentes dos meus.

Mikhail não esperou minha resposta. Levou o pulso à boca e furou a própria pele com seus caninos. Meu estômago embrulhou quando vi o sangue escorrer devagar pelo pulso branco diante do meu rosto.

Só cogitei beber porque seria muito bom não sentir mais a dor intensa que não me deixava esquecer meu olho roxo. De todos os lugares que doíam, aquele era o pior de todos. A cada piscada que eu dava, sentia vontade de gemer.

Então decidi enfrentar a situação e segurei o braço de Mikhail. Fechei os olhos e colei os lábios sobre os furos sangrentos. O gosto nojento na língua logo me atingiu e lutei contra a vontade de me afastar.

Fiquei parada, sem saber o que fazer. Era óbvio que eu não tinha experiência em sugar, chupar ou sei lá o que mais eu precisava fazer. Felizmente, o Mestre mexeu um pouco o pulso, fazendo com que o sangue vertesse bem dentro da minha boca. Mas, quando senti o líquido viscoso escorrendo pela minha garganta, lembrei de todo o sangue que tinha precisado consumir para tirar a marca de Vladimir e o enjoo foi demais para mim. Me afastei no mesmo instante e limpei a boca.

Mikhail me olhou como um professor que olha um aluno que tira notas muito baixas.

— Não consigo tomar mais do que isso — sussurrei e depois me repreendi. Qualquer que fosse o volume da minha voz, eu seria ouvida por todos os outros.

— Tudo bem. Você já tem idade para tomar suas próprias decisões. — Mikhail se levantou. — Se soube sair da Fortaleza, creio que também sabe o que é melhor para você.

Mordi a língua para não responder o que queria. Não estávamos sozinhos para que eu começasse uma discussão com ele. Afinal, eu sabia o que havia por trás das suas palavras. Ele não tinha dito — por enquanto —, mas eu sabia muito bem o que ele pensava da minha presença ali. Achava que, mais uma vez, eu tinha sido inconsequente ao tentar espionar Blake. E eu sabia que ele esfregaria isso na minha cara na primeira oportunidade.

Deixei a grosseria dele para lá e toquei minha pálpebra inchada. Por mais incrível que fosse, eu já conseguia notar uma melhora bem pequena. Ainda sentia dor e incômodo ao piscar, mas a intensidade tinha diminuído, assim como a dor na barriga, devido ao soco do centauro.

O Mestre sentou-se perto de Nikolai, mas não deixou de olhar na minha direção. Era inacreditável que, depois de tanto tempo afastados, ele ainda conseguia me evitar. Como eu nunca tive medo de cara feia, me levantei e fui até ele. Sentei-me de frente para Mikhail, deixando só alguns centímetros de distância entre nós dois.

Ficamos ambos em silêncio. Ele me encarava e eu fazia o mesmo, quando, na verdade, eu me controlava para não passar os braços em volta do seu pescoço e beijá-lo na boca.

Permanecemos assim por mais alguns minutos, até que não resisti e estendi a mão na direção dele. Notei um brilho em seus olhos quando percebeu meu movimento e meus planos foram por água abaixo.

Sem contato físico por enquanto, Sasha.

Bem, se para ele era simples falar comigo telepaticamente, eu não podia dizer o mesmo. Como manter uma conversa silenciosa se somente uma das pessoas envolvidas consegue usar o poder da mente? Cruzei os braços e baixei o rosto para esconder a tristeza que suas palavras me causavam. Quando desviei o olhar, cruzei com o de Nadia, que nos observava. Ela estava bem mais afastada do resto do grupo, no entanto parecia manter-se atenta a tudo o que se passava. Seus olhos azuis se estreitaram na minha direção, mas não me amedrontaram.

Acredite, eu gostaria de poder tocá-la, mas é melhor evitarmos qualquer estresse que isso possa causar.

Balancei a cabeça, indicando que tinha entendido a mensagem e me levantei. Voltei para o lugar onde estava e me ajeitei debaixo do manto dele. Quando fechei os olhos para evitar que as lágrimas caíssem, senti uma carícia em meu braço. Ao abri-los novamente, vi que Mikhail não tinha se aproximado. Ele estava usando o truque das mãos invisíveis!

Quem o olhasse não perceberia nada por causa daquela sua expressão de indiferença. Mas eu fui embalada até dormir com um carinho leve nos braços.

☙ ☙ ☙

Acordei sem lembrar em que momento tinha caído no sono. Acho que o estômago cheio combinado com o corpo aquecido pelo manto de Mikhail contribuiu para que eu relaxasse. Meus machucados também já tinham melhorado, depois do sangue do meu Mestre. Tinha sido pouco, mas já era uma grande diferença.

Fui acordada por Nikolai. O Mestre estava com a mão estendida na minha direção e eu a aceitei. Ele me puxou com um pouco mais de força que o necessário e precisou me segurar para que eu não saísse voando.

— Lamento — ele se desculpou. — Leve demais.

— Ah, você é o sonho de toda adolescente em briga com a balança! — falei brincando, mas ele continuou me encarando como se não tivesse entendido nada. — É uma piada. Ah, deixa para lá... — Soltei a mão, sem graça. Mestres não tinham muito senso de humor.

Nikolai me acompanhou para fora da caverna, onde Mikhail, Nadia e Vladimir já estavam. O trio discutia sobre algum assunto que não consegui identificar, mas ouvi a palavra "rastro" ser pronunciada por Vladimir.

Quando me viram, Mikhail interrompeu a discussão e os quatro se entreolharam. Eu tinha certeza de que estavam continuando a conversa exaltada mentalmente para que eu não escutasse. Como se eu me importasse. Àquela altura, a única coisa que eu queria de verdade era chegar à minha casa, abraçar minha família e tomar um banho quente.

Apertei o manto em torno do meu corpo e observei a paisagem à nossa volta. Agora que eu já não corria mais risco de vida, podia apreciar um pouco a beleza daquelas montanhas.

— Sei que está com muito frio — Mikhail falou ao se aproximar de mim, tentando esboçar um sorriso que não aconteceu. — Logo deixaremos os Cárpatos para trás e a temperatura vai melhorar.

— Ok — respondi secamente.

Está com raiva de mim? Porque se alguém aqui tem direito de ficar com raiva, esse alguém sou eu, Sasha. Imagine a minha surpresa ao encontrar você nos Cárpatos, rodeada por mitológicos! Você é capaz dos feitos mais absurdos! Juro, nunca conheci ninguém que tivesse mais propensão para se meter em encrencas.

— Obrigada por me deixar com mais dor de cabeça do que já estou.

Os outros Mestres nos olharam sem entender, mas eu pouco me importava. Além disso, ele sabia muito bem a dor que me causava quando ficava falando sem parar dentro da minha cabeça.

— Jura que os pombinhos estão discutindo a relação? — Nadia zombou, lançando um olhar sarcástico para Mikhail. — Klaus adoraria ouvir também, tenho certeza.

Ela soltou uma risada irritante, mas logo foi silenciada, quando a mão do meu Mestre apertou a garganta da vampira. Ele chegou a tirar os pés dela do chão, enquanto ela arranhava a mão dele. Externamente, mantive uma expressão neutra diante do que acontecia. Internamente, eu comemorava. Era gratificante ver Nadia sofrer um pouco.

— Você quer mesmo se meter na minha vida? — Mikhail perguntou, mas não parecia esperar uma resposta.

De repente, a visão deles foi encoberta pela silhueta enorme de Nikolai pairando sobre mim. Ele me olhava com curiosidade, observando todos os detalhes. Dei dois passos para trás quando ele se curvou na minha direção, aproximando o rosto do meu. Do jeito que eu despertava a ira dos Mestres, não duvidava de que mais um quisesse cortar minha garganta.

— Você é um caso muito peculiar, de fato.

— E-eu? — perguntei, gaguejando.

— Alguma coisa você deve fazer muito bem para que Mikhail já tenha arranjado briga com três irmãos por sua causa.

Eu devia negar absolutamente tudo que ele insinuasse sobre o Mestre e eu, mas não consegui resistir a dar um sorrisinho cínico. Mikhail, no entanto, não parecia tão feliz com o comentário. Ele logo apareceu ao nosso lado e encarou Nikolai, que parecia muito mais sereno do que o meu Mestre.

— Não há lógica alguma no que você está falando, Nikolai.

O meu Mestre nem olhava para mim, mantinha o olhar fixo no irmão mais velho. Este, no entanto, não exibia a mesma seriedade de Mikhail, que mantinha o porte altivo e os lábios pressionados numa linha rígida. Nikolai abriu um sorriso, contrariando a nós dois.

— Eu não estou entendendo qual é a graça — disse Misha, sem muita animação.

E então aconteceu. A risada que eu estava prendendo desde que Nikolai começara a falar comigo, escapou com força. Descontrolada, eu ria alto e parecia um porco roncando.

Quanto mais irritado meu Mestre me olhava, mais eu ria. Tive que tapar a boca com as duas mãos para conseguir parar antes que ele me enterrasse viva na neve.

Então ele segurou minha mão com força e me puxou para longe. Soltei um grito quando me pegou no colo e se deslocou com sua supervelocidade.

Gosto dela, Mikhail. Principalmente porque Nadia a odeia!

Acredito que Nikolai estivesse falando com Mikhail, mas, propositalmente, também entrou na minha mente e me deixou a par da conversa. Sorri satisfeita, apesar da carranca do Mestre que me carregava.

— Fico feliz que esteja se divertindo.

— Ah, me deixa, ok? — respondi, começando a me irritar também. — Depois de tudo o que passei, acho que posso me dar ao luxo de rir um pouco. Você nem faz ideia de quanto a minha vida foi ruim nos últimos dias.

— Sua vida não estaria ruim se você mantivesse sua bunda dentro de casa.

— Eu estava tentando ajudar! — Bati com o punho fechado no peito dele, por mais inócuo que aquilo fosse. — Tentando evitar que vocês fossem traídos e tentando evitar que Blake se encrencasse.

Ele soltou uma breve risada de escárnio que eu detestei. Tentei me soltar e sair do colo dele, mas o Mestre me apertava em seus braços e não deixava que eu me mexesse muito.

— Não entendi que risada foi essa.

— Blake. Blake para lá e para cá. Você sempre se deixou afetar por esse humano, Aleksandra. — Olhei para ele, surpreendida com a sua explosão. Estreitei os olhos, porque, como estávamos em alta velocidade, meus cabelos açoitavam meu rosto. — Pois bem, sua ajuda não foi nada eficiente, não é mesmo? Nós fomos traídos, perdemos uma *Exterminator* para Rurik e Blake está morto!

Fiquei sem palavras diante da crueldade com a qual ele proferia aquelas palavras. Virei a cabeça de lado e mordi com força a mão que estava mais próxima da minha boca. Não pela dor, mas talvez por ter sido pego de surpresa, ele quase me deixou cair.

— Me solta, Mikhail! — Eu me debati, querendo pular de seu colo.

Senti o Mestre diminuir a velocidade gradativamente até, enfim, parar. Com uma rápida olhada, notei que estávamos sozinhos. Não havia nenhum outro Mestre por perto, ou seja, podíamos brigar à vontade.

— Você ficou maluca? — Ele me soltou e eu saí aos tropeços de perto dele. — Por acaso tem ideia da velocidade em que eu estava? Se você caísse ia se arrebentar!

— Que você e sua velocidade se danem! — gritei.

Era difícil manter a pose e o orgulho intactos quando se estava num declive com o pé afundando na neve. Eu não conseguia correr, então precisei caminhar, ignorando as dificuldades do caminho e os resmungos do Mestre atrás de mim.

Ele me fez duas ou três perguntas que não respondi, pois estava decidida a não dar o braço a torcer.

— O que você pensa que está fazendo?

— Indo embora com meus próprios pés. — E é claro que eu pisei em falso e escorreguei, deslizando a bunda pela neve por alguns metros. Imaginei Mikhail rindo de mim, mas eu tinha com o que me preocupar. Com a imensa rocha que estava bem no meu caminho, por exemplo. E eu não conseguia parar de rolar encosta a baixo.

O que senti, porém, foi alguém me içando pela roupa até que eu ficasse novamente de pé. Ele me virou de frente e me encarou com aquela expressão sombria que eu já conhecia muito bem, mas seu olhar furioso rapidamente se suavizou.

— Por que está chorando? — perguntou ao me soltar.

— Porque você é um ser sem sentimentos e sem coração! — Enxuguei as lágrimas e me afastei dele.

Eu sabia que não tinha a menor condição de fazer o caminho de volta sozinha. Mas não queria voltar para os braços de Mikhail. Portanto, retomei a caminhada, dessa vez prestando mais atenção onde eu pisava.

— Eu sou tudo isso? Que novidade...

— Você não deve saber como é ver um amigo morrer na sua frente. Porque, por mais que você detestasse Blake, ele era amigo meu. — Virei-me para olhar para ele, gritando de raiva. Eu sabia que devia estar assustadora com o rosto vermelho do choro, um olho inchado, cabelos desgrenhados e a roupa imunda. Mas não me importava. — E como se isso não bastasse, joga na minha cara o fato de que eu não pude evitar a morte dele!

Tremendo, me livrei do manto e puxei pela cabeça o casaco de nylon que Blake me dera para vestir, me livrando dele também.

— Eu estou suja com o sangue de Blake! Porque ele morreu assim, a centímetros de mim! — Joguei o casaco na direção do Mestre. — Então não venha me tratar como se eu fosse uma idiota!

Andei alguns metros até que Mikhail me ultrapassou e bloqueou meu caminho, abrindo os braços para me segurar. Mantive a cabeça baixa, não queria olhar para ele, pois ainda estava com os olhos cheios de lágrimas. Não queria demonstrar a fraqueza que ele não possuía.

Para minha surpresa, ele me puxou contra seu corpo e me envolveu em seus braços.

— Eu não a chamei, nem acho que você seja idiota, Sasha. E sinto muito pelo que você passou, mas precisa parar de ser impulsiva e sempre se colocar em perigo. — O abraço durou muito pouco. Ele me soltou e segurou meu queixo, me obrigando a olhar para ele. — Você acha que teria sobrevivido se não tivéssemos te encontrado? Acha que teria chances aqui fora, sozinha? Olhe em volta!

Eu não precisava olhar para saber que estávamos no meio do nada, mas não queria admitir. Preferia mudar de assunto e deixar as lágrimas para trás. Se Mikhail estava com toda aquela raiva, eu podia imaginar o que me esperava na Fortaleza: a ira de Klaus e dos meus pais.

Com as mãos na cintura, corri os olhos pela planície à nossa frente. Depois olhei para trás, observando o caminho de onde tínhamos vindo. Onde, afinal, estavam os outros Mestres? Mesmo que Mikhail tivesse saído na frente e mantido uma velocidade maior que os outros, já estávamos parados por tempo suficiente para que nos alcançassem.

— Podemos continuar viagem? — perguntou.

Chateada com ele, virei a cara.

— Acho que vou esperar para pegar uma carona com Nikolai.

Percebi um sorriso quase se formando em seus lábios, mas que foi rapidamente reprimido. Mikhail passou o manto, que eu jogara no chão, novamente por cima dos meus ombros e me puxou.

— Acho que você está com um probleminha, então. Não estamos fazendo o mesmo trajeto que eles.

— Como assim? Por que não?

— Peguei uma rota diferente para podermos conversar. — Ele sorriu. — Sei que é difícil você ficar calada. Além disso, não dava para fazer *isto* na frente de todo mundo.

Ele tocou minha nuca ao curvar a cabeça e me beijou. Apesar da minha resistência inicial, Mikhail não se deixou abalar e logo abriu caminho com a língua. E meu cérebro, traidor, correspondeu ao beijo, enviando comandos para que minhas mãos se mexessem e tocassem seus ombros. Senti suas mãos envolvendo meus quadris e descendo pela minha bunda. Ele me puxou, colando meu corpo ao dele, mas quando percebeu que eu estava entregue aos seus encantos, interrompeu o beijo e me olhou daquele seu jeito prepotente.

Ciente de que eu não tinha outra opção, não reclamei quando ele me pegou no colo. Porém, ainda estava magoada e não queria papo. Resolvi que não ia dar trabalho, nem atrapalhar a viagem. Ficaria quieta até chegarmos à Fortaleza e depois, com calma, terminaria aquela conversa.

CAPÍTULO DEZOITO

| MIKHAIL |

ELA JÁ ESTAVA CALADA HÁ ALGUM TEMPO, o que era realmente surpreendente. Não tinha a intenção de magoá-la com minhas palavras sobre Blake, mas Sasha precisava entender de uma vez por todas que coisas ruins lhe aconteciam o tempo todo. O fato de ainda estar respirando, diante de tantos perigos que já correra, era quase inacreditável. Eu mesmo duvidaria que alguém pudesse ter tanta sorte, se não conhecesse Aleksandra Baker.

No momento em que senti o cheiro dela impregnado naquele centauro, eu sabia que Sasha estava em algum lugar ali perto. E por mais que eu me esforçasse para não me abalar, o medo e a tensão que eu senti foram palpáveis. Não me lembrava quando tinha sido a última vez que sentira essa sensação sufocante: o medo. Ao ver Blake Campbell sem vida na montanha, temi encontrar Sasha no mesmo estado. O engraçado, de um jeito mórbido, é que eu não queria encontrá-la se estivesse morta, mas ao mesmo tempo sentia uma necessidade absurda de tirar a prova o quanto antes.

Apertei-a em meus braços quando um leve tremor agitou seu corpo. Por mais que eu tentasse mantê-la aquecida, era difícil evitar o frio a aproximadamente cem quilômetros por hora.

— Chegaremos ainda hoje. Aguente mais um pouco, ok? — Beijei a cabeça dela.

Se Blake não estivesse morto, ele morreria pelas minhas próprias mãos, por ter envolvido Sasha naquela história. Era algo que eu nem comentaria com ela, mas Blake morreria de qualquer forma, depois que sua traição fosse descoberta. Pelo que Sasha tinha contado, e se todas aquelas informações fossem verdadeiras, Blake Campbell podia ter complicado muito a nossa situação ao entregar uma *Exterminator* a Rurik.

— Estou sonhando com um banho... — disse ela, baixinho, encarando as mãos imundas e as unhas pretas de sujeira. Com uma careta, ela fez o melhor que pôde para limpá-las na roupa, sem muito sucesso. — Aquela caverna era tão suja... Tenho medo até de ter pegado alguma doença. Mitológicos não transmitem doenças, não é?

Ela levantou o rosto e me olhou pela primeira vez desde que tínhamos retomado a viagem. Notei olheiras profundas que nem eram a pior coisa na sua aparência.

Aquele olho roxo e inchado me deixava nervoso, porque eu sabia que ela estava sentindo dor. Havia sangue seco em outros pontos do rosto dela, consequências de pequenos cortes perto da boca. Era teimosa demais para tomar a quantidade de sangue necessária para se curar.

— Onde mais você está machucada? Vi uma mancha de sangue no seu casaco.

— No ombro — ela gemeu. — Um centauro resolveu brincar comigo.

Achei melhor deixar para avaliar os ferimentos dela quando chegássemos à Fortaleza. Não queria mais perder tempo com nenhuma parada desnecessária. Eu sabia que ela estava bem. Não entendia como tinha conseguido sobreviver e sair ilesa daquela caverna, mas estava aliviado.

— Bem, você não está doente. Eu sentiria se estivesse.

— Para quem é imune, é muito fácil falar. Deve ser ótimo não ficar doente nunca.

— Tenho que admitir que essa é uma das grandes vantagens de ser vampiro. Sempre foi muito útil, principalmente durante a epidemia da peste negra. — Minha mente foi invadida com lembranças daquela época.

— A tal da peste que matou milhões de pessoas, certo? Já estudei sobre isso. — Ela ficou em silêncio e desviou o olhar quando a encarei. — Foi muito pior do que parece?

Algo me levava a crer que nossa relação estava abalada. Eu sabia que, com a minha partida brusca no dia da morte de Helena, Sasha ficaria no mínimo magoada. Depois das últimas horas, no entanto, ela passara de magoada para extremamente irritada.

Achei que conversar sobre assuntos amenos poderia fazer bem a nós dois, já que não adiantava remoer os problemas da nossa estranha relação por enquanto. Nem eu estava com cabeça para isso.

— Foi mil vezes pior do que dizem os livros de História. Espalhou-se rapidamente e os sintomas eram horríveis. Os hospitais, que naquela época não passavam de construções rústicas sem nenhuma higiene, transbordavam de pacientes moribundos. Como não tinham estrutura para receber a todos, acabavam muitas vezes fechando as portas para os doentes que chegavam. Aqueles que saíam de casa para não contaminar os filhos, a esposa ou o marido não tinham opção a não ser ficar vagando pelas ruas. Sem nenhum atendimento, esperando a morte certa. Certa noite, ao sair da...

Interrompi a frase. Sasha não precisava saber detalhes do meu passado com outras mulheres, muito menos da minha passagem pela cama delas. Mas agora ela me olhava interessada, esperando que eu continuasse.

— Certa noite, ao deixar a casa de um conhecido, peguei um atalho pela parte mais humilde da cidade. Passando por uma casa com porta e janelas abertas, ouvi o choro de um bebê e me aproximei. Não podia entrar, pois não tinha sido convidado. Do lugar onde eu estava, consegui ver uma das cenas mais tristes que já presenciei. Havia uma mulher sentada numa cadeira, com um bebê no colo. Ela estava morta, a peste tinha atingido o seu estágio mais avançado. Mas a criança estava viva e, até aquele momento, completamente saudável.

Ouvi Sasha soltar um gemido e levar a mão à boca. Seus olhos úmidos me diziam que eu tinha escolhido um péssimo assunto.

— O que aconteceu? — perguntou.

— Eu fui embora. O que mais podia fazer? Não tinha como entrar na casa e a situação estava tão caótica que ninguém ajudava ninguém. Nenhum vizinho saudável teria a preocupação de entrar numa casa contaminada e colocar a própria vida em risco. Apesar de eu achar que naquela rua não havia mais ninguém saudável.

— Que horror! Você não podia ter feito o bebê levitar até você?

— Se eu não posso entrar na casa, meu poder também não funciona dentro dela. Infelizmente.

— Deve ter sido um inferno viver naquela época.

Foi e não foi. Afinal, eu tinha um irmão que sempre tinha um plano nos recônditos da sua mente.

— Não para todos. Klaus, como sempre, vê vantagem em tudo. Até essa época, não transformávamos muitos vampiros. Tínhamos o costume de selecionar muito bem antes de tomarmos a decisão. A pessoa precisava ser praticamente um fantasma, alguém de quem não fossem sentir falta e que também não quisesse ter vínculos com o passado.

"Mas Klaus e Rurik viram a peste como uma oportunidade como nenhuma outra. Milhares de mortos, famílias inteiras dizimadas, alvos sem um passado para o qual voltar. E é claro, a melhor descoberta: nosso sangue não só imunizava a pessoa, como também era capaz de curar quem estivesse doente.

Nenhum de nós estava feliz com o que acontecia em toda a Europa. Somos predadores, mas a peste vinha causando muito mais estrago do que todos nós juntos, ao longo de nossa existência. Não podíamos imaginar qual seria o alcance daquela epidemia e se ela um dia seria contida antes de dizimar a raça humana. Queríamos ajudar, mas éramos poucos e não podíamos estar em todos os lugares ao mesmo tempo.

A ideia partiu de Klaus e Rurik. Transformar o máximo possível de vampiros e espalhar nossas crias pelos países contaminados. A tarefa deles era doar uma pequena quantidade de sangue aos infectados, de forma discreta e utilizando a hipnose. Não tinham que transformar a pessoa, apenas curá-la com seu sangue.

Até colocarmos essa ideia em prática, milhões de pessoas morreram, mas poderia ter sido muito pior. Depois de algumas semanas, começaram a espalhar a notícia de que a epidemia estava sendo controlada e que os remédios usados estavam funcionando. Remédios que sempre foram inúteis. Só depois de muito tempo é que os antibióticos foram aperfeiçoados..."

Parei de contar a história ao sentir a presença dos meus irmãos por perto. Eu tinha usado uma rota alternativa para poder ter um tempo a sós com Sasha, mas ao entrarmos em território russo, nossos caminhos voltaram a se cruzar.

— Você acabou de me dizer que os vampiros é que erradicaram a peste bubônica do planeta?

— Não exatamente. Apenas evitamos que ela se espalhasse ainda mais e salvamos alguns doentes.

— Alguns milhares. — Ela sorriu. — Por que vocês nunca compartilharam essa informação? Tenho certeza de que seriam vistos com bons olhos por todos.

— Porque não fizemos por vocês, Sasha. Fizemos pensando em nossa sobrevivência. Além disso, também ganhamos ao espalhar nosso contingente pelo mundo.

Ela não era capaz de ver, pois se tentasse enxergaria apenas um borrão, mas Nikolai tinha passado ao meu lado, avançando ainda mais rápido do que eu.

Contando histórias de família para ela? Você tem sorte de eu ser o irmão legal. Vejo você daqui a algumas horas. Não demore muito.

Eu tinha mesmo diminuído um pouco a velocidade para não maltratar tanto a humana trêmula em meus braços. Deixei que Nikolai se adiantasse. Se eu tivesse sorte, ele chegaria bem antes e já deixaria Klaus a par de toda a história.

CAPÍTULO DEZENOVE

| KLAUS |

ALEKSANDRA BAKER. Era esse o nome que ecoava em minha mente nos meus últimos dias. Eu não conseguia parar de pensar nela. Simplesmente porque não via a hora de matar a humana. Mas a dor de cabeça que a fuga da garota estava me causando era infinitamente maior do que todo o sofrimento que eu poderia infligir a ela.

Fechei os dedos em volta dos polegares, controlando a raiva, e procurei me concentrar. Johnathan Baker era importante para nossa causa, ainda mais agora que o maldito Campbell resolvera fugir na companhia da donzela ruiva.

Abri a porta e entrei no salão, não precisando olhar para sentir a presença desalentada dos pais da garota. Era o segundo dia que eles vinham até a mim, como se eu, a qualquer momento, fosse tirar Aleksandra do bolso e devolvê-la aos dois.

— Johnathan. — Sentei-me em minha cadeira sem fazer questão de esconder meu desagrado. — Ainda não tenho notícias de sua filha.

A mãe, mais uma vez, derramou lágrimas em excesso. E meu dia estava apenas começando. Eu tinha acabado de me alimentar, o sol havia nos deixado há alguns minutos e eu já aturava humanos à beira de um colapso de nervos.

— Me perdoe, Mestre, eu sei que deve ter coisas mais importantes para fazer — desculpou-se Johnathan, fazendo uma reverência pela segunda vez, o que era totalmente desnecessário, e se aproximou. — Mas será que nenhum dos guardas se lembra de alguma coisa?

Sim, eu tinha coisas melhores para fazer. O coração do homem bateu mais acelerado quando levantei o rosto e o encarei. Estava com a pressão arterial bem alta e com uma aparência péssima. Aleksandra não causava problemas somente a mim, pelo visto.

— Todos os guardas já foram interrogados pessoalmente por mim. Assim que eu tiver informações sobre o paradeiro de sua filha, você será o primeiro a saber.

A verdade, que não interessava aos civis, era que havia um desertor entre os guardas do muro. Logo que chegou ao meu conhecimento o desaparecimento de Aleksandra e Blake, também fui informado de que um guarda havia sumido misteriosamente. Até mesmo Vladimir, por mais incompetente que fosse, conseguiria ligar os fatos e entender que tudo estava relacionado.

Já tinha colocado soldados à procura dos três. A maioria, no entanto, havia retornado sem nenhuma pista. O que me deixava às cegas e sem poder fazer muita coisa. Se estivéssemos todos em casa, eu mesmo sairia para procurar Aleksandra e a traria de volta pelos cabelos. Mas eu não podia abandonar a Fortaleza para caçar adolescentes pela floresta.

— Mais alguma coisa, Johnathan? — perguntei, já que os dois continuavam parados diante de mim.

Pude ouvir o barulho que ele fez ao engolir a saliva. Nojento.

— Não, senhor. — Mais uma reverência. — Obrigado pelo seu tempo.

Os olhos do homem se encheram de lágrimas e ele me deu as costas para abraçar a mulher. Encostei a cabeça no espaldar da cadeira e olhei para o teto, esperando que a cena terminasse. Não tinha paciência com aquele tipo de situação. Humanos eram extrema e desnecessariamente sentimentais.

— Eu não aguento mais, Johnathan. Eu quero meu bebê! — a mulher soluçou.

— Vamos, Irina. Precisamos ir para casa, querida.

— Você tem que trazê-la de volta, Johnathan.

Ouvi os lamentos dos dois humanos enquanto se dirigiam ao elevador. Por um momento até tive pena do homem, porque ele não tinha mesmo o que fazer. A mulher implorava como se só dependesse dele que a filha aparecesse, como num passe de mágica.

— Ela vai aparecer, querida. É a nossa Sasha. Ela sempre volta para nós, não é?

Ela com certeza sempre voltava. Como dizia o antigo ditado popular, "vaso ruim não quebra". Coisas que se aprendem quando se convive muito com humanos e que, aos poucos, começam a fazer sentido.

Eu me preparei para levantar, quando senti um cheiro familiar e ouvi uma discussão acalorada no saguão.

— *É importante! Me deixe subir, por favor!*

Logo reconheci a voz e o jeito como falava. Era o amigo de Aleksandra, de quem eu já havia me alimentado duas vezes. Ele sentia uma espécie de atração hipnotizante por mim, era atrevido e não parecia me temer. Mas, até mesmo para ele, era muita ousadia achar que tinha algum direito de falar comigo a hora que bem entendesse.

— *Eu já disse que Mestre Klaus não está atendendo ninguém.*

A humana Andy era novata, primeiro dia de trabalho, e já tinha que aturar uma pessoa insistente.

— *Ah, jura? E o que os pais de Sasha estavam fazendo aqui?*

Libere a entrada do rapaz, ordenei a ela, que obedeceu à ordem muito a contragosto.

Alguns segundos depois, ouvi o bipe da porta do elevador ao se fechar. Trouxe-o até o andar onde eu estava e aguardei. Nem me dei ao trabalho de me levantar.

Quando o vi aparecer na porta, me lembrei de seu nome. Kurt Holtz. Maior de idade, cem por cento homossexual e muito atraente. Gosto um pouco duvidoso para roupas, apesar de serem peças de ótima qualidade.

Aquele diante de mim, no entanto, era quase um outro Kurt. Ele estava vestido de forma bem simplória e exibia uma aparência de quem não dormia há dias. Também não estava exalando a quantidade absurda de feromônios que costumava exalar quando chegava perto de mim. Ótimo, mais um implorando para que eu encontrasse Aleksandra.

— Olá, Mestre! — Kurt fez uma reverência teatral, quase se ajoelhando.

— Senhor Holtz, em que posso ajudá-lo? — perguntei apesar de já saber qual seria a resposta.

— Gostaria de permissão para sair da Fortaleza com Johnathan Baker. E duas *Exterminators*.

Ele pronunciou aquelas palavras com tanta naturalidade que por um momento pensei estar sonhando. Depois que consegui digerir o significado delas, senti um sorriso querendo se formar no meu rosto. Eu não sabia qual pedido era mais absurdo: sair da Fortaleza ou levar uma, não, duas *Exterminators*!

Kurt manteve a compostura enquanto esperava a minha resposta.

— Você poderia repetir? Acho que não ouvi direito.

— Estou solicitando permissão para sair da Fortaleza e ir atrás da minha amiga. — Eu tinha que dar créditos a ele por ter mantido a voz firme.

— Com uma *Exterminator*? — Sorri, não consegui evitar.

— Na verdade, duas. Uma para mim e outra para o pai dela. — Kurt começou a ficar nervoso com minhas perguntas. Pigarreou e levantou o olhar para mim, desviando-o assim que notou que eu o encarava.

Ele não podia achar que tinha mesmo alguma chance, por mais remota que fosse, de que eu concordasse com aquela ideia ridícula.

— Aproxime-se — eu disse, gesticulando.

Ele passou a mão pelos cabelos despenteados e parou a alguns centímetros de mim.

— Olhe para mim — ordenei e esperei que ele obedecesse. Quando seus olhos se cravaram em mim, continuei. — Isso é alguma piada?

— Não, Mestre!

— Tem certeza? Porque Johnathan Baker acabou de sair daqui e não comentou nada sobre essa... jornada mirabolante.

— Ele ainda não sabe. — A voz, enfim, estava perdendo a firmeza. — Mas tenho certeza de que vai querer me acompanhar quando eu contar meu plano.

Eu tinha feito mau julgamento de Kurt Holtz. Achei que ele fosse inteligente e perspicaz. Pelo menos era o que parecia. Agora estava descobrindo que era simplesmente um desmiolado.

Apoiei o cotovelo no braço da poltrona e o rosto na palma da mão. Era preciso ter paciência com os humanos, esse era um mantra que eu repetia quase que de hora em hora.

— Você por acaso sabe onde ela está? Acha mesmo que tem capacidade para sair da Fortaleza e voltar vivo? Eu nem vou perguntar como sabe sobre a *Exterminator*, porque a resposta é óbvia: Aleksandra.

— Mestre, eu não sei onde ela está, mas sei que está com Blake e que não foi uma fuga. — Como aquela era a primeira vez em que eu ouvia algo interessante, aliviei a pressão em sua mente. — Sasha estava espionando Blake, pois ele estava traindo vocês.

— Continue.

Dei um tempo para que Kurt Holtz organizasse os pensamentos. Ele parecia à beira de um ataque de nervos. Talvez precisasse relaxar um pouco. Uma doação não seria má ideia, mas respirei fundo e recuperei o foco. Não era o momento ideal.

— Sasha já tinha nos contado sobre algumas conversas que teve com Blake e que levavam a crer que ele estava tramando alguma coisa contra os vampiros. Contra vocês, Mestres, principalmente. Ela então se aproximou dele para descobrir mais e disse que faria o possível para evitar que o pai se envolvesse nisso. Ela tinha medo também que ele fizesse algo a vocês.

— Qual era o plano dele?

— Eu não sei. — Ele deu de ombros, desanimado. — Ela não chegou a nos contar ou não conseguiu descobrir. Não sei. Mas Sasha não fugiu. Se Blake também sumiu, é sinal de que ela tentou segui-lo e alguma coisa aconteceu. Eu a conheço, ela nunca fugiria com Blake.

— Sua amiga está passando por uma fase bem depressiva, você sabe. Além disso, ela tem uma certa obsessão por alguém que não está na Fortaleza atualmente. — Não citei nomes, pois não sabia até onde o garoto sabia sobre o maldito envolvimento de Mikhail. — Quem garante que ela não foi atrás dele?

— Porque ela não é idiota. Ela nem sabe onde ele está.

— Posso até dar permissão para você sair se quiser, mas não levará Johnathan e muito menos uma *Exterminator*. Já perdi Blake Campbell, não posso ficar também sem Johnathan Baker. — Levantei-me da cadeira e ajeitei meu manto. Estava encerrando aquela reunião. — Além do mais, mesmo que Aleksandra ainda esteja viva, isso não durará muito tempo. Volte para casa, senhor Holtz.

Saí do salão ignorando os últimos apelos do rapaz. Precisava verificar se mais algum soldado havia voltado da busca e se tinham alguma informação nova para mim. Além do problema com Aleksandra, eu estava lidando com uma situação complicada na América do Sul. Aparentemente, os líderes de bunkers vizinhos estavam em guerra e não havia a menor condição de um de nós voar até lá no momento. Se fosse possível, eu com certeza resolveria tudo bem rápido, matando logo a todos e os substituindo por novos líderes. Eu não toleraria disputas de poder num nível inferior da hierarquia.

Entrei na biblioteca para pegar os registros de cada um dos líderes envolvidos quando ouvi os gritos dos guardas da Fortaleza. Quando se tem uma audição aguçada demais e se comanda quase tudo mentalmente, é preciso saber selecionar o que se quer ouvir. Precisei parar e fechar os olhos, eliminando os barulhos desnecessários e focando o que realmente importava.

— *Em formação! Guardas, em formação!*

— *Chame Mestre Klaus!*

— *São muitos!*

— *Aquele é o outro Mestre?*

Corri ao ouvir a última frase. Rurik estava de volta e parecia liderar um novo ataque. Pelo visto, ele tinha escolhido um momento bem oportuno, sem a presença dos outros aqui dentro. Eu não me atreveria a dizer que tinha sido apenas uma grande coincidência.

Concentrem-se no portão! Não deixem ninguém passar!

Dei ordens a todos os guardas enquanto me encaminhava para lá. Passei pelo saguão e parei na escadaria da Morada, observando os soldados que chegavam e começavam a se reunir.

Marcelo, organize o primeiro pelotão.

O vampiro brasileiro, general do meu exército, já tinha começado a dar as ordens e não precisei me preocupar com aquilo. Corri na direção do portão da Fortaleza, desviando das pessoas que corriam na direção contrária.

Toquem o alarme da Morada e acionem o selamento das residências. Agora!

Subi as escadas internas que levavam ao muro e fiquei atônito ao olhar, do alto, a cena que se desenrolava lá embaixo. Não dava para ter noção exata de quantos mitológicos se aproximavam. Eu podia estimar que havia centenas, sem dúvida alguma. Um número muito maior do que o contingente de soldados dentro da Fortaleza.

— Mestre, o que faremos? — Um guarda parou ao meu lado, aparentando mais palidez que o habitual.

Eu sabia que aquela imagem era aterrorizante para alguns deles. Guardas possuíam um treinamento bem diferente dos soldados. Estavam ali apenas para manter a segurança do portão, não significava que sabiam lutar.

— Eles podem ser muitos, mas não têm vampiros entre eles. Mitológicos não escalam muros.

Percorri toda a extensão do muro para saber se havia concentração de mitológicos em algum outro ponto e fiquei satisfeito em ver que não. Ao retornar para a base principal, avaliei melhor o enorme exército que chegava cada vez mais perto. Eles não pareciam ter pressa. Não corriam.

— O que é aquilo que alguns minotauros estão carregando?

— Acho que são troncos de árvores, Mestre. — Meu general apareceu ao meu lado, esperando novas ordens.

Eu o encarei por alguns segundos, pensando na sua resposta. Voltei a olhar para baixo e percebi que realmente se tratavam de troncos. Dava para contar seis ao todo, cada um carregado por quatro minotauros.

Debrucei-me sobre a borda da muralha para ter uma visão melhor do portão.

— Leve seu pelotão para o lado de fora. Eles vão tentar derrubar o portão.

— O quê? — Ele me olhou surpreso. — Isso é possível?

Você já viu o tamanho deles? Leve seu pelotão para lá. Agora!

Pulei para o lado de dentro e entrei na portaria interna, mandando que retirassem todos os guardas da parte externa. Aquela era uma guerra declarada e eu os estava substituindo por soldados.

— Mestre, o que vamos fazer?

— Alguma nova ordem, Mestre?

Ignorei as perguntas, evitando perder tempo com o que não tinha necessidade. Eu precisava chegar às *Exterminators* o mais depressa possível. Quando decidimos criá-las, o objetivo era selecionar os melhores soldados e ensiná-los a manuseá-las. Agora, no entanto, não havia tempo para isso. Eu teria que dar a sorte de fazer com que entendessem o funcionamento da arma em poucos minutos.

Corri até o laboratório, gritando com idiotas humanos que ainda estavam nas ruas. O alarme já tinha tocado, as casas provavelmente já tinham sido lacradas e só ali na ala norte havia dezenas de pessoas fora de suas casas.

Quase atropelei Kurt Holtz, um dos que ficaram do lado de fora. Ele olhava atônito na direção do muro e só me viu quando o levantei pela gola do casaco.

— Saia daqui! Estamos sendo atacados! — gritei bem próximo ao ouvido do humano, que começou a correr assim que o soltei.

Quando cheguei à porta do prédio do laboratório, um estrondo me fez parar. Olhei para trás, sem saber ao certo de onde tinha vindo aquilo. Não era um barulho que pudesse passar despercebido. Há muitos anos eu não ouvia algo daquele tipo, mas sabia muito bem o que era. O típico som causado por uma arma de fogo. E enquanto eu pensava nisso, ouvi um outro disparo. Os mitológicos estavam atirando?

Marcelo, o que está acontecendo aí fora?

— Mestre! Eles têm... uma... uma... *Exterminator*.

E estão atirando em vocês?

— Não, senhor. Quer dizer, sim, senhor. Mas o barulho é do canhão.

Antes que eu perguntasse contra o que eles estavam usando um canhão, o chão sob meus pés tremeu com o barulho que reverberou pela Fortaleza. Desisti de ir atrás da *Exterminator*, porque não tinha um segundo mais a perder.

Disparei de volta para o muro, para encontrar o pelotão do lado de fora. Porém, a alguns metros de distância, vi algo que achava impossível acontecer: o enorme portão de aço da Fortaleza ser arrancado das suas dobradiças reforçadas. Minotauros, troncos e pedaços do portão irromperam pela abertura, transpassando os limites da Fortaleza. E antes que aquelas primeiras bestas pudessem se levantar, foram esmagadas pelo seu próprio exército, que corria ensandecido para invadir minha cidade.

Olhei para o céu e comecei a formar a maior tempestade que esses mitológicos enfrentariam na vida. A chuva podia não afetá-los diretamente, mas dificultaria sua locomoção e agilidade, provocando um grande caos à sua volta.

CAPÍTULO VINTE

O BARULHO QUE OUVIMOS FOI ENSURDECEDOR. Olhei para o céu e estremeci diante daquela imagem. Relâmpagos atravessavam nuvens negras que dobravam de tamanho a cada minuto e se moviam na mesma direção que a nossa. Eu duvidava muito que aquilo fosse obra da natureza. Algo me dizia que Klaus estava orquestrando a tempestade que se anunciava. E antes mesmo que eu conseguisse pensar no motivo que ele teria para isso, a chuva desabou sobre nossas cabeças. Acabei me encolhendo contra os braços de Mikhail.

Não dá para dizer que chegamos a resolver todos os nossos problemas, mas pelo menos as últimas horas que passei com meu Mestre foram bem mais agradáveis. À certa altura, chegamos à planície que eu já conseguia reconhecer muito bem. Senti Mikhail diminuir a velocidade de forma brusca. Nikolai, Nadia e Vladimir surgiram diante de nós de repente, formando um círculo de Mestres. Todos molhados de chuva, com os cabelos pingando, grudados em seus belíssimos rostos.

— Eu sabia que Zênite viria para cá. — Mikhail parecia muito contrariado. — É um exército inteiro e está bem no nosso caminho.

— Não podemos entrar pela frente. Precisamos dar a volta e passar despercebidos.

Nikolai voltou a olhar na direção em que estávamos indo. De longe, eu só conseguia ver uma linha fina e escura, que devia ser a muralha negra que envolvia a Fortaleza. Era possível avistar também a própria Morada. Daquele tamanho era difícil não vê-la.

— Do que vocês estão falando? — perguntei para Mikhail, que nem sequer me olhou. Percebi que eles estavam conversando em silêncio e calei a boca.

Nós voltamos a nos mover rapidamente e saímos da estrada. A impressão era que estávamos nos afastando da Fortaleza, mas aos poucos consegui perceber a intenção dos Mestres. Era difícil para mim, em alta velocidade e com o vento batendo no rosto, distinguir alguma coisa na paisagem ao meu redor. Mas notei que eles estavam contornando o perímetro para se aproximar da muralha pelo lado oeste.

— Vou ser informada do que está acontecendo? — perguntei.

— O exército mitológico está invadindo a Fortaleza. — Notei a preocupação em sua voz quando ele respondeu. — Não consigo entender como, mas eles estão passando pelos portões.

Pensei imediatamente em meus pais e amigos. Era por isso então que aquele grupo de Rurik estava aguardando Zênite? Será que eles esperavam um exército?

Encarei Mikhail, concentrado no caminho à nossa frente, e olhei para o céu, apavorada com a quantidade de água que caía. Não havia uma parte de mim que já não estivesse encharcada.

— Sasha, quando chegarmos ao muro, vou precisar escalar. Você terá que segurar firme em mim.

Chegamos ao muro tão rápido que mal tive tempo de processar a informação. Alcançamos uma parte da muralha que estava tranquila até demais. Nem se parecia com o caos que Mikhail descrevera para mim.

Os outros três Mestres começaram a escalar na nossa frente. Eu olhei para cima, para aquela imensidão, e senti vertigem na mesma hora. Escalar? Sério? Era ainda pior do que o pulo que precisara dar com o sentinela traidor.

— Por que você simplesmente não salta? — perguntei quando ele me colocou no chão.

— Porque não tenho molas nos pés e nem asas. Não é o mesmo que dar um impulso. Para cima a coisa muda de figura. — Ele agachou à minha frente. — Suba nas minhas costas e segure bem firme.

Eu confiava demais em Mikhail. E foi só por isso que atendi àquela ordem. Tinha certeza de que ele não me deixaria cair. Mas, em todo caso, resolvi fechar os olhos e agarrar com força o pescoço dele.

O muro brilhava de tanta água que caía por ele, como uma cachoeira. Minha Nossa Senhora Protetora das Adolescentes Apaixonadas por Vampiros Gostosos, como ele poderia se segurar naquilo?

— Você não vai escorregar, não é?

— Não.

Eu mantive os olhos fechados o tempo todo. Mikhail escalava em silêncio e mantinha um ritmo acelerado que eu acreditava ser possível apenas para os Mestres. Meus braços já doíam pela força que eu fazia para me segurar. Minhas pernas escorregavam da cintura dele por causa das nossas roupas molhadas. Não sabia o que era pior: morrer pelas mãos de um mitológico ou morrer estraçalhada pela queda.

— Escute com atenção, Sasha. Eu não sei o que vamos encontrar quando descermos. Levando em consideração a quantidade de mitológicos que havia do lado de fora, tudo leva a crer que tenha muito mais do lado de dentro.

— Meus pais...

— Se eles estavam em casa na hora do ataque, então estão trancados e em segurança. Você não terá como entrar e eu não vou ter tempo para protegê-la. Vou te levar até a Morada e terá que me prometer que ficará lá.

Senti um balanço diferente. Como aquela sensação que temos quando sonhamos que estamos caindo de um precipício. Então abri os olhos e respirei aliviada ao ver que já estávamos em cima do muro e em segurança. Só que meu alívio foi embora assim que tive uma visão completa do terror que nos esperava lá embaixo.

Procurei pela mão de Mikhail e a segurei. A primeira coisa que chocava era a tempestade fortíssima criada por Klaus. As nuvens eram tão negras que eu me sentia dentro de um dos desenhos da Disney, com bruxas, feitiços e sortilégios. Animações eram muito comuns e ainda existiam, já que não precisavam de atores e estúdios.

As nuvens despejavam uma cortina de água que caía com violência, mas o grotesco mesmo era a cor da enxurrada que cobria as ruas e calçadas. Era vermelha, tingida pelo sangue dos corpos espalhados pelo chão. Pareciam pequenos rios de sangue, formados pela tempestade.

Da minha posição, era possível ter uma visão privilegiada de boa parte da Fortaleza. Mitológicos corriam para todos os lados, assim como soldados vampiros e... humanos.

— Eles não deviam estar dentro de casa? — perguntei, atordoada com a cena.

Mikhail se virou e me segurou pelos ombros. Pela cara que fez, eu já sabia que não tinha nada bom para me dizer.

— Já estou falando com Klaus. Rurik danificou o sistema de travamento das portas e as casas ficaram desprotegidas.

Um tremor percorreu meu corpo até o último fio de cabelo.

— Minha família!

— Eu sei que você não vai me obedecer e ficar na Morada. — Ele suspirou. Eu olhava impaciente lá para baixo agora que sabia que minha família podia estar em qualquer lugar e correndo perigo. — Sasha! — Mikhail me sacudiu e olhei para ele. — Preste atenção. Use os subterrâneos para chegar à sua casa. Você não precisa sair no colégio. Há um túnel que desemboca num bueiro dentro do bosque.

— Mas como vou saber o caminho dentro dos túneis? Aquilo é um labirinto!

— Vou acender as tochas para você. Basta segui-las. Pegue seus pais, volte para o bosque e vá para a Morada.

— Ok. — Enxuguei o meu rosto à toa, já que a chuva continuava forte.

Meus olhos começaram a arder e senti o choro querendo chegar. Abri a boca para espantar as lágrimas, pois tudo o que eu não precisava naquele momento era me sentir fraca.

Mikhail me encarou, me avaliando. Provavelmente decidindo se me trancava na Morada ou não. Ele que não ousasse! Eu fugiria de qualquer forma!

— Eu consigo, Misha. Eu consigo!

Ele assentiu e passou o braço em volta da minha cintura. Nós saltamos, ou melhor, ele saltou e eu me segurei nele. O vento fez com que o manto negro que eu vestia se levantasse como um balão à minha volta. Assim que tocamos o chão, eu me livrei da peça de roupa, pois era grande demais e me atrapalharia. Tirei também o casaco de Blake. Quanto menos peso, melhor. A chuva já dificultaria bastante.

Eu me encolhi em seus braços enquanto passávamos pelas ruas. Fomos atacados por dois centauros e ele precisou me soltar para pegar suas adagas. Conseguiu cravar as duas na garganta dos dois mitológicos e, quando as retirou, virou o cabo de uma delas na minha direção.

— Você já sabe como usar. Leve-a com você.

O sangue escorria pela lâmina, mas peguei mesmo assim e a limpei na minha roupa. Misha pareceu aprovar o gesto, pois deu um sorrisinho orgulhoso.

Eu me assustei e soltei um grito quando uma mulher se jogou nos braços dele, implorando ajuda. Ela estava ferida, mas eram cortes superficiais. O maior era um arranhão no braço que devia ter sido resultado de um tombo.

Mikhail segurou cada uma de nós com um braço e correu para a Morada, conseguindo desviar de alguns ataques pelo caminho. Num determinado momento, avistei Klaus lutando com vários mitológicos. Ele estava sujo de sangue da cabeça aos pés e, por mais que me detestasse, torci para que o sangue não fosse dele.

— Fique aqui! — Mikhail avisou para a mulher, soltando-a no saguão da Morada. — Você, venha comigo. — Ele envolveu minha mão e me puxou.

Passamos direto pelo elevador e pegamos as escadas. Subimos quatro lances, viramos num corredor escuro e entramos por uma porta de aço que ele destrancou com seus poderes mentais.

Não conseguia enxergar nada à minha frente, mas logo uma tocha presa à parede se acendeu. Eu estava no início de uma escada estreita que só levava para baixo.

— Lembre-se, siga sempre as tochas. Vou trancar a porta quando sair e você terá que destrancá-la por dentro. A senha é ONDREJ. Consegue decorar?

— Sim — respondi, controlando a ansiedade. Queria ir o quanto antes, mas não queria me despedir dele.

Mikhail me puxou e me beijou rapidamente. Um beijo muito curto, mas que me deu coragem para continuar. Ele logo me soltou e estava passando pela porta quando tive uma ideia absurda, mas provavelmente eficaz.

— Espere! — Segurei sua mão. — Quero seu sangue.

— Como é? — Ele deve ter achado que estava ouvindo errado. — Meu sangue?

— Sim. Além de poder me curar, ele também dá um pouco de força, não é? Ou você acha que eu teria conseguido cravar uma faca no príncipe mitológico se não tivesse tomado litros do seu sangue alguns dias antes?

— Você quase morreu, não sei se está lembrada — ele avisou, arqueando uma sobrancelha.

— Quase. — Levantei um dedo. — Quase morri, mas não morri. E quando fui sequestrada também estava com o sangue de Klaus na minha corrente sanguínea.

Apanhei tanto nos últimos dias que acredito muito nessa teoria. Senão teria morrido de hemorragia interna.

Sangue de Klaus?

A forma como ele me olhou fez o meu sangue gelar, mas não tínhamos tempo a perder para falarmos sobre o assunto "Klaus".

— É uma longa história. — Estiquei a mão. — Então. Sangue?

Ele tocou meu rosto e me empurrou contra a parede.

— Antes, precisamos fazer uma troca. Não posso enfraquecer. — Entendi o que ele queria e inclinei um pouco a cabeça.

Os dentes de Misha furaram meu pescoço e se projetaram para dentro de mim. Senti a pressão que ele fazia em meu corpo. Senti que tinha pressa, mas não deixava de saborear seu alimento preferido.

Foi rápido. Quando se afastou, levou um dedo à boca e o esfregou sobre a ferida para fechá-la. Sem se demorar mais do que o necessário, rasgou o pulso com os dentes e o entregou para mim. Tentei ignorar o gosto e o cheiro. Pelo menos uma vez na vida eu poderia fingir que aquela coisa horrível não me dava vontade de vomitar. Encostei a boca em sua pele e suguei da forma que pude. Fui engolindo o sangue que o Mestre vertia do próprio corpo à medida que mexia a mão. Engasguei, senti um pouco do líquido escorrer pelos cantos da boca e a ânsia de vômito querendo me dominar, mas não me afastei. Apertei os dedos em volta do braço dele e bebi o sangue como costumava beber alguns remédios horríveis que minha mãe me dava quando criança. De olhos fechados e num fôlego só.

De forma abrupta, ele puxou o braço e sorriu para mim. Limpei a boca e o encarei, ansiosa.

— Vá! — ele disse. Depois saiu e fechou a porta, me deixando sozinha na frente da escada. Respirei fundo e desci os degraus correndo o máximo que podia.

Como Mikhail prometera, as tochas iluminaram o caminho que eu devia seguir. Até então era fácil, sempre o mesmo corredor que me levava até meu destino. Mas num determinado momento, cheguei num lugar onde havia uma bifurcação. Agradeci pelo poder dele, pois, se não fossem as tochas acesas, eu não saberia que deveria pegar o túnel da esquerda.

Continuei correndo, aproveitando o caminho todo plano à minha frente. Já não sentia mais as dores pelo corpo, nem o olho inchado, nem nenhum cansaço. Sabia que o sangue de Mikhail bombeado dentro de mim causava o efeito que eu desejava.

— Por favor, estejam em casa. Por favor...

Fui repetindo esse mantra pelo caminho. Não podia nem pensar no que faria se chegasse e encontrasse minha casa vazia. Não achava que meus pais seriam doidos de sair de lá, mas sabia que na hora do desespero ninguém pensa racionalmente.

Na pressa, tropecei nos meus próprios pés e me escorei na parede. Tomei fôlego e tentei imaginar quanto mais faltava para chegar ao bosque. Estava suando e com o coração muito acelerado, mas sabia que precisava continuar.

Eu segui em frente, afastando qualquer pensamento pessimista da mente e me concentrando apenas em chegar a minha casa. Alguns minutos depois, finalmente cheguei à passagem do esgoto. Pulei uma pequena mureta que separava o esgoto dos túneis e agradeci por não parecer tão sujo. Estava escuro e, por causa da chuva, a água batia na altura dos meus joelhos, mas pelo menos não havia nada bizarro boiando na água.

Olhei em volta e descobri pedaços de ferros cravados numa das paredes, para servir de escada. Subi por eles e alcancei o bueiro. Só não imaginava que a tampa fosse tão pesada. Empurrei uma vez, duas vezes e já estava quase desistindo, quando dei um soco que esfolou meus dedos. Não importava, eu tinha conseguido fazê-lo se mover.

A parte mais difícil foi alçar meu corpo pelo buraco. A chuva tinha deixado o chão em volta do bueiro todo fofo e escorregadio. Meus dedos afundavam na terra e não conseguiam se segurar em nada. Por pouco não escorreguei e fui obrigada a recomeçar do zero, mas consegui sair.

Fiquei em pé no meio do bosque. Ele estava vazio, mas pelo que eu podia ver, não dava para dizer o mesmo das ruas. Eu me esgueirei por trás das árvores, evitando ficar muito exposta. Um barulho atrás de mim me fez girar e agarrar a adaga com força, apontando para meu agressor.

Era um homem da idade do meu pai, que se assustou tanto comigo quanto eu com ele. Levantou as mãos em sinal de rendição e levou um dedo à boca. Entendi seu gesto e olhei na direção em que ele olhara. Um minotauro tinha entrado no bosque e estava a uns dez metros de distância. Não parecia ter nos visto, mas eu que não ficaria ali para descobrir.

Eu me movi com cuidado, olhando atentamente para o chão. Se pisasse em qualquer coisa que fizesse barulho, denunciaria minha presença. Tentei manter a direção oposta à dele e deixei que o animal seguisse o seu caminho. Quando cheguei à árvore mais próxima da rua, esperei até que o minotauro estivesse longe o suficiente para eu poder correr sem ser notada. Quando senti que era a hora, respirei fundo, saí de trás da árvore e corri sem olhar para trás. Era preferível não ver.

Meus pés pareceram ganhar força naqueles metros finais que me separavam da minha família. Passei pelo gramado de casa chutando a neve acumulada em alguns pontos e escancarei a porta, fechando-a com cuidado atrás de mim.

— Mãe! Pai! — gritei e, sem esperar resposta, subi as escadas. — Pai!

Fiquei mais nervosa ao não ouvir as vozes deles, mas, assim que cheguei ao segundo andar, a porta do quarto deles, no final do corredor, se abriu. Meus pais e meu irmão pareciam estar diante de um fantasma. E, bem, eu não os culpava. Tinha passado dias fora de casa e podia imaginar o tamanho do desespero deles.

— Aleksandra! — Mamãe me abraçou com tanta força que quase caímos as duas no chão. — Meu Deus, eu sabia que ia trazê-la de volta para mim!

Ela me apertou o quanto pôde e depois me beijou na testa, sorrindo e chorando ao mesmo tempo.

— Viu, Johnathan? Deus nunca nos abandonou.

Eu sabia que ela ainda mantinha essa fé numa religião antiga e me controlei para não dizer que o nome da pessoa que tinha me trazido de volta não era Deus, mas Mikhail. Eu estava feliz por chegar em casa e encontrar todos bem. Isso era tudo que importava.

Papai nos separou e me abraçou também, chorando em meu ombro sem a menor vergonha.

— Pensamos que você estivesse morta. — Victor falou, cabisbaixo.

— Quem pensou uma coisa dessas? Não coloque palavras na minha boca, Victor! — contestou mamãe, espremendo a orelha dele. Minha família conseguia brigar até nos momentos mais inoportunos.

— Irina... — Papai me soltou e pegou minha mão. — Vamos para a segurança do quarto. Lá dentro a gente comemora o retorno dela.

Quando ele falou em quarto, eu me lembrei do motivo de ter ido até ali. Puxei minha mão de volta e dei um passo para trás. Não tínhamos tempo a perder.

— Sasha? — Ele me olhou com a testa franzida. — Onde pensa que vai? Precisamos nos esconder. O dispositivo de segurança falhou e as portas estão destrancadas. Estamos desprotegidos.

— Eu sei, por isso estou aqui. Precisamos ir embora.

Mamãe me encarou como se eu estivesse bêbada ou drogada. A expressão dela deixava claro que toda a emoção que sentia pelo meu retorno estava dando lugar a uma enorme vontade de me bater.

— Ficou louca, Aleksandra? Ir embora para onde? Está cheio daqueles bichos lá fora.

Sabia que não seria fácil fazer minha mãe entender, então encarei meu pai e coloquei minha mão em seus ombros. Ele estava tenso.

— Pai, você precisa confiar em mim. Há um exército de mitológicos aqui. Não é apenas um nem dois. Eles derrubaram os portões e vão derrubar qualquer porta que encontrarem pelo caminho. Nós temos que ir para a Morada.

— Para a Morada? — ele riu. — Se tem um exército nas ruas, como vamos chegar lá?

— Pelos subterrâneos! Como vocês acham que eu cheguei aqui?

Eu me virei para a escada e desci correndo, sem querer perder um segundo. Entrei na cozinha, ouvindo as vozes alteradas dos meus pais. Eles logo vieram atrás de mim e me encontraram abrindo as gavetas.

— O que está fazendo, Aleksandra? — mamãe perguntou e deu um grito quando peguei a maior faca que tínhamos em casa. — Minha nossa, ela está louca!

— Victor! — Corri até ele e parei na sua frente. — Você acha que estou louca? Nós dois já passamos por isso. O que você acha?

Olhei no fundo dos olhos do meu irmão, que tentava absorver toda aquela informação que eu tinha despejado em cima deles. Victor, por fim, piscou e tirou a faca da minha mão.

— Eu acho que devemos fazer o que a Sasha está dizendo.

Um grito do lado de fora chamou nossa atenção e vi mamãe se encolher perto de papai. Parecia ter sido bem próximo de onde estávamos, o que me deixava ainda mais histérica.

Bati com as mãos na mesa da cozinha, atraindo novamente os olhares dos meus pais.

— Olhem, eu vou levar Victor comigo de qualquer forma. Por favor, venham comigo. — Senti as lágrimas escorrerem pelo meu rosto e as enxuguei com as costas da mão. — Pai, eu sei o que estou fazendo e sei o que está acontecendo. Eu fui sequestrada pelos mitológicos e resgatada pelos Mestres. Mikhail está esperando por nós na Morada.

Victor os olhou com expectativa, os nós dos dedos muito brancos em volta da faca. Contei até dez e como eles não se mexeram, peguei meu irmão pelo braço e me dirigi até a porta. Eu estava em prantos, assim como ele, diante do fato de ter que me separar dos meus pais. Mas eu não podia continuar ali, sabia que minha casa era um alvo para os mitológicos. Se conseguisse tirar pelo menos Victor daquele lugar, eu faria isso.

Tinha esperanças, porém, de que no último segundo meus pais se convencessem ao perceber que estavam perdendo os filhos. E eu estava certa. Arrisquei e acertei. No instante em que abri a porta de casa, papai surgiu atrás de nós, puxando minha mãe pela mão.

— Eu devo estar louco por concordar com isso, mas não acho que conseguiria te amarrar dentro de casa — resmungou ele.

— Não mesmo. Eu tenho uma adaga bem afiada. — Puxei a perna da calça e mostrei o objeto metálico enfiado dentro da bota.

Mamãe ofegou diante daquela visão e levou uma mão ao peito. Papai, ao ver que eu estava armada e em vantagem, tirou a faca da mão de Victor e a empunhou.

— Nem quero saber onde você arranjou isso.

Corri para o bosque com eles, mas sem poder manter o mesmo ritmo de antes por causa de minha mãe. A ideia que ela tinha de atividade física era passear no shopping ou passar pano na casa. Estava olhando para trás, para me certificar de que meus pais estavam nos acompanhando, quando ouvi a buzina. O carro parou a centímetros de me atropelar e meu coração por pouco não saiu pela boca.

— Caramba, sobreviver a mitológicos e morrer atropelada é uma droga, hein... — Victor me puxou pela roupa. — Ficou doida?

O motorista esbravejou, proferindo alguns palavrões direcionados a mim, e meu pai devolveu o insulto com mais alguns direcionados a ele. A família do homem estava dentro do carro e uma criança chorava convulsivamente, enquanto a mãe tentava acalmá-la.

— Por aqui — orientei, empurrando meu pai na direção da entrada do bosque.

Consegui levar os três até o bueiro sem topar com nenhum mitológico pelo caminho e recebi um olhar enviesado da minha mãe.

— Você quer que a gente entre no esgoto, Aleksandra?

— Quero. Vai Victor.

Enquanto Irina Baker reclamava com meu pai, meu irmão desceu e avisou que tinha chegado bem. Meu pai ajudou mamãe quando chegou a vez dela e depois se virou para me dar a mão.

— Não, primeiro o senhor. Eu sei o jeito certo de colocar a tampa e preciso que me segure lá embaixo. Tenho medo de cair.

Ele olhou em volta, se certificando de que estava tudo bem e desceu na minha frente. Esperei do lado de fora e, assim que ele pisou no chão, deslizei a tampa de volta no lugar. Ouvi os protestos dos três e notei que meu pai começava a tentar subir novamente.

— Pai, fique com eles. Não façam barulho que eu já volto. Preciso buscar Lara e Kurt.

Saí correndo antes que meu pai tivesse chance de me impedir. Para evitar problemas, usei as calçadas e não a rua. Pessoas corriam por todos os lados e, infelizmente, alguns mitológicos também. Cruzei com um que, para minha sorte e azar da outra pessoa, já estava no meio de uma perseguição apetitosa demais para ele me notar.

Entrei na rua de Lara, mas passei direto pela casa dela. Ia primeiro pegar Kurt, que estava mais distante. Quando dobrei a esquina e cheguei à rua dele, tive que parar por alguns segundos. A paisagem estava caótica. As pessoas, pelo visto, tinham tentado fugir de carro. Eu não sabia que destino tinham em mente, mas não haviam tido êxito. O resultado era uma rua atravancada de carros capotados ou estraçalhados. Os corpos de seus ocupantes jaziam no asfalto, cada um destruído de uma forma diferente.

Engoli em seco e corri na direção da casa de Kurt. Torci para que a mesma ideia não tivesse passado pela cabeça dos pais dele.

— Kurt! — gritei assim que entrei na casa. Estava silenciosa. — Kurt?

Quando olhei direito, fiquei arrepiada. Os degraus da escada estavam sujos de sangue e o rastro seguia para dentro da cozinha. Tapei a boca e senti meu coração apertar conforme eu me aproximava.

Pulei uma poça de sangue bem na entrada, perto da mesa, e parei. A cozinha dele tinha um balcão de granito bem no centro do cômodo. Atrás do balcão, eu consegui ver duas pernas estiradas em meio ao sangue. Eram pernas de mulher.

Como precisava me certificar de que a mãe dele estava mesmo morta — se ela tivesse sobrevivido eu poderia ajudar —, dei a volta no balcão para conferir.

— Ah, Kurt... — O meu choro saiu com um soluço e me ajoelhei.

Meu amigo estava sentado no chão, com o corpo da mãe nos braços. Ela tinha feridas enormes na garganta e na barriga e tudo indicava que sangrara até morrer. Kurt estava com os olhos vidrados em um ponto à sua frente e nem parecia ter notado a minha presença.

— Kurt. — Estiquei minha mão e o toquei no braço. — Kurt, querido. Fale comigo.

Enxuguei o rosto e toquei o dele. Foi quando ele finalmente olhou para mim e abriu a boca como se fosse dizer alguma coisa, mas nenhum som saiu dali.

— Eu nem tenho palavras para te consolar no momento, Kurt. Só sei que precisamos sair daqui. Onde está o seu pai?

Ele esticou o dedo indicador para o teto, apontando para o que interpretei como o segundo andar. Se o pai dele estava lá em cima e não ao lado do filho e da esposa, eu só conseguia imaginar o pior.

Deixei meu corpo escorregar e me sentei ao lado dele. Eu já estava imunda mesmo, que mal faria mais um pouco de sangue? Segurei a sua mão livre e a apertei. Colei meu rosto no dele e alisei sua pele, tentando ao máximo despertá-lo daquele transe.

— Amigo, por favor, venha comigo. Não posso te deixar aqui.

— Eu não estava em casa — sussurrou.

— O quê? — perguntei, feliz por ele ter falado.

— Eu não estava em casa. Tinha ido até a Morada falar com o Klaus. Quando eles invadiram, eu estava na rua. Os dois estavam assim quando consegui chegar em casa.

— Ai, Kurt...

— Talvez, se eu estivesse... — A voz dele falhou.

— Você também estaria morto. — Segurei o rosto dele entre as mãos e o forcei a me olhar. — Kurt, nós precisamos ir. Você deve isso aos seus pais. Precisa sobreviver.

Ele tocou meu cabelo e sorriu, mas um sorriso triste. Uma lágrima escorreu pelo rosto dele e ele a secou na mesma hora.

— Pelo menos você está de volta.

— Sim e preciso da sua ajuda para buscar a Lara. Vamos... Você precisa ver o que Klaus está fazendo!

Ele olhou para a mãe e ajeitou a manga do suéter dela. Desviei os olhos daquele corpo que estava me embrulhando o estômago. Eu já tivera minha cota de mortes pelo ano inteiro, mas me forcei a ficar ali pelo meu amigo. Kurt não merecia aquilo. Os pais dele não mereciam. Eu os conhecia pouco, mas, se tinham criado um filho fantástico como meu amigo, então deviam ser ótimas pessoas.

— Não posso deixá-los aqui — ele sussurrou.

— Nós voltaremos, Kurt. Só vamos nos esconder na Morada e esperar que Klaus expulse esses infelizes da Fortaleza.

Calei a boca assim que ouvi um barulho do lado de fora. Podia ser uma pessoa ou um mitológico. Será que eles atacavam duas vezes o mesmo lugar? Eram tão burros assim?

Eu me espremi contra Kurt para evitar ser vista por quem entrasse pela porta da cozinha. No entanto, precisava conferir o que estava acontecendo. Me ajoelhei no chão e levantei a cabeça lentamente. Estava morrendo de medo de que acontecesse como nos filmes de suspense e terror: a pessoa vai dar uma espiadinha e dá de cara com o assassino!

Fechei os olhos, contei até três e olhei por cima do balcão bem na hora em que um centauro estava passando em frente à porta. Fiquei paralisada, com medo de que ele percebesse o movimento. Prendi a respiração e acompanhei os passos dele pelo interior da casa. Quando ele saiu do meu campo de visão, comecei a me levantar ao ouvir suas patas nos degraus da escada.

— Kurt! — falei no ouvido dele. — Tem um centauro aqui dentro. Nós temos que ir agora!

Ele me olhou e entendeu o recado. Tocou o rosto da mãe pela última vez e a soltou com delicadeza. Depois se ajoelhou ao meu lado e eu lhe entreguei uma faca que estava sobre o balcão.

— Quando eu correr, corra também. Ele está no andar de cima e parece que não tem mais nenhum lá fora.

— E se tiver?

Eu dei de ombros e ele entendeu. Se tivesse, teríamos que nos virar para mantermos nossas cabeças em seus devidos lugares.

Nós tomamos o cuidado de nos levantar em silêncio e saímos da cozinha bem devagar. Quando vi a porta da sala escancarada e o caminho desimpedido, desatei a correr.

Kurt me imitou e eu agradeci mentalmente por ele ter saído do transe. Eu podia imaginar a dor que era perder os pais, então, para mim, ele estava sendo muito corajoso.

— Isso é obra de Klaus? — perguntou ele, na rua, olhando o céu tempestuoso.

— Com certeza! — Precisava gritar para ser ouvida por sobre as trovoadas. — De quem mais seria?

Conseguimos chegar rápido à casa de Lara e, quando abri a porta, gritei ao mesmo tempo que eles. A família de três pessoas estava na sala, armada com tacos de beisebol e pronta para atacar à primeira ameaça.

Quando me viu, Lara soltou o taco e correu na minha direção, me esmagando num abraço.

— Sasha! Não acredito! Você está viva!

— Ai! Por pouco tempo se você não me deixar respirar.

Ela me soltou e deu um gritinho quando viu Kurt. Mas o grito de entusiasmo logo se transformou num gemido pesaroso. Deve ter notado todo o sangue que encharcava a roupa dele.

Os pais dela perguntaram pelos nossos pais e levei menos de vinte segundos para explicar toda a história. Custaram a acreditar que uma garota de dezoito anos podia ter noção do que estava fazendo, mas Lara conseguiu convencê-los a me acompanhar. O fato de eu já ter sobrevivido a três encontros com mitológicos acabava me dando um pouco de moral.

Quando nos preparávamos para deixar a casa, no entanto, fomos surpreendidos. Um minotauro avançou pela porta e a mãe de Lara gritou. Eu consegui me jogar para fora do caminho dele e puxar Kurt comigo. Mas Lara ficou cara a cara com o animal.

Eu me levantei e aproveitei que ele não estava concentrado em mim. Quando o bicho esticou o braço para pegar minha amiga, corri para cima dele. A besta agarrou o braço dela e a puxou, preparando o golpe fatal com a outra mão.

Eu sabia que não tinha forças para derrubar um minotauro, então fiz o que tinha visto Klaus fazer quando Mikhail e eu chegávamos à Fortaleza. Me joguei no chão na hora que ele se virou para me olhar. A adaga, que já estava na minha mão, transpassou o lugar conhecido como tendão de Aquiles e ele urrou de agonia.

O grandalhão cambaleou e se curvou para frente. Aproveitando a distração do bicho, o pai de Lara bateu com o taco na cabeça dele. Aquilo não ia matá-lo, mas era o suficiente para atordoá-lo enquanto fugíamos.

— Vamos, vamos!

Nós corremos para a rua e por duas vezes escorreguei em poças de sangue pelo caminho. Kurt me ajudava a levantar a todo instante, enquanto o pai de Lara protegia a esposa e a filha. Lara estava arranhada no braço, mas as unhas do minotauro não tinham chegado a rasgá-la. Eram cortes bem superficiais e ela com certeza iria sobreviver, mas se lamentava o tempo todo de que estava perdendo sangue.

Quando chegamos ao bosque, o pai da minha amiga retirou a tampa e olhei lá para baixo. Meu pai acenou e sorri em resposta, aliviada por nada ter acontecido a eles. Minha amiga foi a primeira a descer, seguida por Kurt. Quando ele estava prestes a descer, eu vi algo que não queria ver tão cedo. Ou melhor, alguém.

Zênite estava em pé no meio da rua, olhando para as casas. Ao lado dela havia dois minotauros e um centauro. Um dos minotauros eu identifiquei como o que tinha cruzado conosco na casa de Lara, pois ele mancava e sangrava numa das pernas.

— Vocês precisam se apressar! — sussurrei. — A rainha dos mitológicos está logo ali. Se ela perceber que estou aqui, já era.

O pai de Lara apressou a esposa, ajudando-a a passar pelo bueiro.

— Você desce e eu coloco a tampa. Pode ir — disse ele para mim.

Nem pensei duas vezes. Mal a mãe de Lara desceu, eu já me abaixei para começar a descer também. Foi nesse momento que Zênite virou a cabeça e seus olhos encontraram os meus.

— Vai! Vai! — gritei para a mulher que descia como uma lesma. — O senhor precisa vir! Rápido!

Enquanto Lara e a mãe gritavam lá embaixo, o pai delas começou a passar as pernas pelo buraco. Eu já não via mais nada, mas também evitei olhar para cima. Tinha medo de que ele não conseguisse fechar aquilo a tempo e se tornasse mais uma vítima.

Apesar do meu pavor, ele conseguiu encaixar a tampa no lugar bem na hora que Zênite e seus capangas nos alcançaram. Eu acabei pulando de qualquer jeito, sabendo que meu pai me seguraria.

O homem acima de mim já tinha começado a descer quando a rainha malévola pegou a tampa do bueiro e a jogou longe. As mulheres gritaram, apavoradas.

— Eles não podem entrar aqui. São grandes demais — falei enquanto a encarava. — Não foi dessa vez, Majestade!

Fiz questão de gritar aquela frase bem alto, mesmo sabendo que eles não podiam entender. Só fiz isso porque sabia que Zênite compreenderia que era com ela que eu estava falando.

Quando o pai de Lara finalmente pisou no chão, ela o abraçou com força e depois o soltou para abraçar Kurt. Ela apoiou a testa na dele e fitou o amigo nos olhos.

— Eu sinto tanto, Kurt...

Eu me aproximei dos dois e passei um braço pelos ombros de cada um. Meu pai então se adiantou e pulou a mureta para sair do esgoto. Antes de segui-lo, olhei mais uma vez para cima, mas Zênite não estava mais lá.

🜲 🜲 🜲

— Então você foi sequestrada por eles? — foi a pergunta de Lara que quebrou o silêncio.

Eu não estava fazendo o caminho de volta com a mesma pressa de antes. A mãe dela tinha torcido o pé e não conseguia andar muito rápido, mas estava se esforçando para não nos atrasar muito.

Eu ia andando na frente, prestando atenção na trilha marcada pelas tochas. Lara e Kurt me seguiam e Victor vinha logo atrás. Os adultos acabaram ficando no final da fila, com a intenção de proteger nossa retaguarda. Eles ainda estavam convencidos de que um mitológico pularia por aquele bueiro a qualquer momento. Ele até poderia tentar, mas acabaria entalado.

— Sim, fiquei dois dias como prisioneira numa caverna.

— E Blake?

Eu ainda não tinha contado a eles aquela parte da história. Mas uma hora teriam que saber e não havia momento melhor. Engoli em seco, sentindo a língua ficar áspera.

— Blake está morto.

Ouvi mais de uma pessoa ofegar atrás de mim e a voz do meu pai, mais alta do que todas as outras:

— O quê? Blake Campbell morreu?

Por um instante, eu tinha me esquecido de que meu pai trabalhava com ele. Os dois tinham desenvolvido certa cumplicidade, e meu pai com certeza sentiria a morte do cientista.

Virei para trás e continuei andando de costas mesmo. Meu pai me olhava horrorizado e com os olhos cheios d'água.

— Sim, Blake morreu quando tentávamos escapar. Ele estava traindo os Mestres, pai — contei, com pesar. — Agora, por causa dele, os mitológicos têm uma *Exterminator* nas mãos.

— Uma *Exterminator*? — Ele arregalou os olhos, chocado. — O que eles querem com uma *Exterminator* se ela só serve para ser usada contra a espécie deles?

Eu parei de andar quando notei a escuridão atrás de mim. Precisávamos interromper a caminhada por aquele túnel e seguir pelo que estava iluminado pelas tochas.

— Eles criaram um projétil que pode matar vampiros — avisei.

O pai de Lara soltou um assobio e ela olhou para ele envergonhada.

— Essa é a primeira boa notícia do dia!

— É mesmo? — perguntei, sem conseguir controlar a raiva. — Pena que, além de vampiros, eles também querem matar humanos. Como fizeram com os pais de Kurt!

— Sasha!

— Nada de Sasha, pai! Se estamos nessa situação é por causa da ideia idiota que Blake tinha de que os vampiros são nossos inimigos! Eles não são! — Abri os braços para eles. — Quem vocês acham que está nos ajudando?

— Quem? — Foi Victor quem fez a pergunta, curioso como sempre. Eu não pretendia falar, mas todos me olharam curiosos.

— Mestre Mikhail. Se eu estou encontrando o caminho certo para a Morada, é por causa dele, que acendeu as tochas para me guiar.

Senti um orgulho crescer dentro do peito. Mikhail era sempre meu herói, de várias maneiras que ele nem sequer imaginava.

— E por que ele só está ajudando você, Aleksandra? — questionou minha mãe. — Há tantas outras pessoas que poderiam estar fazendo esse caminho. Eles deveriam ajudar a todos, não somente a nós.

Lara e Kurt me encararam com as sobrancelhas arqueadas. Talvez eu não devesse ter falado tanto. Decidi deixar a pergunta da minha mãe sem resposta e me virar novamente para a frente. Pelos meus cálculos, não devíamos estar muito longe.

Acabei pensando em Mikhail. Como devia estar a situação dele e dos outros Mestres lá fora? Era impossível ouvir qualquer coisa dentro daqueles túneis. Pelo menos não com ouvidos humanos. Eu sabia que seria ilusão achar que tudo já estava acabado, mas esperava que os Mestres estivessem ganhando a batalha.

— A escada! — gritei ao avistar os degraus por onde eu tinha descido.

Corri feliz para lá, sem esperar pelos outros. Comemorei interiormente por ter conseguido trazer todos em segurança. Não, nem todos, infelizmente. Mas a morte dos pais de Kurt não tinha sido culpa minha. Gostaria que estivessem ali também.

— É isso? Chegamos? — mamãe perguntou, ao se juntar a todos nós naquele pequeno espaço diante da porta de aço.

— Chegamos!

Repassei mentalmente as letras da senha que Mikhail tinha me dado, para não digitar errado e correr o risco de travar a porta. Então apertei as teclas O-N-D-R-E-J e ouvi um clique. A porta de aço destravou e meu pai ajudou a abri-la.

Saímos para o corredor e guiei todo mundo até o saguão. Eu segurava a adaga de Mikhail com tanta força que meus dedos estavam doloridos, mas tinha medo de perder a oportunidade de usá-la, se necessário.

Quando chegamos ao saguão, aquilo mais parecia um prédio abandonado. Nem mesmo recepcionista havia atrás do balcão de vidro. As enormes portas duplas estavam escancaradas e, pelo visto, a Morada dos Mestres estava à mercê de qualquer mitológico que resolvesse entrar ali. Bela dica, Mikhail!

— Bem, e agora? — o pai da Lara perguntou, me olhando.

Enquanto eu pensava no que fazer, papai passou por mim e foi até a entrada. Temi que ele resolvesse ir lá fora, mas, em vez disso, parou e virou-se para nos olhar. Sua expressão não era das melhores...

— Acho... — Coçou a testa. — Não sei dizer quem está ganhando. Mas sei que é perigoso ficarmos aqui. Estamos muito expostos. Se eu pelo menos conseguisse fechar essas portas...

Eu sorri da ingenuidade dele. Sabia que tinha boas intenções. Mas ele e o pai da Lara juntos nunca iriam conseguir fechar aquelas portas de mais de quatro metros de altura e no mínimo dois palmos de espessura. Os dois até que tentaram, mas nem conseguiram tirá-las do lugar.

— É impossível. Nós precisamos nos esconder — disse o pai de Lara.

— Não deveríamos, sei lá, ajudar na batalha? — Todos nós viramos a cabeça para olhar meu irmão.

É claro que uma pergunta esdrúxula daquelas só podia ter partido dele. Sempre me perguntei que tipo de comida minha mãe dava para Victor. Porque com certeza não era a mesma coisa que dava para mim.

— Você quer lutar? — perguntei. — Com os mitológicos?

Abafei uma risada, mas ele percebeu meu sarcasmo e fechou a cara. Minha mãe se aproximou de papai e segurou a mão dele, tirando o marido de perto da entrada devassada.

— Victor não sabe o que diz, mas ele não está totalmente errado. Se não tem ninguém aqui para nos proteger, temos que ficar preparados para nos defender se alguém atacar. — Ela olhou para todos nós e deteve os olhos nos pais da minha amiga. — Temos que proteger nossas crianças.

Mamãe soltou meu pai, foi até onde Kurt estava e segurou o rosto do meu amigo, beijando sua bochecha.

— E você também, querido. Tomaremos conta de você também.

— Fica difícil protegermos alguém com facas de cozinha! — o pai de Lara resmungou, apontando a faca na mão de Victor. — Isso aí não é capaz de ferir nem superficialmente um mitológico.

Observei a lâmina da faca que Victor segurava e a comparei com a lâmina da minha adaga. Realmente era de qualidade bem inferior e eu não sabia se ajudaria em alguma coisa. Então tive uma ideia absurda, que podia dar muito errado. Mas não custava tentar.

— Eu sei onde podemos conseguir armas muito melhores. Até espadas! — Sorri para eles, pensando na sala lotada de belíssimas armas que eu vira na Morada.

Klaus ficaria muito, muito irritado comigo. No entanto, eu preferia apanhar de um Mestre do que ser morta por um mitológico.

Avisei logo que não sabia em que andar a sala ficava. Teríamos que procurar às cegas, num prédio enorme e sem a ajuda do elevador. Não havia nenhum Mestre ali para controlar o elevador e nos levar ao andar certo.

Tivemos que nos separar. Minha mãe e a mãe de Lara não tinham condições de correr pelas escadas da Morada. Elas entraram numa sala ali mesmo no andar em que estávamos e se trancaram lá dentro. Papai quis que Victor ficasse, com a desculpa de que era preciso um homem para tomar conta delas, mas o garoto implorou para nos acompanhar. Eu concordei com a ideia, pois me parecia que Victor estava muito determinado a ajudar. Como Kurt ainda se encontrava em estado catatônico, concordamos que ele ficaria com as mulheres.

— Pensando bem, eu nunca perguntei. Qual o nome do seu pai, Lara?

— Elliot. — Lara me olhou e sorriu, antes de voltar a se concentrar nos degraus. Ambas estávamos ofegantes. — Obrigada por ter ido nos buscar. Não sei como estaríamos se você não tivesse aparecido.

— Vivos, provavelmente. Vocês tinham um forte esquema de segurança.

Nós rimos, porque era óbvio que aquela cena dos três parados atrás da porta empunhando bastões, preparados para atacar quem entrasse, era patética. A menos que o invasor fosse humano.

Terminamos mais um lance de escadas e Victor e meu pai correram pelo corredor. Eles iam conferindo todas as portas na esperança de encontrar a sala. Não paramos para esperá-los. Combinamos de nos dividir em dois grupos e cada um revistar um andar, para não ficar tão cansativo. A Morada devia ter mais de cinquenta andares e eu acreditava que eles não conseguiriam subir nem metade deles.

Dez minutos depois, nós cinco paramos para recuperar o fôlego. Já tínhamos conferido uns oito andares, mas nem todos estavam com as portas destrancadas. Achava que a ideia tinha sido idiota demais, que estávamos perdendo tempo. Os adultos se entreolhavam cansados e preocupados.

Sasha!

Ouvi Mikhail me chamar e corri para a escada. Eu me debrucei sobre o corrimão de madeira e tentei ver alguma coisa no andar de baixo.

— Estou aqui! Não sei em que andar... — respondi, mas não baixo o bastante para que passasse despercebido pelas outras pessoas.

— Com quem você está falando? — papai perguntou, agora ao meu lado.

Mikhail apareceu mais rápido do que eu imaginava, carregando uma *Exterminator*. Nas mãos dele, a enorme e pesada arma parecia não pesar mais do que alguns gramas.

Talvez pelo alívio de me ver com todos os membros no lugar, ele não se deu conta da nossa plateia. Por um lapso de segundo, aconteceu: ele me puxou pelo braço, colando meu corpo no dele. Segurou meu rosto com a mão livre e me olhou nos olhos.

Tudo bem?

— Hum... Sim — respondi, completamente constrangida.

Eu não conseguia pensar direito por dois simples motivos: primeiro, eu tinha plena consciência de que estávamos na presença do meu pai e de outras pessoas que não tinham conhecimento algum do nosso envolvimento. Segundo, Mikhail estava banhado em sangue, para meu desespero. E muito machucado. Eu pisquei, correndo os olhos pelos ombros dele.

Foi quando ele notou o erro que cometeu e me soltou tão rápido quanto me puxou. Passou por mim e parou para olhar os outros integrantes daquele grupo estranho, ofegante e apavorado.

— Eu, hum... — pigarreei. — Nossa, você está todo machucado!

O Mestre ainda vestia a mesma roupa que usava quando nos separamos. Um jeans escuro e uma camisa preta que não servia para mais nada, já que estava toda rasgada. Um dos ombros tinha uma ferida circular e algo me levava a crer que o braço dele tinha sido arrancado e ainda estava se curando. Seu abdômen, nos lugares em que a camisa estava rasgada, tinha vários talhos profundos. Obra das unhas de algum minotauro, provavelmente. Os cabelos molhados de chuva pingavam no piso impecável da Morada.

— O que vocês estão fazendo aqui em cima? — Ele me olhou. — E sua mãe?

— Ela está lá embaixo... — Perdi a força nos joelhos quando ele virou de costas para mim. — Misha! — Ele tinha um buraco sangrento na altura das costelas. Tão grande e profundo que dava para ver os ossos.

— Sasha! — Senti as mãos da Lara segurando meus braços, me impedindo de cair.

Mikhail soltou a arma no chão e tomou o lugar da minha amiga, me amparando em seus braços, sem entender. Eu olhava para ele totalmente em pânico. Eu já o tinha visto machucado outras vezes, mas era a primeira vez que presenciava algo tão grotesco e numa pessoa com quem eu me importava tanto. Por um segundo, esqueci quem ele era e tive medo de que estivesse morrendo.

— Suas costas... — sussurrei, resistindo à vontade de tocá-lo. — Você já viu? Tem... tem...

— Uau! Você tem um buraco enorme nas costas! — Victor anunciou com seu jeito delicado. — Irado!

Está tudo bem, estou me curando. Preciso voltar lá para fora, Sasha.

Balancei a cabeça, mostrando que tinha entendido. Eu sabia que ele estava bem, mas já não aguentava ver tanta carnificina à minha volta.

— Mestre, o senhor está bem? — o pai da Lara perguntou. — Essa ferida parece bem grave.

— Eu estou ótimo.

Ele precisou me soltar, porque eu já tinha me restabelecido e também porque a situação era desconfortável. Até então, eu vinha tentando ignorar os olhares do meu pai e de Victor. Eles com certeza estavam estranhando o modo como eu e Mikhail interagíamos, mas não falaram nada. Pelo menos não na frente de Mikhail.

— Não se preocupem com minhas feridas. Preciso que encontrem um lugar seguro e fiquem lá até que tudo acabe.

O Mestre pegou a *Exterminator* do chão e todos olhamos admirados para ela. Parecia um sonho muito distante pensar que um dia ela seria realmente usada. Meu pai a fitava com um brilho nos olhos.

— Eu estava procurando a sala onde vocês guardam aquelas armas — eu disse ao Mestre, torcendo para que nos ajudasse.

Ele me olhou surpreso e eu me lembrei de que ainda não tinha contado sobre minhas visitas à Morada para treinar com Klaus. Ele ergueu uma sobrancelha e perguntou, curioso.

Devo perguntar como você conhece essa sala e sabe das armas?

— É uma longa história, sério — respondi. — E não temos nada com o que nos proteger.

— Uma espada viria bem a calhar, devo dizer — disse meu pai, entrando na conversa. — Se houver algo que possamos pegar emprestado...

Eu podia ver as engrenagens na cabeça do Mestre trabalhando enquanto ele pensava se era ou não uma boa ideia atender ao nosso pedido. Mas ele era sensato, no final das contas. Primeiro, entregou a *Exterminator* nas mãos do meu pai, que a segurou como se fosse uma bomba.

— Voltem lá para baixo e esperem por mim. Carregue-a como se fosse a sua vida, Johnathan. — Ele não esperou para ver se obedeceríamos. Simplesmente subiu em disparada pela escada e nos deixou para trás.

Decidimos que o melhor a fazer era seguir a ordem do Mestre, então descemos tudo de novo. Lara me perguntou se deveria pedir para Mikhail curar seu braço e eu concordei, mas pedi que esperasse a batalha terminar. Estávamos em meio ao caos e nenhum Mestre tinha tempo para curar alguns arranhões. Mikhail já estava perdendo um tempo precioso ao buscar as armas.

Nem tínhamos descido quatro lances de escada quando ele nos alcançou. Pegou a *Exterminator* de volta e entregou espadas para meu pai e Elliot, que mostraram um pouco de dificuldade para manejá-las. A Victor ele deu uma adaga um pouco maior do que a minha. Para Lara, nada.

— Mas qual o preconceito comigo?

— Não darei um objeto cortante nas mãos de uma garota — respondeu ele, apressado.

— Mas Sasha tem uma adaga! — Ela estava coberta de razão, mas naquele momento eu quis lhe dar um tapa.

Mikhail, que estava prestes a descer e voltar para a batalha, parou e nos olhou sem saber o que dizer. Eu dei de ombros. Sem perder mais tempo, ele desistiu da resposta e foi embora. Peguei papai me olhando de um jeito avaliador e não gostei. Olhei de cara feia para Lara e a puxei pela mão.

— Deixa para reclamar depois que estivermos todos juntos — pedi.

Acho que vou precisar apagar as memórias de todos eles depois.

Meu coração apertou diante do aviso. Não queria que ele ficasse apagando a memória de ninguém. Não sabia o quanto isso mexia com a cabeça da pessoa e tinha medo que deixasse sequelas. Decidi que, quando tivesse oportunidade, conversaria sobre isso com Mikhail e, apenas se fosse preciso, deixaria que ele tomasse as medidas necessárias.

CAPÍTULO VINTE E UM

| MIKHAIL |

QUANDO PASSEI NOVAMENTE PELAS PORTAS DA MORADA, ao sair, aproveitei para fechá-las. Sasha estava lá dentro e não havia soldado algum por perto para proteger aquelas pessoas. Todo nosso contingente estava espalhado pelas ruas da Fortaleza, tentando evitar um desastre ainda maior.

Tranquei as portas duplas e desci a escadaria. A chuva que caía batia forte em meu corpo e eu conseguia sentir o peso de cada pingo. Nós éramos naturalmente ágeis, mas os mitológicos ficavam mais lentos debaixo de todo aquele aguaceiro. As nuvens negras se acumulavam no céu escuro, fundiam-se e eram iluminadas pelos relâmpagos que estouravam dentro delas.

Pisei numa poça vermelha e vi os respingos se espalhando à minha volta. Uma das gotas caiu nas patas de um centauro que me encarava. A gota vermelha escorreu lentamente na pelagem cor de caramelo que cobria a parte inferior do seu corpo. Ele tinha acabado de matar um vampiro e tinha sede de sangue estampada nos olhos.

A *Exterminator* pendia da minha mão direita. Eu tinha resistido um pouco à ideia de criar a arma. Quando cogitamos a transferência da família Baker para a Fortaleza, ainda não sabíamos muito bem como os resultados das pesquisas de Johnathan seriam utilizados. Até que Blake Campbell apareceu e tudo mudou. A princípio, fui contra a criação da *Exterminator*. Achava muito ineficaz ter que depender de uma arma de fogo para combater mitológicos. Pelo menos para mim, o método corpo a corpo funcionava perfeitamente. Mas vampiros comuns nem sempre tinham o mesmo êxito. Não quando precisavam enfrentar três ou quatro mitológicos ao mesmo tempo.

Não havíamos tido tempo para produzir a quantidade pretendida de *Exterminators*. O objetivo era colocá-las nas mãos de nossos melhores soldados, mas, com o ataque surpresa, não tivemos chance de colocar isso em prática.

Cinco dessas armas tinham sido fabricadas, mas, como Blake furtara uma delas, agora restavam quatro. Klaus decidira nos entregar as que sobraram e foi o único a ficar desarmado. Olhando para ela agora, fui obrigado a admitir que havia ficado pronta no momento certo. O exército mitológico era muito mais numeroso que o nosso. Lógico que no planeta inteiro havia muito mais vampiros que mitológicos. No entanto, entre eles havia muitos que eram civis. Os mitológicos, todos eles, nasciam para a guerra.

O centauro avançou na minha direção, espirrando o sangue das poças. Levantei a *Exterminator*, sem precisar olhar a mira da arma, e atirei. Com a minha visão sobre-humana, pude ver o projétil descrever sua incrível trajetória até o peito do centauro. Então a pele afundou, as bordas saltaram para fora e o projétil sumiu no interior do animal. Soube o momento exato em que a bala explodiu dentro dele, pois seus olhos se arregalaram e ele ficou paralisado. O mitológico olhou para o orifício em seu corpo e levou uma das mãos ao local. Depois, olhou novamente para mim.

O composto desenvolvido por Johnathan Baker a essa altura já entrara na corrente sanguínea da criatura e começava a agir. Naquele instante, eu me lembrei da nossa primeira reunião na Fortaleza, quando o pai de Sasha nos explicara como funcionava o organismo daquelas bestas.

— O mais importante quando se fala sobre essas duas espécies, centauros e minotauros, é que o ciclo celular deles não funciona como o nosso. — O biólogo pôs no lugar os óculos que escorregavam pelo nariz. — Quero dizer, como o dos humanos. Nunca estudei a biologia de um vampiro.

Ele estava visivelmente nervoso em nosso primeiro encontro. Tossiu e pigarreou, evitando fazer contato visual conosco.

— Não que eu pretenda estudar.

Klaus, Nikolai e eu estávamos no laboratório montado para receber Johnathan Baker. Vladimir e Nadia não mostravam muito interesse no assunto, portanto, apenas nós três participávamos da conversa.

Johnathan estava sentado numa cadeira giratória e vestia um jaleco branco com seu nome bordado num bolso sobre o peito. Eu não achava necessário, já que não havia a menor possibilidade de confundirmos o homem com qualquer outra pessoa.

— Seria interessante se você começasse a explicar — Klaus falou, cruzando os braços. — Não espera que saibamos do que está falando, não é?

— É claro que não. — Baker esfregou as mãos na calça cinza de sarja e abriu um notebook.

O homem abriu várias janelas até que a imagem inicial de um slide iluminasse a tela do computador. Ele, então, assumiu a postura de um professor que se preparava para dar uma aula.

— O ciclo celular do corpo humano segue um certo padrão. Vamos pegar como exemplo esta célula denominada A. — Ele apontou para o desenho arredondado no centro da tela, com riscos coloridos na parte de dentro. — Suponhamos que A possua estes dois cromossomos bonitinhos. Quando A está na fase chamada interfase, ela duplica o DNA e se prepara para sofrer uma divisão. Esse processo de divisão celular é conhecido como mitose, mas há uma complexidade muito maior envolvendo tudo isso.

Eu confesso que me saí muito bem torturando, matando, combatendo seres humanos e lidando com os problemas da espécie humana durante todos esses séculos. Mas biologia não era o meu forte, muito menos dos meus irmãos. Johnathan Baker estaria falando em outro idioma se não fossem pelas imagens muito explicativas. Eu prestava mais atenção nelas do que em suas palavras.

— Então, quando acontece a mitose, a célula A se divide em A1 e A2. Assim, A1 e A2 passarão pelos mesmos processos: o da interfase, duplicando o DNA e, depois, o da mitose. Só que, naturalmente, há exceções. Existem células que chegam a um estágio em que interrompem essa fase de divisão e permanecem para sempre do mesmo jeito. Como é o caso, por exemplo, dos neurônios. Entretanto, podemos dizer que a maioria passa pela divisão celular.

Depois de passar mais algumas imagens mostrando exatamente o que havia acabado de falar, ele mostrou outra que exibia o corpo de um minotauro e algumas legendas na parte inferior. A imagem seguinte mostrava novamente os desenhos arredondados que já tínhamos entendido que se tratavam de células.

— Cada célula possui uma potência, que é o que irá diferenciá-la das demais. Pegando o ser humano como exemplo, o desenvolvimento começa quando o embrião fertiliza o óvulo e cria uma célula totipotente. Ela possui um grande poder de divisão e produz todas as células diferenciadas do organismo. Geralmente, esse tipo de célula é uma célula-tronco. A partir disso, essa célula se dividirá em outras células totipotentes idênticas e levará alguns dias para que estas se especializem. E o que acontece com os mitológicos é que eles possuem um número absurdo de células totipotentes. Seu corpo é quase todo constituído delas. O funcionamento do organismo deles é algo que eu nunca vi na vida. Eles estão em mutação constante.

Isso, definitivamente, chamou a nossa atenção. Klaus se preparou para falar alguma coisa, chegando até a se inclinar na cadeira, mas Johnathan empurrou um microscópio na nossa direção.

— Eu gostaria que vissem com seus próprios olhos. Este aqui possui o material colhido de um minotauro que me trouxeram hoje de manhã. — Ele apontou para o aparelho da esquerda e Klaus aproximou o rosto. — Veja como as células se multiplicam continuamente.

Nós esperamos que o primogênito avaliasse o material enquanto Baker preparava outro microscópio.

— É por isso que determinados ferimentos não matam um mitológico e eles se curam tão rápido. Seu processo de renovação celular é extremamente acelerado e poderoso. Se uma célula importante morre, não tem problema, outras duas já estão se multiplicando.

— Só conseguimos matá-los quando atingimos o coração ou a cabeça — eu disse, pela primeira vez com vontade de me pronunciar.

— Porque, dessa forma, nem um processo regenerativo tão rápido é suficiente para curá-los. — Johnathan deixou escapar um sorriso, mas logo recuperou a seriedade. — Quando o coração para de bater, então eles realmente vêm a óbito.

Klaus se afastou do microscópio e bateu as mãos nas pernas, chamando a atenção de Johnathan. O homem ajeitou os óculos, empurrou o aparelho de volta no lugar e voltou a se concentrar na tela do notebook.

— Então...

— Senhor Baker, pule a parte sobre como funciona os corpos dessas bestas e nos diga o que pretende fazer para matá-las — mandou Nikolai, com uma impaciência perceptível.

— Sim, sim, eu já ia chegar a esse ponto. A questão é que o crescimento celular no corpo de um mitológico ocorre de forma desorganizada. O que nos dá uma vantagem. Elas não seguem um padrão, é um processo muito semelhante ao das células cancerígenas.

Ele fez uma pausa na explicação para que absorvêssemos aquela informação reveladora e que fazia toda a diferença. Então continuou:

— Depois de testar diversos reagentes nessas células, acabei fazendo a descoberta que todos esperávamos. A combinação de agentes quimioterápicos usados em medicamentos atuais para humanos, com substâncias usadas para esses fins no século dez, causa uma reação explosiva nessas criaturas. A cisplatina e a ciclofosfamida atuam detendo a duplicação das células. O antimetabólito inibe a divisão da célula e altera também a sua função normal. Isso faz instantaneamente com que o corpo deles sofra um colapso, porque a transformação constante das células é o que os mantém vivos. O mercúrio e o arsênio terminam de fazer o trabalho, causando uma grande intoxicação que interfere em todo o sistema celular. Só preciso que o veneno chegue à corrente sanguínea do alvo.

Pisquei, confuso com toda aquela explicação. Era difícil acompanhar o raciocínio daquele homem. Ele estava tão empolgado com a própria descoberta que se esquecia de que falava com alguém que não entendia nada do assunto.

— Isso já está sendo providenciado. Até o final da semana, no máximo, você receberá a ajuda de um jovem prodígio — Klaus falou. — Ele projetou a arma que fará sua criação chegar à corrente sanguínea dos mitológicos.

Todos terminamos a reunião muito satisfeitos. Só quase duas semanas depois é que fomos descobrir que a *Exterminator* original, o primeiro projeto de Blake, era uma arma a laser. Nossos planos teriam ido por água abaixo se não fosse pela nova ideia que ele teve.

Olhei a *Exterminator* que eu segurava e lamentei a estupidez daquele garoto idiota. Sua morte era sem dúvida uma perda irreparável para todos nós, apesar dos meus problemas pessoais com ele.

O centauro já estava morto. Primeiro, eles desabavam no chão. Depois perdiam os movimentos e ficavam imóveis, enquanto o sangue nojento escorria pela boca, pelos olhos e pelo nariz. Não era uma cena bonita, mas para mim era relaxante. Eu poderia observar mitológicos morrendo durante horas.

Corri até um grupo de mitológicos que cercava um soldado já muito ferido. Um minotauro lançou suas garras na minha direção e eu me abaixei, desviando do ataque. Passei por baixo de seu braço, pulei sobre ele por trás e rasguei sua garganta. Tive que me afastar para que o corpo sem vida não desabasse sobre mim e senti algo penetrando na ferida nas minhas costas. Um centauro atrás de mim quebrou algumas das minhas costelas antes que eu conseguisse me virar. Encostei a *Exterminator* em seu peito e apertei o gatilho. O animal estremeceu e seus olhos foram perdendo o brilho à medida que eu me afastava.

Soldados à minha volta davam tudo de si para combater o exército inimigo. Nos olhos de alguns eu enxergava o medo, mas nenhum deixava de encarar o seu dever. Um vampiro ao meu lado desabou no chão, com um minotauro em cima dele. A espada que o soldado usava estava cravada no peito do mitológico, que ainda não tinha morrido. Aproximei-me por trás e dilacerei a garganta da besta.

Unhas afiadas rasparam meu abdômen quando me virei, levando com elas mais alguns pedaços da minha camisa. Girei o braço e enfiei a lâmina da adaga no ventre do minotauro. Então puxei-a para cima, abrindo uma grande fenda no corpo dele.

— Socorro! — um homem gritou, enquanto corria pela calçada na direção de alguns soldados. Atrás dele, um centauro galopava ferozmente.

Fiz com que o corpo do humano levitasse até sair do alcance do mitológico e assumi o lugar do homem. O centauro tentou parar, ao me ver com a *Exterminator*, mas seus cascos escorregaram na calçada alagada. Ele acabou parando a poucos centímetros de mim, bufando e me olhando com raiva.

— Eu sou mais interessante, não sou? — Sorri.

Levantei a mão e atirei no meio da testa dele. Apesar de a arma ser muito eficaz e nos poupar bastante trabalho, era preciso escolher muito bem o momento de usá-la. Não tínhamos muita munição e os projéteis que eu carregava já estavam acabando.

A voz de Klaus ecoou na minha mente.

Zênite foi vista pelos arredores do Centro de Doação. Quem estiver mais perto, dirija-se rápido para lá!

Eu estava bem perto do local e achei melhor conferir. Arranquei a camisa despedaçada, que já estava me incomodando, grudada ao meu corpo por causa da chuva. Deixei que a água escorresse pela minha pele, para tirar o fedor de mitológico que estava entranhado em mim.

Não consegui ser tão rápido, porque encontrei mitológicos pelo caminho e não podia simplesmente ignorar a presença deles. Mas, quando por fim cheguei à rua em questão, avistei Rurik, Zênite e mais dezenas de mitológicos. Eles estavam se reagrupando.

Acho que é melhor todos virem para cá. A não ser que vocês pensem que eu posso dar conta de Rurik com uma Exterminator e mais uns cinquenta mitológicos, avisei.

Zênite está aí?, Klaus perguntou.

Sim. Neste exato momento ela está sorrindo para mim.

Eu me abaixei quando um raio caiu num prédio a poucos metros de mim.

Klaus, se você puder não lançar raios na minha cabeça, eu agradeço.

Nikolai e Nadia surgiram ao meu lado ao mesmo tempo em que dois dos nossos soldados tentaram avançar sobre o grupo. Aquela era a primeira vez que eu via a *Exterminator* sendo usada contra nós. Rurik atirou num deles e o vampiro cambaleou. Em menos de cinco segundos, seu corpo irradiou uma luz branca. Era como se várias fendas estivessem sendo abertas naquele corpo e de cada uma delas jorrasse uma explosão de luz. Então, quando essas fendas tornaram-se grandes o bastante, o soldado explodiu em vários pedaços.

— Ele já matou alguns com isso — Niko sussurrou. — Não faço ideia do que seja.

— Acha que funcionaria em nós? — perguntei.

Ele me olhou e deu de ombros. Não parecia que tinha intenção de descobrir a resposta. Eu me lembrei de tudo o que Sasha tinha nos contado sobre a traição de Blake e o roubo da *Exterminator*. Ela explicara por alto como Rurik pretendia usar a arma contra nós, mas naquele momento, quando estávamos na caverna, não me pareceu tão perigoso.

Klaus apareceu e nem parou para falar conosco. Só tive tempo de ver meu irmão mais velho se lançar na direção do imenso grupo. Zênite se afastou na mesma hora, sendo cercada por alguns minotauros que a protegiam. Então ela não tinha coragem de nos enfrentar cara a cara. Uma descoberta interessante.

Eu vi de longe quando Rurik apontou a *Exterminator* para Klaus e, da distância em que eu me encontrava, sabia que não teria tempo para impedir o tiro. Mirei e atirei contra ele com a minha própria arma, mesmo sabendo que não teria o efeito desejado. Causaria, no máximo, um grande desconforto momentâneo.

Klaus, Rurik quase atirou em você. Fique atento, avisei, avançando também contra o exército.

Atraquei-me com um minotauro que me abraçou por trás, tentando me esmagar pela cintura. Dei uma cotovelada em sua garganta e a cabeça dele pendeu para trás. Aproveitei que afrouxou os braços em volta do meu corpo e me soltei. Estava enfiando a mão dentro do seu peito quando uma bala passou de raspão por mim.

Virei-me para trás e vi Rurik derrubar a *Exterminator* com o impacto do ataque de Klaus. Os dois rolaram juntos pelo chão e foram parar a alguns metros de distância.

Pode me agradecer depois por salvar sua vida.

Ainda não sabemos se isso que Rurik está usando pode mesmo nos matar.

Então da próxima vez eu deixo você descobrir.

Antes que eu conseguisse pegar a *Exterminator* do chão, um grupo de mitológicos bloqueou meu caminho.

Niko, pegue a arma!, pedi, enquanto me ocupava dos inimigos que vinham para cima de mim. Precisei desferir vários golpes rápidos, porém não letais, para desobstruir meu caminho. Eram uns oito mitológicos e, pelos meus cálculos, só havia mais quatro balas na *Exterminator*. Teria que me virar com o método antigo.

Vi com o canto do olho que Nikolai não tinha chegado a tempo de pegar a arma caída no chão. Os centauros estavam empenhados em proteger aquele trunfo. Fizeram com ele o mesmo que fizeram comigo, mas Nikolai ainda tentou mover o objeto com seu poder mental. A *Exterminator* chegou a balançar rapidamente no ar. E então Niko foi derrubado por três minotauros.

Sem conseguir me desvencilhar de todos, vi quando Zênite deu início à sua retirada estratégica. Vladimir e Nadia tinham chegado para ajudar e usavam suas *Exterminators* sem a menor cerimônia. O exército que cercava a rainha começou a diminuir e, como ela era inteligente, devia imaginar que o melhor momento para fugir era aquele.

Era também o que todos desejávamos. A noite chegava ao fim, eu já podia sentir a alvorada bem próxima. Em menos de uma hora precisaríamos nos abrigar da luz do dia. E os mitológicos, apesar de não sofrerem os mesmos danos que os vampiros, também ficariam enfraquecidos.

CAPÍTULO VINTE E DOIS

O SILÊNCIO REINAVA DENTRO DA SALA. Minha família, os pais de Lara e Kurt, todos olhavam na direção da porta que havíamos trancado por dentro. Só por precaução, os homens também escoraram a porta com cadeiras para bloqueá-la, caso alguém tentasse entrar.

Eu estava sentada no chão ao lado dos meus amigos, de mãos dadas com os dois. Ainda não tinha contado tudo que acontecera comigo, mas eles já sabiam o básico.

— Será que isso vai acabar algum dia? — perguntou Lara, enxugando os olhos. — Quero dizer, acabar eu sei que vai, mas... quem sairá vencedor?

— Eu prefiro pensar que serão os Mestres — respondi.

— Klaus dará um jeito — Kurt disse numa das poucas vezes em que participara da conversa aquele dia. Só agora ele começava a sair do estado de choque, mas continuava muito abalado.

Todos nos calamos quando ouvimos barulhos do lado de fora da Morada. Além da tempestade trovejante, também era possível ouvir, vez ou outra, os urros dos mitológicos.

— Klaus estava enfrentando tudo sozinho antes de vocês chegarem. — Kurt balançou a cabeça. — Ele consegue.

Quis dizer que Klaus não tinha como enfrentar todos os mitológicos sozinho e que estaria perdido se os Mestres não tivessem chegado naquele momento. Mas achei melhor não contrariar Kurt. Enquanto ele mantivesse o foco em alguma coisa que não fosse a morte dos pais, tudo ficaria bem.

— Alguém sabe que horas são? Há quanto tempo estamos aqui dentro? — mamãe perguntou, aflita. Eu sabia que, maior que o medo de ser atacada, era o medo que ela tinha de que os filhos fossem atacados.

Eu sorri para ela, tentando fazer com que relaxasse um pouco. Mas ela olhava para Victor e para mim como se fôssemos filhotes de passarinhos com as asas quebradas e a qualquer momento pudéssemos ser roubados do ninho.

— O que acontecerá quando o sol nascer? — Elliot perguntou. — Os vampiros vão se retirar, logicamente. E como ficaremos?

— Pelo que eu presenciei quando fui sequestrada, acredito que os mitológicos também vão se retirar. Eles ficam meio grogues debaixo do sol.

Pelo menos era o que eu esperava. Não teríamos a menor chance se Zênite continuasse o ataque enquanto os vampiros se recolhiam.

— De qualquer forma, estamos protegidos aqui dentro. Os Mestres virão para cá e não acho que Zênite esteja disposta a enfrentar todos eles juntos. É fácil atacar um lugar amplo como a Fortaleza, onde eles podem se espalhar e dividir os Mestres. Mas, aqui na Morada, não existe essa opção.

Eu me senti muito egoísta ao pensar assim. Mas, infelizmente, era tudo o que me importava: minha família e meus amigos.

Dei um pulo quando ouvi uma batida na porta e me levantei. No entanto, não era idiota de abrir para ver quem era. Meu pai se aproximou das cadeiras empilhadas atrás dela, para tentar ouvir alguma coisa.

— Não abra, pai! Se fossem os Mestres, eles diriam — avisei.

Ele concordou comigo e começou a voltar para o seu lugar no exato instante em que uma bomba pareceu ter sido jogada na sala. A porta voou longe e as cadeiras também. Tivemos que nos abaixar e proteger a cabeça para não sermos atingidos por nenhum móvel.

— Sentiu saudades?

Diante de nós estava parado um vampiro que eu já conhecia muito bem: Rurik.

Houve um momento de silêncio profundo. Com certeza, as pessoas à minha volta estavam mudas de espanto. Até então, quase ninguém sabia quem era Rurik. Pelo menos, não os adultos ou Victor. Para Lara e Kurt, eu já tinha contado um pouco a respeito do Mestre desertor.

O choque me deixou muda. Tentava pensar no que fazer, numa forma de fugir. Rurik estava parado em frente à porta, com um pé apoiado na parede e os braços cruzados. Exibia um sorriso presunçoso, porque sabia que eu não tinha nenhuma chance de escapar.

— Olá, senhorita! — Ele olhava diretamente para mim. — Achou mesmo que eu ia embora sem você? Claro que não! Você foi roubada de mim e não gosto muito que meus presentes sejam roubados.

— Você não tem uma guerra para lutar? Jura que acha mais importante ficar me caçando? — perguntei para poder ganhar tempo.

— Você é muito valiosa, menina. Nem imagina o quanto Zênite quer a sua cabeça!

— Sasha, quem é esse aí? — Meu pai saiu empurrando os outros para poder passar. Ele parou ao meu lado e passou um braço protetor pelos meus ombros. — Você conhece esse homem?

Rurik deu alguns passos à frente e fiquei imediatamente preocupada com a integridade física do meu pai. Segurei a mão dele e o empurrei discretamente para trás.

— Não é ninguém importante.

— Eu sou um Mestre! — disse em alto e bom som para todos ouvirem.

Pude ouvir um arquejar de espanto ecoando pela sala e olhei para os que me acompanhavam. Meu pai encarava Rurik como se visse um fantasma. Devia ser difícil para eles assimilar aquela informação assim tão rápido.

Quando notei que papai começava a se curvar para reverenciar o Mestre na sua frente, eu o impedi.

— Não faça isso! Ele é um traidor! — Ao dizer isso, meu pai me olhou de um jeito que só os pais sabem olhar. De um jeito que diz que você ficará de castigo pelo resto da sua vida.

— Aleksandra! — mamãe gritou. — Ficou maluca?

Antes que eu pudesse explicar melhor a situação, Rurik diminuiu a distância entre nós e fechou a mão em volta do meu pulso. Ele me puxou com tudo, pressionando minhas costas contra o seu peito e passando o braço pelo meu pescoço, para me imobilizar.

— Pai, não se meta nisso! — gritei, contorcendo-me para tentar escapar. — Me solta!

— Mestre, por favor... — Papai tentou se aproximar. Na cabeça dele, o Mestre estava me atacando por ter sido chamado de traidor. Mal sabia a metade da história.

Com o poder da mente, Rurik fez todos levitarem porta afora e os jogou com força no chão. Minha mãe caiu em cima da Lara e o pai dela gritou, segurando um braço machucado. A raiva borbulhou dentro de mim. Raiva de ter sido pega, raiva por ter levado a minha família para um lugar não tão seguro quanto parecia. Raiva de Rurik por ficar do lado daqueles animais monstruosos. Como ele podia renegar sua família e apoiar os mitológicos? A ideia não entrava na minha cabeça de tão absurda que era.

— Nós faremos uma viagem rápida, querida. Não se preocupe — ele sussurrou em meu ouvido e lambeu minha bochecha.

Eu fechei os olhos com nojo. Então, tateei em busca da adaga que eu tinha colocado no cós da calça e envolvi o cabo com os dedos. Inclinei a cabeça para o lado, deixando o pescoço à mostra propositalmente. Ele, que estava lambendo minha bochecha, não resistiu e deslizou a língua pelo meu maxilar até chegar ao pescoço.

Respirei fundo, tomei coragem e agi. Aproveitei que estava de costas para o Mestre e cravei a adaga na lateral da sua coxa. Um ponto de fácil acesso e onde a carne era mais macia. Se eu tentasse perfurar o peito, podia encontrar as costelas pelo caminho e seria o mesmo que acertar uma parede de concreto.

Rurik gritou, provavelmente mais de surpresa do que de dor. A sua reação rápida não me deixou puxar a adaga de volta. Ele me virou e me segurou pelo pescoço, tirando meus pés do chão. Vi de perto os seus caninos afiados exibidos para mim, ao mesmo tempo que seus dedos longos me sufocavam.

— Solte-a! — soou a voz poderosa de Mikhail.

Meu Mestre atirou uma adaga na nossa direção e, por um segundo, eu achei que fosse morrer com uma lâmina fincada no meio da testa. Mas ela se cravou no peito de Rurik, que infelizmente não pareceu se importar muito.

Mikhail nos alcançou e agarrou o pescoço do irmão, ao mesmo tempo que enfiava a mão por entre suas costelas. Senti os dedos do Mestre se afrouxarem em volta do meu pescoço e ele por fim me soltou. Um braço de Mikhail me envolveu pela cintura e me colocou em pé.

— Saia daqui! — ordenou para mim.

Ele empurrou Rurik para trás sem soltá-lo, até que as costas dele se chocassem contra a parede. Rurik estava sorrindo como se aquilo tudo não passasse de uma brincadeira. Eu tive medo por Mikhail, afinal, contando com o traidor, ele era o quarto na hierarquia dos Mestres. Bem mais fraco que Rurik.

— Nós dois já fomos amigos, Mikhail. Deixe que eu vá embora com a garota e eu lhe pouparei muito sofrimento.

Rurik colocou a mão sobre o braço do irmão. Eu pude ver um tremor passando pelo braço de Mikhail, à medida que o traidor o puxava de dentro de seu peito. Achei que ele fosse partir o membro em vários pedaços, mas apenas se livrou dele. O corpo de Mikhail foi atirado na parede e, pela primeira vez, eu vi meu Mestre parecer fraco diante de alguém. O barulho causado pelo impacto me obrigou a fechar os olhos para não vê-lo despedaçado.

Rurik fez menção de avançar na minha direção novamente, mas tanto meu pai, quanto Victor e o pai da Lara me rodearam com espadas em punho.

— Você dá trabalho, pelo visto. E eu estou com pressa — ele rosnou, insatisfeito, e saiu.

Foi tão rápido que nem deixou rastro. Mikhail se levantou e veio até mim, deixando uma certa distância entre nós, mas me observando atentamente.

Está tudo bem?

Confirmei com a cabeça. Ele se preparou para ir atrás de Rurik, mas ouvimos um barulho vindo do saguão e fomos todos conferir. Klaus e os outros Mestres tinham retornado e alguns soldados fechavam as imensas portas duplas da Morada. Eles estavam se preparando para a chegada do sol.

— Viram Rurik? Ele acabou de fugir daqui! — Mikhail tentou correr na direção da saída, mas Klaus o deteve com a mão em seu peito.

— Deixe Rurik ir embora. Não vale a pena sairmos atrás dele faltando tão pouco para o nascer do sol.

— Klaus, ele vai voltar! — protestou Mikhail, olhando para os outros Mestres na esperança de conseguir apoio. — Se deixarmos que escape mais uma vez, ele vai voltar.

— É exatamente isso que eu espero. Deixe que volte. Estaremos preparados.

Nikolai balançou a *Exterminator* e acariciou a arma como se fosse um bebê.

— Isso aqui é uma belezinha. Quando eles voltarem, nós teremos mais destas. — Ele olhou para meu pai. — Parabéns, Johnathan. Belo trabalho.

Eu imaginei que meu pai estivesse pensando em dizer que a *Exterminator* não era fruto de seu trabalho, mas ele deve ter concluído que ficar quieto era mais sensato.

— No momento, precisamos recolocar os portões da Fortaleza no lugar. — Klaus deixou Mikhail para atrás e começou a caminhar pelo corredor. Passou por nós e nem pareceu notar nossa presença. — Temos que mandar consertar os alarmes para que todos possam voltar em segurança para suas casas. E precisamos nos reunir para que eu possa explicar os nossos próximos passos. Vamos dar a eles a guerra que estão querendo.

Eu fiquei o mais quieta possível para não chamar a atenção dele, mas Nikolai parecia ter plena consciência da sua plateia. Ele se aproximou de mim e olhou para as outras pessoas que me acompanhavam.

— Por falar em próximos passos, acho que a presença de Aleksandra nessa reunião será bem-vinda — disse ele.

Klaus o encarou como se Nikolai estivesse vomitando. Era óbvio que aquela sugestão parecia totalmente absurda. Até mesmo para mim. A última coisa que eu queria depois de toda a confusão dos últimos dias era participar de uma reunião com todos os Mestres.

— O que você disse, Nikolai? — o Mestre mais poderoso perguntou. — A luta afetou o seu raciocínio?

— Nikolai está certo, Klaus — disse Mikhail, defendendo a ideia do irmão. — Aleksandra tem informações importantes que talvez você queira ouvir. E, diante do que presenciei nas últimas horas, acho que Johnathan também deveria nos acompanhar. Ele pode ter uma noção melhor de que tipo de munição é aquela, usada contra os vampiros. Porque eu nunca vi nada igual.

Eu olhei para cada um dos Mestres. Todos tinham graves ferimentos e conversavam como se fossem apenas arranhões. O pescoço de Nikolai, por exemplo, sofrera uma dilaceração grotesca. Se ele fosse humano, aquele ferimento o mataria em poucos segundos.

— Eu ficarei honrada em participar do que vocês quiserem, mas desde que se curem primeiro. Ficar olhando para esses seus músculos aparecendo faz com que eu me sinta dentro de um filme de zumbi. Sabem quando eles continuam andando mesmo com os braços pendurados por um fio ou com um buraco na barriga aparecendo do outro lado? — Apontei para Mikhail. — Eu estou vendo as costelas dele!

Tudo bem, parei de falar quando vi todos me olhando como se eu fosse anormal. Klaus me fuzilava com os olhos. Fiz uma reverência exagerada para eles e sorri, contrariada.

— Ou podemos apenas fazer o que vocês querem, Mestres.

— Não será agora. — Klaus se dirigiu a meu pai e a mim. — Mandarei chamar os dois quando necessário. Por enquanto, voltem para suas casas.

Para nossas casas? Ele só podia estar brincando. Antes que eu pudesse dizer alguma coisa sobre aquela piada de mau gosto, Klaus lançou um olhar superior para os outros Mestres e saiu. Eles o seguiram, mas foi Nikolai quem ficou para trás para nos dar explicações.

O Mestre se aproximou de meu pai, que ainda segurava o cabo da espada como se fosse a única segurança que possuía.

— Não sofreremos nenhum ataque durante o dia, vocês podem retornar às suas casas. Nossos funcionários humanos estarão à disposição para ajudar todos os residentes no que for preciso.

— Todos os que sobreviveram, não é? — perguntei.

Não crie confusão neste momento, Aleksandra!, ele não me olhou, mas me deu um aviso. *Nem mesmo eu, que sou muito tolerante, aceitarei sua desobediência.*

Ele manteve o olhar em meu pai. Não era desobediência, eu só estava expondo os fatos, mas respirei fundo e decidi acatar a ordem. Deixaria para ter uma conversa mais franca quando estivesse a sós com Mikhail. E por falar nele, nem sequer tinha ficado para desempenhar o papel de Nikolai...

— O alarme voltará a funcionar o quanto antes, já temos técnicos trabalhando nisso. Vão para casa e aguardem instruções. — Ele se virou para trás. — As portas se abrirão assim que eu me for.

Ficamos todos em silêncio depois que o Mestre entrou no elevador. Como dissera, as pesadas portas realmente se abriram, como sempre acontecia durante todo o dia. Não nos apressamos para sair. Pelo contrário, acho que todos nós ainda estávamos receosos de encontrar algum mitológico do lado de fora, esperando mais uma vítima.

— Para trás, crianças! — Elliot pediu ao sair para a claridade do dia, ao lado do meu pai.

Não que fosse adiantar muita coisa esperarmos a poucos metros de distância. Se um minotauro surgisse ali de surpresa, poderia pegar quem quisesse. Mesmo assim, acho que ninguém estava com muita vontade de ser rebelde e desobedecer àquela ordem.

Os dois desceram as escadas da Morada, enfrentando a chuva que ainda caía. Quando chegaram lá embaixo, vi meu pai fazendo sinal para que descêssemos e chamei todo mundo.

Eu desci os degraus escorregadios com cuidado. A cada passo que dava, via um pouco mais da Fortaleza diante de nós. Ou o que sobrara dela. Olhei para o céu, com os olhos semicerrados por causa da chuva, que já começava a abrandar um pouco. As nuvens negras já se dispersavam, mas seria bom se continuasse chovendo por mais um dia inteiro. Só assim para limpar as ruas de todo aquele sangue.

— Você consegue acreditar nisso? — Lara me perguntou, apertando meu ombro. — Olha só o caos!

Era difícil falar. E eu nem sabia o que dizer, porque o que havia diante dos meus olhos era pura tristeza. Dezenas de corpos espalhados pelas ruas da cidade. Mitológicos, vampiros e humanos se misturavam e coloriam a água com seu sangue. Imaginei que os vampiros virariam pó assim que o sol os tocasse, mas sobrariam os outros corpos, de qualquer forma. Achei que fosse acabar vomitando, mas consegui me segurar. Quem colocou tudo para fora foi Lara. A mãe dela conseguiu segurá-la para que não caísse quando minha amiga dobrou o corpo para frente e vomitou. Eu me afastei para que os pais pudessem cuidar da filha e me aproximei de Kurt.

— Você vai lá para casa, ok? — Passei um braço pelos ombros dele.

— Preciso enterrar meus pais.

— Ninguém vai ser enterrado agora, Kurt. Você ouviu o que Nikolai disse. Eles têm funcionários que vão arrumar tudo.

— Não quero um estranho enterrando meus pais, Sasha. — Ele estava tão triste que me deixava com vontade de chorar. Mordi o lábio inferior e lancei um olhar para meu pai.

Ele veio me ajudar e tocou as costas do meu amigo, sorrindo de um modo reconfortante que só um pai consegue sorrir.

— Eu vou te ajudar, Kurt. Mas primeiro, vamos lá para casa. Todos precisamos de um bom banho e um café forte para que possamos enfrentar as próximas horas.

Meu pai, a própria voz da razão, conseguiu convencê-lo a nos acompanhar. O caminho para casa foi difícil e repleto de obstáculos. Digo, literalmente. Carros largados de portas abertas no meio da rua atrapalhavam a passagem. Quando não tínhamos que desviar dos veículos, eram os corpos que barravam nosso caminho.

Contando por alto, o número de mitológicos mortos era superior ao número de vampiros e humanos. Mas eles tinham chegado em maior número, então era de se esperar que tivessem mais baixas. Também não pude deixar de notar, entre os mitológicos mortos, que alguns tinham uma aparência muito jovem. Vi um centauro que mais parecia um potro. De pé, ele deveria ser só um pouco mais alto do que eu. Seu rosto era o de um adolescente. Talvez tivesse morrido ali sem nem saber o propósito daquela guerra.

Encontramos também outros sobreviventes pelo caminho. Algumas pessoas tinham se escondido dentro de lojas e prédios que ofereciam mais segurança do que suas casas destrancadas. Aqueles que saíam agora de seus esconderijos mostravam no rosto o mesmo choque que nós, ao se depararem com aquela destruição.

Eu não conseguia estimar o tamanho da tragédia. Muitos humanos tinham morrido. Famílias inteiras ou grande parte delas, como era o caso de Kurt. O que ele faria? O que os Mestres fariam? Todo mundo sabia que para morar ali dentro era preciso ter alguma habilidade especial. Mas o que acontecia quando o membro da família com a habilidade especial morria?

CAPÍTULO VINTE E TRÊS

KURT ESTAVA SENTADO NA MINHA CAMA, olhando com um olhar vazio para a janela fechada. Ele estava naquela posição desde que voltara do banho, vestindo uma roupa emprestada do meu pai. Eu já tinha tentado puxar assunto, mas meu amigo simplesmente continuava mudo.

Nossa casa tinha sido invadida em algum momento enquanto estávamos fora. Algum mitológico provavelmente tinha estado ali e ido embora frustrado por não encontrar ninguém para devorar. Tinha revirado alguns móveis, mas apenas isso.

Enquanto meus pais recolocavam os móveis no lugar, levei Kurt para meu quarto. Ele foi tomar banho e eu comecei a arrumar a minha cama para o caso de ele querer se deitar um pouco. Apesar de não ter perdido meus pais, eu me lembrava de como perder Helena tinha sido devastador. Se eu pudesse, teria hibernado durante dias.

Quando vi que não conseguiria fazer o meu amigo falar, me sentei ao lado dele e deitei a cabeça em seu ombro. Era tão estranho ser eu a consolar Kurt... Geralmente era ele quem animava as pessoas com sua personalidade irreverente. Vê-lo daquele jeito dilacerava meu coração.

— Fale comigo — pedi. — Ou não fale. Mas faça alguma coisa. Você está me deixando preocupada, sentado aí como uma estátua.

Então o corpo dele começou a estremecer e as comportas se abriram. O choro chegou baixinho, mas, enquanto ele se curvava para a frente, o volume aumentava. Kurt colocou a cabeça entre os joelhos e soluçou até quase se engasgar.

Coloquei as mãos em seus ombros e o puxei para trás. Consegui fazer com que se deitasse de lado e deixei que chorasse o quanto quisesse.

— Sinto muito, Kurt. Sinto tanto... — Subi na cama também e me deitei atrás dele, abraçando-o com força. — Sinto muito...

Não sei por quanto tempo ficamos ali. Ele chorou pelos pais e eu chorei por ele, sem saber como consolar uma pessoa de luto. Eu apenas sentia. Sentia a dor de Kurt como se fosse minha, porque o que acontecera a ele podia ter acontecido com minha família também. Senti pelo futuro dele, agora sozinho num mundo de pernas para o ar. E senti pelo seu coração, que já tinha sido ferido pela perda de alguém que amava.

Eu só me dei conta de que havíamos adormecido quando ouvi o barulho da televisão saindo do seu nicho na parede. Kurt continuava na mesma posição, dormindo profundamente, com minha mão apertada entre as suas.

Boa tarde, moradores. O programa de hoje sofreu um atraso devido aos problemas que enfrentamos esta noite.

Imediatamente, eu levantei os olhos para assistir ao programa. A ruiva de batom vermelho não desanimava nem mesmo diante de um momento tão triste. Lá estava ela, sorridente e radiante. A única coisa que destoava de sua aparência de sempre era um machucado enorme na testa.

O programa de hoje fugirá dos padrões, porque os Mestres têm um comunicado a fazer. Tenham todos um ótimo dia! Beijos e mordidas!

Quis jogar um sapato na televisão, só para ter o gostinho de atirar algum objeto naquela mulher que me irritava. Mas, minha atenção foi desviada quando a imagem da ruiva foi substituída pela dos cinco Mestres em pé, no meio do salão de apresentações. Vestiam mantos impecáveis, com os capuzes caídos para trás e os rostos à mostra.

Boa tarde a todos. Gostaríamos de dirigir algumas palavras a vocês, sem que fosse preciso tirá-los de casa depois de horas tão negras quanto as que viveram esta noite.

Klaus iniciava o discurso.

Sofremos um ataque violento nesta madrugada. Nossos portões foram derrubados e mais de quinhentos mitológicos invadiram nossos domínios. O alarme residencial foi desativado e os moradores da Fortaleza ficaram à mercê dessas bestas. No entanto, nossos soldados lutaram bravamente pelas vidas humanas aqui presentes. Resistiram o quanto puderam, tendo que enfrentar quatro ou cinco mitológicos de uma só vez, pois estávamos em menor número.

Não foi possível defender a todos. Estamos fazendo a contagem dos corpos, ainda não temos um número exato, mas estamos tomando providências para que seus entes queridos tenham um enterro digno o quanto antes.

Não podemos, de forma alguma, reparar as perdas que sofreram. Porém, gostaríamos que soubessem que nossos homens e mulheres morreram com os de vocês. Não iremos descansar enquanto não acabarmos com cada uma dessas pragas espalhadas pelo mundo. A arma que desenvolvemos já se mostrou eficaz no combate a eles e será produzida em grande escala a partir de agora. Enquanto isso, precisamos que cooperem e ajudem uns aos outros. Há pessoas que perderam famílias. Crianças órfãs e pais desolados. Peço que

*acolham os que precisarem de ajuda, enquanto cuidamos para que todos recebam assis-
tência no menor tempo possível.*

Virei-me para Kurt, que também estava com os olhos na tela. Eu não duvidava que a voz de Klaus é que o fizera acordar. Ele olhava vidrado para a televisão.

Nossos funcionários já estão se encarregando da limpeza da Fortaleza, mas estamos aceitando voluntários para ajudar durante o dia. Quem já olhou pela janela viu a gravidade da situação. A partir das dezoito horas, estaremos recebendo quem tiver algum assunto para tratar conosco.

A imagem foi escurecendo até a tela ficar totalmente preta. A televisão voltou ao lugar dela na parede e eu fechei os olhos. Se os Mestres, ou melhor, se Klaus tinha se pronunciado daquela forma, era porque as proporções do ataque tinham sido de fato desastrosas. Ele devia estar desesperado para colocar tudo em ordem novamente.

— Até que ele foi simpático, não acha? — perguntei. — Klaus, quero dizer.

— Ele não precisa ser simpático. Ele tem que ser destruidor e fazer cada mitológico pagar em dobro.

Kurt se levantou rápido da cama e olhou em volta. Achou os sapatos que deixara perto da janela e os calçou com pressa. Eu me levantei também, sem saber o que ele pretendia.

— Preciso ir para casa, Sasha.

— Eu não acho que seja ideal você voltar lá agora. Deixe que os adultos cuidem disso — pedi, tentando me colocar no meio do caminho. — Espere mais algumas horas.

— Eu preciso ver meus pais... Tenho que arrumar as roupas para eles usarem. — Ele me abraçou com delicadeza e beijou minha cabeça. — Eu estou bem, sério. Mas não vou ficar em paz enquanto não resolver isso.

— Por favor, deixe que meu pai vá com você, então. Ele vai saber o que fazer, Kurt.

Implorei, sem deixá-lo sair do meu quarto enquanto não concordasse comigo. Papai não se opôs a levá-lo para casa e eu agradeci por ter um pai maravilhoso. Aquela figura masculina que passava um pouco de segurança era tudo que Kurt necessitava no momento. Quando eles se foram, liguei para Lara. Precisávamos de um plano para ajudar o nosso amigo.

🍂 🍂 🍂

A tarde que passamos foi uma das mais melancólicas da minha vida. Minha mãe acabou se oferecendo como voluntária para percorrer as redondezas com um grupo e procurar as crianças órfãs. Eles as levariam para o ginásio do colégio. Kurt e meu pai voltaram para casa, e meu amigo continuou num lastimoso estado depressivo. Lara foi até lá e ficou um pouco conosco. Para passar o tempo, contei a eles tudo que tinha me acontecido nos últimos dias e em muitos detalhes. Kurt naturalmente passou a nutrir um ódio profundo por Blake, visto que ele também era responsável por aquele massacre.

No início da noite, depois que Lara já tinha ido embora e Kurt assistia a um filme deitado na minha cama, meu pai veio me chamar. Os Mestres solicitavam a nossa presença na Morada o quanto antes.

— Como foi lá na casa de Kurt, pai? — perguntei enquanto caminhávamos.

Aquilo era uma novidade para meu pai, pois ele não costumava fazer exercícios. Nós tínhamos que ir a pé até a Morada porque ainda havia alguns carros bloqueando as ruas. A maioria tinha sido retirada, mas ainda havia vários atravessados no caminho. Demoraria um pouco para que as ruas voltassem a ficar livres.

— Ele lidou bem com a situação. Eu ajudei a separar as roupas para vestir os pais dele. Ou pelo menos, vestir parte dos pais dele. Há coisas que nenhum jovem deveria ver. É natural que ele fique abalado.

— Vocês vão deixar que ele fique lá em casa, não vão?

Papai passou o braço pelos meus ombros e me puxou, beijando o topo da minha cabeça.

— Ele poderá ficar conosco o tempo que precisar — respondeu e eu sorri para ele.

— Obrigada.

Ele me puxou para o lado, evitando que eu tropeçasse em alguns destroços no meio da rua. Tivemos que contornar um ônibus escolar que tinha avançado sobre a calçada.

— Você foi muito esperta, querida. — Ele piscou para mim. — Agiu muito bem diante das circunstâncias e talvez tenha salvado a todos nós.

— E vocês não queriam me ouvir — resmunguei.

— É que não podemos dizer que você seja referência quando o assunto é responsabilidade. Você some por dias, reaparece de repente no meio de um ataque mitológico e ainda diz que devemos sair de casa.

Eu olhei para ele e revirei os olhos dramaticamente. Se papai soubesse do sufoco que eu tinha passado para chegar em casa, ele me entenderia. Não havia chegado a contar exatamente tudo o que me acontecera, nem para ele nem para minha mãe.

Na metade do caminho, percebi que ele já estava ofegante. Tinha sido um dia agitado para um homem de meia-idade e sedentário. Muitas corridas, escadas, lutas corporais e drama psicológico. Achei melhor diminuir o passo e fingir que estava cansada também, para que ele pudesse andar mais devagar.

— Pai, como o senhor se sente sabendo que sua pesquisa de anos finalmente está sendo colocada em prática? E muito bem, por sinal.

Ele sorriu, olhando para o céu com uma expressão sonhadora.

— É uma realização profissional e pessoal também. Ver que meu trabalho irá contribuir para o extermínio desses malditos.

— O senhor é um gênio. Sabe disso, não é?

Ele deu de ombros, envergonhado. Meu cientista nerd e tímido. Abracei meu pai com força e senti as lágrimas brotando em meus olhos. Eu estava tão agradecida por nada ter acontecido à minha família que até me sentia egoísta por estar feliz enquanto outros sofriam.

— Eu não sei o que faria sem vocês — sussurrei, com um nó na garganta.

— Você não vai precisar descobrir. — Ele alisou minhas costas. — Não se preocupe. Não podíamos mesmo morrer, porque, do contrário, quem vai te colocar de castigo?

Opa. A última palavra fez com que eu me afastasse dele como se tivesse levado um choque. Que baboseira era aquela?

— Por que eu deveria ficar de castigo?

— Por ter fugido da Fortaleza! — E lá estava. O nerd tímido dera lugar ao pai enfurecido. — Onde você estava com a cabeça quando decidiu sair daqui só porque o Blake te chamou?

— Não é bem assim, pai. Eu não sabia que ia ser sequestrada.

— Está de castigo. Não importa se suas intenções eram boas.

Olhei para o homem que eu tinha protegido há poucas horas. Aquilo era tão, mas tão injusto! Fechei a cara e dei as costas para ele. Se quisesse, que apertasse o passo para me acompanhar.

— E se ficar de cara feia o castigo vai ser pior! — ele gritou enquanto ficava para trás.

🍃 🍃 🍃

Eu já não aguentava mais aquele salão. Não tinha boas lembranças dele desde meu primeiro dia na Fortaleza. Desta vez, pelo menos, tinham resolvido nos receber bem e colocaram duas cadeiras para que nos sentássemos.

Papai e eu estávamos de frente para as cadeiras altas dos Mestres. Elas ainda estavam desocupadas quando chegamos, mas logo a porta lateral se abriu e os cinco saíram por ela. Estavam todos de manto, com os rostos à mostra. Todos os cinco pareciam abatidos, mas felizmente já estavam inteiros e sem nenhum machucado aparente.

Acompanhei Mikhail com os olhos, até o momento em que ele se sentou e me olhou. Eu esbocei um sorriso, mas ele estreitou os olhos e entendi que devia ficar quieta.

— Boa noite — cumprimentou Klaus. — Obrigado por virem.

Hein? Ele tinha acabado de agradecer nossa presença ou eu estava ouvindo coisas? Isso mostrava o quanto o Mestre estava abalado.

— Johnathan, fiz questão que Aleksandra estivesse presente porque ela tem informações mais exatas a respeito da munição usada pelos mitológicos. Depois de ouvir o que ela tem a dizer, gostaria que você desse sua opinião.

— Como quiser, Mestre.

Eu expliquei, então, que não me lembrava exatamente de tudo o que tinha sido dito sobre o assunto. Blake tinha me contado aquilo num dia em que me dera carona até em casa. Falei sobre a radiação ultravioleta e papai nos explicou algumas teorias sobre os agentes que podiam ser usados para produzir algo parecido com raios UV.

— Eu vi perfeitamente o que acontece quando a bala acerta um vampiro. Ele explode em dezenas de fragmentos luminosos — Mikhail tomou a palavra, mantendo contato visual com meu pai. — Você conseguiria medir a intensidade dessa radiação? Precisamos saber se isso pode nos afetar da mesma forma que afeta um vampiro comum.

— Se vocês possuírem a menor sensibilidade aos raios, acredito que o efeito seja o mesmo. Não seria a mesma coisa se comparássemos um vampiro com um humano. Se eu ficar tempo demais exposto a raios ultravioletas, poderei sofrer queimaduras. Mas isso são vocês que têm que dizer. Um Mestre tem mais resistência ao sol do que um simples vampiro?

— Somos mais resistentes, sim. Demoramos mais para queimar. Qualquer outro vampiro pega fogo instantaneamente. Porém, o resultado final é o mesmo.

— Então, aí está a resposta. Eu não posso dizer que não funcione em vocês. Ninguém arriscaria testar, não é?

Bem, eu testaria em Nadia, se me pedissem. Considerando a forma como ela me olhava, devia saber que eu estava pensando justamente nisso. Abri um sorriso na direção da vampira, que apertou os dedos nos braços da cadeira para não voar em cima de mim.

— Os mitológicos continuam de posse da *Exterminator* roubada? — perguntei, apesar de ninguém estar mais prestando atenção em mim. Ninguém além de Nadia.

— Sim — Nikolai me respondeu. Eu começava a gostar dele, pois era sempre educado e conciso.

— Aleksandra — Klaus se dirigiu a mim e fez meus pelinhos dos braços arrepiarem. — Vamos precisar que você identifique o guarda que os levou para fora da Fortaleza. E, Johnathan, precisamos começar a produzir a munição em grande quantidade.

— Tudo bem. — Papai esfregou as mãos, um gesto que demonstrava seu nervosismo. — Mais alguma coisa?

— Está dispensado — Klaus declarou ao se levantar. Ele ajeitou o manto e olhou para os outros Mestres que também tinham se levantado. — Peço que todos saiam, menos Mikhail.

Meu pai me estendeu a mão. Ele devia querer sair dali o quanto antes e eu nem o culpava. Também me sentia esgotada, a adrenalina que eu sentira horas atrás começando a se dissipar.

Quando estávamos prestes a seguir na direção do elevador, a voz de Klaus ecoou pelo salão amplo e vazio.

— Johnathan, dispensei só você. Aleksandra fica.

Eu detive o passo e olhei para meu pai. O pobre homem estava pálido, provavelmente achando que eu seria jogada num calabouço. Senti seus dedos apertarem os meus. Nós dois nos viramos para os Mestres, que estavam em pé no meio do salão.

— Eu posso esperar que vocês terminem a conversa. — Meu pai, protetor, não me soltou.

— Não será necessário, senhor Baker. — Klaus se aproximou, aumentando a tensão no ambiente e nos músculos do meu pai. — Ela será devolvida em segurança.

— Devolvida? Não sou um objeto para ser "devolvido" — reclamei, olhando para o Mestre.

Ignorei a forma como meu pai me olhou. Ele se curvou e colocou as mãos em meus ombros, sorrindo como se tentasse me consolar.

— Vai ficar tudo bem, querida. Tenho certeza de que logo estará em casa. — Ele fez um enorme esforço para engolir. — Não tenha medo.

— Medo? Eu não estou com medo, pai. — Sorri e dei um tapinha na mão dele. — Só não queria perder o jantar, mas peça para mamãe separar um prato para mim.

Insolente!, ouvi Klaus me acusar.

Meu pai me lançou um olhar insatisfeito e se despediu. Esperei que entrasse, de uma vez por todas, no elevador e me virei para os Mestres. Klaus estava a centímetros de mim, exalando perigo.

— Eu não sou insolente. Só não tenho mais medo de vocês. Bem, talvez de Nadia, porque mulheres costumam ser perigosas, mulheres vampiras, então, pior ainda! E você, já tentou até mesmo me matar, mas desistiu. Se quisesse de verdade fazer isso, eu não estaria aqui. — Ainda empolgada com meu discurso, estiquei meu dedo indicador na direção dele. — E sinceramente? Vocês precisam muito do meu pai. Principalmente agora sem o Blake. É melhor que não o contrariem.

Recolha o dedo ou ele vai quebrá-lo!, avisou Mikhail e eu baixei a mão rapidamente. Não duvidava mesmo que Klaus o quebrasse. Ele podia não querer me matar, mas sabia causar bastante dor.

Klaus virou-se e olhou para Mikhail, que o encarou em silêncio. Eu não sabia se estavam conversando ou só se encarando mesmo, então cruzei os braços e resolvi esperar que um dos dois falasse.

Por fim, o primeiro Mestre voltou a me olhar com um sorrisinho no rosto.

— Vou ignorar o fato de você ter se referido a um de nós apenas pelo nome. Também vou ignorar seu atrevimento ao apontar um dedo para mim e sua ideia absurda de que eu não a mataria. Já tenho problemas demais na cabeça.

O sorriso dele aumentou e eu achei assustador. Klaus sorrindo não era natural. E eu não estava errada. Tinha muitos motivos para pensar assim, tanto que meus pés saíram do chão e eu fui lançada na direção da parede, a uns quinze metros de distância.

— Klaus!

Mikhail correu ao meu encontro enquanto eu tentava descolar o corpo do chão. Tossi com a necessidade de recuperar o ar que fugira dos meus pulmões e levantei o rosto. Klaus continuava no mesmo lugar. Antes que Misha me alcançasse, o irmão me puxou de volta para onde estava, sem a menor delicadeza. E deixou que eu me estatelasse novamente no chão, aos seus pés.

— O que você está fazendo? — ouvi Misha rosnar atrás de mim.

Mãos fortes me seguraram e me colocaram de pé. O corpo enorme de Mikhail de repente ocupou todo o meu campo de visão. Ele tinha se colocado na minha frente, para me proteger, e encarava Klaus.

— Não ouse tocá-la novamente.

— Eu não a toquei, Mikhail. Deixe de drama.

— Quando você disse que queria conversar, eu entendi que queria realmente conversar! — Enquanto falava, ele emitia um rosnado incessante no peito. — Converse então ou eu a levo embora daqui.

— Saia da frente dela — Klaus ordenou.

Passaram-se alguns segundos antes de o meu Mestre dar um passo para o lado, visivelmente contrariado. Ele segurou com força meu braço, como que para me proteger de um novo ataque. Ah, que droga, eu era mesmo apaixonada por aquele vampiro rude, grosso e nada romântico.

— Olhe para ela. Está inteira!

— Não graças a você — Misha retrucou.

— Mikhail, por favor, recomponha-se. Olhe para Aleksandra.

Eu já não estava me sentindo mais tão à vontade quanto antes. Os dois me encaravam e me observavam dos pés à cabeça, como se eu fosse uma bolsa de sangue ambulante. Troquei o apoio de um pé para o outro e encarei Klaus.

— Estão gostando do que estão vendo? — perguntei.

Não que eu estivesse bonita. Na pressa para sair de casa, tinha vestido um jeans velho e desbotado e um suéter cinza que eu tinha há uns cinco anos e que já vira dias melhores.

— Está sentindo alguma dor? — Klaus perguntou.

— O que acha? Fui lançada contra a parede! — E então, parei para pensar na minha resposta. Mexi os ombros e respirei fundo. — Quer dizer, estou dolorida, como se eu tivesse caído da bicicleta. Não mais que isso.

Vi os olhos de Klaus brilharem de contentamento. Ele inclinou a cabeça e continuou me observando minuciosamente. Levei as mãos à cintura. Queria explicações.

— Ok, o que está acontecendo aqui?

— Na queda, ela até podia ter torcido um pé. Além disso, usei muita força. O impacto foi forte o suficiente para que ela estivesse chorando de dor. — Klaus sorriu. — Será que preciso bater mais um pouco?

— Acho que você já tirou a prova, Klaus. — Mikhail esticou um braço na minha frente para evitar a aproximação do irmão. — Eu contei para Klaus que você tomou um pouco do meu sangue quando chegamos à Fortaleza. A questão é a seguinte: o que acontece com você talvez não aconteça com uma pessoa que tome sangue pela primeira vez.

— Você já tem tanto sangue nosso no seu corpo que ele está se adaptando. Afinal, você não se sentiu mais forte quando recebeu a primeira transfusão, logo após o ataque à biblioteca — Klaus explicou. — Parece que o efeito tem sido gradativo.

— O que vocês estão dizendo? — Minha voz tinha aumentado alguns decibéis. — Eu vou me transformar em vampira?

— Não seja tola! — Klaus rosnou.

Misha parou de falar e me encarou de cara feia. Tudo bem, eu estava exagerando, mas eles não podiam me culpar por ficar com medo. E, além disso, eu ainda estava digerindo aquilo tudo. Quer dizer, então, que eu tinha apanhado só para provar uma teoria? Eles não podiam ter descoberto de outra forma?

— Como se sente, Aleksandra? — Klaus me perguntou, afastando o braço de Mikhail.

— Hum, me sinto bem. E, sim, acho que tudo que disseram faz sentido. Lembra que eu tomei seu sangue uns dias antes de ser sequestrada? Então, acredito que, se tivesse tomado no mesmo dia, eu não teria sofrido tanto. E ontem, depois de tomar o sangue dele, eu me senti bem mais ágil. E me cansei menos também. Será, então, que o sangue de vocês funciona como um energético?

— Eu já entendi. Está dispensada — ordenou o Mestre mais velho, encerrando a conversa e me dando as costas.

Eu olhei para Mikhail, querendo ir embora mas ao mesmo tempo querendo ficar mais um pouco. Precisava tanto conversar com ele, colocar as coisas em ordem entre nós dois! Só que eu sabia que o momento era inoportuno para tratar de relacionamentos. Ele nem sequer devia estar pensando nisso.

— Eu tenho algumas coisas importantes para resolver. Há os funerais, que precisam ser preparados também... — disse ele, esticando a mão para tocar meu rosto e recuando antes de isso acontecer. — Assim que eu conseguir...

— Como está o seu amigo? — Klaus nos interrompeu, parado diante da porta lateral.

— Kurt? — Ele estava mesmo perguntando sobre Kurt? Abri e fechei a boca umas quatro vezes antes de conseguir responder. — Ele perdeu os pais. Não está bem.

O Mestre me olhou por um tempo e depois balançou a cabeça, assentindo. Quando se retirou, Mikhail me puxou para perto e beijou minha testa. Repito, minha testa! O que ele tinha na cabeça?

— Quando eu conseguir resolver os problemas por aqui, irei até você.

— Na minha casa? — Franzi a testa, desanimada. — Kurt está no meu quarto e não quero incomodá-lo nesse momento. Brigar perto dele não é o ideal.

— Quem falou em brigar? — Misha sorriu daquele jeito malicioso.

— Bem, eu não sei você, mas eu tenho muitas reclamações a fazer. — Comecei a enumerar os itens nos dedos. — Me abandonar durante o luto. Não dizer por quanto tempo ficaria fora. Me tratar como uma simples conhecida durante a...

Tive que parar de falar quando Mikhail me puxou pelos cabelos e me calou com um beijo. Meus pés chegaram a sair do chão quando ele colou meu corpo ao dele. Sua boca cobriu a minha, os lábios movendo-se junto aos meus. Racionalmente, eu queria bater nele. Mas simplesmente não conseguia ignorar o efeito que seu toque causava em mim.

Passei os braços por dentro do manto e o abracei, apesar de não conseguir envolver completamente a sua cintura. Conforme a sua língua diminuía a intensidade dos movimentos, meus pés foram se aproximando outra vez do chão. Quando o beijo acabou, ele afastou um pouco o rosto para me olhar de cima, mantendo o sorriso sedutor nos lábios.

— Eu darei um jeito para nos encontrarmos ainda hoje. Vá para casa e espere.

Ainda mole por causa do beijo, eu me despedi dele, sem dizer nada muito coerente. Minha boca estava dormente e não consegui formular uma frase completa.

Fiz o caminho de volta totalmente fora do ar. Agradeci por não ter restado nenhum mitológico escondido por ali, pois eu não estava em condições de resistir a um ataque.

Consegui chegar bem a tempo de o jantar ficar pronto. Mamãe insistiu para que Kurt descesse e comesse conosco. E, quando dona Irina Baker insistia em algo, ela sempre conseguia o que queria.

Ele se sentou ao meu lado na mesa, numa cadeira extra que colocamos para a ocasião. Kurt comeu em silêncio, respondendo apenas quando alguém lhe fazia uma pergunta. Eu não o julgava. Entendia a situação macabra pela qual ele estava passando e sabia que meus pais também respeitavam o seu luto.

— O que os Mestres queriam com você, Sasha? — Papai servia-se de salada e, felizmente, não me olhou ao fazer a pergunta, pois eu arregalei os olhos na hora.

Não dava para contar aos meus pais que eles queriam falar sobre o efeito do sangue dos Mestres no meu organismo. Dava? Não ficariam chocados? No entanto, aquele assunto, pelo visto, tinha a sua importância. Se tinha chamado a atenção de Klaus, isso significava que não era algo banal.

— Então, vocês podem ficar enjoados com o que vou dizer. Principalmente você, mãe. — Coloquei um pedaço de cenoura na boca, mastiguei e engoli, com todos os oito olhos ao redor da mesa fixos em mim. — Quando cheguei à Fortaleza eu estava muito machucada e, como teria que buscar vocês, precisava me recompor. Ganhar um pouquinho de energia também, já que estava fraca por ter passado fome, sede e tudo mais. Então eu... hum... tomei o sangue do Mestre.

Fechei os olhos ao ouvir o barulho estridente que os talheres da minha mãe fizeram ao cair de qualquer jeito no prato de porcelana. Para Kurt, aquilo não era tão absurdo, pois ele já sabia de toda a história da marcação de Vladimir e dos litros de sangue que eu tinha sido obrigada a tomar para poder me ver livre da maldição. Victor, biruta como sempre, me olhava boquiaberto e de olhos arregalados, mas com uma expressão maravilhada no rosto.

Meu pai, no entanto, não pareceu nada feliz com a informação. Não estava com a mão sobre o coração e um olhar embasbacado como a minha mãe, mas me olhava como se estivesse prestes a me acorrentar em casa pelo resto da minha vida.

— Você quer explicar esse absurdo?! — gritou, batendo na mesa com o punho fechado e fazendo a louça sacudir sobre a mesa. Nunca tinha visto meu pai daquele jeito. — Beber sangue? O que é isso, Aleksandra? — Ele devia estar enfurecido mesmo para falar meu nome inteiro.

— Onde foi que nós erramos, Johnathan? Nossa filha virando uma vampira...

— Que virando uma vampira o quê, mãe! Eu bebi o sangue para me curar, ok? Vocês sabiam que levei socos, chutes e tinha hematomas pelo corpo todo? Não sabem o que passei! E o fato é que tomei o sangue e fiquei bem. Fiquei mais resistente. Os Mestres perceberam isso, pode ser até que ajude em alguma coisa.

— Qual Mestre te deu sangue? — papai perguntou.

— Mikhail.

Meu pai fez uma carranca. Talvez eu tivesse contado o lance do sangue cedo demais. Ou seria melhor se eu nunca tivesse dito nada. Minha mãe passou o resto do jantar com cara de nojo e meu pai, dava para perceber, me observava discretamente.

Quando Kurt terminou de comer, aproveitei para pedir licença e o puxei pela mão até a segurança do meu quarto.

— Caramba, seus pais ficaram possessos! — comentou ele, sentando-se na cama e descalçando os chinelos. Depois tirou as meias brancas, balançando os pés no ar, e cruzou as pernas sobre a cama. — O que te deu para sair contando isso por aí?

— Eu não sei. Achei que diante de tudo que passamos essa noite, serviria para abrir a cabeça deles. Sei lá. A questão é que o sangue me fez bem e me ajudou.

— Obrigado, Sashita.

Kurt me olhou com aqueles longos cílios lindos e estendeu a mão para mim. Eu a segurei e me sentei na cama com ele. Ficamos os dois de joelhos e nos abraçamos por uns dois minutos sem vontade de falar. O silêncio era muito bem-vindo e reconfortante.

Então, abracei-o um pouco mais forte e depois o soltei, passando a mão sobre os olhos dele para enxugar as lágrimas.

— Sei que estou dando trabalho a vocês. Mas eu... — Ele suspirou e abaixou a cabeça. — É tão difícil dar continuidade...

— Kurt, você não está dando trabalho nenhum. — Segurei o rosto dele e o fiz me olhar. — Ninguém pode te julgar, ok? Você está sendo forte do seu jeito. Eu sinceramente nem sei o que te dizer. Não imagino o que faria no seu lugar.

Aquela conversa era horrorosa. Doía o coração só de falar ou pensar nos momentos que eu tinha vivido dentro daquela casa, com meu amigo segurando a mãe nos braços. Desviei os olhos e me joguei de costas na cama.

— Eu queria tanto ter chegado antes... Poderia ter ajudado, ter tirado vocês três de lá.

— É, mas não adianta se culpar por algo que não foi culpa sua. — Ele deitou ao meu lado e ficamos os dois olhando para o teto. — Se você não tivesse chegado, eu também estaria morto. Não que eu seja mais fracote que você, mas não estava em condições de me defender.

Ele soltou um risinho fraco, bem baixo. Pelo menos já estava conseguindo fazer piadas da própria desgraça. Encostei a cabeça no ombro dele e sorri.

— Sei que você, agora, não está com cabeça para isso, mas só queria avisar que Klaus perguntou de você.

— Hoje não estou mesmo, mas me conte amanhã.

CAPÍTULO VINTE E QUATRO

EU JÁ ESTAVA DORMINDO HÁ ALGUMAS HORAS quando fui acordada pela claridade. Uma luz insistente piscava na minha janela e nem mesmo a cortina impedia que ela iluminasse meu quarto. Quando me sentei na cama e percebi o que estava acontecendo, me lembrei de Mikhail me dizendo que ainda nos veríamos aquela noite.

Levantei-me com cuidado para não acordar Kurt e fui olhar pela janela. Pablo! Meu querido amigo Pablo piscava uma lanterna enorme na minha direção. Bom saber que o vampiro estava vivo! Fiz um sinal para que aguardasse e corri para colocar um agasalho.

O trajeto dentro do carro de Pablo foi feito em silêncio. Eu ainda estava sonolenta, então não tinha ânimo para puxar conversa. Só contei que estava feliz em vê-lo vivo. Considerando o que "vivo" significava para um vampiro, é claro.

Ele me explicou que eu deveria pegar o elevador, que me levaria ao Mestre. Então me despedi e entrei na Morada, percebendo que não havia ninguém na recepção. Mikhail era precavido. Devia ter providenciado para que a funcionária estivesse ocupada com alguma outra coisa quando eu chegasse.

Entrei no elevador e me olhei no espelho. Meu rosto ainda estava com as marcas do travesseiro, mas Mikhail e eu já tínhamos passado da fase em que a aparência era importante. Bem, ele, pelo menos. Eu ainda gostava de reparar no quanto ele era gostoso.

Depois de alguns segundos, o elevador parou e eu me preparei, fazendo uma pose sexy. Encostei na parede espelhada, joguei os braços para cima da cabeça e joguei o quadril para o lado. Tudo isso sem esquecer o bocão entreaberto e o olhar de fêmea necessitada. Eu precisava dar uns amassos, no mínimo. Estava com muita saudade do corpo do Mestre.

A porta abriu e me revelou ninguém menos que Klaus. Ele levantou a sobrancelha e cruzou os braços. Decepcionada, eu me ajeitei imediatamente, olhando para todos os lugares, menos para ele.

— Eu podia terminar o meu dia sem presenciar essa imagem grotesca.

— Hum, olá, Mestre. — Eu me curvei diante dele. — Bom dia. Ou boa noite. Não sei o que isso significa para vocês.

— Mikhail não tem um pingo de vergonha na cara. — Ele colocou as mãos de cada lado da porta do elevador, impedindo que eu saísse correndo. — Ele provavelmente não contava com esse nosso encontro inusitado.

— Provavelmente não — sussurrei, prestando muita atenção nas minhas unhas.

A atenção de Klaus foi atraída para algo à esquerda dele. Era Mikhail, que logo apareceu diante de nós, assustado como se tivesse visto um fantasma. Ele devia ter vindo correndo quando sentiu minha presença e a do irmão maligno no mesmo ambiente.

— Deixe-me passar, Klaus.

O Mestre primogênito deu um passo para o lado, dando espaço para que Misha entrasse no elevador. Ele passou um braço pela minha cintura e me puxou para perto.

— Solte o elevador, Klaus. Tenho certeza de que há outras coisas mais interessantes para você fazer.

— Ah, meus encontros com Aleksandra são sempre muito interessantes! Ela sempre tem algo novo a dizer. E nem vou comentar o que ela tinha para mostrar agora há pouco.

O *que você aprontou?*

Nada! Quis gritar. Mas não era bem verdade. Como eu ia adivinhar que Klaus apareceria bem naquela hora?

— Ela sobrevive a dezenas de ataques mitológicos, mata o príncipe deles, tem informações sobre o tráfico de sangue, descobriu sobre a traição de Blake Campbell, foi sequestrada, voltou para a Fortaleza e, claro, tem mais sangue vampiro do que humano correndo pelas veias. — Ele estalou a língua, com uma sobrancelha erguida. — Eu vou fingir que nada aconteceu. — Levantou as mãos em sinal de paz e recuou alguns passos.

A porta se fechou e o elevador começou a se mover. Mikhail olhou para mim com a testa franzida e um olhar curioso.

— O que foi? O que eu fiz agora?

— Não foi o que você fez. Foi o que Klaus me falou.

Quando a porta voltou a se abrir, torci para que daquela vez estivesse mesmo no andar de Mikhail. Ele me puxou para fora e vi a porta do seu quarto, exuberante lá no final do corredor.

— O que ele falou?

Enquanto abria a porta e me deixava entrar, ele esboçou um som de incredulidade atrás de mim. Depois falou:

— Disse que, por mais estranho que pareça, você está aos poucos ganhando o respeito dele.

Até eu fiquei surpresa com aquela informação. Misha me encarava com os olhos apertados e, se eu bem o conhecia, tinha quase certeza de que devia estar tentando descobrir o que eu andava aprontando.

Acabei rindo ao ver sua expressão desconfiada e me sentei na cama. Dei um pulinho para testar o colchão e pisquei para ele.

— Bem, o que posso dizer? Klaus e eu passamos por bons momentos durante sua ausência. Quem sabe? — Dei de ombros. — Pode ser que no futuro a gente seja até amigo!

— Eu quero saber exatamente tudo que aconteceu desde o momento em que você abriu os olhos e encontrou minha carta. — Ele correu os olhos pela minha calça de pijama de corujas e se sentou numa poltrona à minha frente. — Pode começar.

🦉 🦉 🦉

Não sei quanto tempo levei para narrar todos os meus passos durante aquelas últimas semanas. Mikhail quase teve um ataque quando contei sobre os treinamentos — ou melhor, as tentativas — que tive com Klaus. A cara feia dele piorou quando pulei para a parte do sangue. Mas nada foi pior do que a expressão de ódio que eu via no rosto dele toda vez que mencionava Blake. E soltou alguns palavrões para mim e sobre mim ao saber que eu me meti na confusão por livre e espontânea vontade.

— Eu já meio que contei um pouco essa história lá na caverna. Não se lembra?

— Sim, eu lembro. Mas lá eu não podia xingar você — ele rosnou. — Como pôde ser tão ingênua, Sasha? Achou que salvaria o mundo?

— Não, seu filho da mãe! — Eu me levantei com raiva. — Tinha medo que ele fizesse algo contra vocês, ok? Estava preocupada com você, com essa sua... sua cabeça oca sem noção!

Ele fez um gesto com a mão e minha bunda grudou novamente no colchão. Bufei e virei o rosto, sentindo o sangue ferver dentro de mim. Eu não gostava nem um pouco de ser confrontada.

— Muito me admira que logo você, conhecendo toda a história sobre Rurik e os mitológicos, não tenha pensado por um segundo sequer no perigo que seria sair da Fortaleza. E pior, às escondidas! Ninguém sabia onde você estava, com quem você estava. Klaus não tinha nem por onde começar a te procurar!

— Eu não sei nada sobre os mitológicos! Vocês deixam todos nós na ignorância, esqueceu?

Ele me encarou por alguns segundos e depois se levantou da poltrona. Foi até uma estante que havia perto da janela e mexeu em alguns livros. Colocou tudo no lugar e não pegou nenhum.

— Depois mostro a você alguns livros da biblioteca. O que quer saber sobre os mitológicos? Vou te dar uma aula rápida sobre o assunto. Você precisa entender que não está lidando com seres criados neste nosso plano.

Não entendi muito bem o que ele quis dizer, mas fiquei quieta e escutei. Ainda puxei o travesseiro dele e o abracei para ficar mais confortável. Mikhail quando cismava de me contar alguma história, sempre fazia questão de dar muitos detalhes.

— Tudo começou muito antes da minha existência. Séculos antes. E um grego foi o culpado.

"Dário foi um rei de Creta que morreu por volta de 1.400 a.C. Ele deixou quatro filhos — os mais velhos eram gêmeos — e uma esposa, Ísis. Ela, ao prever a disputa que ocorreria entre os primogênitos pela coroa, decidiu que apoiaria seu filho caçula. Era o jovem Dioros, que tinha apenas quinze anos.

Ísis era praticante das artes ocultas e da magia. Era conhecida no reino por seus encantamentos e poções, mas nunca tinha feito nada muito significativo nem interferido no reinado do seu marido. Porém, quando viu que os filhos estavam prestes a entrar em guerra, ela resolveu fazer o possível para garantir a vitória de Dioros. Uma mãe sempre acaba protegendo o filho caçula.

Então ela levou Dioros até a caverna sagrada dos Montes Dícti, conhecido por ser o lugar onde se faziam sacrifícios e orações aos deuses. Chegando lá, Hades, o deus do mundo inferior, ofereceu poder e força a Dioros, em troca de dois sacrifícios oferecidos por Ísis. Ela deveria sacrificar, pela primeira vez na vida, dois humanos. Um casal do mesmo sangue.

É claro que Ísis se desesperou ao voltar para o castelo. Ela nunca tinha pensado em praticar uma forma tão cruel de sacrifício. Mas sabia que a ascensão do seu caçula dependia do êxito dela. Então pensou em sacrificar um casal de escravos que não lhe fosse mais tão útil.

Só que o filho que Ísis protegia não era uma pessoa digna. Dioros retornou para casa com a mãe já com a certeza de quais seriam seus próximos passos. No dia seguinte ao seu retorno, armou uma emboscada para prender a mãe e um de seus irmãos e os ofereceu à Hades.

Como combinado, Hades lhe deu seus maiores trunfos: um casal de centauros e um minotauro, alguns de seus guardiões do Sétimo Círculo do Inferno. Eles vieram ao mundo através da terra de um local sagrado, nas entranhas da caverna. Os três primeiros mitológicos surgiram dessa forma. A terra se moveu e os primeiros contornos de seus corpos começaram a aparecer, moldados a partir da lama marrom de onde emergiram.

Dioros, no entanto, não entendeu o que poderia fazer com aberrações inúteis como aquelas. Eram poucos contra todos os soldados de seus irmãos. Com raiva e sem ter o que fazer com aqueles seres, ele os deixou para trás e manteve segredo em reclusão nos Montes Dícti. Hades avisou que ele teria um prazo de um ano para reclamá-los como seus, caso contrário o Deus do mundo inferior levaria suas crias novamente para o lugar de origem.

O que Dioros não sabia é que os mitológicos podiam procriar. Os centauros, pelo menos, podiam. E suas gestações eram mais curtas do que as dos humanos e eles davam à luz em torno de doze crias por gestação. O minotauro estava sozinho, não tinha um par. Mas ele tinha o seu próprio método de procriação: podia invocar Hades sempre que quisesse, fazendo surgir, a partir de algumas gotas de seu sangue, clones da mesma terra sagrada da qual havia surgido, criando assim outros minotauros já adultos, feitos à sua imagem e semelhança.

Como era muito ambicioso, Dioros resolveu retornar antes que o prazo se extinguisse. Perto de completar um ano desde que deixara os mitológicos para trás, ele viajou até os Montes Dícti. Chegando lá, foi surpreendido ao descobrir uma quantidade de mitológicos muito maior do que esperava e se deu conta de que poderia montar um exército. Ele barganhou com Hades, para que pudesse manter as criaturas em segredo até atingirem o número suficiente, e aquele seria o melhor lugar para isso. Portanto, a cada ano ele sacrificava mais duas pessoas para garantir o acordo. Continuou mantendo tudo às escondidas e fazendo viagens ocasionais, enquanto suportava as guerras constantes entre seus irmãos mais velhos.

Cinco anos depois, ele resolveu que era hora de conquistar o trono. Viajou pela última vez para os Montes Dícti e retornou à Creta liderando seu próprio exército, composto exclusivamente por mitológicos, muito mais potente e letal que os de seus irmãos. Venceu os irmãos com facilidade e subiu ao trono, dando início assim ao seu reinado.

Os primeiros doze meses foram vantajosos para Dioros. Após sua meteórica ascensão ao trono, foi muito fácil exigir que cumprissem suas ordens e seguissem suas novas leis. Ninguém tinha coragem de se opor ao rei insano e seu abominável exército.

Hades, porém, era traiçoeiro. Ele não avisou que, se Dioros quisesse manter o controle sobre os mitológicos, teria que dar continuidade aos sacrifícios, ano após ano. Quando o prazo para o último sacrifício se esgotou, Hades desfez o acordo. O Deus do mundo inferior, então, libertou os mitológicos para que eles vivessem segundo apenas seus instintos primitivos.

Sem a ajuda de Hades, Dioros não conseguiu mais controlá-los. Afinal, eles tinham a mesma origem, a mesma força, a mesma resistência, e falavam a mesma língua. Incompreensível para os humanos. E, o principal: os centauros dominavam totalmente os minotauros através da telepatia, tornando-os, dessa forma, praticamente escravos. Assim como eu consigo falar telepaticamente com outro vampiro. Assim como esse outro vampiro me respeita e se curva a mim, os minotauros respeitam os centauros e se curvam a eles, reconhecendo-os como seus mestres. Só que Dioros não tinha essa informação. Isso só foi descoberto, por nós, muitos séculos depois, visto que passamos anos observando a interação entre eles.

Dioros logo foi assassinado pelos mitológicos e seu império, destruído. Eles retornaram aos Montes Dícti e foram acolhidos por Hades, que os protegeu da interferência humana. Naquele local, essas aberrações procriaram e passaram a viver por conta própria.

Com o tempo, os mitológicos cresceram em número e passaram a explorar os lugares próximos, sempre levando a desgraça e a destruição por onde passavam.

Muito tempo depois, começaram a cruzar o nosso caminho. Demorou para que descobríssemos o que eram e entendêssemos seu comportamento. Passamos a combatê-los quando passaram a destruir vidas humanas. Não podíamos permitir isso, já que o sangue humano é nossa fonte de vida. Mas, depois dos primeiros confrontos, ficou claro para eles que éramos muito mais fortes e rápidos. Os mitológicos então se retiraram dos territórios por onde passávamos. Eles não queriam mais permanecer em locais onde pudessem nos encontrar. Não era vantajoso para eles. E os centauros sabiam bem disso.

Acho que por muito tempo eles ficaram escondidos em Creta. Foi o primeiro território onde os humanos se extinguiram. E isso tudo aconteceu ainda no início da era identificada por vocês, humanos ocidentais, como depois de Cristo. Eu sempre me perco nessa contagem, porque ela é absurda. Imagine reformular todo o calendário por causa de um indivíduo que veneravam como um deus. Mas enfim, ficamos até meados de 1300 d.C sem ouvir falar muito em ataques dos mitológicos. Eles eram bem mais discretos naquela época."

Mikhail, que tinha voltado a se sentar, se levantou e se aproximou de mim. Me pegou no colo e me colocou sentada no meio da cama. Depois sentou-se de frente para mim e estendeu um braço, apoiando a mão na minha perna.

Vou continuar telepaticamente, porque não é algo que quero que ouçam. Então, um dia, aconteceu a tragédia que marcaria para sempre a vida de Klaus. Antes de contar, você precisa entender o tipo de vida que levávamos. Naquela época, ninguém se importava em manter as aparências. Éramos todos levianos e boêmios.

Eu, particularmente, nunca fui de uma mulher só, nunca me apeguei a ninguém. Mas Klaus mantinha relações com Fathima, uma humana de quem todos gostávamos. Ela trabalhava numa estalagem por onde sempre passávamos e acabou despertando o interesse dele. No início, era apenas mais uma aventura. Com o tempo, fomos percebendo que Klaus sempre arranjava uma desculpa para passar por aquela vila, independentemente do lugar para onde estávamos indo ou de onde estávamos voltando.

Ele começou a se encontrar cada vez menos com outras mulheres, mas negava que gostava de Fathima. Mas não era difícil de entender. Era uma mulher linda, de cabelos loiros e ondulados, olhos castanhos e um sorriso inocente. Ele ficou tão envolvido que contou a ela o que nós éramos. Fathima recebeu muito bem a notícia e, em pouco tempo, já tinha sido acolhida por todos nós. E ele a levou para morar conosco!

— Pare! Pare! — implorei e me deitei na cama, segurando a cabeça.

Ela parecia pesar uns dez quilos e eu estava tão tonta que precisei fechar os olhos. Senti um toque suave na bochecha, mas não os abri.

— Ai, isso dói muito. Parece que a minha cabeça vai explodir quando você fala sem parar. — Agarrei o travesseiro e o pressionei contra o rosto.

— Vamos fazer uma pausa, então. Eu esqueço o quanto vocês são frágeis. Nós falamos o tempo todo assim entre nós.

Eu puxei o travesseiro para o lado e abri um olho. Mikhail parecia estar se divertindo com a minha situação. Fios brancos caíam na sua testa e me instigavam a afastá-los do seu rosto. Ele sorriu para mim.

— Estou com uma enorme vontade de te dar um tapa por me fazer sentir essa dor.

— Tente. — Ele abriu ainda mais o sorriso.

— Não me olhe com essa cara, Mikhail. Eu ainda estou bem chateada com você. — Encarei o teto, ciente dos olhos azuis grudados em mim. — Você não faz ideia de como foi quando acordei e li seu bilhete. Sério mesmo? Não podia ter se despedido do jeito tradicional?

— Você é forte, Sasha. Eu sabia que lidaria bem com a situação.

Lidar bem? Sentei-me na cama e cruzei as pernas. O lençol já estava todo remexido e, se dependesse de mim, essa seria toda a atividade que ele veria naquela cama.

— Mas eu não lidei bem com situação nenhuma, Mikhail! Pergunte aos meus amigos ou até mesmo ao Klaus!

— Você teve disposição suficiente para sair por aí, bancando a detetive. Do meu ponto de vista, lidou melhor do que eu esperava.

Ele me puxou pelos pulsos e me arrastou pelo colchão até me colocar onde queria, sob seu corpo, pairando sobre mim. Notei que ele observava minha calça de flanela e prendi o riso.

— Você tem um gosto muito excêntrico para peças de vestuário. — Seus dedos deslizaram até o meu joelho. — Por isso, sempre vou preferi-la sem roupa nenhuma.

— Você não está em condições de exigir nada. Nem mesmo que eu esteja depilada!

Ele gargalhou, jogando a cabeça para trás. Eu continuei séria, não achando a menor graça. Se ele achava que conseguiria me seduzir com aquele papinho, com toques aqui e ali, um sorrisinho sedutor... estava muito enganado.

— Querida, depilação é só um capricho das mulheres. Você acha mesmo que eu ligo para isso?

Fui surpreendida com as suas mãos entrando por baixo do meu suéter, tocando minha pele desprotegida e arrepiada, subindo pelas laterais dos meus seios. Pelo menos, eu tinha me lembrado de colocar sutiã.

Arqueei o corpo para trás quando Mikhail se curvou sobre mim. Seus olhos me desafiavam quando ele tirou uma das mãos de dentro da minha roupa e enfiou os dedos nos meus cabelos. Senti então seus lábios contra os meus e não resisti. Sua mão massageava minha cabeça enquanto me beijava.

Seu corpo pesou sobre mim enquanto minhas costas pressionavam o colchão. Reunindo toda a minha força de vontade, espalmei as mãos em seu peito e o empurrei com toda a força. Mikhail nem se moveu, mas senti uma risada abafada contra meus lábios. Ele parou de me beijar e afastou o rosto apenas o suficiente para me olhar nos olhos.

— O que foi, Aleksandra? Estou sendo o mais gentil que posso.

— Não tem essa de ser gentil — bufei. — Você se lembra do que falou lá na minha casa? Que só faria sexo comigo novamente quando eu quisesse?

— Lembro — respondeu e começou a levantar meu suéter. Traçou um caminho de fogo com o dedo, do meu umbigo até o vão entre os seios. O meu suéter passou voando pela minha cabeça e foi parar no chão.

— Não parece que se lembra! — rebati, me esforçando ao máximo para não ceder ao desejo que já se esgueirava pelo meu corpo. — Eu por acaso disse que queria?

— Não com palavras. — Piscou para mim.

Eu estreitei os olhos e refreei a língua para não xingá-lo. Mikhail ajoelhou-se na cama, apoiando seu peso sobre os calcanhares. Observei cada movimento que ele fez para tirar a camisa e respirei fundo. Era bem diferente vê-lo ensanguentado e cheio de buracos no meio de uma batalha e, agora, com o corpo intacto, limpo, cheiroso e a alguns centímetros do meu rosto. Dava para notar até as minúsculas rachaduras na pele do seu mamilo.

— Você pode não ter dito nada, mas seu corpo fala por você. — Ele enfiou a mão por dentro da minha calça e invadiu a minha calcinha sem a menor cerimônia.

Eu senti meu rosto arder e passar por todas as cores: rosa, vermelho, roxo... E suspirei.

— Difícil não ficar desse jeito com você me beijando e subindo em cima de mim. Meu corpo é irracional.

Ele moveu a mão e eu me contorci. Não queria me entregar ainda, nossa conversa não tinha terminado. Mas acabei fechando os olhos e me deliciando um pouco com o toque do Mestre. O meu lado racional estava perdendo a batalha.

Minha distração me custou o que restava da minha resistência. Mikhail, num de seus movimentos quase na velocidade da luz, puxou minha calça e arrebentou minha calcinha. Nem mesmo se deu ao trabalho de terminar de se despir. Montou novamente sobre meu corpo e agarrou minhas coxas.

— Fiquei tempo demais fora de casa — sussurrou, esfregando os lábios contra meu pescoço. — Não tenho condição nenhuma de esperar que você se decida.

Ele abriu e baixou seu jeans, e me invadiu antes que eu piscasse. Desacostumada com a sensação, cravei as unhas em seus ombros e gemi. Precisei de alguns segundos para que meu corpo se adaptasse a ele e eu começasse a sentir prazer.

Esqueci tudo, todos os problemas, todo o sofrimento pelo qual tinha passado nos últimos dias. E me entreguei totalmente. Envolvi seu quadril com as pernas e fechei os olhos quando nossos corpos se uniram ainda mais.

Misha beijava meu ombro e alternava os beijos com mordidinhas leves, enquanto movimentava o quadril num ritmo cadenciado. Eu queria que houvesse um espelho naquele teto para que eu pudesse ver seu corpo exalando sensualidade.

Então senti Mikhail me levantando da cama e me segurando junto ao seu corpo. Sem parar os movimentos, ele imprensou meu corpo contra a parede. O ar escapou dos meus pulmões e me contraí toda. O choque fez com que todos os quadros pendurados balançassem e um deles caiu no chão. O Mestre, pelo visto, sempre esquecia que eu não era feita de aço.

— Desculpe — falou.

Eu estava sem condições de responder. Apenas balancei a cabeça e arranhei o pescoço dele ao puxar seu rosto para mais perto. Beijei aquela boca sexy, sentindo a minha respiração cada vez mais ofegante.

Misha apertava com força o meu quadril, puxando-me e afastando-me num ritmo frenético. Eu já começava a alcançar uma outra realidade, viajando no êxtase que invadia todo o meu corpo. Apertei as pernas em volta da cintura dele o máximo que pude. Então, o Mestre me olhou. Não nos olhos, mas para meu pescoço. Tremi quando ele passou a língua pelo canto da boca e abriu os lábios. Seus caninos me perfuraram e eu senti meu corpo rodopiando no ar.

A força com que se jogou contra o chão fez com que minhas costas deslizassem pelo tapete persa. Fomos parar do outro lado do quarto, minha cabeça se chocando contra a parede dura atrás de mim.

— Minha nossa, homem! Eu posso morrer assim! — protestei, agarrada aos cabelos dele.

Misha ainda estava com a boca colada na minha garganta, sugando meu sangue, enquanto mexia os quadris, causando tremores em todo meu corpo. Nossa Senhora Protetora das Namoradas de Vampiros Brutamontes! Perdi a noção de tudo quando alcancei o orgasmo que, eu tinha certeza, era a melhor sensação do mundo. Se fosse para viver tudo aquilo outra vez, não me incomodaria que Mikhail fizesse uma viagem ou duas por mês.

Eu me sentia num estado de torpor enquanto ele ainda parecia cheio de energia. Não sei dizer quantos segundos se passaram entre o momento exato em que suspirei, sentindo todo meu corpo relaxar completamente, e o instante em que comecei a gemer outra vez de prazer. Ficou tudo confuso e eu só sentia que queria mais, que precisava de mais, que Mikhail podia continuar até que eu estivesse totalmente sem forças.

CAPÍTULO VINTE E CINCO

EU DESCANSAVA RELAXADA NAQUELA CAMA enorme de lençóis macios. Estava de bruços, repassando os últimos momentos vividos com Mikhail naquelas paredes, naquele chão, até mesmo naquela cama. Eu me sentia esgotada, mas acho que arranjaria disposição rapidinho se ele quisesse mais. Meu Deus, quando foi que eu me tornei essa pessoa depravada?

— Acho que não tenho forças para ir embora — reclamei, virando o rosto de lado.

— Não vá, durma aqui — respondeu ele, deitado ao meu lado de costas. — O problema é que há sempre o risco de eu não deixá-la dormir.

— Se eu quiser manter a cabeça sobre o pescoço, preciso chegar em casa antes que meus pais acordem. Não há a menor possibilidade de eu dormir aqui.

Olhei para as grandes janelas. Elas seriam seladas um pouco antes do amanhecer, como de costume. No entanto, eu não tinha a menor noção do horário.

— Preciso ir embora. Você sabe que horas são?

Misha olhou para a janela também. Por que ele não podia ser um pouquinho mais parecido com uma pessoa deste século e usar um relógio ou até mesmo um celular?

— Devem ser por volta das quatro. — Ele alisou minhas costas e descansou a mão sobre minha bunda. — Vista-se que a levarei para casa enquanto há tempo.

— Você não terminou de me contar aquela história... — Pronunciei o nome de Klaus apenas com movimentos labiais, sem emitir nenhum som. — Quero saber como termina.

— *Ah, sim, sobre Klaus e Fathima. Depois de alguns meses morando juntos, estavam cada vez mais envolvidos. Foi a única vez que Klaus se tornou monogâmico. De todos nós, acho que ele foi quem chegou mais perto de sentir o que vocês chamam de amor.*

O que aquela declaração significava? Que Mikhail não me amava? Isso era desanimador, mas achei melhor não começar uma discussão. Queria ouvir a história para poder entender Klaus um pouco melhor.

— *Numa noite em que não fomos à estalagem, o vilarejo sofreu um ataque de mitológicos. Fathima estava trabalhando, servindo os clientes que invariavelmente terminavam a noite bêbados. Num lugar como aquele, não havia muitos homens com preparo para enfrentar os animais. Todo mundo morreu.*

Klaus ficou péssimo. Sumiu, ficou ausente durante meses, sem dar notícias. Só o vimos quase um ano depois e ele já estava completamente mudado. Ele nem sempre foi assim, como você o conhece. Antes de Fathima, ele andava sempre com as companhias mais diversas, mas não era cruel. Enquanto estava com Fathima, ele se tornou uma ótima pessoa. Depois... se transformou nesse homem frio e calculista. Foi quando ele e Rurik começaram a bater de frente.

— Eu realmente não consigo fazer essa imagem dele. Uma pessoa amável. — Eu me arrastei pelos lençóis para me encostar no corpo de Mikhail e apoiar o queixo em seu peito. — Isso é triste.

— Hum. — Meu Mestre estava com o pensamento distante. A mão dele subia e descia pelas minhas costas, alisando minha pele nua. — É... Tudo na nossa vida é conturbado. Desde o primeiro dia.

— Já que você tocou no assunto, podia me contar sobre como vocês viraram vampiros. — Ele me olhou de esguelha e eu abri meu sorriso mais cativante. — Poxa, tive algumas aulas com a senhora Edwiges, mas ela não nos deu muita informação.

O Mestre, pelo visto, não gostava de falar sobre o assunto, pois se levantou da cama de repente. Eu me sentei e fiquei observando enquanto ele despia a calça e andava até o banheiro.

— Venha tomar um banho comigo.

Eu me sentei na cama e fiquei pensando se o seguia ou não. Ainda não me sentia assim tão à vontade, nua na frente dele. Depois de um minuto indecisa, fui atrás. Misha estava deitado confortavelmente na banheira que se enchia de água. A espuma começava a se formar e eu podia sentir o vapor quente tocando a minha pele.

A cabeça dele estava apoiada na borda e as pontas de seus cabelos pingavam água. Era uma imagem tentadora, devo admitir. E ficou ainda melhor quando ele abriu os olhos e olhou fixamente para mim.

— Se quiser ouvir a história, terá que entrar aqui. — Estendeu a mão para mim.

Respirei fundo e me aproximei da banheira. Segurei a mão de Misha e ele me apoiou para que eu entrasse. O Mestre me fez sentar de frente para ele e puxou meus pés para o seu colo. Gostei da massagem que comecei a receber nos dedos e sorri.

— Eu sabia que essa banheira tinha utilidade!

— Ela sempre me foi muito útil — completou ele, me olhando como se eu fosse uma bolsa de sangue.

— O quê? — Joguei água na cara dele, com raiva. — Me poupe desses detalhes, ok? É muita cara de pau, a sua! Comece a contar a história antes que eu resolva te afogar.

Ele soltou uma risada e puxou um dos meus pés para fora da água. Isso fez com que eu escorregasse e a água cheia de espuma quase cobrisse a minha cabeça.

Mikhail mordeu o dedão do meu pé e, quando digo mordeu, quero dizer com vontade. Quase me furou. Soltei um grito e balancei a perna até que ele me soltasse.

— Cuidado com as ameaças, ruiva. — Piscou para mim.

Olhei para ele com a cara fechada e revirei os olhos. Eu precisei apoiar as mãos na borda da banheira para conseguir me sentar outra vez.

— Por que não para de me enrolar e começa a falar? Daqui a pouco tenho que ir embora. Seu passado é cercado de mistério e eu não sei quase nada sobre você. Aliás, não sei nada sobre nenhum de vocês. Sempre que pergunto algo, recebo uma resposta evasiva.

Mikhail parecia ponderar a questão. Ele tirou os braços de dentro d'água e alisou os cabelos com as mãos.

— O que você quer saber? Tudo, desde o início?

Será que eu podia perguntar qualquer coisa? Custei a acreditar, mas pensei um pouco. Eu tinha curiosidade sobre tantas coisas que diziam respeito aos Mestres que nem sabia por onde começar. Acabei escolhendo o início de tudo.

— Fale sobre seu nascimento e o dos outros Mestres. A história que a senhora Edwiges conta aos alunos é incompleta e cheia de furos.

— Sua professora faz o que pode. — Sorriu. — É uma longa história. Quer mesmo saber?

Lancei um olhar para ele que deixou bem clara a minha resposta. Ele que não ousasse mudar de ideia agora. Enquanto girava o anel em seu polegar, começou a narrar.

— Meu pai era agricultor, chamava-se Ondrej, e deu o azar de nascer num dos piores lugares do mundo. A aldeia dele ficava numa localidade que hoje é conhecida como Oymyakon. Fica a leste da Sibéria, e é considerada a região habitada mais fria do planeta. Os invernos eram extremamente rigorosos. O solo só ficava descongelado durante um período muito curto. Havia anos em que a colheita era difícil, outros em que era impossível. Muitos animais morriam, apenas os cavalos e as renas conseguiam resistir um pouco mais.

"Os eslavos orientais eram um povo pagão e viviam de acordo com determinadas crenças. Acreditavam que somente os deuses podiam mantê-los vivos diante de tantos infortúnios. Tinham o costume de cultuar divindades com diferentes poderes e habilidades. Se eles quisessem sol, faziam oferendas ao deus do sol, Dazbog, um nome que também significava "dispensador de riquezas". Para pedir uma boa colheita, prestavam culto a Iarovit, deus da vegetação, da fertilidade e da primavera. Eram vários os deuses eslavos e os rituais, quando envolviam derramamento de sangue, incluíam apenas o sacrifício de animais."

As palavras dele me fizeram lembrar uma coisa.

— Então quer dizer que a senha da porta que dá acesso aos subterrâneos é o nome do seu pai? Nome esquisito, por sinal.

Ele sorriu e assentiu. Antes que voltasse a falar, continuei com minhas perguntas.

— Por que eu nunca ouvi falar em nenhum desses deuses? — perguntei, estranhando aqueles nomes.

Mikhail deu de ombros. Pelo menos ele não parecia se divertir com a minha ignorância no assunto.

— Porque a mitologia eslava não costuma ser muito estudada pelos humanos na atualidade. Com certeza, você está mais familiarizada com divindades gregas ou romanas.

— E eles acreditavam mesmo nesses deuses mitológicos? — Olhei com desconfiança para ele.

— Claro! Tanto quanto muitos humanos acreditam em Deus, Jesus Cristo e companhia — respondeu ele, presunçoso.

Eu me calei e fiz sinal para que continuasse a história. Até aquele momento, nada tinha atraído muito o meu interesse. Eu queria mesmo era saber sobre o nascimento deles e como tinham se tornado vampiros.

Mikhail mergulhou o braço na água e tocou a minha perna. Sua mão deslizou para cima, passando pelo meu joelho e parando na minha coxa. Fiquei imediatamente alerta. Por mais que seu toque fosse delicioso, naquele momento eu queria ouvir o que tinha a dizer.

— Um ano antes do nascimento de Klaus e Rurik, a situação daquele povo piorou drasticamente. O inverno durou longos nove meses. Eles não tiveram tempo suficiente de plantar e colher antes que tudo voltasse a congelar. Até alguns dos cavalos mais fortes da região morreram de hipotermia.

"Então, começaram a orar para diversos deuses. Imploraram pela ajuda deles, fizeram rituais, oferendas, mas nada adiantou. A ajuda divina não chegava e as pessoas estavam morrendo. Desesperados, tomaram uma medida drástica. Resolveram fazer um ritual como nunca tinham feito. Reuniram as crianças mais fracas da aldeia, aquelas que não teriam uma vida muito longa em condições tão críticas. Apesar dos protestos dos pais das seis crianças escolhidas, foi decidido pela maioria que elas seriam sacrificadas em honra de Chernobog, o deus da maldição e da escuridão. Ele era o único a quem eles nunca tinham recorrido. Era a última esperança daquele povo."

— Deus da escuridão? Seria o mesmo que um deus... do inferno? A senhora Edwiges pulou essa parte da história...

— Dependendo da religião, ele recebe outros nomes, Satanás, Lúcifer e muitos outros. — Ele fez uma pausa e se virou, olhando para mim e sorrindo. — Sua professora não pulou parte alguma; ela nem conhece essa parte da história. Depois que eu terminar, você vai entender por que não divulgamos essas informações. É tudo muito complexo.

"Chernobog, é claro, aceitou o sacrifício de bom grado e deu a eles o que precisavam. Aquele ritual, no entanto, enfureceu Svarog, o senhor do universo e pai de Dazbog. Ele era o deus mais poderoso, seguido pelas outras divindades. Assim, fez com que a maioria se voltasse contra aquele povoado.

Condenou todos a uma vida infeliz e alertou que, todos os anos, seis habitantes da aldeia morreriam, como punição por terem tirado a vida daquelas crianças. Não importava se fosse homem ou mulher, a hora de cada um chegaria de forma abrupta. E o castigo não parou aí. Ele avisou que aquele povo não teria mais descendentes. Os homens se tornariam inférteis e não poderiam mais ter filhos.

Para meu pai, que era o líder da aldeia e foi o idealizador do sacrifício, Svarog tinha outros planos. Ondrej continuaria fértil, mas, se tivesse filhos, não nasceriam humanos e, sim, monstros. Bestas sem coração que errariam sobre a Terra e trariam sofrimento a todos eles."

— Foi por isso, então, que suas mães morreram durante o parto? Por causa da maldição?

Misha assentiu.

— Svarog decretou que qualquer criança gerada no ventre daquelas mulheres seria branca como a neve que caía na região. Dazbog, filho de Svarog, logo apareceu para apoiar o pai. Como ele era o deus do sol, anunciou que a criatura morreria queimada no instante em que os raios do grande astro tocassem sua pele.

"Morana, a deusa do inverno, da morte e da bruxaria, se juntou aos dois. Ela era esposa de Iarovit, o deus da colheita, mas foi traída e o matou. Foi então que se tornou a deusa do inverno. Morana sentenciou que o frio e a neve de Oymyakon acompanhariam eternamente qualquer criatura que ousasse enfrentar a maldição de Svarog.

Berehynia, que se proclamava deusa do lar, disse que protegeria os humanos e impediria que tais monstruosidades entrassem em seus lares sem permissão. Por isso, um vampiro só poderia entrar numa casa se recebesse o convite do dono.

Por último, surgiu Podaga, deus da pesca e da agricultura. Com sua ira, ele anunciou que nenhum tipo de alimento seria capaz de sustentar os descendentes de Ondrej. Ou seja, nós podemos comer a mesma comida que vocês comem, mas isso nunca nos alimentará."

Eu arregalei tanto os olhos que eles até arderam. Nunca tinha imaginado que a origem dos Mestres era tão complexa.

— Tudo isso, então, é resultado das maldições que jogaram em seu pai?

— Sim.

— Isso até que faz sentido. Eu nunca parei para pensar no motivo pelo qual vocês precisam ser convidados para entrar numa casa. Ou por que o sol pode matá-los.

— Percalços de uma vida amaldiçoada. — Ele deu de ombros e apertou a minha coxa. — Mas, assim como Svarog, Chernobog, o deus do inferno, também tinha aliados. Ele intercedeu pelas futuras crianças, concedendo a todas elas força e poder sobre-humanos.

Para compensar a maldição de Dazbog, surgiram as Zoryas, três irmãs que dividiam o mesmo nome. Eram conhecidas como as deusas da noite e das estrelas. Achavam que as crianças que nascessem a partir daquele dia não deveriam pagar pelos erros do pai. Por isso se propuseram a sempre dar proteção àqueles que precisassem fugir do sol de Dazbog. Ao cair da noite, as crianças estariam livres, protegidas pela noite que elas regiam, até que o sol voltasse a nascer.

Ipabog, deus da caça, também se dispôs a proteger aqueles que ainda não tinham nascido. Para neutralizar a maldição de Podaga, ele decretou que seriam caçadores natos, nasceriam predadores e sobreviveriam consumindo o sangue de suas vítimas, não a carne.

Com pena de que as crianças sofressem com deformidades, como anunciado por Svarog, Zaria também se pronunciou. Deusa da beleza e muito conhecida por sua bondade, ela afirmou que impediria que isso acontecesse e abençoaria qualquer um que nascesse com uma beleza inigualável.

E por último, mas não menos importante, veio Zywia, a deusa da cura e da regeneração. Dando por encerrada aquela discussão, ela avisou que nenhuma nova criança morreria. Que, se ela conseguisse se manter longe da maldição do sol, seria imortal apesar de todas as adversidades que encontrasse em seu caminho."

— Isso é demais! Vocês foram amaldiçoados, mas também receberam muitas bênçãos. Se não fosse por elas, não sobreviveriam.

— Não é assim tão simples, Sasha. Para aquela época cheia de crendices, a maldição de um Deus era levada muito a sério. Era o pior castigo que poderia existir.

"Naturalmente, os moradores da aldeia passaram a viver com medo. Ninguém queria vivenciar nada daquilo. Ondrej não deveria ter relações sexuais. Mas meu pai não era de acatar ordens. Ele não tinha filhos na época e, até então, não tinha pretensão de ser pai, mas não deixaria que os deuses o comandassem.

Alguns meses depois, foi contemplado com a gravidez de sua mulher. Conforme o tempo passava, o pânico na aldeia aumentava. Ao mesmo tempo em que estavam curiosos para ver o que sairia daquela barriga, também se preparavam para lutar com o monstro que aparecesse.

Então, para a surpresa deles, nasceram dois meninos. A mãe morreu no parto, com muita hemorragia. Nem chegou a ver os filhos. E as crianças faziam jus às palavras de Svarog: sua pele era muito branca. E seus traços não lembravam em nada os daquele povo. Mas, de aberrações, nada tinham.

Depois de alguns dias, chegaram a pensar que tudo não tinha passado de um susto. Que não havia maldição nenhuma, que aqueles bebês eram pequenos inocentes. Mas, à medida que os meses passavam, o medo voltou a reinar. Os primeiros fios de cabelo tinham crescido nos bebês e eram brancos como a neve que cobria a paisagem.

Ondrej dizia que era tudo especulação, que ninguém tinha como provar que as crianças não eram humanas. Ele estava feliz com os filhos. O que ele nunca contava a ninguém é que os bebês choravam de fome e não se saciavam com leite. Só paravam depois que tomavam o sangue das éguas que Ondrej tirava durante a madrugada, sem que ninguém visse, e dava aos filhos."

— Com o perdão da palavra, seu pai era louco de desafiar uma maldição tão sinistra! — interrompi.

Meu comentário desconcentrou Mikhail, que estava absorto na história da família. Ele soltou uma risada abafada e concordou comigo.

— Ondrej protegia os filhos da curiosidade alheia. Ele sempre mantinha as crianças dentro de casa durante o dia. Trancava a porta e não deixava que ninguém entrasse. Dizia que os meninos ainda eram muito pequenos para saírem de casa. Mas, no fundo, ele tinha era medo de que a luz do dia de fato lhes fizesse mal.

— Só uma coisa. Por que você não o chama de pai?

O Mestre parou um pouco para pensar e deu de ombros.

— Já se passou tanto tempo que não sinto mais esse vínculo. Não é proposital, às vezes o chamo. — Ele se calou e me encarou. — Posso continuar ou vai me interromper de novo?

Passei os dedos pelos lábios, como se fechasse um zíper, e sorri. Era muito difícil não enchê-lo de perguntas. Afinal, aquela era a primeira vez que eu ouvia a versão verdadeira dos fatos.

— Conforme Klaus e Rurik cresciam, naturalmente Ondrej começou a se envolver com outras mulheres. Ele era um homem muito bem apessoado e nunca teve dificuldades nesse aspecto. Além disso, era o líder do vilarejo, tinha essa aura de poder em torno dele.

— Bem, eu preciso interromper de novo. É rapidinho, prometo. — Ele me olhou com cara de quem não estava satisfeito. — Mas, olha só, que me desculpem essas mulheres. Tem que ter muito fogo no rabo para dormir com um homem que foi amaldiçoado pelos deuses e era pai de dois vampirinhos.

— Terminou?

— Sim! — Joguei as mãos para o alto. — Pode terminar de contar essa história de terror digna de Stephen King.

— Quando a jovem com quem ele vivia apareceu grávida, foi aquela comoção no povoado. Algumas pessoas começaram a se exaltar, e Ondrej e a moça passaram a sofrer ameaças. A vida dele se complicou, mas ele estava cego de amor. Seus filhos eram lindos, amáveis, lhe traziam muita alegria.

"No entanto, a jovem achou difícil suportar toda aquela pressão. Sentia medo pelo ser que carregava no ventre e também pelas ameaças que recebia. Um dia, quando já estava no sétimo mês de gravidez, a jovem tomou um chá abortivo. Mas passou muito mal e acabou morrendo de hemorragia.

Quando Ondrej chegou em casa, se desesperou com a cena que encontrou. A mulher morta, caída em meio a uma poça de sangue. Na hora, ele pensou que tanto a mãe quanto o bebê estivessem mortos. Ficou alguns minutos ao lado do corpo, chorando a perda dos dois, quando Klaus e Rurik começaram a chorar. Ondrej foi até as crianças, achando que pudessem estar com fome. No entanto, estavam em pé no berço que ele tinha construído e agitavam as mãozinhas na direção do corpo sem vida.

Ondrej já tinha testemunhado alguns dos dons que os filhos possuíam. Ele mantinha tudo em segredo, mas sabia que os filhos não eram humanos. E, ao ver a reação das duas crianças, não teve dúvida. Pegou a lâmina afiada que usava para tirar o couro e a pele dos animais e abriu a barriga da mulher. Ao contrário do que ele achava, a hemorragia que ela sofrera não tinha sido consequência do aborto. Fora apenas Nikolai se defendendo e matando quem queria matá-lo. Lá estava ele, aninhado no útero, esperando para ser descoberto. Pequeno, mas em perfeitas condições.

É claro que isso só gerou mais revolta no povoado. Ondrej não tinha como explicar o ocorrido, só disse que a mulher dera à luz antes da hora e acabou morrendo. Uma nova criança branca como a neve e uma esposa morta, isso fez com que todos se voltassem contra ele. Queriam arrancar as crianças de dentro de casa. Tentaram atacá-lo. Mas ali estavam Klaus e Rurik juntos. Os mais poderosos seres que já caminharam sobre a Terra. Qualquer um que tentasse tocar em um deles sofreria graves consequências. Era difícil acreditar, pois, afinal, eram crianças."

— Eles já tinham poderes com, sei lá, um ano de idade? — precisei perguntar porque nem eu acreditava. Com um ano de idade, eu acho que só conseguia sujar a fralda e cuspir a papinha na cara da minha mãe.

— Se Nikolai matou a própria mãe, ainda no ventre dela — respondeu meu Mestre —, você tem alguma dúvida?

— Caramba, isso modifica completamente meu conceito de criança prodígio!

Ele tinha começado a esfregar meus ombros com uma esponja macia. Sabia que tinha segundas intenções, mas não reclamei, porque estava muito bom. Quando se ajoelhou na banheira e se agigantou diante de mim, senti minha boca se abrindo de puro deleite. Aquele peito enorme coberto de espuma não era algo que eu esqueceria facilmente. A sensação da sua boca percorrendo meu pescoço e de sua mão subindo pela minha coxa também não seria esquecida tão cedo.

De repente, a história sobre a origem dos Mestres já não parecia mais tão interessante. Principalmente, quando Mikhail afastou as minhas pernas e me tocou com delicadeza.

Relaxei ainda mais dentro daquela água morna tão convidativa, cercada pela espuma com uma deliciosa fragrância floral. Mikhail, quando queria, conseguia ser o mais maravilhoso dos cavalheiros.

Saí do transe quando ele se sentou e me puxou pela cintura. Eu me sentei no colo dele, passando as pernas em volta do seu corpo e os braços pelo seu pescoço. Os lábios do Mestre trilharam um caminho pela minha clavícula e ele se curvou para alcançar meus seios.

Ele encaixou o corpo no meu e o apertei o quanto pude entre minhas pernas. Nossos corpos movimentaram-se em sincronia. As mãos de Misha nunca se afastavam da minha pele, nem por um único segundo. Enquanto ele determinava o ritmo dos nossos movimentos, eu só curtia todas as incríveis sensações que me proporcionava.

Então, de repente, a banheira pareceu ficar pequena demais para nós dois. A sede incansável de Mikhail fazia parecer que um maremoto se formava naquela água. Em determinado momento, senti uma tensão deliciosa se acumulando no meu corpo e agarrei a borda lisa da banheira para conseguir me firmar. Joguei a cabeça para trás e me entreguei totalmente às sensações que me percorriam, sabendo que ele me segurava e não me soltaria de jeito nenhum.

Meu corpo inteiro estremeceu e senti Mikhail aproximando a boca para cobrir a minha, invadindo-me também com a língua. Senti que ele também estava alcançando o clímax, porque me apertou com tanta força que por pouco não quebrou meus ossos.

🖋 🖋 🖋

Demorou até que saíssemos daquela posição. Ainda fiquei agarrada ao pescoço dele por mais vários minutos, aproveitando o momento de total relaxamento. Então dei alguns beijos em seu pescoço e vi pela primeira vez sua pele se arrepiar. Gostei de ter causado aquela reação. Abafei uma risada e continuei minha aventura, agora com a ponta da língua. Ele estremeceu e puxou meus cabelos, me obrigando a olhar para ele.

— Já quer começar outra rodada? Se não quiser, é melhor parar.

— Huuumm... Bem que eu queria. — Abri um sorriso enorme. — Mas realmente preciso ir para casa. Quando você vai me pedir em casamento para eu vir morar aqui?

— Assim que você passar pela transformação. — Ele deu de ombros. — Quando quer que seja?

— Hein? — Olhei desconfiada para ele. Misha me encarava tão sério, com uma sobrancelha arqueada, que eu fiquei em dúvida se estava brincando ou não. — Muito engraçado.

Eu me levantei e fiquei de pé desajeitadamente, para sair da banheira. Fui até o chuveiro, porque aquele negócio de só tomar banho de banheira não era comigo. Eu precisava sentir a água escorrendo pelo meu corpo e levando a sujeira embora.

— Você é hilário, Misha!

Eu me virei para pegar o sabonete e, quando me virei novamente, me assustei com ele diante de mim. Acabei deixando o sabonete cair no chão.

— Ai! Caramba! Dá para não ser tão silencioso?

— Pare de me chamar assim — falou, mal-humorado. — Já falei que não gosto muito.

— De Misha? — Sorri. — Mas é tão bonitinho... Misha...

Eu me engasguei quando fui falar e não consegui mover a língua. Lancei um olhar assassino para ele.

— Esqueci que às vezes você age como uma criança. Fique aí brincando sozinha e ande logo. — Saiu do banheiro sem olhar para trás. — Daqui a pouco vai amanhecer e preciso levá-la para casa.

Com a língua colada no céu da boca, praguejei como pude, emitindo sons estranhos, mas extravasando minha indignação. Terminei meu banho querendo estapear Mikhail.

CAPÍTULO VINTE E SEIS

| MIKHAIL |

Fiz Sasha caminhar a passos rápidos pelo subterrâneo. Já estava quase amanhecendo e eu não queria me demorar muito do lado de fora. Também não tinha cabimento chamar novamente Pablo para acompanhá-la. Quanto mais discreto fôssemos, melhor. O fato de Klaus ter relaxado um pouco não queria dizer que estava tudo bem.

Por falar em Klaus, eu ainda não tinha engolido suas palavras. Simplesmente ignorar a presença de Sasha na Morada era algo que eu não esperava dele. Por que ele tinha ficado tão tolerante a ela, eu não sabia.

— Vai ficar me ignorando por quanto tempo? — a ruivinha irritada me perguntou. — Porque você é bipolar demais para meu gosto. Podia pelo menos terminar de contar a história. Eu até agora não entendi por que vocês não contam a verdade para o mundo.

— Contamos apenas o que é importante: quando e onde nascemos.

— Mas por que omitem a parte da maldição? É tão interessante! E o seu pai morreu mesmo da forma que a senhora Edwiges conta nas aulas?

— Sim, Ondrej foi mesmo encontrado morto com o corpo ressequido. Dentre os amaldiçoados na aldeia, ele foi o último a morrer com a maldição de Svarog. Ao longo dos anos, as pessoas foram morrendo para pagar pelas mortes das crianças inocentes. Todos os amaldiçoados morriam da mesma forma: sem uma gota de sangue no corpo. Exatamente como as crianças sacrificadas, que sangraram até morrer. Mas, ao contrário do que contamos a vocês, quando Ondrej morreu, nós ainda éramos crianças. Ele, então, tinha seis filhos. O mesmo número de crianças que sacrificou para beneficiar a aldeia. Ele continuou a se deitar com outras mulheres, mas nenhuma delas engravidou.

"Klaus e Rurik já estavam mais crescidos, tinham completado sete anos de vida e já sabiam cuidar dos mais novos. Principalmente, porque nos entendiam. Conversavam conosco mentalmente. Então, depois da morte de Ondrej, eles continuaram a cuidar de todos nós. Não demorou muito, também, para que deixássemos Oymyakon. Todos os envolvidos no sacrifício já tinham morrido, mas transmitiram aos filhos e netos as histórias que vivenciaram. Era importante que nos afastássemos daquela gente, que déssemos início a uma existência que ninguém conhecia.

E assim, vivemos um bom período num vilarejo ao sul da Rússia. Nós nos passamos por órfãos que tinham grande sensibilidade ao sol, assim como os albinos. Vivíamos apagando as memórias de um indivíduo ou outro, sempre que acontecia algum imprevisto, mas nos afeiçoamos àquelas pessoas. Até que nos deparamos com um problema. Em determinado momento, começamos a notar que não envelhecíamos mais. A estimativa de vida naquela época era baixa e as pessoas envelheciam cedo. Por isso sempre parecíamos mais jovens que aqueles com metade da nossa idade.

Não tínhamos rugas nem ficávamos doentes. E essas coisas não passavam despercebidas por ninguém. Para nós, também não era fácil. Não é agradável ver todos à sua volta envelhecerem, morrerem e você sentir que sua vida nem começou direito.

Quando ficava claro que não dava mais para continuarmos no mesmo lugar, íamos embora. Vivíamos trocando de cidade. Caso tivéssemos vontade de voltar a um lugar onde já tínhamos vivido, esperávamos até que se passassem três gerações. Então, retornávamos. Foi preciso que parássemos de contar nossa idade real às pessoas e também evitávamos permanecer na mesma região por mais de dez anos. Esse é mais ou menos o tempo que leva para que comecem a perceber que você não está envelhecendo."

Eu tinha parado de andar e nem tinha notado que já estávamos no corredor que dava para o colégio. Sasha me olhava, absorta, com cara de quem tecia mil e uma imagens sobre a história da minha vida. Eu, com certeza, tinha dado material para que ela sonhasse por muitos anos.

— E então, vamos? — perguntei, estendendo a mão.

— Por um momento, pensei que fôssemos passar pela saída do bosque.

— Pelo esgoto? Só mandei que usasse o esgoto porque era um momento de grande necessidade, mas é bom que saiba que não sou alguém que goste de andar por latrinas.

— Definitivamente, nem eu — ela deixou claro.

Deixei que ela passasse na minha frente. Fiz a porta da sala do diretor se escancarar e, assim, iluminar a escada. Com Sasha subindo na minha frente, não pude deixa de observar a roupa horrível que ela vestia. Uma calça larga, de flanela, e um suéter que cobria sua bunda. Mesmo assim, eu sentia desejo só de lembrar o que havia debaixo daquela roupa. Imaginei-a nua, subindo as escadas, rebolando para mim. Não pude deixar de sorrir.

— Que sorrisinho sacana é esse na sua cara? — Ela franziu a testa, ao virar-se para trás e me flagrar. — Perdi alguma coisa?

— Não sei do que está falando.

Quando chegamos à casa de Sasha, vi que ainda teria tempo suficiente para voltar sem pressa para a Morada. Abri a porta de sua casa, mas não entrei. Ela deu um passo para dentro, então se virou e se jogou em cima de mim.

— Apesar da sua rabugice, eu amei a nossa noite — sussurrou com a cabeça levemente arqueada para me olhar. — Obrigada por me fazer esquecer um pouco esses dias conturbados.

— Foi renovador para mim também — respondi, descendo as mãos pelas laterais de seu corpo. — Agora vá dormir. Os próximos dias serão importantes e decisivos.

Eu tinha deixado que ela me distraísse e não percebi que havia alguém acordado dentro de casa. Quando terminei de falar com Sasha, a luz da cozinha se acendeu e Johnathan apareceu na porta.

— Johnathan. — Minhas mãos ainda estavam sobre a filha dele e não havia dúvida alguma de que ele já tinha notado.

— Pai? — Sasha virou-se e se afastou rapidamente de mim. — Eu, hã... Mestre Mikhail veio...

Deixe que ele suba e, então, apagarei sua memória.

Sasha me olhou, temerosa, e o pai me olhou como quem avaliava a melhor forma de matar um vampiro. Eu conhecia muito bem aquele olhar.

O homem, talvez decidindo que me enfrentar não era a melhor opção, nos deu as costas e subiu as escadas lentamente. Esperei que sumisse do meu campo de visão para acessar a mente dele e apagar os últimos trinta minutos de sua vida. Johnathan chegaria ao quarto sem se lembrar do que tinha feito no andar de baixo, nem mesmo o porquê de ter saído do aconchego de sua cama.

— Eu não gosto de saber que a mente do meu pai está sendo alterada por você.

— Sinto muito, mas não há a menor chance de deixá-lo a par do nosso envolvimento. — Pisquei para ela. — Até mais.

Puxei a maçaneta da porta e a fechei. Enquanto atravessava o jardim, ainda pude ouvir os resmungos da ruiva.

Ao voltar para a Morada, esbarrei em uma vampira descendo as escadas. Eu já a conhecia de outras ocasiões, geralmente sempre no final de noite, quando ela deixava a Morada às pressas. A fêmea cheirava a Vladimir até o último fio de cabelo.

— Olá, Mestre! — Ela fez uma reverência e aguardou minha dispensa.

Fiz um gesto para liberá-la e continuei meu caminho. Em toda a Morada, o clima era de agitação. As janelas dos andares superiores começavam a ser lacradas e, portanto, as pessoas passavam a transitar por ali sem receio.

Passei por algumas vampiras da Guarda do Sangue, que chegavam para começar o dia de trabalho. Em algumas horas, elas receberiam os residentes da Fortaleza que fossem doar sangue.

— Bom dia, Mestre! — elas me cumprimentaram antes que eu fosse para o andar de cima.

Uma delas, Aline, demorou-se um pouco mais, com o olhar sobre mim. Admirei seu decote e os cachos negros que caíam sobre seu colo exposto. Era difícil resistir à tentação, quando eu já sabia muito bem como ela se comportava na cama. A vampira de origem brasileira se afastou das outras, que continuaram em frente, e se aproximou de mim. O balanço dos seus quadris ao andar enfeitiçava qualquer um.

— Fez muita falta por aqui, Mestre. — Ela se debruçou no corrimão de bronze e o decote do corpete branco prendeu minha atenção mais do que eu gostaria.

— É mesmo? — Tentei repassar na mente o que exatamente eu tinha prometido a Sasha em matéria de exclusividade.

Aline sorriu, os dentes brancos criando um contraste incrível com a pele morena. Minha memória me pregava peças, me inundando com imagens daquele corpo sob o meu. Fechei os olhos e busquei com urgência, na memória, os cabelos vermelhos. O rosto de Sasha surgiu diante de mim, numa expressão emburrada. Como se ela já estivesse com raiva pela minha conversa.

— Boa noite, Aline. — Subi a escada com pressa, deixando minha vontade para trás. A sensação foi horrível, como se eu estivesse sendo castrado.

— Quem te chicoteou, Mikhail? — Parei ao passar pelo andar de Nikolai. Olhei em direção à porta de onde ele saía e vi seu divertimento por me provocar.

— Parece que você acabou de levar uma surra.

— Só estou com dificuldades para me controlar... — Olhei para ele, pensando se contava ou não. Fiquei com a segunda opção.

Deixei-o com suas suspeitas e preferi ter um momento a sós. Tranquei a porta do meu quarto e me sentei na beira da cama. Ainda podia sentir o cheiro de Sasha impregnado em meus lençóis, em cada centímetro do meu quarto.

Não tinha certeza do que fazer com ela. Gostava do nosso envolvimento, não podia negar. Tinha uma enorme atração pelo seu corpo e aproveitava muito bem meu tempo com ela. Para ser sincero comigo mesmo, a verdade é que eu também me preocupava com Sasha. Durante o tempo em que estivera fora, meus pensamentos voltavam para ela várias vezes ao dia. Tinha chegado à conclusão de que era facilmente capaz de matar por ela.

Mas éramos completamente diferentes. Não podia haver um abismo maior entre nós. Sasha era muito impetuosa. Estávamos sempre discutindo por alguma coisa banal e isso me tirava a paciência. Também afetava meu julgamento.

O que seria de nós dois? Deitei-me na cama e estiquei os braços sobre os lençóis. Queria passar algumas horas sem nada ocupando minha mente, mas era impossível. Não consegui ficar quieto por mais de dois minutos. Então tirei o manto, troquei de roupa e deixei meu quarto.

🦇 🦇 🦇

— *Podemos contar com umas dez aeronaves operando na América do Norte e do Sul.*

Ouvi a voz de Niko quando me aproximei da sala de reuniões. Abri a porta e encontrei Klaus sentado e ele em pé, ao lado do mais velho. Os dois estudavam um mapa-múndi aberto sobre a mesa redonda.

— É um número muito baixo. — Klaus retrucou, apoiando o queixo na mão.

— É do que podemos dispor, Klaus.

— Qual o problema? — perguntei, rodeando a mesa até me aproximar de Nikolai.

Puxei uma cadeira e me sentei, esperando que me pusessem a par do assunto. Tentei não demonstrar irritação por não ter sido informado daquela reunião. Não queria brigar.

Klaus me olhou com um ar de superioridade, comum a ele. Eu o encarei, sustentando seu olhar, e esperei que se cansasse de me desafiar. Por fim, sorriu, debochado.

— Já terminou de se ocupar com Aleksandra?

— Estou aqui para tratar de assuntos importantes. — Eu me debrucei sobre a mesa. — Não estou?

Nikolai pousou a mão no meu ombro, me pedindo calma com o olhar.

— Estamos fazendo alguns levantamentos. Não podemos simplesmente interromper todo o tráfego aéreo mundial para transportar os humanos que se alistarem no nosso exército. Temos que calcular quantas aeronaves podemos usar para não provocar um caos em todo o mundo.

Logo depois que a batalha sangrenta com os mitológicos terminou, nós cinco nos reunimos. Estava claro como a água que não tínhamos número suficiente de soldados para enfrentar as hordas de mitológicos que poderiam voltar a nos atacar.

Johnathan estava providenciando mais munição para a *Exterminator*, mas a própria arma também precisaria ser fabricada em série. E isso, infelizmente, levaria muitos dias. Era fácil produzir uma ou duas. Mas nós precisávamos de centenas. E precisávamos de soldados.

A única saída era algo que nunca tínhamos cogitado. Daríamos início a novas transformações. Humanos que quisessem ser transformados começariam a se alistar.

— Por que não? — Klaus cruzou os braços. — Interrompam o tráfego aéreo.

— Klaus, isso causaria um colapso sem precedentes.

— Interrompam. O tráfego. Aéreo. — Ele deu um soco na mesa. — Querem ver um colapso de verdade? Basta Zênite voltar antes de termos armas, munições e soldados suficientes! Ou vocês acham que ela vai esperar que nos reorganizemos?

Ele se levantou, ficando cara a cara com Nikolai. Pensei em intervir, mas Niko sabia se defender muito bem. Em vez disso, puxei o mapa mais para perto. Havia pontos marcados em vermelho: Canadá, Estados Unidos, Brasil, China, Índia, Rússia, Austrália e Arábia Saudita. Eram ainda as regiões mais populosas do mundo.

A ideia de Klaus era interessante. Os países, no passado, possuíam suas Forças Armadas e faziam alistamentos de novos soldados periodicamente. Depois que tomamos o poder, não havia mais motivo para mantermos esses exércitos. Mas, agora, a ideia era fazer o mesmo que os chefes de governo, antes de assumirmos o poder. Qualquer cidadão humano, independentemente de raça, cor ou sexo, que tivesse no mínimo dezoito anos, poderia se alistar. Essas pessoas seriam transformadas em vampiros, é claro. Para isso, no entanto, precisávamos que fossem todas trazidas para a Fortaleza. E eram poucas as companhias aéreas que ainda operavam normalmente.

— Niko — chamei-o e os dois me olharam. Se não fizesse isso, ficariam eternamente naquele embate visual. Um tentando estourar os miolos do outro. E eu sabia que, apesar de ser mais forte, Klaus nunca faria mal a Nikolai. — Detesto ter que concordar com ele, mas Klaus tem razão.

O primogênito sorriu para mim e voltou para a mesa. Antes, apertou meu ombro e me deu um tapa camarada nas costas. Como bons amigos.

— Finalmente você voltou a raciocinar de forma lógica, Mikhail. Achei que a garota tivesse tirado o seu juízo.

— Podemos, por favor, não incluí-la na conversa?

— Sim, é claro! — Ele se recostou na cadeira e cruzou os braços. — Sou todo ouvidos. Venha, Nikolai, ouça a voz da razão.

Ele é insuportável. Niko me encarou com desânimo. *E você ainda concorda com ele!*

— Só acho que agora é hora de tomarmos as medidas necessárias o mais rápido possível. Quem mais vai ganhar com a derrota dos mitológicos são os humanos. — Olhei para ele. — Estamos correndo contra o tempo. Zênite pode aparecer a qualquer momento. Ela com certeza está reagrupando seu exército.

— Temos que aproveitar que, pela primeira vez, seremos mais numerosos do que eles. No passado, os ancestrais dela podem ter tido facilidade para espalhar sua prole pelos continentes. Atualmente, com exceção do sul da Grécia, somos nós quem controlamos todo o tráfego marítimo. Ela não vai conseguir angariar mitológicos de outros continentes.

Klaus, mais uma vez, tinha razão. Nikolai não via mais motivos para discordar dele, porque sabia que as palavras do irmão eram sensatas. Ele se sentou conosco e estudou o mapa.

— Vocês só esquecem que Zênite não precisa trazer ninguém. Eles se criam da própria terra! Fica difícil competir com isso.

— Nós criaremos do sangue. — Klaus o encarou.

— Sim, mas os minotauros já nascem para lutar. Nossos soldados mal saberão o que fazer. São civis, Klaus! Como meros civis vão lutar de igual para igual com mitológicos?

Enquanto eles discutiam, eu observava Klaus. Ele não tirava o sorriso triunfante do rosto e eu me perguntava por quê. Então, de repente, eu entendi. Ou achava que tinha entendido.

— Será o nosso sangue — falei. — É isso, não é, Klaus? Você já pensou em tudo.

Qualquer vampiro civil podia transformar um humano, mas, mesmo com treinamento adequado, esse humano seria sempre um civil, no máximo um guarda. Para se criar um vampiro que viesse ser um soldado e enfrentar um mitológico sem dificuldade, era preciso que a transformação fosse feita por um Mestre. Em poucas semanas e com treinamento, o novo vampiro se tornaria um perfeito soldado: forte, veloz, astuto.

Havia, no entanto, um nível que ficava acima do posto de soldado e abaixo do de Mestre. Nós os chamávamos de Guardiões. Para que o humano fosse um Guardião, ele precisava ingerir o sangue de pelo menos dois Mestres. Quanto maior a quantidade de Mestres envolvidos, mais forte o vampiro se tornaria. Era como uma versão um pouco inferior a nós, Mestres.

— Você não pode estar falando sério — disse Nikolai, se dirigindo a mim. — Não temos como dar conta de tantos. E não acha que, depois de tudo, teremos soldados poderosos demais?

Niko tinha razão em fazer aquelas indagações. Em todos os períodos da nossa história em que criáramos Guardiões, tínhamos nos arrependido. A última vez fora em 1985, quando lutávamos para tomar o poder mundial.

— É o que podemos fazer no momento, Nikolai. E vou me dedicar a isso. — Klaus se levantou e dobrou o mapa. — Marque uma reunião com os donos das companhias aéreas. Quero uma videoconferência ainda hoje.

Ele se retirou e ficamos só nós dois, ainda sentados. Tamborilei os dedos sobre a mesa e suspirei. Era raro ver Nikolai transtornado, mas Klaus conseguia deixar qualquer um assim. Dessa vez, porém, eu era obrigado a concordar com as ideias dele.

— Você acha mesmo que damos conta de criar centenas de soldados numa semana?

— Acho que não custa nada tentar — respondi, empurrando a cadeira para trás. Eu me levantei e toquei o ombro dele. — Vamos, Niko. Aceitar que Klaus está certo deixa um gosto amargo na boca, eu sei. Mas ele está certo.

— Bem, farei os contatos. Veja se faz com que Nadia e Vladimir também se mexam.

🦇 🦇 🦇

Para saber se estava tudo correndo como o planejado, após deixar a sala de reuniões, passei pela Central de Controle, um andar da Morada reservado inteiramente às dezenas de telas que monitoravam a Fortaleza.

A troca de guarda tinha sido feita há algum tempo, pois já havia amanhecido. Os guardas vampiros tinham dado lugar aos nossos melhores atiradores humanos. Todos autorizados a alvejar qualquer ameaça do lado de fora. Ainda não tínhamos recolocado os portões da Fortaleza no lugar, portanto estávamos mais vulneráveis do que nunca.

Todas as quatro *Exterminators* estavam estrategicamente posicionadas ao longo da muralha, nas mãos dos mais competentes. Era a única proteção que a Fortaleza tinha durante o dia. Precisávamos contar com o fato de que os mitológicos não se sentiam bem à luz do sol. E esperávamos que continuassem assim.

— Mikhail! — Klaus me chamou, do lado de fora da sala. — Uma palavra contigo.

Tirei os olhos dos monitores e me juntei a ele. Fechei a porta atrás de mim e caminhamos pelo corredor. Dois funcionários passaram por nós e nos saudaram.

— Aleksandra tem informações sobre o tráfico de sangue. Preciso que você fale com ela a respeito. Sinceramente, não tenho tempo para perder com sua namorada.

— Ah... o tráfico de sangue — suspirei, desanimado. Tinha evitado entrar nessa questão com Sasha, pois sabia que me estressaria com ela.

— Estou dizendo! — Ele já estava se afastando de mim, com as mãos para o alto. — Não tenho tempo!

Eu me encostei na parede e fechei os olhos. O que Sasha poderia ter a ver com o tráfico de sangue? Ela não tinha mesmo como se meter em mais problemas, tinha?

CAPÍTULO VINTE E SETE

EU ESTAVA ME SENTINDO ÓTIMA, REVIGORADA, RADIANTE! O corpo quentinho próximo ao meu fazia eu me sentir segura e relaxada. Era tão difícil ter momentos como aquele com Mikhail! Saber que ele estava comigo na cama, passando a noite, era tudo o que eu podia querer. Joguei o braço esquerdo sobre o abdômen dele e esfreguei meu rosto em seu peito. A camisa de algodão roçou em minha pele e meu pé deslizou sobre a sua calça de pijama.

Então, de repente, Mikhail me deu um tapa no rosto. Arregalei os olhos, gritando.

— Ai! Ficou maluco! — Levantei a cabeça e dei de cara com um Kurt mal-humorado. Como assim?

— Acorde, Raio de Sol, antes que você comece a se esfregar em mim. Você pode ter um rostinho bonito, mas seu corpo não tem uma coisa que eu considero muito importante.

Eu me afastei dele e me sentei, massageando minha bochecha dolorida.

— Que droga, Kurt. Precisava me bater?

— Eu já tinha te sacudido, cutucado e chamado. Você continuava sorrindo, de olhos fechados. Sei que sou irresistível, mas contenha-se, mulher!

Joguei meu travesseiro em cima dele e saí da cama. Pude sentir o cheiro que entrava por baixo da minha porta e fazia meu estômago roncar. Cheiro de bacon! Era até estranho minha mãe ainda não ter gritado para que eu acordasse.

— Que horas são? — perguntei.

— Já passam das dez.

— O quê? — Saí tropeçando nos sapatos jogados no chão e abri meu armário. Algumas camisas caíram aos meus pés, pois tinham sido arremessadas ali dentro de qualquer jeito. Puxei algumas peças de roupa sem nem olhar direito o que era e me virei para Kurt.

— Por que você ainda está deitado? Estamos muito, muito atrasados para o colégio.

Ele puxou o edredom, cobrindo-se até o pescoço e virando-se de costas para mim. Se eu não estivesse com tanta pressa, me jogaria em cima dele e o estapeava.

— Não temos aula, Sashita. Você perdeu o noticiário da manhã. É perigoso demais sairmos às ruas durante o dia enquanto os portões da Fortaleza ainda estão abertos. As aulas estão suspensas. E mesmo que não fosse esse o problema, você acha mesmo que alguém tem condição de assistir aula depois de tudo o que aconteceu? Porque eu, sinceramente, não estou nem aí para isso.

— É, eu sei. Acho que, por um momento, meu cérebro se desligou dos problemas. — Sentei-me na beirada da cama e pus a mão nos pés dele. — Não seria ótimo se tudo não passasse de um pesadelo?

— Uma pena que tudo é realidade. Não podemos nem sair de casa. E temos o funeral coletivo hoje à noite.

Engatinhei pela cama e me joguei em cima dele com todo o meu peso. Kurt soltou alguns palavrões e resmungos enquanto eu bagunçava o cabelo dele.

— Sai de cima de mim, sua implicante!

— Você devia ver como fica uma gracinha com o pijama do meu pai!

Ele conseguiu me imobilizar, infelizmente. Segurou meus dois pulsos e se levantou da cama. Achei que fosse aprontar alguma vingança comigo ou que fosse reclamar, mas em vez disso sorriu e me abraçou.

— Obrigado por todo o apoio que está me dando.

— É para isso que os amigos existem — respondi, apertando os braços em volta dele.

Ri quando Kurt me pegou no colo e caminhou comigo pelo quarto. Mas parei de rir quando passamos pela minha porta e ele me colocou no chão. Do lado de fora. No corredor.

— O que você pensa que está fazendo?

— Sashita, querida, quero dormir mais um pouquinho. — Ele continuou sorrindo. — Aproveite o dia!

— Não, não, não! — Corri para entrar de novo no quarto, mas ele foi mais rápido e bateu a porta quase na minha cara. — Kurt, abra esta porta!

Dei alguns socos na porta, praguejando por ter caído naquela armadilha. Ele me enganou com o sorrisinho meigo e o abraço apertado. Girei a maçaneta, mas ele tinha trancado a porta!

— Kurt, quando eu te pegar, não vai sobrar um fio desse seu cabelo!

— Sasha! — Meu pai estava do meu lado, com as mãos nos quadris. — Posso saber o que está acontecendo aqui?

— Claro que pode! Kurt me trancou do lado de fora do quarto!

— O rapaz está de luto, filha. Por favor, dê um pouco de espaço a ele. — Completamente em choque pelo meu próprio pai defender Kurt, eu nem tive reação quando ele me segurou pelos ombros e me fez dar um giro de noventa graus. — Vá ajudar a sua mãe na cozinha. Tenho certeza de que ela vai adorar sua companhia.

Olhei para a escada à minha frente e me dei por vencida. Se Kurt não estivesse de luto, eu arrombaria aquela porta e o arrastaria pelos cabelos.

Era finalzinho de tarde quando me sentei com meu pai e Victor para ver televisão. Eles assistiam a um programa sobre o comportamento das baleias orcas, mas, assim que cheguei, o programa terminou. Começou a tocar a vinheta do noticiário e me preparei para levantar, porque eu sabia que só mostrariam desgraças. No entanto, Kurt chegou e se sentou ao meu lado, colocando a cabeça no meu ombro.

— Não acredito que daqui a algumas horas eu me despedirei para sempre dos meus pais — murmurou. — Isso é tão... irreal.

Permaneci em silêncio, pensando no que dizer. Só que aquela era uma situação em que nem todas as palavras do mundo conseguiriam consolá-lo. Pensando nisso, apenas apertei sua mão.

O noticiário começou e o casal de jornalistas anunciou novos ataques e outras catástrofes rotineiras pelo mundo afora, mas eu não prestei atenção. Estava cochichando no ouvido de Kurt os acontecimentos da noite anterior. De repente, uma única palavra chamou nossa atenção.

— Fiquem agora com o pronunciamento dos Mestres — a jornalista anunciou e a tela ficou preta.

— A primeira e única vez em que vi isso acontecer, vocês nem eram nascidos — disse meu pai pegando o controle da televisão e aumentando o volume. Até minha mãe veio correndo da cozinha, enxugando as mãos num pano de prato. — Um pronunciamento. Parece que estou voltando ao passado.

Todos nós aguardamos. Eu estava roendo as unhas de expectativa. Afinal, uma coisa era ver os Mestres na televisão, falando para os moradores da Fortaleza, que já os conheciam. Outra, bem diferente, era vê-los falar para o mundo inteiro.

Após alguns minutos, a tela foi clareando aos poucos e os vultos dos cinco Mestres apareceram. Quando o ambiente em que estavam ficou totalmente iluminado, reparei que falavam do salão de apresentações, dentro da Morada dos Mestres. Os cinco estavam em pé, com os rostos cobertos pelo capuz. Eu conseguia identificar cada um por causa da hierarquia, mas quem não morava na Fortaleza com certeza não tinha noção de quem era quem.

— Boa tarde, cidadãos — eles falaram em uníssono. Era muito bizarro. — Somos aqueles a quem vocês se curvaram há quase três décadas. A quem confiaram suas vidas.

— Confiamos uma ova. Perdemos a guerra, isso sim! — mamãe resmungou, batendo com o pano de prato no braço da poltrona.

Tanto eu quanto meu pai olhamos para ela de cara feia, pedindo que fizesse silêncio. Ela nos devolveu aquele olhar nada satisfeito.

— Os mais novos não sabem como era o mundo antigamente, antes de passarmos a governar. Não viveram a opressão de seus próprios governos, a má distribuição de poder, as injustiças sociais. Não sabem o que é passar fome. No entanto, seus avós e até seus pais devem se lembrar de como era grave a desigualdade social. Eles, com certeza, se lembram também dos inúmeros crimes que ficavam impunes, da violência que crescia a cada dia. Também se lembram de como fizemos tudo melhorar em tão pouco tempo. Nos anos noventa, crimes hediondos não eram mais praticados, a taxa de mortalidade caiu drasticamente. Não havia mais uma criança fora da escola, nem sem ter o que comer, muito menos trabalhando em vez de estudar.

"Nosso governo dá certo porque somos claros e objetivos. Sabemos que nossa sobrevivência depende dos humanos. E vocês, humanos, dependem de nós para terem uma vida melhor. Porém, os tempos de paz chegaram ao fim. Os mitológicos ameaçam cada vez mais a sobrevivência da espécie humana. Estamos fazendo o possível para combatê-los. Criamos uma arma capaz de matá-los e estamos produzindo-a em grande escala. Daqui a algum tempo, todos os países receberão um carregamento para ser distribuído entre os bunkers principais. Pretendemos erradicar nossos inimigos de uma vez por todas.

No entanto, é preciso dar um passo de cada vez. Antes precisamos nos unir. Os mitológicos são governados por uma rainha. Têm um grande exército que se multiplica facilmente. A Fortaleza Negra sofreu um ataque há duas noites e sofremos muitas perdas. E iremos sofrer mais caso não tomemos uma medida drástica.

A partir de hoje, daremos início à formação de um exército capaz de aniquilá-los. Se você tem mais de dezoito anos e quer se juntar a nós, seja homem ou mulher, apresente-se ao bunker de sua cidade com os seus documentos. Faremos de você um vampiro, um soldado como nenhum outro. Você será trazido imediatamente para a Fortaleza e, depois dos serviços prestados, poderá optar por permanecer conosco ou voltar para seu país. Estaremos aguardando a sua chegada. Boa tarde."

A imagem saiu do ar e a tela voltou a mostrar o estúdio onde os dois âncoras pareciam tão surpresos quanto o resto do mundo.

— Eles vão transformar um exército inteiro em vampiros? — Papai tirou os óculos e limpou as lentes na camisa.

— Que droga! Por que é preciso ter dezoito anos? — Victor chutou a ponta do tapete. — Só Sasha pode se alistar.

— Ela não é nem louca! — papai quase gritou e, ao perceber sua voz alterada, pigarreou e colocou os óculos novamente no rosto.

Na verdade, a ideia seria muito interessante se não fosse o pequeno detalhe de ter que ser transformada em vampira. Isso não estava nos meus planos para o futuro. Beber sangue e fugir do sol não eram coisas que eu almejava na vida.

Meus pais deviam achar que eu era mesmo louca, pois ambos me olharam desconfiados. Como se eu, a qualquer minuto, fosse correr porta afora, ansiosa para me tornar uma sugadora de sangue. Até eu tinha meus limites!

— Isso é coisa de adultos. Ouviram bem? — Papai desligou a televisão. — Quero vocês longe disso.

Deixei meu pai falando sozinho e fui atrás de Kurt, que tinha se levantado e estava subindo as escadas. Entramos no meu quarto e ele se sentou na beirada da cama, com os cotovelos apoiados nas pernas.

— Eu vou me alistar.

— Como é que é? — Eu me aproximei e me agachei na frente dele. — Está delirando?

— Não. Estou bem certo disso. Vou me alistar e ajudar.

— Kurt, tenho certeza de que você poderá ajudar de outras formas. Ser transformado não é a solução.

— Eu já perdi minha família. O que me impede, Sasha? — Ele levantou os olhos e me encarou. — Não tenho nada a perder.

— É claro que tem! Sua vida!

Ok, ele realmente estava me assustando, falando com tanta convicção. Eu não conseguia imaginar meu amigo se tornando um vampiro e vivendo sob as regras deles. Resisti à vontade de dar um tapa na cara dele para fazê-lo recuperar o juízo. Violência não ajudaria em nada.

— Eu entendo que você esteja se sentindo perdido. Mas, Kurt, você acha que seus pais ficariam orgulhosos dessa sua decisão? Eles vieram para cá para manter você num lugar seguro.

— Sim, tão seguro que olha onde eles estão agora.

— Olha, por que não conversamos sobre isso depois? Acho que é melhor nos arrumarmos para o funeral. Enquanto você dormia, meu pai foi até a sua casa e trouxe algumas roupas para você.

Levantei da cama e o puxei pelas mãos. Ele me abraçou e ficamos em silêncio por um tempo. Então comecei a puxá-lo para fora do quarto até colocá-lo dentro do banheiro e fechar a porta.

— Tome seu banho!

Escolhi um terno entre as roupas que meu pai tinha trazido e o estendi sobre a cama. Senti uma lágrima solitária escorrer pela bochecha. A dor do meu amigo mexia demais comigo. Eu queria poder ajudar mais, tirar o peso do coração dele, mas não sabia como. Kurt parecia se fechar cada vez mais.

Desanimada, desci para ajudar minha mãe a guardar os potes de comida que ela levaria para o colégio depois do funeral. Várias crianças órfãs estavam abrigadas no ginásio, enquanto os Mestres não encontravam uma solução. Alguns adultos se revezavam para cuidar delas e mamãe estaria no próximo turno.

— Kurt quer se alistar — falei ao entrar na cozinha. Meus lábios tremeram e acabei chorando.

— Ele quer? — Mamãe me olhou, assustada. — Pobre rapaz!

Ela colocou a travessa que segurava em cima da mesa e me abraçou. Eu aceitei de bom grado o abraço, enterrando o rosto no peito dela e extravasando minha angústia. Dona Irina Baker parecia um tirano liderando seu próprio exército, mas sempre sabia exatamente do que precisávamos. Senti uma de suas mãos fazerem movimentos circulares nas minhas costas.

— Eu não quero perder meu amigo, mãe. Já perdi Helena.

— Você não vai perdê-lo, Aleksandra. Ele só está confuso e deprimido. Vou pedir para seu pai conversar com ele. — Mamãe me afastou pelos ombros e me olhou. — Mas você sabe, essa decisão quem vai tomar é Kurt.

— Eu sei... — Engoli em seco.

Ela enxugou meu rosto e me deu um beijo na testa antes de me soltar.

— Agora me ajude com isso aqui. Acho que acabei preparando comida demais. — Ela revirou os olhos, coisa que detestava que eu fizesse. — Mas também, quem se importa? É melhor sobrar do que faltar.

Soltei uma risada, aliviada por ter uma mãe que nunca perdia as rédeas da vida. Enquanto ela reclamava, dizendo que eu era muito desaforada por ficar rindo da cara dela, nós embalamos o restante da comida enquanto os homens da casa se arrumavam.

CAPÍTULO VINTE E OITO

A CHUVA COMEÇOU A CAIR assim que começaram a baixar os caixões. O cemitério estava lotado e nem todas as vítimas e seus familiares estavam presentes. Depois que a contagem de corpos foi feita, ficou claro para os Mestres que não havia espaço suficiente para enterrar a todos. Não se quisessem dar um enterro digno a cada uma daquelas pessoas. Portanto, eles optaram por cremar os corpos de famílias em que todos os membros tinham morrido e não havia ninguém para reclamá-los. Também perguntaram se mais alguém gostaria de cremar o corpo do ente querido e, dessa forma, conseguiram diminuir o número de sepultamentos.

Mesmo assim, ainda era muita gente. Eu só me dei conta do tamanho da tragédia ao ver cinquenta e sete caixões espalhados pelo gramado. Cinquenta e sete! E ali estavam somente as pessoas que seriam enterradas. Papai ainda ouviu de um dos coveiros que tinha sido necessário retirar os restos mortais mais antigos, para desocupar o maior número possível de sepulturas.

Senti um calafrio e segurei a mão de Kurt, que pendia flácida ao lado do corpo. Apertei seus dedos e olhei para ele, que levantou nossas mãos para enxugar o rosto molhado da chuva.

Preciso falar com você. Agora.

Olhei para onde estavam os Mestres. Mikhail me encarava fixamente sem a menor cerimônia. De relance, flagrei Klaus observando Kurt discretamente. E meu amigo nem parecia notar que estava sendo observado.

— Mikhail quer conversar comigo. Você pode voltar com meus pais?

— Sasha, uma hora eu vou precisar voltar para a minha casa.

— Eu sei, mas fique só mais esta noite com a gente. Por favor! — pedi e não o soltei enquanto não recebi uma resposta afirmativa.

Kurt suspirou e balançou a cabeça, concordando. Dei um abraço nele e beijei seu rosto. Meus pais estavam ansiosos para ir embora, então pedi que levassem Kurt também.

— E você vai ficar fazendo o que aqui? — papai perguntou.

Era uma pergunta para a qual eu não tinha uma mentira pronta. Estava chovendo, estávamos no cemitério e nenhum dos mortos era parente meu. Como eu precisava responder alguma coisa, optei pela verdade. Depois, Mikhail que se virasse para apagar a memória dele, se preciso.

— Os Mestres querem falar comigo. — Dei de ombros. — Eles vivem me fazendo perguntas desde que fui sequestrada.

Eu não achava que ele acreditaria totalmente, mas pelo menos não tentou tirar a dúvida com os Mestres.

Mamãe acabou ajudando, pois pediu que eu não me demorasse e apressou meu pai. Ninguém gostava de jogar conversa fora debaixo de chuva. Além disso, ela ainda pretendia passar no colégio para deixar a comida para as crianças e depois se arrumar para o seu turno.

— Vamos caminhar. — Mikhail apareceu diante de mim assim que minha família me deu as costas.

Levantei o rosto para olhá-lo, piscando por causa das gotas de chuva nos olhos. O Mestre estava com a roupa encharcada, mas não parecia se incomodar. Dessa vez nem se preocupou em me emprestar o manto.

— Está tudo bem? — perguntei, andando ao lado dele.

— Comece a me contar tudo o que sabe sobre o tráfico de sangue — pediu, curto e grosso, como sempre.

— Ah. Klaus deve ter falado com você, não é? — Afastei os fios de cabelo grudados no meu rosto. — Por onde quer que eu comece?

— Pelo começo. E não se esqueça de nenhum detalhe, por mais insignificante que pareça. Quero nomes também.

Apesar do meu receio de contar algumas coisas a Klaus, nunca tinha pensado em esconder as informações que eu tinha de Mikhail. Então não pensei duas vezes. Tomei fôlego e contei a ele tudo o que eu sabia. Dei o nome de Lorenzo, inclusive. Tinha preocupações maiores no momento e o vampiro italiano não era uma delas.

— Você acha que Lara corre algum perigo? — Eu ainda temia por minha amiga ter se envolvido com um traficante.

— Você está tremendo! — ele exclamou, ignorando minha pergunta.

Eu estava mesmo morrendo de frio, mas nem tinha me dado conta. Estava tão concentrada na conversa que não notara minha roupa encharcada.

Então o Mestre me pegou no colo e correu comigo até a Morada, só me colocando no chão quando entramos em seu quarto.

— Tire essa roupa para que eu mande colocar na secadora.

— Vocês têm secadora? — Era uma surpresa.

— Não é porque somos antigos que ainda lavamos nossas roupas na beira do rio.

Não consegui evitar a risada. Ele me olhou sem paciência e abriu o armário. Tirou uma camisa grossa lá de dentro e me entregou. Depois, me deu um cinto largo de couro marrom.

— Vista isso e coloque o cinto. Vai ficar parecendo um... — Misha ficou me encarando, com uma sobrancelha arqueada.

— Vestido?

— Isso. Um vestido. Porque você não vai embora daqui tão cedo e não pode ficar andando de lingerie pela Morada.

Ué, aquela informação era novidade para mim. Eu ficaria presa na Morada? Meus pais não iam gostar muito da notícia.

— Por que eu não posso ir embora? Já contei tudo que sabia sobre o tráfico.

Deixei minhas roupas molhadas caírem aos meus pés e passei a camisa pela cabeça. As mangas ficaram compridas demais. Precisei dobrá-las um pouco para que minhas mãos voltassem a aparecer. Passei o cinto em volta da cintura e realmente ficou parecendo que eu estava de vestido. De gosto duvidoso, mas ainda assim um vestido que ia quase até os joelhos.

Misha sentou-se na beira da cama e me avaliou. Com um sorriso satisfeito, me puxou com o poder da mente. Eu me apoiei em seus ombros quando ele segurou meus quadris e afundou o rosto na minha barriga.

— Você fica muito bem com minhas roupas. — Ele levantou os olhos para me observar, enquanto alisava minhas coxas.

— Sim, tenho certeza de que esta é a última moda em Milão.

— Milão está destruída.

— Uma garota pode sonhar, não pode?

— Pode. E um homem também. Você ficaria linda com os vestidos de baile usados há alguns séculos. — Ele sorriu tão lindamente que meu coração deu um pulo. — Talvez eu faça uma festa à fantasia só para vê-la vestida assim.

Gargalhei. Não conseguia me imaginar usando aquelas roupas que pesavam vários quilos. Muito menos um espartilho. Nossa, com os meus quadris, eu teria sofrido muito se tivesse nascido em outra época.

— Se for uma festa à fantasia, é mais fácil eu aparecer vestida de Milla Jovovich em O Quinto Elemento.

— Quem é essa? — ele perguntou na maior inocência.

— Você não sabe quem é Milla Jovovich? — Eu estava chocada. Um homem não saber quem era aquela mulher linda era um absurdo. — Ah, vampiros! Vocês estão tão por fora de tudo...

Ele sorriu e me puxou para eu me sentar em seu colo. Passou um braço pelas minhas costas e, com a mão livre, afastou meus cabelos. Eu senti sua boca deslizar pelo meu pescoço e esperei pelos caninos. Mas Mikhail não me mordeu, apenas me beijou naquela região sensível.

— O que eu faço contigo, Aleksandra? — perguntou, mas não parecia esperar resposta.

— Posso pensar em muitas coisas — acabei respondendo, de qualquer forma. Dei um sorriso safadinho e ouvi Misha suspirar de um jeito meio exasperado.

— Eu não devia estar tão envolvido. E nem faço ideia de como levar isso adiante. — A testa dele estava franzida. Passei os dedos pelos vincos em sua pele e depositei um beijo ali.

O Mestre continuou sério, me observando, como se eu fosse um problema a ser resolvido. Devia ser assim que ele me enxergava. Um problema ambulante em sua vida cheia de regras. Para descontrair, envolvi seu pescoço com meus braços e o empurrei. Ele caiu de costas na cama e me levou junto.

— Que tal, meu adorável vampiro milenar e carrancudo, nós dois vivermos um dia de cada vez? — perguntei, piscando para ele. — Acho que esse raciocínio cabe perfeitamente à nossa atual situação.

— Tem que ser um dia de cada vez mesmo. Porque, por enquanto, eu não sei o que nos espera mais à frente. — Não gostei do seu tom de voz sombrio, muito menos das suas palavras. Mikhail me encarava. — Você sabe que só há uma opção para nós, não é?

Eu acho que ele estava tentando entrar no assunto da transformação. Assim como fizera quando eu estava no chuveiro, depois do nosso banho de banheira. Só que eu não estava pronta para conversar sobre isso. Era a segunda vez que Mikhail me dava aquela indireta.

Pensando friamente, eu não conseguia me enxergar como vampira. Não queria esse futuro para mim. Mesmo sabendo que seria bem mais fácil manter o meu relacionamento com ele dessa forma, ainda não tinha certeza se um dia faria isso. O melhor era mudar logo de assunto.

— O que estou fazendo aqui, afinal? — perguntei me levantando. Voltei a me sentar na cama e olhei para ele, que continuou deitado.

— Os órfãos estão sendo trazidos para cá. Não podemos mais deixá-los no colégio, é desprotegido demais durante o dia. Eu trouxe você para cá porque gostaria que também ajudasse.

Eu não sei em que ponto da conversa ele tinha começado a falar em grego. Porque era isso que parecia. Mikhail queria que eu cuidasse de crianças? Sério, eu?

Minha expressão de choque deve ter ficado muito evidente, pois ele riu e se sentou. Então pousou a mão na minha perna, para me tranquilizar.

— Eu sei o que está pensando, mas acredito que você tenha talento para isso.

— Com crianças?

— Talento para consolar. — Ele ficou de pé e andou até a porta. — E, claro, você passaria mais tempo aqui dentro.

Eu tinha certeza de que tinha visto um brilho naqueles olhos azuis e um sorrisinho safado em seu rosto. Nem tive tempo para discutir a ideia, pois Mikhail saiu do quarto e me chamou para que o acompanhasse.

Nós descemos alguns andares de elevador até chegarmos à área disponibilizada para receber as crianças. Havia um movimento intenso no local, funcionários para todos os lados, arrumando os últimos detalhes.

— Quantas crianças são, afinal? — perguntei.

— Dezoito. De todas as idades. Temos até um bebê.

Não deu para evitar a exclamação de surpresa que saiu de minha boca. Um bebê? Como ele conseguiu sobreviver já era um mistério para mim.

Dezoito crianças sem família era um número alto demais. Senti vontade de abraçar Misha bem ali na frente de todo mundo, só por eles se preocuparem com aqueles órfãos. Às vezes eu esquecia que os Mestres não eram nossos inimigos. Mesmo com todos os problemas que eu já tivera com alguns deles, ainda assim eles não podiam ser considerados vilões.

— Sasha? — Misha tocou meu braço com delicadeza. — Tudo bem?

— Sim. Só fiquei um pouco chocada. — Olhei em volta, sem saber se podia ficar falando daquele jeito com ele em público. Mas não parecia que alguém estivesse prestando atenção à nossa conversa. — Quantas pessoas morreram?

Vladimir apareceu, trazendo atrás de si meninas e meninos de todos os tamanhos. Eles passaram por nós, olhando com espanto e curiosidade para Mikhail. Logo em seguida vieram os adultos, que tinham se oferecido como voluntários no colégio. Minha mãe era um deles.

— Aleksandra! — Ela franziu a testa e me olhou dos pés à cabeça. — O que está fazendo aqui? E por que está vestida desse jeito?

Eu podia sentir o olhar de Mikhail queimar o meu pescoço. Ele já conhecia minha mãe para saber que mil e uma teorias estariam passando por aquela cabecinha.

— Eu fui chamada aqui para ajudar, mãe. Com as crianças. — Desviei o olhar para não ser pega mentindo. Sempre que eu mentia para minha mãe, sentia como se houvesse um letreiro luminoso no meio da minha testa me denunciando.

— Ela pegou muita chuva no caminho e achamos que seria melhor se trocasse de roupa. Já basta todos os problemas pelos quais estamos passando, não precisamos de moradores gripados, não é mesmo? — O Mestre sorriu da forma mais charmosa que pode e mamãe se derreteu.

— Sim, claro. Mas, quer mesmo a Aleksandra cuidando de crianças? Ah, vocês realmente não conhecem a minha filha!

Mamãe me deu um tapinha na mão antes de se afastar. As crianças foram distribuídas em grupos de três em cada quarto e ela entrou na primeira porta.

— Devo começar a me arrepender de trazer você aqui? — Olhei para Mikhail, que me observava com desconfiança. As mãos nos quadris indicavam que ele estava mesmo me avaliando com um ar de superioridade.

— Por favor, né? Eu não vou matar ninguém. — Revirei os olhos. — Acho que dou conta de umas criancinhas, ok? Minha mãe que é exagerada.

— Tudo bem. Evite colocar fogo na Morada e, por favor, Sasha, não faça nenhuma idiotice. — Ele alisou meu rosto de uma forma que me deixou afogueada. — Venho te ver mais tarde.

Quando foi embora, olhei em volta. O tumulto tinha diminuído e agora só restavam alguns humanos que acompanhavam as crianças.

Passei direto pela porta por onde minha mãe tinha entrado e resolvi que ficaria longe daquele quarto. Eu não precisava ficar ouvindo sermões na frente de outras pessoas. Escolhi o último e entrei. Três meninos estavam sentados na imensa cama de casal e uma senhora da idade da minha mãe tomava conta deles.

— Oi — falei ao fechar a porta atrás de mim. — Eu, hum... sou voluntária.

— Olá! — a mulher me cumprimentou, sorrindo. — Que bom! Não temos nenhuma jovem ajudando.

Pelo menos ela parecia uma pessoa simpática. Isso com certeza deixaria menos difíceis as horas que eu passaria naquele quarto. Eu me aproximei dela e me sentei na poltrona ao seu lado.

Os meninos estavam com mãos e bocas ocupadas, devorando sanduíches, mas nos olhavam com curiosidade. Um deles, de cabelos loirinhos cacheados, parecia um anjo. Suas bochechas rosadas me deixavam morrendo de vontade de apertá-las.

— A senhora sabe o que vai acontecer com eles?

— Não. — Ela suspirou pesadamente e se recostou na cadeira. — Se eu já não tivesse três filhos, ficaria com um deles. Mas não posso.

— Seus filhos estão bem? — perguntei, mesmo sabendo a resposta. Nenhuma pessoa que tivesse perdido algum parente estaria bem daquele jeito.

Ela me confirmou que sim, estavam todos bem e os filhos já eram crescidos. Por isso, ela preferia doar seu tempo a quem precisava.

Um dos meninos, o anjinho, terminou de comer e desceu da cama. A senhora fez menção de se levantar, mas ele veio correndo na nossa direção.

— O que foi, querido? — ela perguntou e segurou o braço dele. — Precisa ir no banheiro?

— Não. — O loirinho olhou para mim e estendeu a mão.

Seus dedinhos enrolaram-se nos meus cabelos quando eu me inclinei na direção dele. Não era a primeira vez que uma criança era atraída pelos meus fios coloridos.

— Oi, qual o seu nome? — Sorri, deixando que mexesse nos meus cabelos.

— Cauã. — Com a boquinha entreaberta, ele parecia hipnotizado.

— Que nome bonito você tem! — Toquei os cachinhos dele e sua atenção foi atraída pelo meu movimento. — O seu cabelo também é muito bonito. Posso ficar com ele para mim?

Cauã balançou a cabeça e se afastou para que eu não roubasse nada. Depois olhou para a mulher ao meu lado e pediu colo. Ela o colocou sentado em sua perna e o balançou.

— Acho que eu o assustei. Eu estava brincando, Cauã. Não vou ficar com o seu cabelo, ok? Eu já tenho o meu! — Sorri para ele e pisquei. — Sabe o que eu não tenho? Uma orelha!

O menino arregalou os olhos e eu escondi minha orelha esquerda com a mão. Eu sabia distrair crianças. Não era tão difícil. Eu e Cauã só tínhamos começado com o pé esquerdo.

— Ih, Cauã. Vou precisar pegar a sua orelha. Você me empresta?

Recuei quando ele caiu no choro. O que eu tinha feito de errado? A senhora me olhou como se eu fosse uma bruxa e tentou acalmar a criança, sussurrando alguma coisa no ouvido dela.

— Acho que vou ficar ali no canto, perto da janela. — Eu me levantei e me desculpei pelo transtorno. — Se precisar de mim é só me chamar.

Arrastei uma cadeira para perto da janela e me sentei, encolhida e tentando passar despercebida. Na cabeça de Cauã, eu devia ser um monstro querendo roubar o cabelo e a orelha dele. Sinceramente, Aleksandra, você não tinha nada melhor para falar?

CAPÍTULO VINTE E NOVE

| KLAUS |

GERALMENTE EU FAZIA A CHUVA PARAR ALGUNS MINUTOS depois de um funeral, mas dessa vez achei que deveria ser diferente. Eram tantas vidas que deixei a chuva durar a noite toda.

Eu estava num dos meus lugares preferidos no mundo, no topo da Morada, encostado no vidro do pináculo sobre a piscina. Daquele ponto mais alto, tinha uma visão perfeita da Fortaleza e de vários quilômetros da planície à sua volta.

Lá embaixo, os homens trabalhavam em ritmo acelerado para recolocar os portões. Dava para ver as faíscas voando toda vez que usavam maçaricos para a solda. O espaço vazio onde antes estavam os portões destoava daquele muro sólido que tínhamos erguido com tanto capricho. Eu me lembrava ainda da briga que tivera com Rurik, quando a Fortaleza ainda estava sendo construída. O muro estava pela metade e a Morada era apenas um esboço no papel.

Rurik prometera voltar e realmente cumprira sua palavra. Eu prometi matá-lo. Levantei o rosto para sentir o vento à minha volta. Fechei os olhos e me desliguei de todos os sons que vinham lá de baixo. Das vozes, dos barulhos dos carros, dos gritos dos pássaros que sobrevoavam a Fortaleza. Ignorei tudo que eu passava o dia inteiro ouvindo e tentei localizar Rurik. Precisava me comunicar mentalmente com meu gêmeo. Estávamos distantes, mas operávamos na mesma frequência. Uma hora eu conseguiria fazer contato. E, então, também cumpriria minha promessa.

CAPÍTULO TRINTA

| MIKHAIL |

A GUARDA DO SANGUE ESTAVA TRABALHANDO MAIS DO QUE NUNCA, pois tínhamos resolvido aumentar a ingestão de sangue para ficarmos preparados. Se íamos transformar cada humano que chegasse à Fortaleza, teríamos que nos alimentar muito bem. Era imprescindível que não enfraquecêssemos nos próximos dias. Os mitológicos podiam voltar a qualquer momento, por isso também precisávamos nos manter constantemente alertas.

O aviso circulou por toda a Fortaleza. Precisávamos de sangue e os residentes teriam que ajudar mais do que nunca.

Entrei numa das salas e me aproximei da jovem de cabelos escuros. Eu não lembrava seu nome, mas a reconhecia. Não era a primeira vez que ela se oferecia como doadora.

— Boa noite, Mestre — ela me cumprimentou e afastou os cabelos do pescoço.

Sem tempo a perder, eu me alimentei tão rápido quanto pude. Sua pele macia foi facilmente perfurada e o sangue quente jorrou na minha boca. Não me demorei mais do que trinta segundos. Era o tempo máximo que nos permitíamos sugar. Nossa intenção não era enfraquecer os doadores.

Curei suas feridas, me despedi e pedi que saísse. Eu ainda ficaria para me alimentar de mais algumas pessoas. Pude ouvir uma das vampiras da Guarda se dirigir à jovem.

— Raíssa, certo? Por aqui, por favor.

Aguardei dentro da sala, encostado à parede. Minha cabeça dava voltas com tantas preocupações e tanto a ser feito. Em algumas horas, o aeroporto de Moscou começaria a receber os primeiros voos com os humanos alistados.

— Próximo! — gritei.

Quem entrou foi um jovem que eu já conhecia de outras doações e com quem já tinha até trocado algumas palavras. Adriano sentou-se na poltrona de couro, depois de me fazer uma reverência, e eu me alimentei mais um pouco.

☙ ☙ ☙

Tinha me alimentado mais do que pretendia. Depois de cinco doadores, eu me sentia explodindo de energia. Como ainda faltavam algumas horas para o amanhecer, deixei a Morada e dei um pulo no laboratório para falar com Johnathan. Apesar de já termos a fórmula do composto criado por ele, o pai de Sasha precisava acompanhar de perto todo o processo. Era imprescindível que o líquido se mantivesse abaixo dos dez graus negativos antes de ser encapsulado. Além disso, não tínhamos tido tempo para providenciar uma estrutura melhor para a fabricação das munições. Estava tudo sendo feito no próprio laboratório. Três salas tiveram que ser desocupadas para que colocássemos toda a aparelhagem necessária.

Quando cheguei, Johnathan transitava freneticamente de uma sala para outra, carregando mais coisas do que suas mãos podiam segurar.

— Precisando de ajuda? — Eu me adiantei, a tempo de segurar um tubo de ensaio que estava prestes a cair.

— Ah. Sim, sim. Obrigado. — Ele me entregou um isopor pequeno e um pote com um líquido transparente. — Vocês me mandaram ajudantes que não servem para muita coisa.

— Foi o que conseguimos arranjar em poucas horas, Johnathan. Do que mais precisa?

O homem parou e me encarou. Só então ele pareceu se dar conta de que precisava respirar e soltou o ar bem devagar. Então olhou em volta, para toda a confusão em que tinha se metido.

Um dos ajudantes passou por nós e tropeçou nos pés de uma cadeira que estava no caminho. Foi preciso que eu segurasse a bandeja de metal que ele carregava, para evitar que ela caísse no chão.

— Desculpe, Mestre.

O rapaz, de no máximo vinte anos, olhou assustado para nós dois. Eu lhe entreguei a bandeja e toquei seu ombro.

— Olhe por onde anda.

Depois que ele se afastou, Johnathan pegou os óculos e limpou as lentes no jaleco branco.

— Está vendo o que tenho que aguentar? Não sei como ninguém explodiu esse lugar ainda!

— Johnathan. — Eu me aproximei dele e olhei em seus olhos. — Me diga uma coisa, quantas balas você acha que consegue preparar até amanhã à noite?

Notei que seu rosto perdeu um pouco a cor. Eu sabia que era difícil trabalhar com prazos apertados e sob pressão, mas não havia muito a ser feito para mudar essa realidade. Eu calculava que, pelo menos naquela noite, os mitológicos não voltariam. No dia seguinte, porém, a história era outra. Eles já teriam tido tempo para se reagrupar e também para Zênite criar novos minotauros. Se viessem, teríamos que usar tudo o que houvesse ao nosso dispor.

— O que complica tudo é que temos que produzir cada uma manualmente, e isso é muito trabalhoso. Levando em conta que estamos demorando uma hora para fazer umas vinte balas e mal estamos indo ao banheiro... — Ele suspirou. — Talvez uns mil projéteis...

— Que tal dois mil?

— Impossível, Mestre! Humanamente impossível, devo dizer. A não ser que me tragam vampiros eficientes e que entendam o processo. Aí podemos tentar duplicar esse número.

— Infelizmente não temos vampiros para transferir para cá.

— Então, nada feito.

Eu dei um tapinha no ombro dele, sem querer pressionar o homem ainda mais. Havia também outro problema. Era simples fabricar a *Exterminator* seguindo o projeto de Blake. As pessoas com quem ele tinha trabalhado conseguiriam dar conta do recado. O que atrapalhava era o tempo. Mesmo com toda a aparelhagem que tínhamos para usar no processo de fabricação, Blake tinha levado dois dias para produzir cinco armas. Sem Blake, teríamos sorte se conseguíssemos montar umas duas nesse mesmo tempo.

— Mestre? — Eu tinha me afastado de Johnathan e me dirigia para o setor onde as *Exterminators* eram fabricadas. Queria conferir o andamento da produção. — Quando vim para cá, Sasha ainda não havia voltado para casa.

Ele parecia preocupado e eu o compreendia. Sasha era uma dor de cabeça para aqueles pais.

— Sua filha está bem, Johnathan. Ela está na Morada, cuidando dos órfãos. Logo estará em casa.

Eu me virei novamente para ir embora. Diante da reação chocada do homem, comecei a me perguntar se tinha tomado a decisão correta em deixar Sasha no meio de tantas crianças.

— O que... — pigarreou. — O que acontecerá se eles ganharem?

Parei no meio do caminho e olhei para ele por cima do ombro.

— Os mitológicos? Sorri. Não há a menor chance de isso acontecer. Fique tranquilo e faça a sua parte.

Ele assentiu, mas não pareceu ter acreditado totalmente em minhas palavras. Talvez nenhum humano acreditasse. Já estavam cansados de serem exterminados. Porém, nós não tínhamos, em nosso histórico, um único vestígio de fracasso. Tínhamos sido pegos de surpresa naquele último ataque, isso é verdade, mas estávamos longe de perder a guerra.

CAPÍTULO TRINTA E UM

DEPOIS DE UM CERTO TEMPO, ficou claro que a tal senhora não precisava da minha ajuda. Sozinha, ela tinha feito os três meninos dormirem. De vez em quando me olhava, lá de perto da cama, e levava a mão aos lábios me pedindo silêncio. Mas eu estava quieta! Para fazer mais silêncio do que já fazia, só se eu parasse de respirar!

Decidi, então, dar uma voltinha. Tinha medo de pegar no sono, pois, se começasse a roncar, era capaz de levar uma sapatada na cara.

— Já volto — sussurrei e ela arregalou os olhos.

Saí do quarto antes que recebesse um puxão de orelha e me senti livre. Sério, eu achava que minha mãe era rígida. Irina Baker sofreria nas mãos daquela ali!

Caminhei, aliviada, pelo corredor silencioso. No final dele, na direção oposta à da escada, havia uma grande janela que tomava toda a parede. A Morada ainda não tinha sido selada, pois faltava um pouco para o nascer do sol. Fui naquela direção, observando a mulher que olhava lá para fora.

Quando me aproximei, percebi que ela estava fumando. Eu não era fã de cigarros. Mitológicos já faziam sozinhos o papel de ceifadores. Não precisávamos de mais um assassino entre nós.

Tossi de forma exagerada só para chamar a atenção dela. A mulher loira se virou e sorriu.

— Nem sei se posso fumar aqui dentro, mas estava precisando.

— Bem, Mestres não devem morrer de câncer, então eles provavelmente não ligam. — Tossi mais um pouco. — Só faz mal para os humanos. Como nós.

Ela revirou os olhos e olhou em volta. Por um instante, pensei que fosse jogar a guimba no chão, sobre aquele carpete fabuloso. Mas ela foi sensata e jogou a bituca na única lixeira que havia ali.

— Só precisava de uma pausa. Não é fácil digerir isso tudo que está acontecendo. — Deu de ombros e estendeu a mão para mim. — Sou Josiane Vidal.

— Aleksandra Baker — eu a cumprimentei.

Nós nos despedimos e ela entrou no mesmo quarto em que minha mãe tinha entrado.

Eu voltei para a janela e apreciei a vista. Daquela altura, dava para ver uma parte da área residencial da Fortaleza. A maioria das casas estava com as luzes apagadas. Em outras, porém, elas ainda estavam acesas. Pensei na minha. Em Kurt sozinho no meu quarto, maquinando diversas maneiras de levar avante seu plano para se tornar um soldado.

Olhei em volta e vi que não havia ninguém para me impedir de ir embora. Eu nem sequer sabia por onde andava Mikhail. Não tinha nem certeza se ainda o veria naquela noite. Eu devia estar em casa, fazendo companhia ao meu amigo. Aquelas crianças já estavam sendo bem cuidadas, disso eu tinha certeza. Se minha mãe estava ali, era sinal de que tudo daria certo para elas. E Kurt, bem, ele não tinha mais quem cuidasse dele.

Corri pelo longo corredor. Depois de tomar a decisão de sair dali, eu não queria ficar mais nem um segundo na Morada. Tinha medo de que alguém aparecesse e me impedisse de sair. Ou, pior, cruzar com Mikhail e ele me passar um sermão.

Desci as escadas depressa. Sabia que tinha de percorrer muitos andares até o térreo, mas pelo menos seria para baixo. No entanto, tive que parar de correr ao dar de cara com um grupo de guardas que cruzaram meu caminho.

— Boa noite — cumprimentei educadamente e de cabeça baixa.

Eles nem sequer me olharam! A situação na Fortaleza estava tão tensa que ninguém estava preocupado com uma garota humana andando pela Morada dos Mestres. Se eu fosse um mitológico, porém, tenho certeza de que teria chamado a atenção até de um cego.

Desci os degraus seguintes num passo mais lento, esperando até que eles se afastassem mais de mim. Quando eu já não podia mais vê-los, voltei a correr. Meus pés derrapavam no final de cada lance da escada, ao fazer a curva, e eu precisava me segurar no corrimão para não cair.

Cheguei ao saguão mais rápido do que esperava. Me concentrei nas portas escancaradas e segui em frente, sem olhar para os lados. Temia que a recepcionista tentasse me impedir de sair.

Só relaxei quando pude olhar o céu e sentir o cheiro da chuva que tinha parado fazia pouco tempo. Mamãe era precavida e com certeza estava com o celular. Assim que eu chegasse em casa, ligaria para ela e avisaria que não estava mais na Morada.

Depois de alguns minutos andando pela calçada, vi que o último ataque tinha modificado muito a rotina da Fortaleza. Em qualquer dia da semana, era possível ver pessoas andando à noite pelas ruas. Até mesmo em horários como aquele. Naquela madrugada, o clima era outro. Só havia vampiros e, mesmo assim, quase todos eram soldados.

Comecei a sentir tudo quieto demais à minha volta. Quando entrei na área residencial, me senti ainda mais solitária. Tudo estava tão deserto que era possível ouvir o vento soprando.

Eu estava mais ou menos na altura da casa de Kurt quando tive aquela sensação estranha de ser observada. Olhei rápido por cima dos ombros, pois, se tivesse alguém me seguindo, eu pegaria a pessoa no flagra. A única coisa que vi, porém, foram algumas folhas sendo carregadas pelo vento.

— Deixa de ser frouxa, Sasha. Não sendo Rurik, nem Zênite, nem nenhum outro mitológico, você já está em vantagem — falei comigo mesma, me concentrando nos meus pés, que agora se moviam com um pouco mais de pressa. — Esqueci da Nadia. Não pode ser a vampira diabólica também.

Então escutei uma risada e levantei os olhos. Pelo menos, soava como uma risada. Me virei para trás, mas a rua estava deserta. Ou eu estava sofrendo alucinações ou alguém estava brincando comigo.

Pisei no gramado da casa mais próxima e segui em direção à porta. Encostei-me no umbral, onde eu tinha uma boa visão da rua e esperei. A casa estava às escuras e o telhado fazia sombra em mim, portanto era um bom lugar para me esconder. Além disso, eu usava roupa preta, então ficava difícil me enxergar.

Não sei quanto tempo se passou. Alguns minutos ou segundos muito longos. Eu estava tensa demais para calcular. Quando me dei por satisfeita, resolvi voltar a andar. Retornei para a calçada e segui meu caminho, ainda com um pouco de pressa.

— Olá!

— Ah! — soltei um grito e me virei imediatamente.

Meu perseguidor — afinal, eu tinha mesmo um — era Lorenzo, o vampiro italiano. Ele ainda exibia aquele porte elegante e vestia um belíssimo terno. Nem parecia que a gente tinha acabado de sair de uma batalha contra os mitológicos.

Ele sorriu para mim, só que sua expressão não parecia nada amigável. Seus olhos estavam ameaçadores demais para que aquele fosse somente um encontro casual.

— Oi — respondi, tentando controlar a voz. — Lorenzo, não é?

— Não finja que já se esqueceu de mim.

— Não, claro que não. Como poderia esquecer, depois daquela festa incrível?

Pretendia ganhar tempo para pensar em como sair dali. Lorenzo só queria conversar? Ou tinha outros planos em mente?

Discretamente, observei as casas à minha volta. Todas estavam com as luzes apagadas e, mesmo que eu gritasse por socorro, demoraria um pouco até que abrissem a porta para mim. E, depois dos últimos dias, eu duvidava muito que algum morador da Fortaleza dormisse com a porta de casa destrancada.

— Eu estou indo para casa, Lorenzo. — Bocejei. — Hoje foi um dia tumultuado e estou cansada. Depois nos falamos, ok?

Não se deve dar as costas para alguém que pareça prestes a atacar, então eu não dei. Recuei alguns passos e comecei a caminhar de costas, como se estivesse esperando que ele se despedisse. Mas Lorenzo veio andando até mim.

— Você precisa ir agora? — Ele levou as mãos ao peito. — Eu esperava que me ajudasse a decifrar um mistério.

— Um mistério?

— Sim, veja bem. — O vampiro juntou as palmas das mãos. — Eu estava pensando em conversarmos um pouco, mas alguns problemas apareceram e você também andou sumida por uns dias.

Eu estava tentando sobreviver a um exército de mitológicos, pensei em dizer. Mas ele não precisava saber disso nem eu queria estender a conversa.

De repente, ele segurou meu braço com firmeza e eu vi que a coisa tinha se complicado. Não chegou a me machucar, mas a força que empregava deixou bem claro que ele não tinha intenção de me soltar.

— Imagine você que, no início da noite, eu a vi conversando com um dos Mestres. Logo depois do funeral, sabe? — Ele sorriu de forma ameaçadora.

— Ele pediu que eu ajudasse com as crianças órfãs.

— Sim, sim. Muito nobre essa atitude. Mas, depois de vê-los juntos, eu fiquei muito surpreso ao saber que esse mesmo Mestre estava procurando por mim. E, veja bem, eu não acredito muito em coincidências.

As coisas sempre ficavam feias para o meu lado. Eu tentava ajudar e acabava me ferrando. Suspirei, me sentindo sem saída.

Maldita a hora em que tinha decidido sair da Morada dos Mestres... Lá, pelo menos, estava quentinho e não havia nenhum Lorenzo, nem seus problemas com o tráfico de sangue. E o melhor: havia Mestres que arrancariam a cabeça dele num piscar de olhos.

— Eu não tenho a menor ideia do que você está falando, Lorenzo. Agora me solte porque eu preciso ir para casa.

Estremeci quando ele me puxou e agarrou meus cabelos. O italiano aproximou o rosto do meu, fazendo questão de exibir as presas para mim.

— Com quem você acha que se meteu, hein, garota? Sei que ouviu minha conversa com meus sócios. Eu tinha quase certeza de ter sentido alguém por perto, mas achava que estava alucinando. — Trinquei os dentes quando vi os caninos dele a centímetros do meu pescoço. — Mas, hoje, eu soube que estava certo desde o início. Você é uma vagabunda que terei o prazer de torturar antes de matar.

Desviei os olhos para o lado e os arregalei, fingindo estar vendo algo muito surpreendente. Lorenzo acreditou, pois também olhou na mesma direção que eu. Então aproveitei a chance e enfiei o dedo indicador no olho direito dele. Foi nojento e eu esperava nunca mais ter que fazer isso, mas funcionou.

Ele me soltou por um instante, por causa do choque. Eu tropecei, mas consegui me equilibrar e não cair. Quando me vi livre, comecei a correr, tentando colocar o máximo de distância entre nós. No entanto, como acontece nos filmes de terror, eu também não resisti e olhei para trás. E me arrependi no mesmo instante.

— Agora, mais do que nunca, você vai sofrer! — Ele já estava a três passos de mim.

Era injusto lutar contra um vampiro! O olho dele estava sangrando, mas, recuperado do susto, não parecia se importar muito com o machucado. Me matar, pelo jeito, era muito mais importante do que um simples olho vazado.

Ele esticou a mão para me segurar, mas ela raspou na minha roupa. E, então, vi Lorenzo voar. Foi parar a uns dez metros à minha frente e, quando levantou a cabeça, ainda esparramado no chão, me olhou sem entender. Eu entendi na hora. Mikhail estava ali e se aproximava cheio de raiva. Muita raiva.

— Você! — disse apontando para mim. — Parada!

— Eu estou imóvel! — Encolhi os ombros.

Ele me ignorou e se aproximou de Lorenzo, que se levantava e olhava atônito para o Mestre. O italiano levantou as mãos em sinal de rendição, mas aquilo não deteria Mikhail.

— Eu posso explicar, basta que... — Ele não conseguiu terminar a frase, pois Misha desferiu um soco bem no meio da cara dele.

— Você acha... — Ele torceu um braço de Lorenzo, puxando-o para trás das costas — que eu quero explicações?

Tudo bem, eu não consegui ficar parada no lugar. Acabei me aproximando um pouco e me arrependi no mesmo instante em que ouvi o barulho de osso se partindo. O Mestre tinha quebrado o braço de Lorenzo, que gritou e implorou para que Mikhail o deixasse explicar.

— Dou dez segundos para você começar a dizer os nomes dos outros envolvidos.

Ou Lorenzo fingiu que não tinha ouvido ou estava ocupado demais sentindo dor. Eu nunca tinha visto Misha tão alterado. Da única vez em que o vira lutar com mitológicos, ele parecia calmo, por incrível que pareça. Usava sua força e velocidade, mas fazia tudo com tranquilidade, como se nada daquilo o abalasse.

Contudo, agora eu via um Mikhail completamente diferente. Transtornado e com sangue nos olhos. Estava surpresa por vê-lo assim.

— Por que está olhando para ela? — ele rosnou, jogando Lorenzo no chão com tanta força que fechei os olhos por reflexo. — Nomes!

— Mestre... por favor... — Lorenzo mal conseguia falar, enquanto os dedos de Misha se fechavam em volta do pescoço dele.

Agachado ao lado do italiano, o rosto de Mikhail estava a centímetros do dele.

— Você acha que estou blefando, Lorenzo? — ameaçou.

E provou que não estava mesmo. Vi quando o Mestre enfiou a ponta da própria unha por baixo da unha do italiano. Então, começou a empurrar a unha do vampiro para cima. Um calafrio me percorreu dos pés à cabeça, diante da cena horripilante que causava dor até mesmo em mim.

Lorenzo gemia conforme a unha era arrancada lentamente. Minhas pernas ficaram tão bambas que decidi não olhar mais.

— Eu quero nomes! Ou você não passará de hoje.

Minha nossa, custava o idiota dizer os nomes de uma vez por todas?! Virei para olhar os dois novamente e até cogitei pedir para que Mikhail parasse. Bastaria que ele trancafiasse Lorenzo num calabouço enquanto não resolviam a situação.

Mas Lorenzo riu. Gargalhou alto, e Misha não recuou um centímetro sequer.

— Se me matar, não terá os nomes que tanto quer.

Como alguém conseguia rir depois de ter uma unha arrancada a sangue frio? Eu queria dar na cara do vampiro, para ele deixar de ser besta. O Mestre também não ficou muito satisfeito com a reação e a resposta do italiano. Mikhail inclinou a cabeça para o lado, como fazia quando ponderava algum assunto.

— Então vou correr o risco de não ter os nomes — respondeu o Mestre.

Mais rápido do que o próprio Lorenzo podia imaginar, Mikhail cravou quatro dedos na garganta do vampiro e os puxou de volta rapidamente. Quando fez isso, vi quatro furos no pescoço de Lorenzo, de onde o sangue jorrava em jatos, bem em cima do Mestre. Não contente, ele resolveu arrancar a cabeça do italiano.

Senti uma ânsia de vômito incontrolável e me preparei. Dobrei o corpo, mas não consegui vomitar. Acho que até meu estômago estava paralisado de choque. Apoiei as mãos nos joelhos e me xinguei mais uma vez por não ter ficado na Morada.

O Mestre se aproximou de mim, com os olhos negros daquele jeito assustador. Não tive tempo de reagir antes que ele me agarrasse o pulso e me puxasse dali. A mão que ele usou, claro, era a mesma que tinha enfiado na garganta de Lorenzo. O sangue do vampiro, agora, estava em mim também. Maravilha!

— Mikhail, me solte! — pedi, enquanto ele me levava para casa. — Você está me machucando!

— Talvez seja exatamente disso que você precise!

— Ser machucada? Me solta! — gritei.

Quando ele andava comigo na sua supervelocidade vampírica, ele me pegava no colo ou me abraçava com cuidado. Dessa vez, eu estava sendo arrastada pelo pulso. Meu corpo balançava ao lado dele e parecia que eu me partiria em mil pedaços.

— Me solta! — gritei mais uma vez, ainda mais alto.

Então, percebi que não era para minha casa que ele me levava. Ele chutou a porta de uma casa, que logo descobri estar vazia. Senti um nó na garganta ao imaginar o que teria acontecido à família que morava ali. O ar escapou dos meus pulmões quando Mikhail imprensou minhas costas contra uma parede.

— Por que você nunca, nunca, faz o que eu peço? — Aquela era a primeira vez que ele gritava comigo de um jeito que me deixava realmente assustada.

Eu não consegui responder, minha voz não saía. E isso o irritou ainda mais. Seus caninos estavam projetados e sua expressão de fúria transformava o seu rosto.

— Eu mandei que ficasse na Morada, não mandei? Por que não ficou? — Fechei os olhos quando ele socou a parede, bem ao lado do meu rosto. Seu punho afundou, deixando um buraco no lugar. — Qual é o seu problema?

257

Eu ainda estava abalada pela cena grotesca que ele protagonizara com o vampiro italiano, e aquela reação de Mikhail só servia para me deixar com os nervos à flor da pele. Arregalei os olhos para evitar que as lágrimas caíssem, mas não adiantou muito. Uma ou duas acabaram escorrendo pelo meu rosto.

— Não grite comigo — pedi, com a voz entrecortada.

— O que foi agora? Por que está chorando?

— Porque nunca vi você desse jeito, ok? — gritei, pois, se ele ia me tratar assim, eu devolveria no mesmo tom. — Você matou Lorenzo com tanta facilidade...

Enxuguei as lágrimas com as costas da mão e o encarei. Mikhail arqueou uma sobrancelha e exibiu um de seus sorrisinhos irônicos. Depois, aproximou o rosto do meu.

— Creio que você já tenha me visto matar outras vezes.

— Mitológicos, sim. Não uma pessoa. — Baixei o tom de voz, porque não queria continuar brigando com ele. — Não alguém da sua própria espécie.

O Mestre estreitou os olhos, que aos poucos foram mudando do preto para o azul brilhante. Segurou uma mecha dos meus cabelos e pareceu muito interessado na textura dos fios, observando-os por algum tempo. Quando nossos olhos voltaram a se encontrar, eu não reconheci aquele Mikhail.

Algo dentro de mim pareceu se romper. Como se fosse uma constatação de que ele não se comportava como antes.

— Você me colocou num pedestal e me enxergou da forma como lhe era mais cômoda, Aleksandra. No entanto, você esquece quem eu sou e o que faço. Matar é, sem dúvida, uma das coisas que mais gosto de fazer e o que faço melhor.

— Não diga isso... — pedi, sem querer ouvir aquilo.

Eu o empurrei, batendo em seu peito, só para mostrar que não toleraria aquelas palavras. Sabia que não o afetaria fisicamente, mas era minha forma de extravasar.

— Eu vou desconsiderar seu discurso, porque sei que está tenso devido à guerra iminente. Sei que essa pressão deve deixá-lo mais estressado do que o normal.

— Isso não tem nada a ver com a guerra. — Ele segurou minhas mãos que estavam apoiadas em seu peito e as afastou. — Não entende? Isso tem a ver com nós dois! Não posso levar adiante essa relação, Aleksandra.

— Não pode? — Agora, quem estava irritada era eu. — Como assim? O que isso quer dizer?

— Que estou terminando aqui, seja lá o que for que começamos. Somos muito diferentes.

E assim, de repente, ele virou as costas e foi embora. Se eu tivesse um objeto grande perto de mim, teria atirado na cabeça de Mikhail. Como não tinha, corri atrás dele.

Ele sabia que eu o seguiria e estava esperando por isso, porque andava em velocidade humana. Tanto que consegui alcançá-lo quando ainda estava na rua.

— É isso? — perguntei, com ele de costas para mim. — Esse seu coração de pedra não te deixa nem terminar com alguém de forma decente? — Coloquei as mãos na cintura, mais para me equilibrar e não cair do que para fazer pose. Estava me esforçando para não chorar na frente dele.

— Vá para casa, Aleksandra. Ou não vá. Você sempre faz o que quer.

Meus lábios tremeram, mas felizmente ele ainda estava de costas para mim. Quando se virou, eu já tinha me controlado e ele parecia mais calmo. Esperei que voltasse, mas ele não se aproximou.

Nós dois nos encaramos em silêncio, com uma boa distância nos separando. Meu coração estava acelerado e eu tinha certeza de que ele conseguia ouvir de onde estava.

— Talvez, depois que se acalmar, você entenda. Eu não sou tão paciente quanto achei que fosse e você me tira do sério. — Mikhail esfregou a testa, olhando para o chão. — Eu passo mais tempo querendo te matar por causa da sua estupidez do que vivendo em paz com você. E uma hora, quando eu perder a cabeça, isso pode realmente acontecer.

— Isso tudo é porque eu vim embora para casa? — perguntei, sentindo meu coração diminuir cada vez mais dentro do peito.

— Não, Aleksandra — ele rosnou, os olhos brilhantes fitando os meus. — É por você nunca, de forma alguma, respeitar uma ordem minha. Nem mesmo quando é para o seu próprio bem.

— Você percebe o que diz? — Tentei me aproximar, mas ele levantou a mão e meus pés pararam no lugar. — Ordens? Mas você não é meu dono.

EU AINDA SOU O SEU MESTRE!

As árvores ao nosso lado balançaram e uma ventania me pegou em cheio. O grito que ecoou dentro da minha cabeça foi tão forte que caí de joelhos com as mãos na testa. Levantei o rosto, chocada com aquela agressão. Ele me encarava friamente, com os braços para trás.

Ao menos como Mestre você tem que me obedecer, já que como parceiro isso nunca aconteceu.

Fiz um grande esforço para me levantar, pois tudo parecia girar ao meu redor. Arrumei a postura, passei a mão pelos joelhos ralados e o encarei de cabeça erguida.

— Quando tudo isso acabar, se você quiser, me procure para conversarmos com calma — ele disse tranquilamente, sem aquela raiva que transbordava por cada poro de seu corpo alguns minutos antes.

— Te procurar? Depois de me tratar assim, acha que vou ficar correndo atrás de você? — Passei rápido a mão pela lágrima maldita que fugiu do meu olho.

Ele não esboçou nenhuma reação.

— Não me procure, então.

Abri a boca, mas desisti de responder. Antes que ele pudesse me deixar sozinha, parada que nem uma idiota no meio da rua, eu o deixei primeiro. Virei as costas e fui andando devagar, deixando que o choro finalmente saísse. O que tinha acabado de acontecer?

Ao chegar em casa, girei a chave na maçaneta, feliz por ainda não terem ativado o alarme das residências. Assim que entrei e fechei a porta atrás de mim, desabei no chão. Me encostei na porta, encarei os pés e recapitulei várias e várias vezes a cena que eu tinha acabado de vivenciar.

Entre um soluço e outro, tentava desvendar o mistério. De onde tinha surgido aquela briga? Qual tinha sido o motivo? Minha fuga da Morada? Não era nada tão absurdo assim para causar aquela reação exagerada em Mikhail.

— O que aconteceu? — Pisquei e vi que Victor estava em pé no meio da escada.

— Hum... nada. — Funguei, procurando me acalmar. — Problemas amorosos.

Ele me olhou como se entendesse, apesar de nunca ter namorado na vida. Não que eu soubesse, pelo menos. Victor vivia falando de garotas e atirava para todos os lados em nosso antigo colégio, mas eu nunca o tinha visto com nenhuma menina.

— Levou um pontapé do Mestre? — Ele desceu e se aproximou com as mãos nos bolsos da calça.

Meus olhos quase saltaram das próprias órbitas, de tão espantada que fiquei. Se eu não estivesse tão triste, teria conseguido pensar em algo mais plausível para dizer. No entanto, fiquei atônita.

— Ficou maluco? Que Mestre?

— Eu não sou idiota, Sasha. — Victor se agachou e sentou ao meu lado, me empurrando um pouco para também se apoiar na porta. — Mamãe e papai podem ser cegos, mas eu não sou.

— Não faço a menor ideia de que baboseira é essa que está saindo da sua boca, Victor.

— Ah, tudo bem, negue se preferir. — Ele bateu o ombro no meu. — Mas eu acho legal, sabia? Porque, se você teve chance com um Mestre, isso significa que eu também posso ter minha chance com a Mestre Nadia.

Nem sofrer minha dor de cotovelo em paz eu podia! Olhei para meu irmão, que parecia sonhar acordado. O sorriso bobo em seu rosto só me levava a crer que ele estava maluco. Em algum momento durante o ataque dos mitológicos, ele devia ter caído e batido a cabeça. Gostar de Nadia? Sério? De todas as vampiras da Fortaleza, ele tinha que gostar justamente da que mais me odiava?

Eu me levantei e dei um tapinha no ombro dele. Agradeci pelo apoio, omitindo o fato de que ele não tinha ajudado em nada. Fui para meu quarto, pois no momento eu só queria me deitar ao lado de Kurt e curtir minha fossa. Só que, quando abri a porta, encontrei o lugar vazio. Fui até o banheiro e bati. Ninguém me respondeu, então entrei. Igualmente vazio.

— Victor! — gritei e corri até o início da escada. Ele estava entrando na cozinha e olhou para cima. — Onde está o Kurt?

Meu irmão deu de ombros, desinteressado.

— Ele saiu. Logo depois que papai foi trabalhar, o Kurt disse que ia voltar para casa.

Aquilo não estava acontecendo! Levei as mãos à cabeça e voltei para meu quarto. Precisava pensar, mas também estava precisando muito de uma cama. Meu coração não estava lidando muito bem com a tragédia que eu tinha acabado de passar. Kurt que me desculpasse, mas eu não tinha condições de sair atrás dele naquele momento.

Sem aguentar meus olhos pesados, eu me joguei de costas no colchão e os fechei um pouco. O silêncio do meu quarto era muito bem-vindo. E, só quando senti segurança para fazer o que precisava fazer, é que me deixei relaxar. Então, meu corpo estremeceu e todo o choro que eu tentara prender desde que o Mestre e eu tínhamos começado a brigar extravasou.

CAPÍTULO TRINTA E DOIS

TENTEI LIGAR VÁRIAS VEZES PARA O CELULAR DE KURT, mas ele não atendia. Eu não queria voltar à Morada, pois temia encontrar Mikhail e ele pensar que eu estava lá por causa dele. Acho que nem aguentaria olhar para o Mestre naquele momento. Já tinha sido difícil demais acalmar meu coração. Não queria sofrer mais nas próximas horas.

Um pouco antes de amanhecer, minha mãe chegou em casa. Seu turno tinha acabado e era sua vez de descansar. Contei uma desculpa esfarrapada, sobre ter saído um pouco antes do horário quando descobri que Victor estava sozinho em casa. Avisei também que precisava falar com Lara e passaria o dia na casa dela.

Depois de passar muito corretivo nas olheiras, saí de casa. Corri para a rua de minha amiga antes que o alarme fosse acionado. Quem atendeu à porta foi o pai dela, surpreso em me ver tão cedo. Eu suspeitava de que tinha acordado o homem.

— Lara está lá em cima. Ela... deve estar dormindo — ele falou, bocejando discretamente.

— Obrigada. E desculpe por acordá-lo. — Subi os degraus de dois em dois com pressa.

Realmente, Lara estava dormindo. Ela nem me viu entrar no quarto e sentar na beira da cama. Tampouco sentiu o cutucão que lhe dei.

— Lara! — chamei um pouquinho alto, porque ela precisava acordar logo.

Minha amiga abriu os olhos lentamente, mas se sentou na cama quando me viu ali no quarto.

— Outra invasão? — Descabelada, ela olhou em volta. — Que horas são?

— Não, nada de invasão. Escute, preciso falar com você. — Virei o rosto dela para que me olhasse. — É importante. Kurt quer se alistar no exército de vampiros que os Mestres vão criar.

— Como é que é? — Ela chutou as cobertas e se levantou da cama, tropeçando nos próprios pés. — Preciso acordar primeiro. Já volto.

Eu quis dizer que nós não tínhamos tempo para isso, mas ela já tinha saído do quarto. Esperei, sentada e torcendo para que não fosse tarde demais. Talvez eu não devesse ter esperado tanto. Sentia um pouco de culpa por ter tirado um tempo para chorar as mágoas, mas tinha sido inevitável. Eu ainda queria chorar muito mais. Queria abraçar Lara e contar tudo o que aconteceu. Queria que meus amigos me consolassem e dissessem que tudo se resolveria, que Mikhail só estava brincando comigo. Mas não podemos ter tudo aquilo que desejamos. No momento, minha prioridade era o meu amigo.

— Tudo bem, fale. Fui jogar uma água no rosto e escovar os dentes. — Ela teve o cuidado de fechar a porta. — O que Kurt está aprontando?

— O alistamento, sabe? Para transformar humanos em soldados vampiros. Ele quer se alistar.

— Kurt não tem jeito nenhum para ser soldado. — Ela torceu o nariz. — Ele também não é muito fã de uniformes.

— Lara, eu estou falando sério. Olha, Kurt ficou com essa ideia na cabeça depois do pronunciamento dos Mestres. E, agora, coincidentemente, ele desapareceu da minha casa. A essa hora, pode estar nos braços de Klaus, esperando pela mordida. Ou sei lá como é feita a transformação.

— Mas Sasha, se é isso que ele quer...

Fiquei de pé, cara a cara com ela. Seu rosto ainda estava amassado do travesseiro e ela bocejava toda vez que terminava uma frase.

— Você não pode estar falando sério. — Eu estava um pouquinho revoltada com a inércia de Lara. — Quer que Kurt vire um vampiro? E soldado, ainda por cima? Você sabe o que ele terá que fazer, não é? Lutar contra os mitológicos!

— Eu não acharia ruim ser uma vampira fodona.

— Eu não consigo acreditar que você está dizendo esses absurdos! — gritei. — Ficou maluca?

— Ei, é você quem não gosta de vampiros! Kurt e eu sempre deixamos bem clara a nossa opinião sobre o assunto! — Ela colocou as mãos na cintura e fez beicinho. — Por que está gritando comigo?

Porque eu estava estressada e descontando em quem não tinha culpa de nada. Precisava desabafar, mas não tinha tempo. Também não sabia se era inteligente contar que Lorenzo tinha morrido e eu era culpada por isso. Não que ele tivesse morrido pelas minhas mãos, mas eu, com certeza, tinha parte da culpa.

Lara me observava, agora completamente acordada.

— Ok, comece a falar, Sasha.

— Não tenho tempo. Preciso ir atrás de Kurt. — Abri a porta do quarto e Lara me segurou pela mão.

— Espere por mim lá fora. Vou me trocar e dar um jeito de sair escondida. Meus pais vão surtar quando descobrirem, mas... — Deu de ombros. — É por uma boa causa, não é?

Concordei com a cabeça e saí do quarto. Por sorte, o pai dela não estava no andar de baixo. Devia ter voltado para o quarto ou ido ao banheiro. Torci para que

Lara se apressasse para não ser trancada dentro de casa. O céu já estava quase totalmente claro e o alarme em breve seria acionado.

Fiquei andando de um lado para o outro que nem uma louca, contando os segundos. Quando vi a cabeleira loira pelo canto do olho, respirei aliviada. Lara se vestira de preto da cabeça aos pés e colocara uma touca preta na cabeça. Parecia que ia para uma missão ninja. Até nisso ela se parecia com Kurt.

— Então, qual o plano? — perguntou, colocando as luvas.

Eu olhei para o céu limpo sobre nossas cabeças. Não nevava desde que eu retornara à Fortaleza e o frio não era dos piores. Não havia motivo algum para aquelas luvas. Não compartilhei minha opinião, claro. Deixei que ela fizesse o que achava melhor.

— Não temos um plano.

— Como assim? — Ela parou e me olhou como se eu estivesse de brincadeira. — Eu achei que...

— Nós vamos entrar lá, procurar Kurt e arrastá-lo para bem longe dos Mestres. Não é bem um plano.

Sem nenhuma outra ideia, Lara concordou em silêncio. Caminhamos rápido, com a plena consciência de que estávamos desprotegidas ali fora. Com os vampiros trancados por causa do sol, qualquer mitológico que resolvesse aparecer faria picadinho de nós duas.

— Eu sei que não sou muito normal, mas sair na rua com mitológicos soltos por aí é loucura demais até para mim.

— É tudo por uma boa causa. Salvar nosso amigo.

— Mas eu não acho que ele esteja se matando para precisar ser salvo... — resmungou.

Eu a olhei enviesado e Lara revirou os olhos, jogando as mãos para o alto.

— Tá, tudo bem. Ele, literalmente, pode estar se matando. Mas não é o fim do mundo, sabe? — Ela chutou uma sacola plástica que rolava no asfalto. A Fortaleza estava um caos tão grande que era a primeira vez que eu via as ruas sujas. — Não deve ser assim tão ruim virar vampiro.

— Não concordo.

Ela parou de andar e puxou a manga do meu casaco. Olhei para minha amiga, que me encarava com as sobrancelhas arqueadas e um sorriso cínico.

— E eu posso saber o que você pretende fazer em relação a isso? Porque, tipo, caso ainda não tenha percebido, Mikhail é imortal e você não é.

O tipo de pergunta que já tinha passado milhares de vezes pela minha cabeça. Sempre me fazia pensar, sempre me deixava em dúvida. Nós nunca tínhamos conversado sobre esse assunto, até aquele momento no quarto dele, em que brincou sobre isso. De qualquer forma, todas as vezes que eu pensava em imortalidade, algo me levava a crer que aquilo não era para mim.

Agora, também, não importava mais.

— Mikhail e eu não estamos mais juntos — respondi sem deixar minha voz falhar.

— Como assim? — Ela parecia tão chocada quanto eu fiquei na hora. — Desde quando?

— Desde duas horas atrás, eu acho. Podemos continuar?

Voltei a andar, com Lara atrás de mim, me bombardeando de perguntas. Estávamos quase chegando à Morada e eu esperava que, quando entrássemos, ela parasse de falar sobre Mikhail. Cada vez que eu ouvia o nome dele, meu coração se despedaçava. Não tinha pensado ainda em como seria não poder mais tocá-lo nem beijá-lo. O Mestre ocupava a maior parte dos meus pensamentos. Como eu faria agora? Sobreviver a todos os ataques dos mitológicos, para ser largada por Mikhail, era simplesmente injusto demais. Talvez tivesse sido melhor ter ficado com eles e deixado Zênite fazer o que quisesse comigo. Eu estava tão, mas tão cansada de viver me esforçando e nunca ser reconhecida!

Deixei um soluço escapar, mas respirei fundo e procurei me controlar o quanto antes. Lara viu minhas lágrimas antes que eu conseguisse enxugá-las e passou um braço pelos meus ombros.

— Eu entendo que agora o momento é de Kurt e estamos indo atrás dele. Só que não pense a senhorita que isso vai ficar assim tão mal explicado. Quero detalhes: por que terminaram, como e quando. Foi Mikhail quem terminou ou você fez alguma besteira? Porque não seria a primeira vez, não é?

E diziam que eu falava sem parar! Virei para encará-la e tapei meus ouvidos com as mãos.

— Chega, Lara! Para, por favor. Depois a gente conversa, ok? — Olhei por sobre o ombro, para a enorme construção atrás de mim. — Você não faz ideia de como foi difícil deixar isso de lado e me concentrar em outra coisa.

Ela aceitou meu pedido e me pegou pela mão para subirmos a escadaria que levava até a entrada da Morada. Os degraus negros pareciam intermináveis quando estávamos com tanta pressa.

— Antes de entrarmos, só tenho uma dúvida. Como você pretende chegar até Kurt, se não terá a ajuda de Mikhail?

— Na hora eu penso em algo.

— Ah, sim, claro. — Ela me olhou de cara feia quando passamos pelas portas escancaradas.

Mesmo durante o dia, a Morada ficava aberta e funcionários humanos ficavam no saguão para recepcionar qualquer um que aparecesse. Fiquei surpresa ao notar a mulher atrás do balcão. Ela tinha cabelos parecidos com os meus. Curtos, desfiados e com as pontas ruivas. No crachá que usava estava escrito Luiza.

— Pois não? — perguntou.

— Oi, tudo bem? — Eu me debrucei no balcão. — Como faço para saber se meu amigo veio se alistar? Quero dizer, é aqui que vocês estão recebendo as pessoas?

— Sim, é aqui. — Ela começou a digitar algo no teclado. Pelo menos parecia mais sociável do que as outras que eu já tinha conhecido. — Qual o nome dele?

— Kurt Holtz.

Lara passou o braço por dentro do meu. Agora ela parecia tão nervosa quanto eu estava. No fundo, devia concordar que aquele alistamento não era a melhor das opções.

Os segundos que Luiza passou pesquisando no computador pareceram uma eternidade. Quando eu estava prestes a sair procurando meu amigo pelo prédio, a funcionária murmurou uma confirmação e nos olhou.

— Ele deu entrada, sim, há uma hora.

— Quanto tempo deve levar até que chegue a vez dele? — Lara me perguntou, espantada. — Se é que já não chegou...

A funcionária não devia estar entendendo nada, mas fiz questão de explicar rapidamente o porquê de estarmos atrás dele. Ela tinha sido simpática e parecia capaz de nos ajudar. Mas era só impressão mesmo. Porque enfatizou que não poderia simplesmente ir até lá chamar Kurt. Nem podia nos deixar ir atrás dele.

Quando pedi para falar com Klaus, ela quase gargalhou na minha cara. Eu tinha que pensar em alguma ideia para chegar até Kurt, mas de repente percebi que teria que deixar isso para depois.

O clima na Morada de repente se transformou. Ouvimos um tumulto e ordens sendo gritadas em alto e bom som.

Guardas humanos, vestidos com o uniforme da Fortaleza, tinham entrado no saguão e falavam com alguém do lado de fora. Eram oito ao todo e formaram duas fileiras, deixando um corredor no meio.

— O que está acontecendo? — perguntei.

A funcionária, segurando uma prancheta, saiu correndo de trás do balcão. Um outro funcionário apareceu, carregando um tablet, e se juntou a ela.

Os primeiros homens começaram a passar pelas portas da Morada e eu logo entendi do que se tratava. As pessoas que tinham se alistado estavam chegando. O aeroporto devia estar movimentado!

Conforme entravam, eu ia contando a fila interminável à espera do elevador. Eram dez, vinte, quarenta pessoas, só na primeira leva e, para minha surpresa, havia muitas mulheres no grupo. Elas tinham chegado em dois ônibus, e um homem que as acompanhava disse à recepcionista que mais quatro veículos estavam a caminho.

— Não imaginei que fosse aparecer tanta gente — sussurrei para Lara, que concordou com a cabeça.

Era muito interessante ver que pessoas de todas as raças e nacionalidades tinham acatado o pedido dos Mestres. Pensei se não seria uma boa ideia me infiltrar entre elas e aproveitar para entrar no elevador. Porém, todos estavam sendo devidamente cadastrados antes de serem liberados.

— Acabei de descobrir como vou encontrar Kurt. — Sorri.

— Por que será que eu não gosto desse seu tom de voz?

Segurei as mãos de Lara e encolhi os ombros.

— Porque pode parecer maluquice, mas acho que vai dar certo. E não surte! Vai ser só encenação.

Corri para a fila indiana que se estendia até o lado de fora da Morada e entrei de penetra no meio de dois homens muito grandes. Eles me olharam de cara feia, mas eu respondi sorrindo. Quem não entendeu nada foi Luiza, que me viu e parou, com a caneta prestes a anotar algo na prancheta.

— Você não pode ficar na fila.

— Claro que posso. Tenho dezoito anos e estou me alistando. — Lancei um olhar assassino para os engraçadinhos atrás de mim que começaram a rir e me voltei novamente para a garota. — Aleksandra Baker. Estou sem meus documentos, mas sou moradora da Fortaleza e tenho certeza de que vocês podem pegar meus dados pelo cadastro que fiz no primeiro dia. — Ditei o número da minha identificação civil para que eles procurassem no sistema. — Além disso, os Mestres precisam de toda e qualquer ajuda.

Ela ficou momentaneamente confusa, mas uma rápida conferida no tablet do homem ao seu lado confirmou a minha idade e os meus dados. Eu estava autorizada a ficar na fila.

Lara não estava satisfeita com a minha decisão, mas ficar esperando que uma oportunidade caísse do céu eu não ficaria.

Quando chegou a minha vez, o homem com o tablet me entregou um outro aparelho junto com uma caneta. Pediu que eu assinasse naquela pequena tela para que minha assinatura fosse convertida digitalmente. Fiz o que ele pediu, sentindo um calafrio me percorrer. Aquilo era ainda pior do que acompanhar Kurt no dia em que ele doaria sangue. Mas agora eu já entendia como as coisas funcionavam ali dentro e não era mais nenhuma idiota.

— Animados? — perguntei para os que entraram comigo no elevador. Dei azar de ser a única mulher no meio deles.

Um dos homens me olhou devagar, dos pés à cabeça, e franziu a testa. Parecia desaprovar minha aparência, pois eu realmente não estava vestida para a ocasião.

— Você pretende lutar? — Ele riu. — Desse tamanho?

— Pelo que eu me lembro, os Mestres não fizeram nenhuma exigência a respeito de tamanho. — Empinei o queixo. — Te garanto que já acertei alguns mitológicos.

Ele, no mínimo, achou que eu fosse muito louca e mentirosa. Não dei mais atenção também. Esperei chegarmos ao nosso destino, sentindo o coração cada vez mais acelerado. Eu já tinha passado pelas mais diversas e absurdas situações, então não havia por que estar tão nervosa.

Quando a porta do elevador se abriu, o nervosismo aumentou. Um grupo de guardas vampiros esperava por nós. Como eu estava na frente, fui uma das primeiras a sair e encarar aquele monte de gente.

Ao longo de todo o corredor, várias pessoas já aguardavam, sentadas em cadeiras encostadas à parede. Mandaram que eu me sentasse numa delas e eu obedeci, sem deixar de procurar Kurt com os olhos. Segurei o braço de um guarda que passava perto de mim e fiz com que parasse.

— Você sabe se os Mestres já transformaram muita gente?

— Eles ainda não começaram.

Soltei a respiração quando ele disse isso. Kurt ainda podia ser salvo.

— Meu amigo está por aqui. Queria muito poder falar com ele.

O vampiro olhou em volta e me puxou pelo ombro. Não sabia o que ele faria comigo, eu não tinha feito nada demais. A não ser que fazer perguntas agora também fosse proibido.

— Se ele é morador da Fortaleza, talvez esteja naquela sala. Os moradores que chegaram mais cedo foram colocados lá.

Eu me controlei para não abraçá-lo e só agradeci, como uma pessoa normal. Não me importei de andar até a extremidade oposta do corredor, passando devagar por toda aquela gente. A maioria me olhava, provavelmente achando graça de alguém como eu querer entrar para o exército.

A porta estava encostada e a empurrei só um pouquinho para colocar a cabeça para dentro. Avistei Kurt na mesma hora. Ele estava sentado perto de uma janela, a cabeça encostada no vidro e os olhos fechados.

— Kurt! — Entrei e corri até ele, que arregalou os olhos.

— O que você está fazendo aqui?

Eu me agachei na frente dele e apoiei as mãos em seus joelhos. Agora que eu estava ali, olhando para ele, sentia uma tristeza enorme por saber que meu amigo pensava mesmo em se transformar.

— Vim atrás de você, é lógico. Vamos embora, Kurt.

— Sashita. — Ele segurou meu rosto entre as mãos e me olhou nos olhos. — Eu te amo e você nem imagina o quanto me deixa feliz saber que se preocupa comigo. Só que isso não tem nada a ver com a minha decisão.

— Número um! — Uma voz grave anunciou atrás de mim.

Kurt se levantou e me puxou junto. Poxa, ele tinha que ser justamente o número um? Eu podia ser mais azarada?

— Sou eu. — Ele mostrou o cartão com sua numeração e eu senti uma vertigem.

— Venha comigo — pedi.

Kurt sorriu, me abraçou, e me tascou um beijo no rosto.

— Daqui a pouco estou de volta. Mais fabuloso ainda, você vai ver. E pode ficar tranquila, não serei desses amigos interesseiros que só se aproximam quando querem um pouquinho de sangue.

A piada não tinha a menor graça. Ele me soltou e foi atrás do guarda. Achando uma brecha, fui discretamente atrás dele. Quando percebeu que estava sendo seguido, ele me olhou de cara feia e tentou me empurrar.

— Não vou deixar que isso aconteça — falei. — Desculpe.

— Pare com isso, Sasha!

O guarda abriu a porta que ficava no final do corredor e deu passagem para que Kurt entrasse. Eu entrei junto, agarrada à camisa dele.

Assim que percebeu que eu tinha entrado de penetra, o guarda tentou me segurar, mas eu dei uma corridinha básica e me afastei dele. Parei bem na frente dos cinco Mestres.

Certo, era uma imagem intimidadora, eu confesso. Estávamos dentro de um quarto decorado de forma simples e no meio dele havia uma cama. Em volta da cabeceira dessa cama, cinco cadeiras dispostas, com os cinco Mestres sentados.

Eu me assustei quando Klaus soltou uma gargalhada. Aliás, todos se assustaram. Menos Mikhail, que me fuzilava com o olhar. Acho que, se ele pudesse, lançaria um laser em cima de mim e me derreteria ali mesmo.

— Isso só pode ser uma piada! — Klaus parou de rir e me encarou. — Você é a número um?

— Eu? Não! — respondi, horrorizada. Lembrei que também tinha recebido um cartão e olhei para ele. — Sou o número quarenta e sete.

— Então, Aleksandra, por favor, saia e reflita sobre essa sua decisão. — Quem falou foi Nikolai, sempre tentando amenizar a situação.

Percebi que Klaus e Mikhail se entreolhavam em silêncio e daria uma fortuna para saber o que conversavam.

— Ah, não. Vocês entenderam errado, eu não estou aqui para ser transformada. Muito menos com intenção de entrar para o exército. Vim só impedir que ele faça essa besteira. — Apontei para Kurt. Pela forma como o meu amigo me olhava, achei que iria me odiar eternamente.

— E o que você tem a dizer sobre isso? — Klaus perguntou a ele.

Kurt me olhou por um tempo e eu juntei as mãos, praticamente implorando para que ele desistisse daquela ideia. Mikhail também não ajudava! Eu sabia que, se ele quisesse, poderia interceder a meu favor. Mas ficou ali parado, só observando o desenrolar daquele filme de terror.

Klaus se levantou e veio até nós com toda a sua imponência.

— E então, senhor Holtz, o que nos diz?

Ele parecia ainda mais poderoso do que já era. Parou na frente de Kurt e o encarou. Depois me olhou com um olhar tão intenso que me fez recuar alguns passos.

CAPÍTULO TRINTA E TRÊS

| MIKHAIL |

Quando Aleksandra entrou por aquela porta, eu quase pulei no pescoço dela. Minha vontade era matá-la para fazê-la parar de cometer atitudes inconsequentes. De todas as idiotices que ela poderia fazer, aquela era sem dúvida a pior.

Felizmente, a confusão logo foi esclarecida. Quando explicou que viera para impedir que o amigo se alistasse, eu me compadeci com o sofrimento dela. Também senti que ela esperava que eu fizesse algo, mas eu não faria. Não voltaria a fazer suas vontades. Dali em diante, ela teria que aprender a se virar sozinha.

Sasha pelo visto estava tentando desesperadamente convencer Kurt a voltar atrás. Mas ele parecia inabalável mesmo diante das suas súplicas.

Klaus se aproximou dos dois e cheguei a temer pela integridade física dela, mas ele não a tocou. Acredito que tenha falado mentalmente com Kurt, pois este manteve os olhos fixos em meu irmão mais velho.

O primogênito tinha milhares de defeitos, mas ele era justo e coerente quando necessário. Não tínhamos pretensão de usar jovens da Fortaleza para nosso exército, muito menos nos aproveitar da atual fragilidade deles.

— Saia daqui e leve o seu amigo — disse Klaus, se dirigindo a Aleksandra. Ela mordeu o lábio, aliviada.

Kurt parecia transtornado, mas ela não pensou duas vezes. Saiu puxando o garoto para fora do quarto e não olhou para trás. Não vimos necessidade de comentar o caso, pois tínhamos pressa. Eu sabia que depois Klaus tocaria no assunto comigo. Ele não imaginava que eu tinha terminado com Aleksandra.

Esperamos até o guarda voltar com o número dois e fechar a porta. Era um homem alto e um pouco acima do peso. Tinha uma ótima estrutura óssea e se adequaria muito bem à condição de vampiro.

Ele fez uma reverência desajeitada ao entrar, mas não estávamos preocupados com formalidades.

— Olá. — Ele pigarreou, sem jeito. — Bom... bom dia.

O homem falava espanhol. Mas éramos capazes de nos comunicar em qualquer idioma.

— Nome e idade? — perguntei em espanhol.

— Eu me chamo Ramón e tenho trinta e cinco anos, senhor.

— Deite-se, Ramón — Klaus ordenou. — Explicarei o que acontecerá em seguida.

Ele obedeceu e se ajeitou rapidamente na cama. Estava nervoso, mas era o tipo de nervosismo que indicava ansiedade, não medo.

O homem olhou para o teto e respirou fundo. Seus batimentos cardíacos estavam acelerados e suas mãos não paravam quietas.

— Ramón, você sabe como é feita a transformação?

— Não, senhor.

— Primeiro o seu corpo vai morrer, depois vamos alimentá-lo com nosso sangue. O despertar pode levar até uma hora. Depende das suas forças. — Klaus se curvou sobre ele, para que o homem pudesse olhá-lo. — Quando você acordar, já estará em outro aposento. Então, será alimentado com sangue normal e levado para o centro de treinamento. Lá, você irá se reunir com outros soldados e receberá as devidas instruções. Alguma dúvida?

— Como vou morrer, senhor?

Klaus ficou de pé e deu a volta por trás das cadeiras, até ficar do lado direito da cama. Ele mexeu os dedos como se estivesse se aquecendo.

— Acredite em mim, é melhor que não saiba.

Aquela não era a resposta que uma pessoa prestes a morrer gostaria de ouvir. Senti que os batimentos do homem só aumentaram e vi suas mãos agarrarem o lençol.

— Vai doer durante uns quatro segundos. Depois, passará. — Klaus tocou o braço dele. — Ramón, obrigado por se juntar a nós.

Dito isso, Klaus de repente enfiou os dedos na carne do homem, que soltou um grito breve e permaneceu com a boca aberta. A mão do primogênito entrou por inteiro dentro do peito de Ramón. Todos sabíamos o que aconteceria agora. Klaus diminuiria os batimentos cardíacos lentamente até o coração parar, para que o resto do corpo entendesse o recado. Enquanto isso acontecia, observávamos o homem. Aos poucos, a musculatura de Ramón foi relaxando e, alguns segundos depois, ele veio a óbito.

Vladimir se levantou, enquanto Klaus baixava as pálpebras do humano e retirava a mão de dentro do tórax dele. Vladimir cravou os caninos no próprio pulso e mirou o fio de sangue dentro da boca do homem, que continuava aberta. Depois de Vladimir, Nadia repetiu o mesmo processo. Antes que ela terminasse, a pele de Ramón já se transformava diante de nossos olhos. O rubor dava lugar à palidez.

À medida que cada um de nós o alimentava, o homem foi aos poucos revivendo. Como tinha uma boa compleição física, a transformação dos músculos era evidente. O casaco que usava começou a ficar apertado nos braços e no tórax. As unhas cresceram um pouco e ficaram afiadas, ótimas para cortar gargantas. Ele seria um grande soldado.

Por último, foi a vez de Klaus. Depois de receber o sangue de todos nós, Ramón seria quase tão invencível quanto um Mestre. *Quase*. De qualquer forma, qualquer um desses vampiros transformados por nós cinco seria mais poderoso do que todos os outros. Apenas duas vezes, em toda a nossa existência, tínhamos feito aquilo. A primeira tinha sido séculos atrás e por pura inconsequência de Nadia e Rurik, que gostavam de brincar com vidas.

Os dois tinham criado um pequeno grupo de vampiros para serem seus escravos e, de forma bem estúpida, combinaram os seus sangues na hora da transformação. Como ambos eram imaturos e não sabiam o poderio que tinham nas mãos, não conseguiram controlar suas crias. Quando perceberam que a situação poderia se tornar irreversível, resolveram destruí-las. Também não era de nosso interesse que houvesse vampiros tão resistentes andando pelo mundo, então não interferimos na decisão final deles.

A segunda vez foi em 1985. Criamos soldados e demos a eles o nome de Guardiões. Na época, logo depois que vencemos a guerra, uma sensação de liberdade se disseminou entre todos os vampiros do mundo. Era como se, pela primeira vez, estivessem livres para irem e virem a seu bel-prazer. E assim também pensaram os Guardiões. Criamos exatos duzentos deles, mas, depois que tudo acabou, alguns se corromperam. Passamos a conhecer a índole de cada um e sabíamos em quem podíamos confiar. Infelizmente, a destruição de algumas dezenas tornou-se necessária para o bem da humanidade. Os poucos que restaram, deixamos que escolhessem seu próprio destino. Nenhum permaneceu na Fortaleza; espalharam-se pelo mundo e eram monitorados por nós, em segredo. Agora estavam retornando. Tínhamos recebido uma resposta positiva de mais de cinquenta, o que já era uma vitória.

Cabe aqui explicar que, quanto mais de nós, Mestres, estivessem envolvidos na transformação, mais poderoso seria o transformado. E maior seria o vínculo entre criadores e criatura. O vampiro respeitava cegamente seu criador. Da última vez que tínhamos feito isso, apenas três de nós participaram da transformação. Agora, os Guardiões estariam ainda mais vinculados a nós. Eles teriam cinco Mestres a quem obedecer.

— Levem-no — ordenou Klaus.

Dois guardas trouxeram a maca e colocaram o corpo pesado sobre ela. Quando deixavam a sala, outro guarda já trazia o próximo voluntário. Era um homem tão magro que, se algum de nós soprasse de onde estava, ele provavelmente sairia voando. Niko me olhou, pensando o mesmo que eu.

Esse será o exército mais bizarro de toda a história deste planeta.

Eu prendi o riso e observei Klaus dar as instruções mais uma vez. Não era um processo demorado, mas levávamos em média cinco minutos entre receber a pessoa e vê-la sair na maca. O dia seria longo e a fome viria rápido.

CAPÍTULO TRINTA E QUATRO

OUVI A PORTA BATENDO ATRÁS DE NÓS e agradeci em silêncio por ter conseguido tirar Kurt lá de dentro. Ele andava ao meu lado em silêncio e, quando achei que fôssemos parar para esperar o elevador, Kurt continuou caminhando até o final do corredor, se afastando da multidão.

Então ele se sentou no chão, encostando-se numa parede. Os pés apoiados no piso acarpetado e os braços sobre os joelhos.

— O que está fazendo? — perguntei, sem entender nada.

— Eu não sei se te mato ou te espanco — falou ele. — Estou tentando decidir o que é mais rápido.

— Eu deixo você me bater, mas podemos fazer isso em outro lugar? Gostaria de sair daqui o mais rápido possível, Kurt.

O andar já estava lotado e isso era só o começo. Não havia cadeiras para todo mundo, de forma que já começava a se formar uma pequena multidão, em pé, no meio do corredor. As pessoas que estavam mais para o final da fila nos encaravam e eu tentava ignorá-las.

— Não vou embora. Klaus pediu que eu ficasse.

— Como é que é? — Eu me sentei ao lado dele e o olhei, interessada no que ele tinha a dizer. — Que parte da conversa foi essa que eu perdi?

— Aqui. Ele bateu com o dedo na cabeça. — Ele disse que, se eu quisesse ajudar em algo, que ficasse para alimentá-lo. Parece que eles vão precisar de sangue a toda hora.

— Ah — murmurei.

Eu era uma pessoa horrível! Por um momento, cheguei a sentir um pouquinho de inveja de Kurt. Klaus tinha feito esse pedido a ele, mas Mikhail nem sequer chegara a falar comigo. E, se Klaus precisaria se alimentar, isso significava que todos os outros também precisariam.

Na outra ponta do longo corredor, bem distante de nós, a porta se abriu e vimos quando a primeira vítima foi liberada. Dois homens saíram empurrando uma maca, que carregava o mais novo vampiro do pedaço. Eles entraram por uma porta bem perto de onde estávamos e sumiram atrás dela.

— Ele tinha um buraco no peito ou é impressão minha? — Kurt me perguntou.

— Não sei, mas não precisa me agradecer por te tirar dessa enrascada. Eu ainda não acredito que você ia mesmo fazer isso! — Bati na perna dele. — Seus parafusos estão todos soltos? E, a propósito, a coitada da Lara está sozinha lá embaixo.

— O que a Lara está fazendo aqui?

— Ela veio comigo para me ajudar no seu resgate, né? E para me dar apoio moral também... — Encostei a cabeça na parede, olhei para Kurt e depois a deitei no ombro dele. — Aquela pessoa, que tem um nome que começa com a letra M, terminou tudo comigo.

De boca aberta, ele se afastou um pouco para poder me olhar melhor. Tive que contar tudo a Kurt, mas sem citar nomes, já que estávamos num lugar onde muitas paredes tinham ouvidos.

Contei também o que tinha acontecido a Lorenzo. Mas precisei explicar toda a história desde o começo. Falei sobre a festa que fui com Lara, a conversa que eu ouvi e meu encontro com o traficante no meio da rua. Eu ainda não sabia como contar para a nossa amiga, mas pelo menos podia desabafar um pouco com Kurt.

Interrompemos a conversa por um momento, quando a terceira maca se aproximou. Dessa vez, carregava uma mulher só um pouco maior que eu. Ou seja, não seria um completo absurdo se eu, num momento de loucura desvairada, quisesse entrar para o exército.

Observei algumas mulheres que estavam perto de nós. A diversidade era muito grande! Havia loiras, morenas, ruivas, negras, altas, gordas, magras, enfim, para todos os gostos. E estavam muito animadas, é claro. Duas delas, que estavam sentadas mais no final do corredor, me chamaram a atenção. Era evidente que eram amigas de longa data pela forma como conversavam. Descobri que se chamavam Joana e Érica e pareciam não ver a hora de serem transformadas em supervampiras. Por um momento, invejei a coragem delas.

— Você anda numa maré de azar, Sashita.

— Considerando o que aconteceu com você, eu nem posso reclamar muito dos meus problemas — eu disse, apertando a mão dele. — Sei que a morte dos seus pais foi o que te fez vir para cá.

Ficamos quietos, observando o movimento incessante que nos cercava. Quando só restavam umas dez pessoas do primeiro grupo que tinha chegado à Morada, um vampiro se dirigiu a nós e avisou que Mestre Klaus estava requisitando a presença de Kurt.

Meu amigo o seguiu, sem pestanejar, e eu fiquei para trás. Por mais que eu quisesse ir até lá e oferecer meu pescoço a Mikhail, também tinha meu orgulho. Não me humilharia por ele. Não mesmo!

E eu estava bastante decidida até que, do elevador, saíram as vampiras da Guarda do Sangue. Eram só quatro, mas estavam acompanhando um grupinho de mulheres animadas demais e com sorrisos enormes estampados na cara. Fala sério.

Fui até onde estavam e parei na frente da guarda Mayara. Seu nome, gravado num broche minúsculo, em letras douradas brilhantes.

— Oi, tudo bem? — Olhei para elas e sorri. — Vocês vão levar os doadores até os Mestres, não vão?

— Sim — responderam juntas, mas meu sorriso não contagiou nenhuma delas.

A que se chamava Kese me olhou dos pés à cabeça, mas logo desviou o olhar. A outra, Priscila, tinha um traseiro que causava inveja em qualquer mulher, inclusive a mim. Perto dela, qualquer mulher pareceria insignificante. Todas as vampiras exalavam poder com suas aparências impecáveis.

Observei as garotas que iam doar sangue. Eram quinze, para apenas cinco Mestres. Isso, sem contar Kurt, que já estava lá dentro. Os Mestres deviam estar com muita fome mesmo. E todas pareciam ansiosas demais para o meu gosto. Não duvidava que estivessem loucas para serem mordidas por Mikhail.

— Também me ofereci para doar, por isso estou aqui fora, aguardando. — Sorri. — Posso entrar com vocês?

Uma guarda morena, chamada Glaucy, apontou o dedo para mim, desconfiada.

— Você não é a garota do ônibus escolar? Lembro de você. Aliás, parece que você está sempre por aqui.

— Ah, sim, estou mesmo. Mestre Klaus vive me chamando para trocar informações comigo. Você sabe, não é qualquer humano que sobrevive a um encontro, cara a cara, com um, não, minto, com vários mitológicos.

E elas acreditaram! Depois que toquei no nome de Klaus e me mostrei tão íntima dele, elas quase me colocaram no colo. É claro que Glaucy estava certa. Eu estava sempre na Morada, mas não necessariamente ajudando Klaus em alguma coisa. Dessa parte, ninguém precisava saber.

Elas me deixaram acompanhá-las e entrar com elas no quarto onde os Mestres estavam. Mikhail, na mesma hora, me encarou com antipatia. Torci para que ele não me expulsasse na frente de todo mundo.

— Com licença, Mestres — Mayara falou. — Estas são as voluntárias.

As garotas ficaram imediatamente mudas. Enquanto estávamos do lado de fora, elas não pararam de cochichar umas com as outras. Duas delas, Gleici e Carol, quase desmaiaram quando os Mestres nos olharam.

Você quer me irritar?, Mikhail perguntou e olhei para ele. Não respondi, porque não tinha o poder de falar por telepatia. Nenhum poder, diga-se de passagem.

— Chamaremos vocês quando precisarmos de mais — Nikolai declarou e as vampiras da Guarda se retiraram.

Kurt estava sentado na cama, com a mão no pescoço. E eu me arrependi de olhar para aquela cama, porque, perto da cabeceira, só havia sangue. Eles estavam transformando ou massacrando as pessoas?

Os Mestres se levantaram, com exceção de Klaus, que já estava em pé. Quando fez menção de se aproximar, uma das meninas, Nayara, deu um passo à frente e quase se jogou em cima dele. Do lado de fora do quarto, ela tinha comentado com as outras que desejava cair nas mãos de Klaus. E a sortuda conseguiu o que queria.

Cada um puxou uma garota para um canto do quarto. Não fui escolhida e fiquei ali parada, ao lado das que sobraram. Paloma e Michelli estavam eufóricas para que chegasse a vez delas. Eu não estava tão animada. A rejeição de Mikhail machucava ainda mais o meu coração, mas aguardei.

Ele liberou a primeira e escolheu mais uma, desta vez uma loira que estava ao meu lado. Respirei fundo e esperei, enquanto todos os Mestres iniciavam a segunda rodada.

— Por que veio aqui, Sashita? — Kurt, que tinha se aproximado para me fazer companhia, sussurrou em meu ouvido. — Quer sofrer?

Mantive a postura e observei cada Mestre escolher sua última doadora. Quando todos os cinco completaram a terceira rodada, eu sobrei. As garotas se retiraram do quarto, mas Kurt continuou firme e forte ao meu lado.

Os cinco retornaram aos seus lugares. Estavam tão extasiados com todo o sangue que tinham consumido que só quando se sentaram é que perceberam que eu continuava no quarto. Mas não Mikhail. Eu tinha certeza de que ele me sentira o tempo todo.

Klaus ergueu as sobrancelhas e olhou para eles, depois para mim. Parecia confuso.

— Oh, bem, isso é interessante. — Ele sorriu. — Vocês dois brigaram?

Não consegui responder, porque o nó que tinha se formado em minha garganta estava prestes a explodir. Maldita a hora que resolvi acompanhar aquelas garotas! Eu sabia que corria o risco de me estressar com Mikhail, só não tinha passado pela minha cabeça que ele me ignoraria totalmente.

— Aproxime-se, Sasha. — Estremeci quando Klaus me chamou pelo apelido, de um jeito lento e malicioso.

Todos na sala o encararam. Era incomum ele me chamar pelo apelido. Nunca tinha acontecido. Notei Mikhail estreitar os olhos na direção do irmão, mas Klaus estava com o olhar fixo em mim. Eu não sabia o que fazer.

— Isso é uma ordem, não um pedido. — A voz do Mestre tornou-se mais grave.

Eu respirei fundo e caminhei a passos lentos até ele, passando por trás das cadeiras de Vladimir e Nadia, que me olhou com um sorrisinho debochado.

Klaus estendeu o braço e segurou minha mão quando me aproximei. Numa fração de segundo, eu estava sentada em seu colo, de costas para Nikolai e de frente para Mikhail.

— Da última vez que a mordi, não cheguei a saborear o seu sangue. Mas hoje estou disposto a degustar um pouco.

Ele alisou meu braço e tocou meus cabelos, afastando-os para o lado.

— Klaus, lembre-se de que estamos com pressa. — Era a primeira vez que eu via Mikhail abrir a boca desde que tinha pisado naquele quarto.

— Eu sei disso, Mikhail, mas não posso desperdiçar uma doação na atual circunstância. — Ele me segurou pelos braços e inclinou meu corpo. — Ou você quer fazer as honras?

— Estou satisfeito.

— Pois bem. Então, não me atrapalhe.

Fechei os olhos quando os caninos de Klaus me perfuraram. Ele fez toda uma encenação, passando um braço pela minha cintura e me pressionando contra seu corpo. Tudo parte do plano maquiavélico para irritar Mikhail.

— Klaus, creio que seja suficiente. — Ouvi alguém falar, mas não sabia se era Vladimir ou Nikolai. A verdade é que eu já estava um pouco tonta.

Quando ele retraiu as presas, me fez levantar e beijou minha mão. Por causa da tontura, cambaleei um pouco e ele estalou os dedos, chamando alguém.

— Senhor Holtz, ajude sua amiga, sim?

O braço forte de Kurt logo me envolveu e senti o seu apoio. Sussurrei um agradecimento para ele e me arrepiei ao ouvir a voz de Klaus.

— Permaneçam os dois no quarto. Vou continuar me alimentando de vocês.

O Mestre tinha exagerado na dose comigo e me deixado enfraquecida. Mas tive força suficiente para me soltar por uns segundos do abraço de Kurt e olhar para ele. Dessa vez, ignorei Mikhail. Não importava mais.

— Desculpe, Mestre, mas não serei mais voluntária.

— Quem está falando em ser voluntária? — ele perguntou.

Eu olhei para Nikolai, que parecia o mais sensato de todos os Mestres. Esperei que falasse alguma coisa, mas ele encarava Klaus tão surpreso quanto eu.

— A lei não diz que... — comecei a explicar.

— A lei? — Klaus sorriu. — Eu faço a lei, Aleksandra. E você, mais do que qualquer outra pessoa neste lugar, deveria saber como é fácil burlá-las. — Seu sorriso se desfez. — Fique aqui.

Kurt me empurrou para trás e me ajudou a sentar no chão, quando trouxeram o próximo humano para a transformação.

Fizeram com que ele se deitasse naquela cama suja de sangue e Klaus começou um discurso muito diplomático. Nem parecia o mesmo Klaus que acabara de me tratar como um petisco saboroso.

— Estamos em cativeiro? É isso? — sussurrei.

— Você não podia mesmo ter esperado lá fora, não é? — Kurt revirou os olhos. — Está nesta situação porque procurou por ela.

Abafei um grito quando Vladimir enfiou a mão dentro do peito do homem. Por aquilo, eu realmente não esperava. Passei a prestar mais atenção no restante do processo bizarro que era a transformação, mas, depois da quinta vez, já não aguentava mais olhar.

Perdi a conta de quanto tempo se passou e quantas pessoas entraram como humanas e saíram como vampiras. Estava quase dormindo, encostada em Kurt, quando ouvi vozes de mulheres e abri os olhos. A Guarda do Sangue tinha retornado com novos doadores e dessa vez também havia homens no grupo.

Uma guarda, de cabelos curtos, loiros e com pontas pretas, se aproximou de nós dois. No crachá estava escrito Francielle. Ela me encarou e eu tive quase certeza de que não ia com a minha cara. No entanto, ao olhar para Kurt, sua expressão se suavizou.

— Você está bem? — ela perguntou a ele.

— Sim — ele respondeu, um pouco surpreso com a delicadeza.

Esperei que me fizesse a mesma pergunta, mas ela simplesmente virou as costas e voltou a se juntar à Guarda. Como eu era injustiçada naquele lugar! Respirei fundo e me controlei para permanecer quieta.

Antes de se alimentar de qualquer um dos novos doadores, Klaus se levantou e veio até onde estávamos. Kurt ficou logo de pé e eu sabia que ele estava querendo me proteger, apesar de eu não ter para onde fugir.

Quando Klaus acabou de se alimentar dele, Kurt se colocou na minha frente, ainda protetor.

— Eu aguento mais um pouco se precisar, Mestre. Eu doo por ela.

— Muito nobre da sua parte. — Klaus deu um tapinha no ombro dele. — Mas recuso a sua oferta.

Ele fez um movimento com a mão e meu corpo levitou até a altura ideal para que ele encaixasse a boca no meu pescoço.

Dessa vez mantive os olhos bem abertos e observei, enquanto Mikhail se deliciava com o pescoço de outra. Quando terminou, olhou na minha direção e se aproximou. Klaus fez uma pausa e me colocou no chão, com uma expressão não muito agradável. Mikhail parecia também insatisfeito. Algo me levava a crer que eles estavam discutindo mentalmente.

— Vamos. — Mikhail me segurou pelo braço e me puxou com força. Eu nem estava em condições de resistir. — Kurt, você também.

Meu amigo ainda olhou para Klaus, que o liberou com um gesto de cabeça. Senti um braço em minhas costas enquanto andávamos até o elevador. Felizmente, o corredor já estava quase vazio e não tivemos um público tão grande.

Dentro do elevador, permaneci em silêncio. A situação era desconcertante, até mesmo para Kurt, que geralmente era uma matraca. O trajeto, que costumava ser rápido, dessa vez foi longo e torturante. Quando finalmente paramos e a porta do elevador se abriu, senti um grande alívio por estar prestes a sair de perto do Mestre. Ele colou as costas largas na parede de metal, evitando ao máximo a claridade que nos alcançou.

— Saiam os dois daqui — ordenou. — Se voltarem, não vou mais interceder por vocês.

Kurt pegou minha mão e me puxou para fora do elevador.

Como não podíamos entrar em nossas casas, fomos para uma lanchonete que ficava perto do Buraco. Kurt e eu estávamos mortos de fome e muito fracos, precisávamos comer alguma coisa. Felizmente, Lara tinha se lembrado de pegar a carteira ao sair de casa. Se não fosse isso, um buraco negro teria se formado no meio do meu estômago.

Escolhemos uma mesa no fundo do salão e pedimos sanduíches com uma porção gigante de batata frita. Depois, atualizamos Lara sobre tudo que tinha acontecido enquanto ela mofava no saguão da Morada.

Como estávamos os três juntos novamente, achei que seria o melhor momento para falar com Lara sobre Lorenzo. Narrei exatamente da mesma forma que fiz com Kurt, sem deixar nenhum detalhe de fora. Primeiro ela ficou chocada quando soube que ele era traficante, depois ficou com raiva de mim por ter escondido a informação aquele tempo todo. E terminou chorando, quando contei sobre a morte dele.

— Não fique assim, Lara. Você merece coisa muito melhor. — Segurei a mão dela.

— Eu nem sei por que estou tão surpresa. — Ela enxugou os olhos com um guardanapo. — Não é a primeira vez que atraio alguém que não presta. Nem será a última. Tenho dedo podre para essas coisas.

— Eu agradeço se a gente deixar o tema relacionamentos fora da conversa — pedi, dando uma mordida no meu delicioso sanduíche com três hambúrgueres, três fatias de queijo cheddar, duas camadas de bacon e todo lambuzado de maionese.

O gosto era tão bom que gemi enquanto mastigava aquela maravilha. Aos poucos, eu sentia que ganhava forças e meus olhos deixavam de pesar.

Kurt parecia ter entrado na mesma onda que eu, pois afogou as batatas no *ketchup* e comeu com vontade. Lara torceu o nariz e nos encarou enojada.

— Não tinha nada menos gorduroso para vocês comerem?

— Minha filha, depois que você é mordida duas vezes pelo Mestre dos Horrores, só quer saber de comer. Não importa o que seja — respondi.

Ela beliscou a sua salada de frango sem graça, com cogumelos e um monte de folhas verdes. Mastigou fazendo caras e bocas, mas eu duvidava que estivesse mais gostoso do que a nossa *junk food*.

Lara ainda ficou um tempo chateada por causa de Lorenzo, mas não demorou muito para que me perdoasse pela omissão dos fatos. Principalmente sabendo que meu coração tinha sido partido de várias maneiras num único dia.

Eu ainda não tinha superado o tratamento frio que Mikhail me dispensara. Ao pensar nisso de novo, a comida, antes tão deliciosa, começou até a ficar com um gosto amargo.

— Vocês viram quanta gente está chegando? — perguntou ela. — Caramba, não sabia que tantos abraçariam a causa.

— Acho que, no fundo, qualquer um prefere um vampiro a um mitológico. — Encolhi os ombros. — Eu prefiro.

— A gente sabe disso, Sasha — Kurt debochou. — Pena que não deixou que eu me tornasse um.

— É porque ela sabe, como eu também sei, que você viraria um cachorrinho de Klaus — Lara comentou. — Eu, ao contrário de Sasha, teria deixado você ser transformado, porque sei que ficaria feliz. Mas, Kurt, sejamos sinceros. Você não quis fazer isso para colaborar na guerra contra os mitológicos. Nem nós gostaríamos que você se jogasse em cima daquelas bestas trogloditas. Espere a raiva passar para pensar com mais clareza.

Não precisei falar nada, pois Lara dissera tudo que eu tinha em mente. Foi bom que ela tivesse se pronunciado sobre o caso, porque eu tinha certeza de que Kurt achava que era pura implicância minha.

🝰 🝰 🝰

Sem termos muito o que fazer durante o dia, decidimos dar um pulo na casa de Kurt e ver se estava destrancada. Quando chegamos, constatamos que estávamos certos. A porta da casa estava somente encostada. O trinco não estava mais no lugar, pois nem maçaneta ela tinha. No lugar, havia só um buraco.

Passamos o dia fazendo faxina na casa. Não deixamos que ele ajudasse na parte da cozinha, onde havia muito sangue. Depois, quando já tinha passado das cinco horas da tarde, nos sentamos os três no sofá. Um mais exausto do que o outro.

— Eu não acho que a faxina tenha sido muito útil — ele murmurou, olhando em volta. — Mas, obrigado, de qualquer forma.

Kurt, sentado entre nós duas, passou então os braços em nossos ombros e nos puxou para perto.

— Eu amo vocês, suas coisinhas estranhas e bizarras!

— Por que não foi útil? Acha que o sangue combina mais com a decoração? — Lara reclamou, dando um peteleco no joelho dele. — Ingrato!

— Não é isso. — Ele recolheu os braços e colocou as mãos sobre as pernas. Olhava fixamente para os dedos. — É que não sei se vou conseguir ficar sozinho aqui. Isso se eu ficar, né? Não acho que os Mestres vão me manter na Fortaleza por muito tempo. Não tenho a utilidade dos meus pais.

Eu me virei de frente para ele e cruzei as pernas sobre o sofá. Lara trocou um olhar preocupado comigo, ao ver Kurt tão cabisbaixo. Ele andava sofrendo de oscilações de humor, algo totalmente compreensível.

— Primeiro, você não precisa ficar aqui sozinho. Tem minha casa e tem a de Lara.

— E mesmo que você não queira morar conosco, podemos vir para cá de vez em quando — disse Lara.

— Concordo.

Toquei os cabelos dele e enfiei os dedos por entre os fios macios. Fiz um cafuné e senti que ele relaxou um pouco, até se ajeitar e encostar a cabeça no sofá.

— Kurt, eu duvido muito que os Mestres saiam expulsando os órfãos. Eles, com certeza, têm uma solução para isso.

Pelo menos era o que eu esperava. Os Mestres não podiam simplesmente chutá-los da Fortaleza. Podiam?

Era uma droga não poder contar com Mikhail para me ajudar. Se a briga não tivesse acontecido, depois que as coisas se acalmassem um pouco, eu podia pedir que ele arranjasse um emprego para Kurt. Qualquer coisa, por mais simples que fosse, apenas para garantir a permanência dele na Fortaleza.

Fui até a cozinha ver se tinha chá ou café para preparar. Consegui, sozinha, ligar a cafeteira, o que era um milagre. Era a minha mãe que sempre fazia tudo na cozinha. Eu geralmente só olhava. Mas fui seguindo as instruções no verso do pacote de café e parecia que estava dando certo. Quando despejei o líquido nas xícaras, o cheirinho delicioso invadiu minhas narinas. Coloquei tudo numa bandeja e voltei para a sala.

— Querem café? — Deixei a bandeja sobre a mesa de centro e peguei uma xícara.

Lara e Kurt agradeceram e se serviram também. Até me lembrei de colocar sachês de açúcar e adoçante na bandeja. Olhei para dentro da xícara e comecei a assoprar. Sempre ficava com medo de queimar a língua ao tomar bebidas quentes. E, mesmo assim, sempre queimava.

— Eu preciso voltar para casa assim que o alarme for desligado — avisou Lara. — Meus pais devem estar surtando.

— Eu também preciso — falei, antes de dar o primeiro gole. — Saí de casa antes que a minha mãe pudesse me impedir.

Kurt estremeceu ao meu lado e fez um barulho estranho quando terminei de falar. Nós duas nos assustamos, achando que ele estivesse passando mal. Eu quase derramei café quente na minha perna.

— Minha nossa! — Então, ele se curvou e colocou a xícara de volta na bandeja. — Sasha, por favor, nunca mais entre numa cozinha!

Ao ouvir isso, Lara, que estava com a xícara encostada nos lábios, afastou-a rápido e soltou-a na bandeja, como se tivesse levado um choque. Depois me olhou de cara feia.

— Foi minha primeira vez, ok? — me defendi. — E, fala sério, não pode estar tão ruim. É só colocar na máquina.

Eu duvidava mesmo que estivesse tão ruim. Kurt era o rei do drama e Lara estava se deixando influenciar. Para provar minha certeza, dei um gole no café, não me importando mais se ia me queimar ou não.

Deixei que o líquido quente escorresse pela minha garganta, para saboreá-lo. No segundo seguinte, para derrubar toda minha teoria, coloquei a língua para fora. Estava péssimo!

— Ahhhh! — Devolvi a xícara à bandeja. — Vou pegar uma água para todos nós. — Sorri e corri para a cozinha.

— Queria tanto ter sido transformado... — Ouvi a reclamação de Kurt lá na sala. — Obrigado por nada, Sashita! — ele gritou.

Voltei com uma garrafa de água na mão, controlando a vontade que eu tinha de jogá-la na cabeça dele. Que ingrato!

— Olha só, detesto ter que dizer isso, mas você seria destroçado logo nos primeiros minutos.

Ele me enfrentou.

— Você já encarou os mitológicos algumas vezes e está bem viva, não está?

Revirei os olhos, me sentando novamente no sofá.

— Kurt, eu tive sorte por ter encarado um de cada vez. Não me joguei em cima de um exército inteiro.

Ele fez uma careta, porque era tão teimoso quanto eu.

— Eu seria um vampiro, Sasha. E um vampiro bem forte.

Então, de repente, ouvimos um barulho na casa. Não, ela não era amaldiçoada. O barulho em questão era do mecanismo do alarme, que estava sendo desligado. Não que funcionasse para alguma coisa. As janelas da casa estavam trancadas, mas o buraco na porta tinha acabado com toda a utilidade do alarme.

— Hora de ir para casa — falei, me levantando. — Você vem comigo, Kurt?

— Vou ficar um pouco aqui. — Ele sorriu. — Mas, se puder dormir lá, eu prefiro. Não quero ficar sozinho durante a noite.

— Qual o seu problema comigo? — Lara perguntou a ele, fazendo beiço. — Por que você só quer ficar na casa da Sasha?

Ela também se levantou e cruzou os braços diante dele, que abriu um sorriso de criança e puxou as mãos dela para baixo. Kurt beijou cada uma e envolveu-as com as próprias mãos.

— Sem ciúmes, loira. Se for por isso, então eu vou dormir hoje na sua casa.

Deixei os dois discutindo o assunto e fui embora. Como já era de se esperar, quando cheguei em casa, mamãe estava soltando fogo pelas ventas. Furiosa, ela não quis saber de desculpas e me mandou subir, tomar banho e me aprontar para o jantar.

Estranhei o fato de jantar tão cedo, mas não contestei. Tomei meu banho com calma e vesti meu pijama xadrez. Quando passei pelo quarto de Victor, levei um susto. Meu irmão estava sentado na beira da cama, passando o videogame portátil de uma mão para a outra. A tela estava desligada e ele parecia um zumbi.

— Acabou a bateria desse troço? — perguntei, me apoiando na porta.

— Não.

— E por que você está com essa cara? Sabe que parece um maluco, não é?

Victor estava estranho mesmo! Ele não tinha olhado para mim em momento algum. Será que tinha acontecido alguma coisa enquanto eu estava fora de casa?

Entrei no quarto dele e me sentei no chão, de frente para a cama. Ele largou o aparelho sobre o colchão e se juntou a mim no chão.

— Como você consegue? — perguntou.

— Como eu consigo o quê?

Victor coçou a cabeça e deu de ombros, cabisbaixo.

— Você perdeu Helena, foi sequestrada, nos ajudou, ajudou o Kurt também, levou um pé na bunda, mas, mesmo assim, continua fazendo tudo normalmente. — Ele me encarou, com os olhos úmidos. — Todos os meus amigos morreram e eu não sei lidar com isso.

A cara que eu fiz, sem querer, deve ter sido péssima, porque ele me olhou e fez uma careta. Mas, lógico, não é todo dia que nosso irmão manda uma dessa para cima da gente. Eu precisei perguntar.

— Todos, tipo... todos?

— Todos. Perdi alguns no ataque do ônibus e os outros nesse último ataque. — Ele encolheu os ombros. — Não eram muitos.

— Ah... Caramba, Victor, você está pior do que eu, então. — Fiquei olhando para ele, sem saber direito o que dizer para consolá-lo. Meu irmão era um verdadeiro mistério para mim, mas era desconcertante vê-lo triste. — Eu não sei como faço, mas não pense que, só porque eu pareço bem, já superei tudo que aconteceu. Quando fico sozinha, eu choro. E quando não quero mais chorar, procuro fazer algo que me deixe ocupada. Essa é a vida, infelizmente. E ela não é justa. Pessoas boas se vão muito rápido, enquanto as más continuam causando sofrimento.

Ele balançou a cabeça, mas continuou calado. Então levantou a cabeça para me olhar.

— A nossa família é justamente o que me faz ter forças para continuar enfrentando toda essa desgraça. — Bati meu ombro no dele. — Eu posso não demonstrar muito, mas morreria por qualquer um de vocês.

— Eu sei! — Ele me abraçou e, caramba, fingi que tinha caído um cisco nos meus dois olhos. Funguei e olhei para o teto, tentando reprimir as lágrimas, enquanto Victor me enforcava com seu abraço.

Quando ele me soltou, enxugou o rosto e desviou os olhos dos meus. Eu tentei me colocar no lugar dele e me senti péssima. Perder todos os meus amigos? Já tinha sido insuportável perder Helena. O que eu faria sem Kurt e Lara?

— Sabe o que fiz hoje? — perguntei, puxando assunto para distraí-lo.

— Alguma coisa interessante, provavelmente.

Tudo bem, acho que estava na hora de eu começar a levar meu irmão para a rua comigo. Ou isso ou ele em breve entraria em depressão. Pelo menos na companhia dos meus amigos, seria difícil isso acontecer.

— Foi mesmo interessante. Vi os Mestres transformando os humanos que chegaram hoje.

O semblante de Victor mudou da água para o vinho. Incrível como o garoto tinha uma obsessão por vampiros. Meus pais tinham dado muita sorte de Victor ser menor de idade. Se não fosse isso, ele já teria fugido para a Morada e se ajoelhado diante dos Mestres, implorando para ser transformado.

— Como foi isso? — Os olhos dele brilharam.

— Foi meio nojento no início. E chocante também. Mas depois acabei aceitando a bizarrice toda. Eles primeiro enfiam a mão no peito da pessoa, acho que no coração.

Ele arregalou os olhos.

— Como assim, enfiam a mão? — Victor finalmente começava a reagir como uma pessoa de carne e osso.

— Fazem um buraco e a mão some dentro do peito do pobre coitado. — Sorri. — Um buraco bem grande.

— E depois? Eles... matam?

Meu irmão era mais inocente do que eu imaginava. Em que mundo a criatura vivia? No mundo do Mágico de Oz? Não imagino o que ele achava que acontecia para um humano virar vampiro. Porque a teoria mais básica era sempre a mesma: primeiro a pessoa tem que morrer.

— É lógico que eles matam, Victor!

— Eu sei lá! — Ele se estremeceu todo. — Achava que era algo mais... cinematográfico.

Eu revirei os olhos e terminei de contar todo o processo que envolvia a transformação. A parte de beber o sangue de cada Mestre, ele achou o máximo. Só não curtiu muito saber que, primeiro, precisava morrer com um buraco no peito. São os percalços do caminho, expliquei.

Depois de ter animado um pouquinho o menino, desci para jantar, com ele atrás de mim. Para nossa surpresa, papai entrou em casa naquele exato instante. Estava esbaforido, descabelado e sem casaco. A camisa social estava toda amarrotada e desalinhada.

— Uau, pai, qual foi o furacão que te pegou? — perguntei.

— Estou com pressa, crianças. — Ele correu para a cozinha. — Irina! Coloque meu prato na mesa!

Quando entrei na cozinha, ele já estava sentado à cabeceira da mesa e minha mãe o servia com pressa. Puxei uma cadeira e me sentei, esperando para me servir.

O homem começou a devorar a refeição como eu nunca tinha visto antes. Nem parecia meu pai, sempre calmo, tranquilo, um cara que não se estressa à toa.

— Está tudo bem, pai? — Victor perguntou, observando aquela cena com atenção.

— Pressa, muita pressa. Preciso voltar correndo para o trabalho. Não podemos parar.

— Vai enfartar desse jeito, homem! — Mamãe puxou a cadeira do lado oposto da mesa e se sentou. — Quem vai fazer tudo se você tiver um treco no meio da rua?

— Irina, querida, não posso nem me dar ao luxo de morrer. Acho que os Mestres me trariam de volta à vida só para terem o prazer de me matar eles mesmos.

— Não seria bem de volta à vida, pai — resolvi corrigi-lo, só para que ele tivesse pleno conhecimento de sua situação. — Eles transformariam você em vampiro. Logo, você não estaria realmente vivo. Com um coração batendo e tudo mais.

Recebi um olhar feroz da minha mãe e pedi desculpas por estar falando nada mais do que a verdade.

Eu mal tinha cortado todo o meu bife — primeiro eu o cortava em vários pedacinhos e só depois começava a comer — e meu pai já estava terminando.

— O que importa é que preciso preparar mais umas centenas de balas para a *Exterminator*, ainda hoje.

— Johnathan, o que eles falam sobre os ataques? — mamãe perguntou, com a testa franzida. — Acham que vai haver outra invasão?

— Pelo número de soldados que estão criando... — Ele limpou a boca com o guardanapo e respirou fundo. — Vem coisa séria por aí.

Papai empurrou a cadeira bruscamente e se levantou. Ele me fez levantar também e me abraçou. Pelo menos não estava com raiva de mim, o que já era uma grande vantagem. Mas eu não fazia ideia do motivo do abraço.

— Sasha, se os mitológicos chegarem e eu não estiver em casa... — Ele me segurava pelos ombros. — Você precisará fazer aquele caminho novamente com sua mãe e seu irmão. Tudo bem?

— Johnathan, não seja bobo.

— Estou sendo realista, Irina. — Ele olhou para ela e me soltou. — Se acontecer de novo, vocês não podem ficar em casa! Não confiem mais em alarmes. Me ouviram?

Papai se aproximou da minha mãe e apoiou as mãos na mesa, para beijá-la na boca. Na nossa frente. Minha nossa, a imagem era sempre desconcertante.

— Meu amor, você precisa me prometer que não contestará as decisões da Sasha. — Ele me olhou e me pegou no flagra. Eu estava com um sorriso enorme no rosto. — Sei que ela é desmiolada, mas, de vocês três, é a que melhor saberia o que fazer. Siga nossa filha.

Ele só não sabia que algumas coisas tinham mudado. Por exemplo, eu não tinha mais um Mestre à minha disposição para me dar um pouquinho de sangue e me fortalecer. Eu não tinha mais nenhuma adaga. Em algum momento, durante o último ataque, eu a perdera. E não tinha certeza de que a senha daquela porta da

Morada dos Mestres continuava a mesma. Mikhail podia muito bem ter trocado o código para que eu não a usasse mais.

Mas, é claro, papai não precisava saber de nada daquilo. Eu prometi o que ele queria ouvir. Até porque era o que eu tentaria fazer. Tinha dado certo uma vez, poderia continuar dando. Na pior das hipóteses, era só ficarmos escondidos nos subterrâneos até tudo acabar.

Depois que ele saiu, precisei acalmar minha mãe, dizendo que com certeza os Mestres resolveriam tudo e nós não teríamos que sair correndo novamente. Tudo ilusão, é claro.

CAPÍTULO TRINTA E CINCO

JÁ PASSAVA DA MEIA-NOITE, mas eu não conseguia dormir. A atmosfera da Fortaleza estava agitada demais para que eu conseguisse ficar tranquila. Lá fora, havia tumulto em todo lugar. Eu só pensava em sair de casa e respirar ar puro, ver com meus próprios olhos o que estava acontecendo.

Troquei o pijama por um jeans escuro e uma blusa de lã. Peguei um cachecol antes de sair do quarto e fechei minha porta com cuidado.

Só que, ao passar na frente do quarto de Victor, encontrei a porta entreaberta e a minha curiosidade foi maior. Quando espiei, flagrei meu irmão sentado na cama com o rosto grudado na janela. A cama dele era encostada na parede, então só precisava levantar a cabeça para enxergar tudo lá fora. Eu devia estar louca, mas me compadeci do Adotado.

— Victor... — chamei baixinho e ele quase caiu da cama com o susto que levou.

— O que foi? — Levantou, atordoado, e foi até a porta. — Por que está vestida assim?

— Quer sair? — perguntei. Pela forma como ele me olhou, deve ter achado que eu pretendia matá-lo e sumir com o corpo. — Você tem dez segundos para decidir.

— Sair de casa?

Aquela lentidão de raciocínio só me fez me arrepender da ideia de chamá-lo.

— Não, vamos dar um passeio até a cozinha. — Eu me curvei na direção dele e sussurrei: — O que você acha?

Acho que mamãe não vai gostar.

— Bem-vindo ao meu mundo. — Empurrei o Adotado para dentro do quarto e entrei com ele. Tomei o cuidado de fechar a porta para não acordar nossos pais. — Olha só, você está precisando viver um pouquinho. Eu vou sair. Se quiser, venha comigo. Não vamos a nenhum lugar em especial. Só andar por aí.

Victor demorou a se decidir, mas, quando resolveu, foi rápido. Trocou de roupa e se agasalhou um pouco demais, mas, pelo menos, não demorou muito.

Avisei que tomasse cuidado para não fazer nenhum barulho ao descer as escadas. Quando passamos pela porta da rua e eu a fechei, ele sorriu como criança quando ganha um pirulito.

— Você sempre sai escondido assim? — ele perguntou, dando pulinhos para espantar o frio.

— De vez em quando. Mas eu mato você se me dedurar, ouviu bem?

Pensei em dar uma volta no bosque, mas desisti da ideia. Eu não havia tirado meu irmão de casa para sentá-lo num banco, num lugar deserto. Ali só teria árvores e corujas para ele admirar.

Ainda havia algumas pessoas andando nas ruas, tão normais quanto nós dois. Resolvi seguir na mesma direção que elas, para o centro, e apertamos o passo.

Passamos ao lado de um grupo de vampiros que conversavam e riam alto. Notei que Victor ficou olhando mais que o necessário para eles, admirando de boca aberta. Ele não estava acostumado como eu. Aliás, eu mesma, de vez em quando, me sentia estranha no meio de tantos vampiros.

— Pare de encarar.

— É que é engraçado — ele sussurrou. — Eles ficam tão à vontade...

— Por que não ficariam? É noite e eles são vampiros! — Ri. — Você é estranho.

— Não costumo sair à noite.

Olhei para ele, percebendo que ele era mesmo estranho. Meu irmão era um nerd que só ficava em casa jogando videogame. Quando morávamos nos Estados Unidos, eu não saía à noite, porque simplesmente era proibido. Mas, desde que tínhamos chegado à Fortaleza, minha vida noturna tinha ficado muito mais intensa.

Passei um braço sobre os ombros dele e sorri. Apesar de ser mais novo do que eu, o Adotado tinha a minha altura. Se eu me esforçasse, até conseguia ver um pouquinho de beleza nele. Ele só precisava parar de passar um pote inteiro de gel nos cabelos para deixá-los espetados.

— Vou te levar ao Buraco qualquer dia. Acho que está na hora de você curtir sua primeira festa, seu primeiro porre... — Parei de falar, de repente me dando conta de uma coisa muito chata. O tráfico de sangue estava com os dias contados. — Hum, talvez a gente tenha que esperar até você completar dezoito anos.

Então parei de falar e de andar, e segurei o ombro de Victor para que ele também parasse. Olhei em volta, procurando a origem do barulho que eu estava ouvindo.

— O que foi?

— Você está ouvindo esse barulho? — perguntei, ainda procurando de onde vinha.

— Da última vez que você fez essa pergunta, nós fomos atacados por mitológicos. — Ele estremeceu. — Mas, sim, estou ouvindo um zumbido diferente.

— Não é um zumbido. — Recomecei a andar, seguindo na direção do barulho estranho. — Parecem vozes.

— Acho melhor a gente voltar pra casa, Sasha.

Olhei para meu irmão e puxei a gola do agasalho dele. Um pouquinho de aventura lhe cairia muito bem e eu sabia que não havia nenhum perigo iminente. Já conseguia identificar os sinais de que estava ocorrendo uma invasão. Sempre aparecia alguém correndo desesperado. Naquele momento, ninguém tinha aquela expressão de desespero no rosto.

Saímos da área residencial e o barulho aumentou. Então consegui identificar o que era: um burburinho. Muitas vozes juntas, falando ao mesmo tempo, por isso de longe parecia um zumbido. E, quanto mais nos aproximávamos, mais alto ficava.

Quando passamos pela lanchonete onde eu almoçara mais cedo, quase fui atropelada por uma vampira que passou correndo na nossa frente. Ela ia para o mesmo lugar que nós, só que muito mais rápido.

E, então, algumas ruas depois, viramos uma esquina e entramos na rua principal. O centro de toda a Fortaleza, onde ficava a Morada dos Mestres.

— Uau! — Victor exclamou, dessa vez andando mais rápido que eu.

Era "uau" mesmo. A rua inteira estava tomada por uma multidão. Soldados. Dezenas, não, centenas deles, virados de costas para nós e de frente para a entrada da Fortaleza. Vestiam-se de preto e olhavam para frente, sem se importar em ser o centro das atenções. Porque eles, definitivamente, eram.

De todos os lados, chegava gente para observar aquela cena tão impactante. Eu puxei Victor para a calçada e subimos numa mureta que separava dois prédios. Daquele lugar mais alto, eu conseguia enxergar um pouco melhor. Podia ver silhuetas de cabelos brancos, na frente de todos aqueles soldados.

O mais desconcertante, no entanto, era o bordão que o exército repetia incessantemente: *Honra ao sangue. Honra aos Mestres.* Pareciam robôs, falando em uníssono, totalmente concentrados. Era esse o burburinho que dava para ouvir de longe.

— Todas essas pessoas chegaram hoje? — Victor estava assombrado, e eu nem o culpava por isso. Eu também estava.

— Pelo visto, chegou muita gente — respondi.

Eu não era muito boa em estimativas, mas, olhando para a multidão, me arriscaria a dizer que havia mais de trezentos soldados ali. E, como naquele momento chegavam mais dois ônibus do aeroporto, calculei que aquele exército aumentaria muito mais.

Assim que os ônibus pararam, os Mestres entraram na Morada. Os soldados permaneceram no mesmo lugar, mas pararam de repetir o bordão.

— Até ela está aqui? — Victor comentou quase sussurrando, mas eu escutei.

— De quem você está falando? — perguntei.

Ele me olhou e ficou imediatamente vermelho. Logo imaginei que se tratava de alguém que ele não queria compartilhar comigo. Mas eu era insistente. Passei o braço pelos ombros dele e esfreguei as mãos em seus cabelos sebosos de gel.

— Vamos lá, me diga quem é "ela".

— Promete que não vai ser indiscreta? — ele perguntou e eu, claro, concordei. Mentira, lógico. Eu estava doida para olhar.

— À nossa direita, perto da cafeteria, tem uma garota com os pais. É a Gabriela. Gabi, para os íntimos. — E ele, então, suspirou. — Coisa que, lógico, eu não sou.

Na mesma hora, olhei na direção que ele indicou. Victor puxou meus cabelos, para me fazer virar o rosto para o lado contrário, mas eu consegui ver a menina. Ela era fofa.

— Aquela é a minha futura cunhada? Puxa, Victor, você terá que comer muito feijão com arroz para conseguir o que quer.

— Eu pedi para você não olhar!

— Ela nem me viu, fica tranquilo. — Sorri para ele, orgulhosa. Era a primeira vez que eu tinha conhecimento do interesse do meu irmão por alguém.

— Posso saber o que vocês dois estão fazendo aqui? — A voz de papai, bem atrás de nós, me fez congelar no lugar.

Victor pulou da mureta e olhou para ele, com culpa. Mas, antes mesmo que meu irmão começasse a falar alguma coisa, meu pai me deu um cutucão nas costas. Sempre sobrava para mim, lógico. Levaria sermão por estar na rua àquela hora e ainda seria culpada por ter levado Victor junto comigo.

— Sasha, responda! Porque eu sei que Victor só está aqui por sua causa.

— Se eu disser que ele invadiu meu quarto e me arrastou até aqui, você acreditaria? — Pulei da mureta e olhei para o meu velho, com minha melhor cara de filha magoada. — Poxa, pai!

Ele cruzou os braços, muito irritado. Ainda exibia o visual descabelado, mas, naquele momento, não parecia um cientista renomado nem um chefe de família tranquilo. Parecia um pai prestes a surrar os filhos, isso sim.

— Estávamos só dando uma volta. Não é proibido, é? — perguntei.

— Nas atuais circunstâncias, é, sim! Além do mais, a senhorita está de castigo. Lembra-se? — Ele consultou o relógio de pulso e praguejou baixinho. Depois, colocou as mãos nos quadris e olhou em volta. — Droga, nem tenho tempo de levar vocês para casa. Porque, senão, isso é o que eu faria. E arrastaria os dois pelas orelhas!

— Nós já vamos embora, pai — disse Victor. Ele estava transtornado por ter sido flagrado fora de casa.

— Não quero vocês andando sozinhos por aí. — Papai colocou uma das mãos no meu ombro e a outra no de Victor. — Esperem por mim dentro da Morada. Vou terminar o próximo lote de munição e venho buscar vocês.

Eu não queria colocar meus lindos pés naquele lugar. Não podia correr o risco de dar de cara com Mikhail de novo naquele dia. Ele acharia que eu estava fazendo isso para vê-lo. Mas o olhar do meu pai não nos deu outra opção. Ele praticamente nos empurrou na direção da Morada. E, enquanto eu caminhava como uma condenada a caminho da forca, olhei para trás. Ele continuava nos observando.

— Acha que ele vai esperar até que a gente entre? — perguntei para Victor.

— Provavelmente. Eu também não confiaria em você, se fosse ele.

Muito a contragosto, subi aquela enorme escadaria. Eu já não aguentava mais aquele prédio. Sinceridade total. Antes de dar o último passo e passar pelas grandes portas, dei mais uma olhadinha. Papai continuava nos olhando, de braços cruzados.

De repente, vi algo que me surpreendeu.

— Kurt?! — chamei, forçando os olhos para ter certeza de que era aquilo mesmo que eu estava enxergando.

Meu amigo estava encolhido num cantinho perto da entrada, olhando a movimentação em volta. Quando me viu, tentou esconder o rosto com a mão, mas era lógico que eu o reconheceria em qualquer lugar.

Andei a passos largos até ele e lhe dei uns bons tapas no braço.

— Pare de se esconder! Eu já te vi, ok? — Apertei a orelha dele, que gritou. Quando a soltei, sorri satisfeita ao ver a marca vermelha. — O que está fazendo aqui? Você não ia dormir na casa da Lara?

Olhei em volta, procurando por ela. Devia ser algum complô para me excluir dos planos deles ou coisa parecida. Não duvidava de que poderia encontrá-la escondida em algum canto.

— Eu ia dormir na casa da Lara, mas preferi vir para cá. — Ele então se deu conta da figura atrás de mim. — O que seu irmão está fazendo aqui?

— Essa pergunta eu fiz primeiro. O que *você* está fazendo aqui?

Ele se afastou de mim, antes que eu conseguisse dar um beliscão nele. Logo que mudou de ângulo e a luz que vinha de fora iluminou seu rosto, eu ofeguei, chocada. Kurt estava com olheiras que não existiam quando eu o deixara em casa.

Depois de se afastar da janela, ele me puxou para longe de Victor e das outras pessoas que passavam por ali.

— Eu vim alimentar Klaus — sussurrou.

— Kurt! Não acredito! — Olhei para trás ao perceber que tinha falado alto demais, mas ninguém prestava atenção em nós dois, além do meu irmão. — Você quer se matar? É isso?

— Eu nao consigo resistir à atração, não adianta. — Ele levou as mãos à cabeça e passou os dedos pelos cabelos. — É mais forte do que eu, Sashita.

— Kurt, você está péssimo. — Segurei o rosto dele entre as mãos para observá-lo melhor. — Você já se olhou no espelho? Está pelo menos se alimentando? Eu nem sei há quanto tempo você está aqui!

— Ele tem me alimentado a todo instante. — Kurt disse aquilo com um sorriso orgulhoso, como se fosse uma coisa excepcional. — Quer dizer, não ele em pessoa. Mas ele manda que me sirvam. — Ele revirou os olhos, dramaticamente. — E é lógico, ele não está se alimentando apenas de mim.

— Qual é a de vocês dois? — perguntei. — Tesão incubado?

Meu amigo sorriu e suas bochechas ficaram vermelhas. Então ele resolveu levar Victor e eu para a sala que estava ocupando durante as horas que passava na Morada. Quando entramos, soltei um assobio. Pela fartura que vi sobre a mesa, vi que Kurt estava sendo muito bem tratado.

— Por que Mikhail nunca mandou que me preparassem um banquete assim? — perguntei.

Sobre uma mesa quadrada, forrada com toalha branca, havia várias travessas com as mais variadas iguarias. Tinha pães, frutas, geleia, suco e até vinho!

Eu me virei e olhei para Kurt, com a intenção de continuar o sermão, mas meu amigo estava tão animado que não cabia a mim ficar enchendo o saco dele. Era bom que pelo menos estivesse se distraindo um pouco, em vez de ficar chorando em casa.

Victor não perdeu tempo e foi logo pegando algumas uvas. Não ia mesmo fazer falta, porque era muita comida.

— Se eu soubesse que você estava sendo tão bem tratado, nem teria me preocupado. — Estalei a língua e me sentei numa poltrona, jogando as pernas sobre o braço dela. — Que vidão, Kurt!

— Não vamos exagerar, não é? — Ele suspirou. — Amanhã, com certeza, Klaus nem se lembrará mais da minha existência.

— Até pode ser, mas, enquanto isso, você está aproveitando.

— Você gosta de algum Mestre? — Simplesmente tínhamos esquecido que meu irmão estava presente. Victor o encarava de olhos arregalados, sem acreditar. — E ele... ah... gosta de você?

— Não, Victor. Ele não é gay! — Kurt declarou. — Bem, eu acho que não. Não sei, na verdade.

Kurt me empurrou e me esmagou no canto da poltrona para poder dividi-la comigo. Conversamos sobre assuntos triviais, aproveitei para explicar por que Victor estava ali comigo e até conversamos sobre como arranjar um jeito de Victor entrar no Buraco.

Entretida no papo, eu nem senti a hora passar. Quem percebeu foi Victor, que estava sentado na poltrona à nossa frente e bocejava a todo instante.

— Acho que papai nos esqueceu aqui — declarou, sonolento. — Será que ele vai se esquecer de nos colocar de castigo também?

— Eu já estou de castigo. — Dei de ombros. — Apesar de isso não ser um empecilho para mim. — Pisquei para ele e me levantei. — Certo, tentei segurar, mas não dá mais. Preciso procurar um banheiro.

Deixei Victor e Kurt sozinhos na sala e fui até a recepção. Havia duas garotas conversando, mais do que trabalhando. Elas me olharam com curiosidade e sorriram quando me aproximei.

— Eu te conheço — disse uma delas, bem branquinha e de cabelos lisos.

— Isso não deve ser difícil. — Dei de ombros. — Parece que todo mundo por aqui já me conhece. Sou Sasha, prazer.

Eu estendi a mão e ela apertou para me cumprimentar. Depois, a compreensão a atingiu e ela arregalou os olhos na mesma hora. Ainda cutucou a amiga, que parecia perdida na conversa.

— É claro, acabei de lembrar! Você é aquela que não morreu no episódio do ônibus! Lembra-se dela, Flávia?

— Pare com isso, Deisiane! — disse a outra, envergonhada. — Desculpe, ela deveria usar um filtro na língua.

— Eu também! — Sorri. — Sei como é isso. Mas, enfim, onde tem um banheiro aqui embaixo?

Para minha sorte, aquelas funcionárias eram as mais simpáticas que eu já tinha visto na Morada dos Mestres. Não se preocuparam em me perguntar o que eu estava fazendo nem impediram que eu fosse atrás de um banheiro.

Acontece que não havia nenhum naquele andar. Disseram que eu teria que subir até o quinto, justamente onde ficava o salão de apresentações. Aquele tempo todo frequentando a Morada e só agora eu descobria em que andar ele ficava.

Claro que tive que ir pelas escadas. Subi rapidinho, tentando passar despercebida. Já tinha arranjado muita confusão para um dia só, minha cota estava estourada. Portanto, fui direto para o lugar que me indicaram.

Subi o último degrau e olhei o corredor imenso diante de mim. Tanto o elevador quanto o salão de apresentações ficavam à minha direita. Tomei a mesma direção e coloquei a cabeça para dentro do salão. Vazio e imponente, como sempre. As altas pilastras sempre faziam com que eu me sentisse dentro de algum filme épico, com castelos, reis e rainhas.

Depois que saí do banheiro, não resisti e fui olhar pelas enormes janelas. O exército começava a se dispersar, pois faltava muito pouco para o amanhecer. Quando me virei para retornar ao saguão, dei de cara com Mikhail. Ele me encarava com a expressão séria e um olhar assassino.

— Oi — eu disse, sem reação.

— De novo, Aleksandra?

— Eu juro que nao estou aqui por sua causa. — Dei alguns passos à frente, pois pretendia escapar assim que possível. — Você não é assim tão importante.

Apesar de tudo, ele era, sim. Meu coração dilacerado me traía, batendo frenético dentro do peito, tocando uma sinfonia que só o Mestre podia ouvir. Eu não sentia borboletas no estômago. Eu sentia dragões voando e lutando dentro da minha barriga. Como era difícil ter que falar daquela forma com ele! Eu queria poder dizer que eu não era tão orgulhosa como fingia ser. Que bastava ele estalar os dedos e eu voltaria correndo para os seus braços. Mas fiquei calada e engoli em seco.

— Qual o motivo da sua presença aqui? — Mikhail não movia nem mesmo um cílio.

— Eu estou com Kurt. — Era apenas a coisa mais fácil de dizer no momento, sem ter que dar muitas explicações. Cada segundo que eu passava diante dele, sentia uma alfinetada no meu coração. — Ele está aqui por causa de Klaus.

— Eu sei.

— Pelo que me parece, vocês, Mestres, gostam de nos usar quando querem. — Ah, droga. Fechei os olhos, me xingando por não conseguir ficar calada. Eu queria ter dito aquilo, mas isso não significava que devia ter dito.

Mikhail também não concordava muito com a minha atitude. Porque ele diminuiu a distância entre nós com tanta pressa que meu corpo chegou a balançar quando sobraram apenas uns milímetros entre nós.

Não levantei os olhos. Não olhei para ele. Eu sabia que ele não me agrediria como Klaus costumava fazer, sem a menor cerimônia. Não fisicamente, pelo menos. Mikhail era capaz de me agredir apenas com um olhar.

De cabeça baixa, olhei para as mãos dele. Soltas ao lado do corpo, grandes e brutais, mas que me tocavam com delicadeza quando ele queria. Sem pensar direito no que fazia, estendi a mão e toquei seus dedos.

— Você me machucou tanto... deixando que Klaus me mordesse. — Respirei fundo. — Eu não... eu não sei o que fiz para te deixar com tanta raiva de mim. Eu nunca sei como te agradar. Eu juro que não sei como isso aconteceu. Se foi... se foi por não ter ficado na Morada. Eu fui para casa, porque fiquei preocupada com o meu amigo, que tinha acabado de perder os pais. E, sinto muito, Mikhail, mas meus amigos sempre vão ser uma parte fundamental da minha vida.

Pensei em enxugar as lágrimas que escorriam pelo meu rosto, mas desisti. Se eu já tinha começado a expor meus sentimentos, então que assim fosse. Pelo menos desta vez eu diria tudo que estava engasgado e não guardaria mais nenhum arrependimento. Tinha afastado os meus dedos da mão dele, porque Mikhail nem tinha se mexido.

— Eu sei que você me acha inconsequente e, tudo bem, talvez eu seja. Mas você tem que concordar que não levo uma vida normal desde o primeiro dia que coloquei os pés aqui. E você... é a primeira pessoa com quem me relaciono. Eu fico sempre tão insegura quando estou ao seu lado. — Suspirei e passei a língua pelos lábios que estavam secos. — E não ajuda muito você esconder seus sentimentos de mim. Eu te amo e você... você já deixou bem claro que não sente o mesmo.

Tomei coragem e levantei os olhos para ver se ele ainda me olhava. Nesse exato instante, senti o sangue do Mestre espirrando na minha cara. A mão emergiu do meio do seu tórax e seus pés descolaram do chão. Rurik estava bem atrás dele, com o braço enfiado nas costas de Mikhail e o movimentava dentro das entranhas do meu Misha.

Corra..., ordenou ele e eu não pensei duas vezes.

Saí correndo pelo salão e, quando alcancei o corredor, tive que pensar rápido: ir para cima ou para baixo. Tomei a decisão que, acreditava eu, era a mais inteligente. Subi as escadas de dois em dois degraus, usando toda a minha potência vocal.

— Klaaaaus! Klaaaaus! — Eu gritei até sentir os pulmões arderem, sabendo que ele ia me ouvir.

Continuei subindo e gritando, na esperança de encontrar o andar onde as transformações estavam sendo feitas. Mas aquela droga de prédio parecia levar até as nuvens, porque as escadas nunca acabavam.

Depois de uns dez lances, eu já não conseguia mais gritar e sabia que, dentro de instantes, Rurik estaria atrás de mim. Meu fôlego estava acabando e minhas pernas pediam para que eu parasse.

— Klaaaus! — gritei mais uma vez e me encostei no corrimão.

Quando pensei em desistir, o Mestre que eu tanto chamava apareceu bem diante de mim. Os demais vinham correndo atrás dele. Todos me olharam horrorizados, imaginando que problema eu tinha criado daquela vez.

— Klaus. — Caí aos pés dele, esgotada. — Ru...Rurik.

— Sim, eu mesmo — disse uma voz, bem atrás de mim. — Caramba, ruivinha, não sabia que você gritava tanto.

Eu nem tinha forças para me virar e olhá-lo, mas ele com certeza se tornara a atração principal. Todos passaram a ignorar completamente a minha presença moribunda.

CAPÍTULO TRINTA E SEIS

| MIKHAIL |

Sentir o toque de Aleksandra quase fez com que eu reconsiderasse minha decisão. Era mais difícil do que eu pensava manter a compostura diante dela. Eu sabia e sentia que ela estava sofrendo. Mas entendia que era melhor assim. Ela sofreria por uns dias e, como todos os humanos, logo esqueceria e continuaria com sua brevíssima vida. Afinal, para um humano, cuja estimativa de vida é de oitenta anos, não há muito tempo a perder com lamentações por decepções amorosas.

Eu, no entanto, demoraria muito mais para esquecer, mas sabia conviver com essas lembranças. A decisão já tinha sido tomada. Eu não podia continuar com Aleksandra, porque os problemas que ela causava me desconcentravam de todo o resto. Eu não gostava de concordar com as baboseiras que saíam da boca de Klaus, mas ele tinha toda razão quando dizia que eu só pensava em Aleksandra. Eu estava consumido por ela e precisava me desintoxicar o mais rápido possível. Nunca deixávamos que humanos interferissem tanto em nossa vida e meus irmãos tinham todo o direito de reclamar. Aleksandra tampouco demonstrava a menor intenção de ser transformada. Seria humana para sempre. Ou melhor, durante míseros anos. Não havia como conciliar nossos futuros.

O rompimento tinha sido tão doloroso para mim quanto para ela. Afinal, o que ela não sabia, por não se incomodar em prestar atenção, é que eu estava completa e totalmente envolvido por ela. Era difícil admitir sentir isso por uma humana e eu nem tinha como saber se era amor, porque nunca experimentei essa sensação antes. Porém, eu sentia a força do sentimento que habitava em mim.

Sabia que Aleksandra se sentia rejeitada, mas ela era o tipo de pessoa que só aprendia quando sentia algo na própria pele.

Eu precisei me controlar naquele quarto, no primeiro dia das transformações. Me senti péssimo ao deixá-la ali, em pé, de cabeça baixa, sendo amparada por Kurt. Mas me controlei.

Quando Klaus a chamou, eu precisei encontrar forças onde nem sabia que existia. Ela se sentar no colo dele, à mercê de seus caprichos, me deixou enlouquecido. E ele, lógico, adorou me provocar.

Agora, eu até pensava em dizer alguma coisa para que ela não se sentisse tão mal. Ia retribuir o seu toque leve em meus dedos. Mas senti meus órgãos começando a ser triturados e vi o rosto de Aleksandra ficar salpicado de sangue. Meu sangue.

Corra...

Fiquei aliviado quando ela finalmente me obedeceu. Sabia que era Rurik quem me atacava, mas ele tinha me imobilizado. Não teria como protegê-la enquanto ele estivesse me atacando daquele jeito.

Aleksandra saiu gritando e chamando por Klaus, o que me fez sorrir por dentro. Ela era realmente insana.

— Ela é sua namorada, Mikhail? Agora sim, estou conseguindo ligar os pontos.

Ah, Rurik... Você não devia ter voltado.

Eu não consegui articular as palavras, porque havia sangue demais em minha garganta. Puxei o líquido grosso e cuspi no chão. Quando consegui me recuperar do choque, agarrei a mão dele, que revirava dentro do meu peito e quebrei seus dedos.

Rurik riu, porque, é claro, ele era muito mais resistente que eu. Mas aproveitei enquanto seus ossos se regeneravam e girei o corpo. Foi ainda mais doloroso, mas consegui me livrar de seu braço e caí no chão.

Ele se aproximou, se preparando para dar um soco na minha cabeça, mas rolei rápido pelo chão e saí da sua mira. Quando me levantei, segurei-o pelas costas e apertei sua cabeça entre as mãos. Minhas unhas chegaram a rasgar sua pele, mas Rurik levantou os braços, enfiando-os por dentro dos meus, e os afastou com violência.

— Queria muito brincar mais com você, meu irmão, mas vim mesmo para ter uma conversa com meu gêmeo.

Ele disparou para fora do salão e tomou o caminho das escadas. Na direção em que Aleksandra tinha ido.

Segui o rastro de Rurik, mas não conseguia ser tão rápido quanto ele. Eu já estava enfraquecido por causa de todas as transformações que tínhamos feito nas últimas horas e agora estava perdendo ainda mais sangue. Quanto mais fracos estávamos, mais demorado era o processo de regeneração. E quanto mais tempo demorasse para a ferida se fechar, mais sangue eu perderia. Era, portanto, um ciclo vicioso.

Quando o alcancei, ele já estava diante dos meus outros irmãos. Sasha estava caída no chão, mas alguém, talvez Klaus, começava a erguê-la, fazendo-a levitar para longe. Ele a colocou alguns degraus acima, fora de perigo.

— Que recepção calorosa, esta que estou recebendo! Todos vocês estão com saudades? — Rurik abriu os braços, mas, desmentindo sua descontração, recuou alguns passos. — Pois saibam que não estava com saudade de nenhum de vocês.

— Eu sabia que você voltaria — disse Klaus.

— Sim, não consegui evitar. Eu podia te sentir a quilômetros de distância. Foi algo bem incômodo, devo dizer.

— Você não faz ideia de como esperei por isso. — Klaus sorriu. — Enfim, você retornou.

— Só brevemente, meu caro. Zênite me aguarda. — Rurik estalou a língua, como se estivesse mesmo chateado por não poder se demorar. — Quero aproveitar para parabenizá-los pelos excelentes Guardiões que encontrei lá fora. Ficou tudo muito bonito. Dá até para sonhar com uma vitória, não é mesmo?

O gêmeo mais velho quase encostou o nariz no de Rurik, ao se aproximar. Eu sabia que Klaus estava se regozijando por ter o irmão em suas mãos.

— Ela o aguarda? Que romântico! — Klaus apertou os dedos em torno do braço dele. — O problema, meu irmão, é que você não voltará para ela.

Nossa atenção foi desviada para a janela, por onde em breve entrariam os primeiros clarões do dia. Estava prestes a amanhecer e a blindagem da janela descia lentamente. Foi nessa fração de segundo que Rurik escapou. Ele deve ter percebido que não podia lutar com todos nós ao mesmo tempo. Ir até a Fortaleza, naquele momento, não tinha sido uma ideia muito inteligente.

Ao fugir, chegou a esbarrar em mim e me empurrar, mas a fraqueza me impediu de contê-lo.

Todos descemos atrás dele, mas, quando vimos, ele já estava no saguão e corria para a saída.

— Segurem-no! — Klaus ordenou, nos calcanhares de Rurik.

Quando vimos que não conseguiríamos alcançá-lo fisicamente, usamos nossos poderes em conjunto para imobilizá-lo. No entanto, ele era muito forte. Quase tão forte quanto Klaus. A força com que Rurik repelia o nosso ataque era grande demais. Como eu estava fraco, não era de grande ajuda.

Junto com Klaus, finalmente conseguimos empurrá-lo para dentro da sala mais próxima. Percebi, então, que o amigo de Sasha estava lá dentro e, para minha surpresa, o irmão também.

— Saiam! — Nikolai vociferou e os dois saíram correndo.

— Por quanto tempo vocês acham que conseguem me prender aqui? — Rurik perguntou quando o pressionamos contra a parede. — Mikhail, você não parece muito bem.

Não dei ouvidos à provocação. Klaus me olhou de relance e eu balancei a cabeça, assegurando que estava bem. E eu realmente estava, só precisaria de um pouco de sangue para me recuperar rápido.

— Eu acho que você ainda não entendeu, Rurik. Você nunca mais sairá daqui — declarou Klaus ao apontar para as janelas. — Percebe que está amanhecendo?

— Eu não tenho pressa. Posso esperar até a noite. — Sorriu ele.

Nikolai se aproximou e ficou na frente de Klaus. Acho que, no fundo, meu irmão ainda tinha esperanças de que Rurik retornasse ao convívio da família. Eu não era tão ingênuo, nem jamais permitiria que isso acontecesse. Depois de tudo o que Rurik nos causou, eu duvidava muito de que um dia voltássemos a conviver pacificamente. Se pudesse, eu mesmo o mataria com minhas próprias mãos.

— Diga onde Zênite está e nós o perdoaremos — Niko falou e Klaus o fitou com incredulidade.

Se eu bem conhecia o gêmeo mais velho, ele deveria estar com vontade de jogar Nikolai pela janela, só por cogitar essa hipótese. Rurik não levou a sério, é claro. Soltou uma gargalhada.

Neste momento, eu entreguei os pontos. Não tinha mais forças para usar meus poderes nem por um segundo a mais, pois eles sugavam toda a energia que ainda me restava. Abri a porta, louco para encontrar um pescoço humano, e dei de cara com Sasha. Ela e seus companheiros estavam sentados no chão, encostados à parede, de frente para a porta. Seus olhos claros fitaram meu corpo destroçado e ela se aproximou, como se soubesse do que eu precisava.

— Preciso de sangue — murmurei sem forças.

Não consegui recusar sua oferta quando ela chegou bem perto e afastou os cabelos que cobriam o pescoço. Eu não podia deixar a sala, pois o saguão já estava inundado com a luz do sol. Então, estendi a mão e a puxei para mim. O sangue preencheu minha boca quando cravei os caninos na sua pele e suguei o máximo que pude, até o limite do que era suportável, sem enfraquecer o doador. Antes mesmo de afastá-la, levantei a mão para trazer até mim uma das funcionárias, Joara, que observava tudo da recepção.

Soltei Sasha e tomei o pescoço da mulher. Já me sentia recuperando as forças e sabia que minha ferida começava a se regenerar.

— Está satisfeito? — Sasha perguntou, depois que liberei a jovem.

— Não, mas só isso terá que servir.

Voltei para meus irmãos e logo percebi um clima estranho, pois Vladimir estava tenso e suas mãos tremiam. Olhei para Rurik, que trocava farpas com Klaus.

Quando Vladimir soltou um gemido e recuou, Rurik sorriu vitorioso. Em silêncio, ele tinha travado uma batalha mental com o caçula.

Ouçam, quero que todos vocês o soltem, declarou Klaus, discretamente.

Quando Rurik se viu novamente livre, abriu os braços e nos observou. Depois, encarou Klaus, que fitava o irmão gêmeo e exibia um de seus sorrisos maquiavélicos. Eu não fazia ideia do que ele estava tramando.

CAPÍTULO TRINTA E SETE

MIKHAIL TINHA DEIXADO A PORTA ABERTA SEM PERCEBER e nós acabamos testemunhando tudo o que acontecia lá dentro.

Rurik a princípio estava imobilizado, de frente para os outros Mestres. Então Vladimir recuou alguns passos e caiu de joelhos com as mãos na cabeça. Depois disso, tudo aconteceu tão rápido que foi difícil acompanhar.

Eu vi Klaus e Rurik saltarem um na direção do outro. Os dois corpos pesados se chocaram no ar. Eu nunca tinha visto Klaus agir com tamanha ira, como se pudesse soltar fogo pelos olhos. Ele rosnava como uma fera selvagem, e cravou as unhas no pescoço de Rurik, rasgando a carne do irmão.

— Diga onde está Zênite!

— Logo você a verá novamente. Eles estão a caminho... — O Mestre traidor riu. — Talvez esta noite...

Klaus parecia estar em vantagem, mas via-se claramente que Rurik dava muito trabalho a ele. Os dois disputavam forças de igual para igual.

— Eu falei que ia te matar. E costumo cumprir minhas promessas, Rurik.

— Você pode tentar, irmão. Só tentar.

O gêmeo mais novo deu uma cabeçada em Klaus, tão forte que eu pude ouvir um barulho de ossos se quebrando. O mais velho, num acesso de fúria, fez o que ninguém esperava. Envolveu Rurik com os dois braços, num abraço apertado. Então olhou para Nikolai e Mikhail. Eu tinha certeza de que estavam conversando.

— Klaus! Não faça isso! — Mikhail gritou.

O Mestre mais poderoso correu na nossa direção com Rurik nos braços, saiu da sala e invadiu o saguão. Com toda a sua força concentrada em segurar o irmão, ele correu para a rua ensolarada, enquanto Rurik berrava em protesto. Todos corremos atrás deles.

Quando cheguei à escadaria, parei, sem reação. Kurt continuou a correr, descendo os degraus mais rápido que um raio, até alcançar os dois Mestres. À luz do sol, eles pareciam carne na churrasqueira: estavam torrando lentamente.

— Kurt! — Desci atrás dele. — Kurt!

Eu conhecia meu amigo e sabia que ele estava desesperado por causa de Klaus. Precisava evitar que se machucasse.

— Klaus! — Eu me virei, quando ouvi a voz de Mikhail logo atrás de mim.

Meu desespero aumentou ao ver o meu Mestre exposto à luz do sol, começando a queimar também. Parei no meio do caminho, sem saber que direção tomar. E então Nikolai, para meu alívio, apareceu ao lado de Mikhail e o puxou pelo capuz do manto. Os dois já começavam a sofrer gravemente os efeitos do sol. Mikhail protestou, mas corri até ele, implorando.

— Entra saia daqui! — Empurrei seu peito e cheguei a queimar as palmas das mãos. — Saia, Misha!

Só então ele pareceu me enxergar. Piscou algumas vezes e olhou para mim, depois para as mãos em brasa. Nikolai o segurou com uma chave de braço e ele olhou para a rua uma última vez, antes de arrastar Mikhail e entrar na Morada com o irmão.

Quando voltei a descer as escadas, os dois irmãos gêmeos já estavam em chamas. Rurik gritava alto, mas Klaus não parecia do tipo que gritava na hora da morte.

— Kurt, saia daí! — Tive medo de tropeçar nos degraus e não conseguir chegar lá embaixo a tempo de afastá-lo do fogo.

No entanto, ele fez algo que eu não previa. Meu amigo se atirou sobre a imensa bola de fogo, que agora tinham se tornado os corpos dos dois Mestres unidos.

Ouvi o grito agudo de Kurt, em meio às chamas, mas ele não tentava fugir.

Meu coração quase parou ao ver o que acontecia. As labaredas queimavam as mãos e os braços dele, enquanto o doido do meu amigo tentava separar os dois Mestres.

— Kurt! Não!

O que eu podia fazer? Deveria pular na fogueira e morrer também? Cheguei até onde estavam, ignorando as pessoas chocadas à nossa volta. Ninguém ajudava, é claro. Na hora em que precisavam, se protegiam debaixo das asas dos Mestres. Mas, quando eram eles que estavam em perigo, nada faziam.

Eu me aproximei e tentei esticar o braço para alcançar Kurt. Podia ver Klaus ainda vivo, agarrado ao irmão gêmeo, da mesma forma que, creio eu, deviam ter vindo ao mundo. Tinham nascido unidos e morreriam unidos.

— Solta ele! — gritou Kurt, com as labaredas consumindo seus braços. — Solta ele, Klaus!

— Kurt! — gritei. — Saia daí, Kurt. Por favor, você está se queimando!

Mas eu não imaginava que meu amigo fosse tão corajoso e tão louco por aquele Mestre. Ele não só não desistiu, como conseguiu fazer com que Klaus afrouxasse um pouco o abraço que aprisionava Rurik.

Kurt caiu para trás, desequilibrado, quando seus braços se soltaram do corpo de Klaus. O Mestre, em chamas, ainda se movia, mas não estava em condições de se salvar. Vendo meu amigo quase ser consumido pelo fogo, não me restava outra opção a não ser ajudá-lo. No fundo, bem lá no fundo, eu também estimava e respeitava Klaus. Não podia, simplesmente, deixá-lo queimar.

Tirei a blusa e usei-a para proteger minhas mãos. Depois, ajudei Kurt a se levantar.

— Precisamos levá-lo para dentro! — gritei, como se aquilo fosse possível. Nem eu acreditava no que estava dizendo.

Chorei, berrei, quando enfiei as mãos na bola de fogo e as chamas tocaram minha pele. Mas fechei os olhos e comecei a puxar o corpo do Mestre, junto com Kurt. A dor, no entanto, era forte demais e mal conseguimos subir cinco degraus. Eu me desesperei, pois as chamas envolviam minhas mãos por inteiro. Soltei Klaus e as sacudi para apagar o fogo, mas não adiantou. Esfreguei-as na calça e isso só fez com que as chamas se espalhassem. Gritei ao ver o fogo subindo pelos meus braços.

Kurt acabou soltando Klaus e começou a se debater para se livrar do fogo também. Ele ainda estava muito pior do que eu, com pernas, braços e pescoço tomados pelas chamas.

Senti meus joelhos fraquejando e caí sentada, mas de repente um braço me envolveu com força e eu achei que estivesse voando. Vi o rosto chamuscado de Mikhail, com a visão embaçada, e percebi que ele estava me deitando num chão duro.

Um pano preto foi jogado em cima do meu corpo, mas a dor intensa não me deixou acompanhar o resto. Antes de saber como tudo terminaria, a escuridão se apoderou de mim e perdi a consciência. Então, finalmente, o silêncio prevaleceu.

FIM

Impressão e acabamento:

tel.: 25226368